오거와
고아들

켈리 반힐 지음 · 이민희 옮김

양철북

자, 주목

들어 봐.

이건 어느 오거에 관한 이야기야.

그 오거는 네가 생각하는 그런 존재가 아니야.

(하긴, 누군들 안 그러겠어?)

그 오거는 마을 끝자락의 비뚤어진 집에 살았어. 빵 굽기와 텃밭 가꾸기와 별 헤아리기가 취미였지. 오거족이 원래 그렇듯이 그 오거도 상당히 컸어. 체격 좋은 어른들도 인사하려면 목을 길게 빼고 눈을 찡그려야 했지. 발은 바다거북만 하고, 손은 왜가리 날개만 하고, 드넓은 이마는 집중할 때마다 쩍쩍 갈라졌어. 살갗은 화강암처럼 단단하고 두 눈은 구리 동전처럼 반짝이며 머리는 풀밭처럼 덥수룩하고 치렁치렁했어. 뻣뻣하고 누런 머리털에 가끔 데이지나 민들레나 담쟁이덩굴이 엉겨 붙었지. 오거족이 원래 그렇듯이 그 오거도 말수가 적고 생각이 많았어.

언제나 신중하고 사려 깊었지. 육중한 발로도 땅을 사뿐사뿐 디뎠어.

그리고 이건 어느 고아 가족의 이야기이기도 해. 오거가 마을에 도착하고 몇 년 뒤, 그러니까 우리의 이야기가 시작되는 시점에 그 마을 고아들의 집에는 아이들 열다섯 명이 살고 있었어. 한집에 살기에는 너무 많았지만 그럭저럭 부대끼며 지냈지. 이름은 앤시아, 바틀비, 커샌드라(본인은 캐스라고 불리는 걸 좋아했어), 디어드레, 일라이자, 포추네이트, 그래티튜드, 히람, 이기, 저스티나, 카이, 릴리, 모드, 그리고 아직 아기인 네넷과 오르페우스. 모두 착한 아이들이었어. 호기심이 많고 부지런하고 다정했지. 그리고 서로를 끔찍이 사랑했어. 자기 자신보다 더.

오거 또한 부지런하고 다정하고 마음이 넓었어. 자기 자신보다 남들을 더 사랑했고.

물론 이건 가끔 문제가 되기도 해.

하지만 해결책이 될 수도 있지. 지금부터 보여 줄게.

용

　이건 어느 용에 관한 이야기이기도 해. 근데 그 용에 대해서는 별로 말 안 하고 싶다. 실은 생각도 하기 싫어.

　분명히 말해 두는데, 난 용들을 싸잡아 흉볼 생각은 없어. 용이든 오거든 고아든 참견하기 좋아하는 이웃이든 깐깐한 교감 선생님이든 유난히 특이한 행동을 하는 사람이든, 누구든 간에 편견부터 가지고 보는 건 끔찍한 태도니까. 늘 존중하고 배려하는 마음으로 모두를 대해야 해. 이건 기본이지.

　용이라 해도 다른 모든 생명체처럼 기질이 다양해. 내가 만나 본 용만 해도 얼마나 제각각이었는데. 수줍은 용, 붙임성 있는 용, 게으른 용, 까다로운 용, 자기중심적인 용, 너그러운 용, 열정적인 용, 용감한 용.

　하지만 이 용은 말이야, 안타깝게도 그런 용이 아니었어. 탐욕스럽고, 음흉하고, 매정했지. 양심의 가책을 느끼지도 않고 뉘우칠 줄도 몰랐어. 갈등을 좋아하고 가는 곳마다 불화를 일으켰지. 격한 단어를 써서 미안. 이 용에 대한 내 감정이 워낙 격해서 그래.

아무튼.

나는 모든 존재가, 인간이든 용이든 다른 어떤 생물이든 근본적으로는 선하다고 말하고 싶어. 하지만 그렇게는 말 못 하겠다. 본래 거짓말을 못 하는 성격이라. 내 경험으로는 누구나 선하게 태어나 대부분 선하게 살아가지만, 일부는…… 나쁜 짓을 해. 왜 그런지는 아무도 몰라. 그리고 그중에서도 일부는 쭉 나쁜 길을 걸어. 나도 이게 사실이 아니었으면 좋겠다. 하지만 본격적인 이야기가 시작되기 전에 미리 알아 두는 게 좋을 거야. 결국 어떤 이야기에든 악당이 있으니까. 그리고 어떤 악당에게든 나름대로 사연이 있기 마련이지.

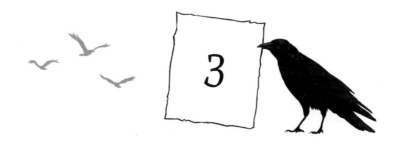

마을

이건 또 어느 마을에 관한 이야기이기도 해. '협곡의 바위'는 한때 너무나 사랑스러운 마을이었어.

모두가 그렇게 말했지.

협곡의 바위는 원래 나무로 유명했어. 공원에는 녹음이 우거지고 산책로마다 꽃이 만발했어. 거리를 따라 늘어선 과일나무들은 철마다 가지가 휘도록 주렁주렁 열매를 맺어서 멀리서 온 이웃과 친구, 나그네도 마음껏 따 먹을 수 있었어. 마을 주민들은 매실, 체리, 자두, 감, 사과, 배가 무르익을 때마다 바구니에 가득 채워 와서 솜씨 좋게 잼이나 파이, 타르트로 만들어 냈어. 지나가는 아이들 먹으라고 과일로 만든 사탕을 대문 옆에 놓아두기도 했지.

그 시절 협곡의 바위는 너무나 아름다웠어. 사람들은 푸른 잎이 울창하고 꽃과 열매가 흐드러진 나무 아래를 거닐면서 햇빛이 어룽거리는 그늘을 즐겼어. 밤마다 미화원들이 돌바닥을 부지런히 쓸고 닦았어. 바람을 불어서 만든 유리 가로등은 사랑스럽게 손으로 닦아 내 밤거리에 별처럼 반짝였지. 거리 표지판도, 벽화와 조형물도 멀쩡했어. 사랑스러운 마을이었던 시절에는.

그 시절 마을 주민들은 산책로와 광장에 모여 문학이나 정치나 철학이나 예술을 토론하곤 했어. 마을의 모든 길은 유서 깊은 도서관으로 이어졌어. 널찍한 창문과 높다란 서가, 푹신한 소파를 갖춘 도서관은 누구에게나 열려 있었지. 세상의 모든 책과 고서뿐 아니라 고대 두루마리, 심지어 문자가 새겨진 석판도 소장돼 있었어. 사서들은 이리저리 분주히 움직이며 책을 분류하고, 보존하고, 제자리에 꽂아 넣고, 떠드는 사람에게는 쉿, 조용히 하라고 주의를 주었어. 그 경고마저도 정겨웠어.

이웃들은 아픈 사람을 위해 수프를 끓이고 학교에서 수업받는 아이들을 위해 쿠키를 구웠어. 나무가 쓰러져 울타리가 망가지거나 지붕에서 비가 샐 때, 누군가의 어머니가 다리를 다쳤을 때 다들 일벌처럼 모여들었어. 이웃들은 서로서로 아끼고 돌봐줬지. 사랑스러운 마을이었던 시절에는.

그러던 어느 날 밤, 도서관에 끔찍한 불이 나고 말았어.

끔찍한 사건은 저마다 다르게 기억하기 마련이지. 그날 밤 화재의 원인을 두고 소문은 많았지만 모두가 동의하는 이야기는 없어. 어떤 이들은 도서관에 다가가는 수상한 발소리와 불길이 치솟자 후다닥 달아나는 소리를 들었다고 주장했고, 또 어떤 이들은 용이 날개를 펄럭이는 소리를 들었다고 주장했어. 하긴 용은 지금보다 그 당시에 더 흔했으니까. 게다가 누가 용보다 불을 더 좋아하겠어? 또 어떤 이들은 고개를 저으며 예견된 화재였다고 말했어. 낡은 목재와 오래된 종이, 가끔 깜빡하고 안 끄는 촛불이 한데 모여 있으니 건물 자체가 부시통이나 다름없었다는 거야. **재앙이 기다리고 있었지.** 그들은 숙연하게 말했어.

(만약 누가 나한테 물어봤다면 모두 틀린 말은 아니라고 대답했을 거야. 정말로 촛불 하나가 남아 있었고, 어둠 속에서 사악한 발소리가 다가왔고, 잠시 후 도서관 뒤편에서 용 한 마리가 나타나 힘과 몸집을 한껏 부풀리며 찬란한 비늘로 밤하늘을 깨부쉈거든. 나는 놈이 건물 벽을 슬그머니 타고 올라 서쪽 탑 꼭대기에 긴 목을 휘감는 걸 지켜봤어. 놈은 입을 쩍 벌리고 히죽 웃었지. 만약 누가 물었다면 나는 본 대로 말해 줬을 거야. 하지만 아무도 물어보질 않더라고.)

화재 원인에 대해서는 의견이 분분했지만 그다음에 무슨 상황이 벌어졌는지는 완벽하게 한목소리였어. 한밤중에 경종이 울리자 노인부터 아이까지 모두 침대에서 뛰쳐나와 잠옷 위에 외투를 걸치고 장화에 맨발을 욱여넣었어. 저마다 양동이를 들고 물결치는 연기와 끔찍한 불빛을 향해 어두컴컴한 거리를 내달렸어. 첨탑들 위로 치솟는 불이 어찌나 밝은지 보기만 해도 눈이 아팠다고들 하더라고.

건물에서 쏟아져 나오는 엄청난 열기에 사람들의 속눈썹이 그을리고 근처 나뭇잎들이 오그라들었어. 녹아내리는 유리창 밖으로 책들이 놀란 새처럼 파닥거리며 튀어나왔어. 종이들은 푸른빛을 내며 타올랐어. 마을 사람들은 그 광경이 잠시나마 아름다웠다고 기억해. 심장이 부서지기 전에 가장 빛나듯이 말이야.

협곡의 바위 주민들은 일렬로 서서 양동이를 전달하며 죽을 힘을 다해 물을 끼얹었어. 하지만 소용없었지. 불길이 너무 거셌거든. 나무 골조는 바싹 말라 있었고 종이야 타지 않을 재간이 없잖아.

불탄 도서관은 그 후 수년 동안 고아들의 집과 중앙광장 사이에 재와 고철 더미, 새까맣게 그을린 돌덩이와 뒤엉킨 채 방치됐어. 아무도 잔해를 치울 엄두를 못 냈어. 돌 하나 건드리지 않았지. 사람들은 그 폐허 앞을 지날 때마다 숨을 죽였어.

근처 고아들의 집에 사는 아이들은 연기와 재 냄새를 맡으며 자랐어. 밤이 깊으면 오래된 책의 혼령들이 꿈에 나타나곤 했지.

그리고 얼마 뒤 학교에도 불이 났어. 비극적인 우연이라고 다들 입을 모았지. 주민들은 서로를 끌어안고 울었어. 얼마 지나지 않아 주택과 상점, 문화 공간 같은 다른 건물도 일 년 남짓한 기간에 연이은 화재로 타서 사라져 버렸어. 그 후에는 과일나무, 꽃나무, 정자나무 들이 차례로 죽어 나갔어. 사람들은 역병이라고 말했어. 어쩌면 화재의 연기와 열기 탓일 수도 있고. 아니면 그냥 지독한 불행이거나. 마을 사람들은 나무가 한 그루씩

쓰러질 때마다 슬픈 눈으로 바라봤어.

나무들이 죽자 그늘도 사라졌어. 협곡의 바위에 줄기차게 쏟아지는 햇볕은 너무 뜨겁고 눈부셔서 견디기 힘들었어. 눈을 잔뜩 찌푸리고 서로를 마주하다 보니 사람들은 다들 화난 얼굴로 굳어져 갔어.

비가 오면 물을 빨아들일 나무뿌리가 없으니 연이어 물난리를 겪었고, 끝내 아이들이 놀던 아름다운 공원에 거대한 진구렁이 생겨 주변을 통째로 삼켜 버렸어. 그 공원은 이제 아이들이 놀기에는 너무 위험한 곳이 돼 버렸어.

아니, 이제 협곡의 바위 어디에도 안전하게 놀 만한 곳은 없었어. 쾌적한 그늘도, 올라탈 나무도 없었지. 마을 전체가 인상을 쓰고 있는 것 같았어. 이웃들은 눈을 찌푸리고 서로를 노려봤어.

사람들은 각자 집으로 뿔뿔이 흩어졌어. 아이들도 마음껏 돌아다니지 못하게 단속했어. 대문과 덧문을 닫아걸고서 이웃을 생각하는 일도, 도와주는 일도 그만두었어. 아픈 사람을 위한 수프도, 아이들을 위한 사탕도, 학생들을 위한 쿠키도 만들지 않았어(물론 수업이 사라졌으니까). 그저 남들과 엮이지 않는 게 최선이라고 생각했지.

그래서 그렇게들 했어. 다들 슬픔을 안고 덧문 사이로 텅 빈 거리를 엿보기만 했어.

그래, 한때는 정말 사랑스러운 마을이었어.

하지만 더는 아니었지.

시장

　협곡의 바위에는 시장이 있었어. 모두가 그를 아주 사랑했지. 어떻게 안 그러겠어? 훤칠한 몸매와 풍성한 금발, 화사한 미소가 너무나 찬란해서 사람들은 손으로 그늘을 만들고 바라봐야 했어. 그는 말할 때마다 번쩍번쩍 빛났어. 무척 정중하고 지혜로워 보였지. 마을 주민들은 어떤 골칫거리 때문에 그를 찾아갔다가 애초에 왜 속을 썩었는지도 잊어버린 채 후련한 기분으로 떠났어. 하긴, 그게 시장의 존재 이유 아니겠어?

　주민들은 그가 마을에 처음 왔을 때를 똑똑히 기억해. 아직 협곡의 바위가 동화책에서 튀어나온 것처럼 사랑스러운 마을이었을 때지. 그는 긴 코트 자락을 휘날리고 멋진 부츠를 또각거리며 자갈길을 거닐었어. 의기양양한 눈빛으로 말할 때마다 사람들은 뼛속 깊이 감격했어. 그는 마을 장날에 가판대를 세우고 자신을 이렇게 홍보했어. **세계 제일의 용 사냥꾼! 문의와**

찬양 환영.

"와, 세계 제일이라고? 하긴 저 늠름한 자태를 봐!" 푸줏간 주인이 말했어. 대장장이와 재단사가 고개를 끄덕였어.

"이런 귀인을 모시다니, 우리 마을은 참으로 복받은 거야!" 구두장이가 말했어. 약제사와 순경이 고개를 끄덕였어.

그들은 세계 제일의 용 사냥꾼에게서 눈을 떼지 못했어. 보기만 해도 황홀했지. 그가 말할 때마다 온몸이 부르르 떨렸어.

순전히 우연의 일치로, 그가 마을에 도착한 직후에 용을 목격했다는 신고가 몇 건 있었어. 그리고 그런 목격담이 다달이 이어졌지. 인근 숲에 몇 마리나 되는지 모를 용이 도사리고 있는데 마침 세계 제일의 용 사냥꾼이 마을에 있다니 얼마나 다행이야! 용 사냥꾼이 숲에서 용을 물리치고 당당히 모습을 드러낼 때마다 마을 사람들은 환호성을 질렀어. 그리고 곧 그를 시장으로 추대했어. 그는 해마다 재선에 성공했어. 매번 압도적인 승리를 거두었지.

얼마 안 가 용 목격담은 줄어들어 드문드문해지더니 마침내 완전히 사라졌어. 사냥꾼의 명성에 용들이 겁을 먹고 달아난 게 분명했지. 마을 사람들은 시장의 아름다움과 용맹함에 자부심을 느끼고 마을 방문객들에게 자랑스럽게 떠벌렸어. "혼자서 용을 물리쳤다니까! 그것도 몇 마리씩이나!" 하지만 시간이 점점 흐르면서 시장의 광채는 조금씩 흐릿해졌어. 어쩌면 계속 그렇게 흐려질 운명이었는지도 몰라.

그런데 그때 도서관이 불탄 거야.

그다음은 학교.

그다음은 다른 건물들.

그다음은 나무들이 죽고, 그늘이 사라지고, 거대한 진구렁이 공원을 점령했어.

그러자 마을 사람들은 시장에게 기대를 걸고 매달렸어. 그가 문제를 해결해 줄 거라고 철석같이 믿었지. 삶이 순식간에 혼란스럽고 위험하고 인색해졌지만 시장에게는 모든 해답이 있는 것처럼 보였거든. "제가 고치겠습니다. 저 혼자 해결할 수 있어요." 시장이 약속했어. 사람들은 벅차오르는 가슴을 부여잡고 그의 말을 경청했어. 다들 눈을 부릅뜨고 입술을 앙다문 채 시장을 우러러봤어.

사실, 도서관 화재는 그에게 더할 나위 없이 좋은 일이었어.

심지어 행운이라고 할 수 있었지.

비뚤어진 집

오거가 협곡의 바위에 온 건 도서관이 불탄 지 얼마 안 돼서 야. 오거는 마을 외곽에 버려진 농장을 발견하고 잠시 머물기 로 했어. 외딴곳이었지만 썩 나쁘지 않았지. 그 뒤로 몇 년이 지 나서야 마을의 누군가가 오거의 존재를 알아차렸어. 오거족은 원래 말수가 적고 수줍음이 많아서 일부러 모습을 드러내지 않 거든.

마을에 도착한 밤, 오거는 제 몸이 딱 들어갈 만한 크기로 땅 굴을 팠어. 한낮에는 굴에 있다가 밤이면 나와 풀과 개울과 하 늘을 벗 삼아 지냈어. 오거에게 필요한 건 별로 없었어. 한낮의 태양을 피하고 편안히 누워 별을 볼 수 있는 곳이면 충분했지.

오거가 그곳에 평생 머물고 싶을 만큼 편안함을 느끼기까지 는 시간이 꽤 걸렸어. 집을 짓기까지는 좀 더 오래 걸렸고.

이야기가 좀 앞서 나갔네.

오거는 협곡의 바위에 오기 전에 여러 곳에서 살았어. 어쨌거나 오거족은 평균 수명이 엄청 길거든. 어느 오거가 천 살이 되기 전에 죽으면 장례식에서 다들 이렇게 한탄하지. "비극이야! 이토록 젊은 나이에 쓰러지다니! 한창 청춘이거늘!"

오거도 어릴 때는 부모와 함께 살았어. 오거족 표현으로는 바위보다 작았을 때지. 오거는 부모님을 너무나 사랑했고 평생 가족 곁에 머무르고 싶었어. 그렇지만 때가 되면 보금자리를 떠나 바깥세상을 배우는 게 오거족의 방식이었어. 그리고 오거에게도 때가 왔지. 오거는 세상에 첫발을 내딛기 전에 부모님을 부둥켜안고 슬피 울었어.

어떤 동굴은 한동안 지낼 만했지만 축축하고 좀 외로웠어. 게다가 오거는 더 넓은 세상이 궁금했어. 그래서 다시 길을 떠났지. 얼마 뒤 바다 한가운데 바위섬에 자리를 잡고 가끔 고래들과 수영을 즐겼어. 하지만 그것도 외로웠어. 바다는 거친 데다 비바람이 심했고, 고래들은 한곳에 머무르는 법이 없었거든. 매번 손을 흔들며 작별 인사하는 일은 별로 즐겁지 않았어.

그다음에는 백 년 가까이 늪에 정착하려고 노력했는데, 퀴퀴한 냄새가 영 마음에 안 들었어. 그래서 다시 먼 길을 떠났지.

그다음에는 버려진 성을 발견해 트롤 둘과 유령 하나와 꽤 오래 살았어. 그다지 정겨운 곳은 아니었어. 트롤들은 트롤답게 심술궂었거든. 실험실만 아니었다면 오거는 진작 떠났을 거야. 성의 동관 전체가 실험실이었는데 정교한 톱니바퀴와 온갖 기계 부품, 화학 물질이 담긴 유리병이 층층이 쌓여 있었어. 그 물질들은 시간의 흐름이나 온도나 바람에 따라 색이 변했지. 오거가 읽을 수 없는 책도 가득 쌓여 있었지만(보통 오거족은 글을 안 배워), 눈대중으로 이해할 수 있는 지도와 그림, 도표와 설계도를 담은 책이 많았어.

오거는 그 실험실에서 설계와 발명을 깨우쳤어. 물감을 섞어 캔버스에 자신의 관점으로 세상을 그리는 법을 터득했어. 성 밖 과수원에서 딴 과일과 견과류, 나무 속 벌집에서 뜬 꿀을 이용해 맛있는 빵과 과자를 굽는 법도 배웠어. 그런가 하면 망원경으로 별자리를 읽고 궤도를 관찰하는 법을 익혀 밤하늘의 경이로움을 감상하기도 했어.

성은 그런대로 마음에 들고 실험실도 아주 좋았지만, 트롤들은 심술궂고 유령은 말이 거의 안 통했어. 결국 오거는 점점 외로워졌어. 마침내 떠나기로 했지. 떠나는 날, 유령은 아쉬운 듯 고개를 떨궜지만 두 트롤은 트림을 꺽 하고 방귀를 뿡 뀌더니 엉덩이를 긁으며 사라졌어. 오거는 망태기를 짊어지고 말했어. "난 그저 내가 진정으로 속할 곳을 찾고 싶어." 사실상 혼잣말에 가까웠지. 그러고는 실험실에서 책과 망원경, 언젠가 만들고 싶은 기계들의 설계도를 챙겨 성을 나섰어. 아무도 손을 흔들어 주지 않았지만 오거는 자기가 옳은 선택을 했다고 믿었어.

그 뒤로 오거는 산속 깊은 오거족 마을에서 몇백 년 동안 즐겁게 살았어. 당시에는 그런 마을이 드물었어. 오거족에 반감을 품은 쪼잔한 인간들의 표적이 되는 경우가 많았거든. 그 마을은 인적 드문 산골에 있어서 그런 불미스러운 일은 피할 수 있었어. 정답고 안락한 그 마을에서 오거는 채소를 키워 시장에 내다 팔고, 어린 오거들에게 그림을 그려 주거나 천체의 신비를 알려 주며 행복하게 살았어. 불행한 사건만 아니었다면 오거는 쭉 거기서 살았을 거야. 어느 날, 오거가 긴 여행에서 돌아왔을 때(오거족은 한 번씩 세상을 탐험하지 않으면 좀이 쑤시거든), 온 마을이 불타 잿더미가 돼 있었어. 모든 게, 말 그대로 모든 게 사라져 버렸지.

충격과 슬픔은 차차 가라앉았지만, 이웃들이 어디로 사라졌는지 알아낼 도리가 없었어. 오거족은 읽고 쓰는 법을 모르니 편지를 주고받을 수도 없잖아. 그저 언젠가 다시 만나리라고 기대할 수밖에. 어쨌거나 오거족의 일생은 길고 기니까. 시간이 흐르다 보면 서로의 길이 얽히고 겹치기도 하거든.

오거는 많은 곳을 여행하면서 때로는 막일꾼, 때로는 건축가, 때로는 기발한 기계 제작자로 일하며 다른 이들을 도왔어. 낮에는 동물이 버린 굴을 찾아서 자고 밤에는 달빛 아래서 열심히 움직였지. 끼니를 구걸해야 할 때도 있었어. 그렇게 얻은 음식을 나눠 주기도 했고. 오거는 누군가를 돕는 게 좋았어. 왠지 그러면 소속감이 들었거든. 필요한 것도, 원하는 것도 별로 없었어. 비바람을 피할 곳, 빵을 구울 화덕, 수프를 끓일 냄비 하나면 충분했어. 자기 몫 조금, 남들과 나눌 것 조금, 약간의 소속감이면 더할 나위 없었지. 나누면 나눌수록 더 많이 가진 것 같았어. 그야말로 최고의 마법이었어.

오거는 여행길에 협곡의 바위에서 일어난 끔찍한 화재 소식을 들었어. 그곳의 나무들이 죽어 가고 있고, 온 마을에 슬픔과 가난이 번지고 있다는 사실도 알게 됐지. 오거는 그 이야기를 마음 깊이 새겨들었어. 자신도 상실에 대해 잘 아니까. 어쩌면 자신과 협곡의 바위 주민들 사이에 공통점이 있을지도 모른다고, 어쩌면 그 마을이야말로 자신이 속할 곳일지도 모른다고 생각했어. 그래서 찾아가 보기로 했지.

마을 어귀에 도착한 건 한밤중이었어. 불이 난 지 일 년이 지났는데도 여전히 연기와 재, 그리고 슬픔의 냄새가 났어. 물론 돌아다니는 사람은 아무도 없었어. 사람들은 덧문과 대문을 걸어 잠그고 숨어 지냈으니까. 아무도 오거가 쓸쓸한 거리를 지나가는 모습을 보지 못했어. 그 크고 부드러운 신발이 내는 조용한 발소리도 듣지 못했고.

(아, 물론 난 들었어. 하지만 아무도 물어보질 않더라고.)

오거는 마을 끝자락까지 걸었어. 길은 구불구불 좁아지고 수풀이 무성해졌어. 플라타너스 굵은 가지들이 바람에 삐걱이며 소리를 냈어. 그때 오거의 눈에 버려진 농장이 들어왔어. 움푹 꺼진 땅에 폐가와 헛간의 잔해가 쌓여 있었어. 하지만 토질은 좋았어. 풀도 부드러웠고. 한두 계절 머물면서 이것저것 길러 볼 만한 땅이었어. 떠날 때가 오기 전까지 자급자족해서 먹고살기에 적당해 보였지. 오거는 땅에 드러누워 별을 바라보다가 해 뜨기 직전에 굴을 팠어.

한두 주가 지나자, 땅에 심은 씨앗에서 싹이 났어. 그리고 우연히 덩이줄기를 발견하고 구워 먹었더니 맛이 꽤 좋았어. 오거는 잔해들 속에서 유리를 주워 조각낸 뒤 렌즈로 연마하는 작업을 시작했어. 새 망원경을 만들 계획이었지. 이곳에 얼마나 오래 머물지는 몰라도 농장은 안마당처럼 편안했어. 그리고 이 마을에는 뭔가 있었어. 마을에 자신이 필요하다는 걸 느낄 수 있었어. 오거는 언젠가 수줍음만 극복하면 마을 사람들에게 자신을 소개할 수 있을지도 모른다고 생각했어. 자신의 이웃들에게. 이웃! 얼마나 멋진 말인지. 오거는 마음속 깊이 설렜어.

사실 오거가 처음 사귄 친구들은 마을 사람들이 아니었어. 어느 날 해 질 무렵에 엄청난 까마귀 떼가 마을 끝자락 구불구불한 길 어귀에 도착했어. 한 오거가 이 마을에 머무르려 한다는 소식을 듣고는 정말인지 확인하러 온 거야. 까마귀는 고아들처럼 호기심이 많은 동물이지. 그들은 플라타너스 가지에 옹기종기 모여 앉았어.

오거는 일을 멈추고 까마귀들을 올려다봤어.

까마귀들은 움찔했지만 발톱으로 나뭇가지를 말아 쥐고 버텼어. "깍." 까마귀들이 외쳤어. 까마귀 말로 이런 뜻이었어. "너여기 처음이지? 여기서 무슨 일을 꾸미려는 거야?"

"깍." 까마귀들이 덧붙였어. "우린 오거를 처음 봐. 듣자 하니 너희 종족은 까딱하면 포악해진다며? 우리 까마귀들이 얼마나 강한 줄 알아? 우리의 사나운 발톱과 날카로운 부리에 대해 들어는 봤어? 우리가 적한테 앙심을 품고 어떨 땐 무기를 써서 우릴 괴롭힌 놈들을 응징한다는 것도 알고 있고?"

오거는 까마귀 말을 몰랐어. 그저 웃으며 그들을 향해 고개를 숙였지. 정수리가 땅에 닿을 정도로 깊이. 까마귀들은 오거의 정중한 태도에 감탄했어. "안녕, 친구들. 환영해. 손님 대접할 게 별로 없지만, 망태기에 건빵이랑 말린 옥수수가 좀 있어. 빻아서 가루를 내면 훌륭한 한 끼 식사가 될 거야. 뭐든지 나눠 먹는 게 훨씬 맛있잖아."

까마귀들은 깊이 감동했어. 이 마을에서는 아무도 까마귀들을 환대하지 않았거든. 아무도 식사를 권하거나 손님이라고 부르지 않았어. 오히려 해충이나 골칫덩이 취급했지. 도서관이 불탄 뒤로 주민들은 평소보다 더 짓궂게 굴었어. 아니, 좀 더 나이 많은 까마귀들 주장에 따르면 빌어먹게 번쩍이는 시장이 나타난 다음부터였지. 유난히 못된 사람들은 까마귀들을 향해 돌을 던지기까지 했어. 무려 돌을!

오거는 옥수수를 바스러뜨려 땅에 흩뿌렸어. 그리고 까마귀들이 옥수수를 먹는 동안 자기가 살아온 이야기를 들려줬어. 물론 아주 일부만. 어쨌거나 길고 긴 인생이었으니까.

까마귀들은 오거의 이야기를 주의 깊게 들었어. 그러고는 나뭇가지를 총총 뛰어올라 하늘 위로 먹구름처럼 맴돌며 자기들끼리 쑥덕거렸어.

까마귀들은 오거가 무척 마음에 들었지만, 한편으론 걱정이 됐어.

"깍." 까마귀들이 외쳤어. "어쩌면 사람들 말대로 이곳은 좋은 마을이었을 거야, 한때는. 어딘가에는 여전히 좋은 구석이 있을 지도 몰라. 정다운 구석도. 하지만 날이 갈수록 매정함이 자라 나고 있어. 숲에 병충해가 번지듯이. 까마귀한테 돌을 던질 정 도로 매정한 사람들이면 더한 짓도 할 수 있지 않겠어?"

"깍." 까마귀들은 덧붙였어. "우린 네가 꽤 마음에 들지만, 터 를 잡으려면 아마 다른 곳을 알아보는 게 좋을 거야."

물론 오거는 이 모든 말을 한마디도 이해할 수 없었어. 오히 려 가슴 벅차 활짝 웃었지. "너희는 정말 멋진 이웃이자 유쾌한 친구들이구나! 난 정말 운 좋은 오거야! 부디 언제든지 날 찾아 오렴. 내가 가진 건 뭐든 나눠 줄게. 어차피 나눌수록 더 많이 갖 게 되거든. 그게 내가 아는 유일한 진실이야."

까마귀들은 밤 깊도록 근처에 머무르다가 오거가 무성한 풀 밭에 드러눕자 곁으로 모여들었어.

그들은 다 함께 별을 헤아렸어.

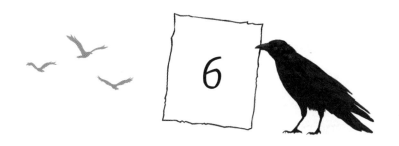

고아들의 여러 가지 추측

마을이 변한 원인은 화재일까?

아니면 서먹서먹해진 이웃들?

사라진 학교? 공원을 삼킨 진구렁? 죽은 나무들?

도서관이 불탄 건 고아들이 태어나기 한참 전이야. 그래서 아이들은 협곡의 바위가 예전에 어땠는지 잘 몰라. 칙칙하고 인색하고 흉흉한 지금의 마을만 알았지. 고아들의 집은 견고한 철문과 높은 돌담에 싸여 마을에서 고립돼 있었고, 아이들은 보호자 없이 밖에 돌아다니면 안 됐어. 따라서 고아들은 마을의 문제를 생각할 시간이 차고 넘쳤지.

사랑스러운 마을이 어떻게 못난 마을이 될 수 있을까?

지금의 못난 마을이 한때는 어떻게 사랑스러웠을까?

한때 진정 사랑스러웠다면 다시 사랑스러워지는 게 가능할까?

"진정 사랑스러웠어."

거의 열네 살, 가장 나이가 많은 (그리고 가장 똑똑하다고 자부하는) 앤시아는 자주, 단호하게 말했어. 앤시아는 키가 크고 진지한 소녀였어. 검은 머리는 두 갈래로 단정히 땋고, 검은 눈썹과 그 아래 검은 눈은 늘 호기심에 찌푸리고 있어서 되게 깐깐해 보였어. 가늘고 긴 손은 엄청 야물어서 그 손으로 가족들에게 쓸모 있는 물건을 만들곤 했지. 예를 들어 아기용 덧신이나 좀 더 쓰기 편한 숟가락 같은 것들.

"예전에 협곡의 바위는 정말 아름다운 마을이었어." 앤시아는 고증을 좋아하는 아이여서 옛 마을의 모습을 증명할 수 있는 그림들을 수집했어. 목판화와 수채화, 작은 상자 구멍으로 들여다볼 수 있는 디오라마 들에 옛 마을의 풍경이 담겨 있었어. 과수원, 정원, 예쁜 드레스 차림으로 산책로를 거니는 소녀들, 도서관의 긴 복도와 서가를 분주히 누비는 사람들.

"봐, 사랑스럽잖아." 앤시아는 그 그림들이 문제를 해결했다고 생각했지.

"하지만 그 사랑스러움의 근원이 뭘까?" 한낮의 열기가 온 마을을 달굴 때 둘째 바틀비가 물었어. 바틀비는 철학에 관심이 많았어. 논쟁을 즐겼다는 뜻이지. 검은 곱슬머리에 양쪽 눈 색깔이 달랐고, 여유로운 웃음을 지닌 소년이었어. "우리는 그 사랑스러움의 근원이 사라졌다고 보거나 그 사랑스러움이 실제보다 과장되었다고 봐야 해. 전자가 사실이라면 이 마을은 예전의 사랑스러움을 되찾을 수 있을지도 몰라. 하지만 후자가 사실이라면 이 마을을 있는 그대로, 시궁쥐 한 마리까지 받아들여야 해." 바틀비는 잠시 말을 멈추고 눈가에 내려앉은 곱슬머리를 쓸어 넘겼어. "시궁쥐가 꼭 나쁘다는 건 아니지만." 그러고는 씩 웃었어.

바틀비는 분주하게 돌아다니는 고아들의 집 원장을 불러 세우고 의견을 물었어.

원장은 철학을 따질 여유가 없었어. 아이들이 많은 만큼 할 일이 산더미였거든. 원장은 양팔에 하나씩 안은 빨래 바구니를 추어올리고 부랴부랴 계단을 내려갔어. 아이들 눈에는 엄청 늙어 보였지만, 놀라울 만큼 튼튼하고 기운차고 늘 부지런했어.

"너희들은 어려서 몰라. 직접 봤다면 알았을 거다. 한때는 정말 사랑스러웠어. 안전하고, 정겨웠지." 원장은 창밖을 흘끗 봤어. 깊은 주름들이 더욱 뚜렷해지면서 두 눈에 근심과 슬픔이 어렸어. "정말 안타까운 일이야. 끔찍이 안타까워." 그러고는 고개를 저으며 발걸음을 재촉했어.

하지만 아이들은 포기 안 했어. 마땅한 답이 있을 거라는 확신이 들었거든. 한동안 고아들의 집 근처를 지나는 마을 사람들이 쑥덕거리는 말을 엿들었는데, 사람들은 협곡의 바위가 변한 원인을 마을 귀퉁이에 사는 오거 탓으로 돌렸어. 하지만 아이들은 그 말을 전혀 안 믿었지.

"고려할 가치도 없는 헛소리야." 앤시아가 말했어.

"논리적으로 허술하고 윤리적으로도 저질이야." 바틀비가 덧붙였어.

셋째인 캐스는 평소처럼 아무 말도 안 했지만, 그런 식으로 불평하는 사람을 노려보곤 했어.

아이들이 그 말을 안 믿는 이유는 분명했어. 그 오거는 마을 외곽의 비뚤어진 집에 온종일 머물면서 해가 진 뒤에도 숲속 말고는 아무 데도 가지 않았으니까. 이따금 먼발치에서 오거를 목격하는 사람도 있었지만 아주 드문 일이었어. 아무도 오거가 어떻게 지내는지 몰랐어. 그러니 마을이 변한 게 오거하고 무슨 관련이 있겠어?

그래도 의문은 남아 있었어. 한때 마을이 그렇게나 사랑스러웠다면, 그 사랑스러움은 다 어디로 간 거지?

열 살 동갑인 포추네이트와 그래티튜드는 협곡의 바위가 예전에도 사랑스럽지 않았다는 의견이었어. 평소처럼 어디 반박해 보라는 듯이 팔짱을 끼고 굳은 표정을 지었지. 둘은 얼굴도 다르고 눈동자와 피부 색깔마저 달랐는데 자기들이 일란성 쌍둥이라고 주장했어. 그런데 실제로 묘하게 구별이 잘 안 돼서 별로 황당하게 들리진 않았어. 툭하면 포추네이트는 그래티튜드로, 그래티튜드는 포추네이트로 불렸지. 게다가 서로의 말을 대신 마무리하거나 서로의 생각을 읽기도 하는 모양이었어. 고아들의 집 식구들은 포추네이트와 그래티튜드가 한 영혼을 나눠 가졌다고 믿고 간단히 그 둘을 묶어 쌍둥이라고 불렀어.

"들어 봐." 포추네이트가 말했어.

"우리 다 따로따로 태어나서 여기 모였잖아." 그래티튜드가 이어서 말했어.

"한 바구니에."

"부모님은 죽거나 우릴 버리고 떠났지."

"친척이나 이웃들은 우리를 받아 줄 마음이 없었고."

"사랑스러운 마을에 설마 그런 일이 벌어지겠어?" 그래티튜드가 큰 소리로 물었어. 길고 날카로운 침묵이 흘렀어.

"아니. 그럴 리 없지." 포추네이트가 딱 잘라 답했어.

둘은 씩씩거리며 손을 잡고 자리를 떴어.

디어드레는 학교가 불탔을 때 마을이 망할 운명이었다고, 사람들이 교육을 못 받아서 멍청해진 거라고 믿었어. 일라이자는 진구렁 탓이라고 봤어. 그 거대한 진흙 구덩이 자체가 끔찍하니까. 히람, 이기, 저스티나, 카이는 마을이 사랑스럽든 말든 상관없었지만, 마음껏 밖에 나가 못 노는 건 엄청나게 억울했어.

"난 새까맣게 그을린 바위에 올라타고 싶다고! 엄청 재밌고 더럽잖아!" 저스티나가 툴툴거렸어.

"여기 덥다. 마당에서 씨름하자." 히람이 대뜸 말했어. 한 다리와 목발로도 다른 아이들보다 빠른 히람은 평소처럼 순식간에 사라졌어. 나머지 아이들은 히람을 따라 뛰어나가 잔디밭을 뒹굴거나 닭을 쫓거나 염소 두 마리하고 같이 놀았어. 일라이자가 쌍둥이에게 옛날이야기를 들려주는 동안 디어드레는 닭장 벽에 분필로 그림을 그려 이야기를 거들었어. 고양이들은 쥐를 쫓느라 화단을 돌아다니고, 아기들이 실내에서 낮잠을 자는 동안 원장의 남편인 마이런이라는 엄청 늙은 남자가 어린아이들을 목욕시켰어.

고아들의 집에 찾아온 평범한 날이었지.

앤시아, 바틀비, 캐스는 현관 계단에 앉아 다른 아이들을 지켜보면서 생각했어. 과연 도서관 화재가 마을을 변하게 만든 주된 원인일까?

이건 앤시아가 강력하게 미는 가설이었어. 앤시아는 늘 인과 관계를 따지는 아이였어. 틈만 나면 '따라서'라는 단어를 썼지. 앤시아가 알기로 도서관에 불이 나서 훌륭한 책들이 타 버렸고 근처의 나무들도 피해를 입었어. 참고할 만한 기록이 없는 마을이라면 나무를 살릴 방법을 못 찾겠지. 나무들이 죽고 홍수가 나서 진구렁이 생기자 더는 공원에서 놀기 위험해졌고, 그래서 울타리가 생겼을 테지. 그다음엔 담벼락, 그다음엔 자물쇠. 사람들은 해결책이 떠올라도 실패를 책임지고 싶지 않아서 나서지 않았을 거야.

"맞지?" 설명 끝에 앤시아가 물었어. 앤시아와 바틀비, 캐스는 팔꿈치로 계단참을 짚고 다리를 쭉 뻗고 있었어. 평소처럼 서로 어깨를 나란히 붙인 채였지.

"그저 논리야." 앤시아가 덧붙였어. "A가 참이라면 B도 반드시 참이고, B의 결과로 C가 발생하지. 마을이 변한 건 누구 잘못도 아니야. 화재 때문이지."

"그 가설에 이의를 제기할게." 바틀비가 말했어.

"난 네 얼굴에 이의를 제기할게. 게다가, 내가 나이가 더 많잖아." 앤시아가 받아쳤어. 그것으로 더 이상의 논쟁은 필요 없다는 듯이.

바틀비는 수긍할 수 없었어. 작은 아이들은 해가 저물도록 풀밭에서 뛰놀며 간간이 고개를 들고 오후의 기운 햇살을 즐겼어. 고양이 한 마리가 바틀비 무릎에 뛰어올라 몸을 말고 웅크렸어. 바틀비는 멍하니 생각에 잠긴 채 고양이를 쓰다듬었어. 그의 두 눈은 색깔이 확연히 달랐어. 한쪽은 갈색 바탕에 녹색과 금색 반점들이 있고 다른 한쪽은 우유를 들이부은 하늘처럼 희뿌옜어. 녹갈색 눈은 아주 멀리 떨어진 사물도 볼 수 있지만 희뿌연 눈은 빛과 그림자 정도만 구분할 수 있었어. 바틀비는 그 덕분에 자기가 사물을 두 가지 관점으로 볼 수 있고 어떤 문제라도 최소한 두 가지 견해를 지닐 수 있다고 믿었어.

"이 문제는 두 가지로 볼 수 있어." 마침내 바틀비가 말했어.

"두 가지로 볼 만한 문제가 아니야, 바틀비." 앤시아가 곧바로 짜증을 냈어.

"모든 문제에는 두 가지 측면이 있어. 한 상황은 여러 면을 포함해." 바틀비가 반박했어.

캐스가 코웃음을 쳤지만 끼어들지는 않았어.

"봤지? 캐스도 내 말에 동의하잖아." 앤시아가 꿍얼거렸어.

바틀비의 여동생인 커샌드라는 주로 캐스로 통했어. 언제나 짧은 머리에, 치마와 스타킹보다 바지와 부츠를 선호했지. 그리고 원래 말수가 적어서 바틀비가 캐스 몫까지 말하곤 했어. 캐스는 말보다 행동에 강했어. 늘 누가 시키기도 전에 마당을 쓸거나 장작을 쌓아 두거나 원장 손에 따뜻한 민트 차 한 잔을 쥐여 주는 아이였지.

"캐스도 입이 있어. 자기 할 말은 하는 애야." 바틀비가 말했어.

캐스는 바틀비의 어깨에 머리를 기대고 앤시아의 좁다란 신발에 투박한 자기 부츠를 바짝 붙였어. 세상에서 제일 좋아하는 두 사람 사이에서 눈을 감고 얼굴을 간질이는 햇살을 즐겼어. 누가 옳은지, 어떤 상황을 몇 가지 관점으로 봐야 하는지는 캐스에게 중요하지 않았어. 왜냐면 앤시아는 멋대로 논리를 펼치다가 스스로 궁지에 몰리기 일쑤고 바틀비는 툭하면 생각의 늪에 빠져 버렸거든. 누군가 중간에서 끌어내 줘야 했는데 그게 보통 캐스였지.

마을이 정말로 한때 사랑스러웠는지, 어쩌다 사랑스러움을 잃게 되었는지는 결국 중요하지 않았어. 어차피 마을은 중요하지 않았으니까.

고아들에게 가장 중요한 건 고아들의 집이었어. 아이들은 서로를 돌볼 뿐 아니라 원장과 원장의 남편 마이런도 보살폈어. 언제까지나 그럴 터였지. 고아들의 집에서는 모두가 함께였고,

그 사실은 문밖에서 무슨 일이 일어나는지와 관계없이 특별했어. 마을이 안전하든 위험하든, 너그럽든 인색하든, 아름답든 추하든 고아들의 집은 변함없이 좋은 곳이고 그 안에 있는 사람은 모두 좋은 사람들이었으니까. 고아들의 집 돌담 안에서만큼은 한 사람도 빠짐없이 안전했으니까. 그거면 충분했지.

우리는 서로를 아끼고 돌봐. 우리는 이곳에 속했고 서로에게 속해 있어. 그건 절대 안 변할 거야.

캐스가 옳았어. 그때까지는.

7

바위

잘 들어.

협곡의 바위에는 실제로 바위가 있었어. 마을이 생기기 전 실제로 협곡이었던 곳 한복판에. 그 옛날 협곡에는 나무들이 무성했어. 주로 떡갈나무와 물푸레나무와 플라타너스였지. 죄다 오래된 고목들이고 그 수가 하도 많아서 우람한 줄기와 사방팔방 뻗은 가지들 너머는 안 보일 정도였어. 아주 오래전 얘기지. 마침내 사람들이 찾아왔어. 그들은 길고 곧은 줄기와 굵은 나뭇가지들을 보고는 집이며 가구며 학교며 크고 훌륭한 건물들을 짓는 데 쓰기로 했어. 여러 세대가 지나도 튼튼하게 유지되도록. 사람들은 나무들을 베어 마을을 지었어. 물론 나무들 기분 같은 건 안 물어봤지. 아아, 지금도 흔한 일이잖아.

(마을을 만든 사람들은 그 바위를 눈여겨보지 않았어. 긴 세월이 흐르도록. 바위는 그러거나 말거나 했어. 원래 무심한 편

이었거든.)

마을 전설에 따르면 그 최초의 나무들로 만든 기둥들과 들보들은 과거를 기억했어. 그뿐만이 아니야. 그 최초의 나무들로 만든 기둥과 들보, 가구는 가끔 깊은 밤 어둠 속에서 자신의 이야기를 속삭였어.

적어도 나는 그렇게 들었어. 뭐, 나도 한밤중에 남의 집에 들어가 들을 수 있는 처지는 아니어서 뭐 하나 증명할 순 없지만.

그래도 참 안타깝지. 난 나무들의 이야기를 기억해.

물푸레나무는 좀 어리석은 생명체라 종종 두서없고 뜬구름 잡는 이야기를 하지만, 떡갈나무보다 더 훌륭한 이야기꾼은 세상에 없어. 마을이 생기기 오래전, 최초의 나무들이 빽빽할 때 협곡에는 이야기들이 와글거렸어. 그 이야기들은 깊은 뿌리와 길고 굵직한 가지에 담겨서 높고 멀리 뻗어 나갔지.

하지만 이제는 다 사라졌어. 도끼날이 이야기를 하나씩 쳐서 넘어뜨렸거든. 아직도 그 기억만 떠올리면 소름이 끼쳐.

그 바위는 그대로 남아 있었어. 아무 데도 안 가고 그 자리에 묵묵히. 아무도 알아차리지 못했어. 혹은 그냥 지나쳤거나.

바위는 중앙광장 바로 근처에 있었어. 거칠고 비뚠 데다 좀 칙칙한 색이라 눈에 띄는 바위는 아니었어. 그저 주변에 자연스럽게 섞였지.

언뜻 보면 그다지 큰 바위는 아니었어. 안락의자만 할까? 하지만 실제로는 겉으로 보이는 것보다 훨씬 더 컸어. 땅속 깊이 뻗어 있었거든. 얼마나 깊고 얼마나 뻗었냐고? 글쎄, 그건 아무도 몰라.

바위만 알았지.

그리고 바위는 말을 안 해.

보통은.

확실한 건 그 바위가 움직일 수 없다는 것뿐이었어. 무슨 수를 써도.

만약 누구든 지금 협곡의 바위에 가서 그 바위를 찾아 자세히 살펴본다면 겉에 문자가 새겨져 있는 걸 확인할 수 있을 거야. 오래전부터 비바람과 손길에 닳아서 대부분 지워졌지만, 남은 문자들은 수백 년 동안 잊힌 언어로 쓰여 있었지.

아무도 바위를 유심히 보지 않았고, 따라서 아무도 문자를 알아채지 못했어. 도서관이 불타고 나서도 한동안은. 그때 마을 주민들은 충격과 슬픔, 불신 속에서 헤매고 있었지. 그러다…… 바위에 눈길이 닿았어. 이웃들이 하나둘 모였어. 여럿이서 자세히 들여다보니 산처럼 보이는 형상도 있고, 용처럼 보이는 형상도 있고, 도끼에 베인 떡갈나무처럼 보이는 형상도 있었어.

그리고 보면 볼수록 더 많이 보였어.

"맙소사. 이거 꼭 집처럼 생기지 않았어?" 누군가 말했어.

정말 그랬어. 다들 동의했어.

"봐! 이건 마을이야."

그래, 정말 눈을 가늘게 뜨고 보면 어떤 마을처럼 보였어. 게

다가, 사람들이 그 형상에 손을 올리면 그 마을이 느껴지는 듯했어. 마음속 깊이.

"그리고 여기!" 그들은 다른 형상을 가리켰어. "불이야." 아니나 다를까, 그 형상에 손가락을 대니 뜨끈했어. 그러면서 왠지 모를 상실감이 밀어닥쳤어.

"그리고 여기 좀 봐!" 누군가 한 형상을 가리켰어. "이건 오거야." 세상에, 그 바위는 수많은 미스터리를 담고 있었어!

소문이 퍼지자 사람들이 더 많이 찾아왔어. 다들 바위 앞에 모여 앉아 그 속에 담긴 불가사의를 풀려고 노력했어. 여러 가설이 제시되고, 유력한 가설이 등장하고, 활발한 논의가 이어졌어. 즉흥적인 강의와 조직적인 토론회도 열렸지. 심지어 아이들을 위한 노래도 만들어졌고. 마을 사람들은 서로서로 좋은 생각을 나누었어. 비록 도서관을 되살릴 수는 없지만 함께할 수 있어서 좋았어.

이런 소식이 결국 시장 귀에 들어갔어. 시장은 저택의 웅장한 문을 열고 나와 평소처럼 황금빛을 흠뻑 머금었어. 아름다운 곱슬머리와 눈부신 미소를 지닌 그는 말할 때마다 번쩍번쩍 빛났어. 용들을 물리치고 세월이 많이 지났는데도 아직 그 명성은 시들지 않았어. 시장이 된 지도 꽤 오래됐을 때야. 다만 사람들은 그게 얼마나 오래됐는지 말하기가 어려웠어. 헤아리려고 하면 갑자기 두 눈이 몰리고 머리가 아팠거든. 하긴 위대한 시장이 있으면 됐지, 시간을 따져서 뭐 해?

시장은 눈을 치켜뜨고 중앙광장에 모인 군중에게 다가갔어. "어디 들어 봅시다." 그가 활짝 웃으며 말했어. 새하얀 치아가 보기만 해도 눈이 시렸어. "이게 다 무슨 의미죠?"

전직 사서들은 바위에 새겨진 문자의 기원설을 논했고, 실직한 언어학자들은 그 문자의 뿌리와 의미를 추측했어. 교사들은 학교가 다시 세워지면 바위를 수업 내용으로 다루자고 건의했고, 예술가들은 바위 주변에 조형물을, 건축가들은 그늘에서 쉬며 토론할 수 있는 쉼터를 만들자고 제안했어.

시장은 눈썹 사이를 좁히며 손을 뻗어 바위를 만졌어. 아무렇지 않은가 싶었는데, 별안간 낯빛이 창백해지더니 불에 덴 것처럼 소스라치며 손을 뗐어. 시장의 표정이 변하는 걸 눈치챈 사람이 있었는지는 몰라도 아무도 왜 그러냐고 묻지 않았어. 아마 아무도 눈치 못 챘을 가능성이 더 커.

(물론 나는 눈치챘지. 하지만 내가 눈치챈 걸 아무도 눈치 못 챘어. 뭐, 나한테는 익숙한 일이야.)

"그러니까……." 한 사서가 말문을 열었지만 곧 가로막혔어.

"그만!" 시장이 멋진 부츠를 철컥 내리쳤어. 황금 버클이 햇빛에 번쩍이자 중앙광장에 있던 사람들은 눈을 가렸어. 시장은 멋진 코트의 매무새를 고치고 자신을 흠모하는 사람들을 굽어봤어. 그는 천천히 고개를 저었어. "우리의 소중한 공동체 안에서 이렇게 의견 차이가 심하다니 마음이 몹시 아픕니다." 그러고는 두 손을 가슴에 포개며 고개를 떨궜지.

마을 사람들은 숨이 턱 막혔어. 자신들의 아름다운 시장이 괴로워하는 모습을 보니 견딜 수가 없어서 말이야. 그렇게 의견 차이가 심했나? 이웃들은 서로서로 노려봤어. 입매가 뒤틀리고 눈썹이 구겨지더니 금세 모든 얼굴이 사납게 변했어.

시장은 곧장 목수들을 시켜 무거운 나무 덮개를 만들어 바위를 덮어 버렸어. 눈에서 멀어져 기억에서 사라지도록. 나무 덮개는 표면이 매끈매끈하고 이음새가 꼭 맞물려 있어서 오랜 세월 바람과 날씨를 견뎠어. 더는 바위를 볼 수 없게 되자 사람들은 그 존재를 까맣게 잊어버렸어.

하지만 결국 나무는 좀먹고, 모서리가 벌어졌어. 끝내 나무 덮개는 허물이 되어 벗겨졌어. 황폐한 마을에 쓰레기가 하나 더 추가되었지. 어차피 중앙광장은 쓰레기와 잔해가 산더미처럼 쌓여 있었어. 사람들은 쓰레기 더미 앞을 지날 때마다 혀를 차며 불평했지만 그 쓰레기들이 어디서 나왔는지, 왜 거기 모였는지는 깊이 생각을 안 했어. 누구도 쓰레기 더미에 가려 그 자리를 지키고 있는 바위를 알아차리지 못했어. 사람들의 눈길은 무심하게 바위를 스쳐 지나갔지.

자.

그날, 시장이 바위에 손을 얹었을 때 대체 무슨 일이 일어났던 걸까? 왜 갑자기 시장의 낯빛이 변한 거야? 그가 뭘 눈치챈 거지? 글쎄, 누가 알겠어? 시장이야 모른 척할 게 뻔한데.

물론 네가 직접 바위한테 물어볼 수도 있어. 하지만 너도 이렇게 생각하겠지. **바위는 말을 안 해.**

맞아. 바위는 말을 안 해.

보통은.

8

째깍째깍

고아들의 집 원장처럼 그의 남편 마이런도 나이가 아주 많았어. 아이들은 두 사람 나이를 알고 싶어 했지만 원장도 마이런도 절대 말을 안 해 줬어.(오십 살? 백 살? 백오십 살? 어느 쪽이든 아이들한테는 까마득해서 감도 안 왔지만.) 한 가지는 확실했어. 두 사람은 어릴 때부터 친구이자 연인이었고 비록 마이런이 몇 살 아래지만 원장이 더 팔팔하다는 거. 원장은 늙었지만 뼈대가 다부지고 몸놀림이 민첩했어. 늘 기운이 넘쳤지.

마이런은 안 그랬어. 한쪽 뺨과 목덜미, 손과 팔에 화상처럼 보이는 깊은 흉터가 있었어. 아이들이 종종 그 흉터에 대해 물었지만 마이런은 늘 대답을 얼버무렸어. 세월이 많이 흘렀어도 그 일은 입 밖에 내기가 괴로웠거든. 게다가 마이런은 고아들의 집에서 가장 자주 아픈 사람이었어. 기침을 자주 하고 호흡이 거칠었어. 어떨 때는 얼굴이 창백해지고 눈빛도 탁해졌어. 그리고 자주 졸았어. 날이 갈수록 잠이 늘었지. 큰 아이들은 그걸 눈치채고 걱정하지 않으려고 애썼어. 마이런이 춥지 않도록 담요로 발을 덮어 주고 기운을 차리도록 민트 차 한 잔을 가져다주었어. 아이들은 안심이 될 때까지 최선을 다했어. 마이런이 괜찮을 거라고. 모든 게 괜찮을 거라고.

하지만 앤시아는 이따금 마이런 걱정에 잠 못 이뤘어. 마이런의 몸은 쇠약했지만 정신은 여전히 예리하고 기민했어. 앤시아는 정신의 힘을 굳게 믿었어. 자기만 해도 정신력으로 언어와 수학과 논리를 배웠으니까. 땜일과 목공과 바느질은 또 어떻고? 앤시아는 정신을 잘 다스리면 못 할 게 없다고 생각했어. 그래서 마이런의 또렷한 정신이 그럭저럭 육체를 이끌고 갈 거라 믿었지. 가족들한테는 그가 필요했어.

마이런과 함께 움푹움푹 팬 거리를 걸으면서 앤시아는 이런 생각에 빠져 있었어. 마이런의 왼손은 앤시아가, 오른손은 일라이자가 잡고 걸었어. 마이런은 두 아이의 손을 꽉 쥐고 주변을 이리저리 살폈어. 그늘 하나 없이 해가 맹렬히 내리쬐서 바닥에 나뒹구는 쓰레기와 씰그러진 문틀, 창문을 가린 판자에 적힌 험한 말들이 하나하나 선명히 드러났어.

걸으면서 일라이자는 이야기를 했어. 앤시아는 진작에 듣기를 포기했지만 일라이자는 끊임없이 조잘댔어. 입에서 이야깃거리가 줄줄이 흘러나왔어. 위험한 비밀을 알고 있는 바위, 꿈을 꾸고 말을 하는 나무들, 누구나 말도 꺼내기 싫을 만큼 성질

고약한 용, 깊은 산속에 사는 오거 무리 등등. 일라이자의 이야 기는 휘어지고 얽히고 꼬였어. 앤시아는 도저히 집중할 수가 없 었어.

"서두르자, 얘들아." 마이런이 발걸음을 재촉했어.

"그러자 그때, 까마귀들이 과연 뭐라고 했게!" 일라이자가 아 랑곳하지 않고 말을 이었어.

앤시아는 지친 듯 눈알을 굴렸어.

세 사람은 중앙광장을 지났어. 장날이 아니어서 아무도 광장 에서 물건을 사고팔 수 없었어. (마을의 최신 법령이었지. 아래 쪽에 **치안 유지**라고 적힌 표어가 곳곳에 내걸렸어.) 그렇지만 여전히 몰래몰래 호객하는 장사꾼들이 있었어. 곤란해지면 바 로 자리를 뜰 수 있게 몸을 사리면서 말이야.

"옷이요!" 한 여자가 좌판에서 소리쳤어. "사거나, 팔거나, 바 꿔 가세요! 버린 옷, 해진 옷, 자투리, 누더기, 장식, 벨벳 가운까 지! 다 있어요!" 여자는 혹시 누가 신고할세라 광장을 계속 두 리번거렸어.

"쇠붙이, 날붙이, 공구 일체!" 한 남자가 쓰레기와 잔해 더미 옆에서 외쳤어. "시계 부품, 스프링, 나사못! 죔쇠 안 필요하세 요? 경첩은요? 철사는요? 쇠줄은요? 골라요, 골라!"

앤시아는 그쪽을 흘낏 보았어. 남자는 자질구레한 것들을 펼 쳐 놓고 있었어. 보아하니 근처 쓰레기 더미에서 주운 고철들 같은데, 자기만 그 고물 더미를 뒤졌을 리 없다는 듯 당당했지.

지나가던 행인이 순경을 부르겠다고 으름장을 놓았어.

"저 남자가 내 생각을 훔쳤어." 앤시아가 투덜거렸어.

중앙광장의 쓰레기 더미는 정말 쓸모가 많았어. 앤시아는 꼬마 시절부터 거기서 잡동사니를 발굴해 이것저것 만들곤 했어. 하지만 혼자서는 중앙광장에 나올 수 없으니 원장이나 마이런의 심부름을 할 때만 들렀어. 거기서 멀쩡한 못을 한 움큼이나 찾았어. 다양한 나사, 튼튼한 노끈, 고장 난 시계들도. 시계 속의 톱니바퀴와 스프링은 다른 용도로 쓸 수 있었지. 고철뿐 아니라 뜨개바늘과 버려진 실도 찾았어. 번번이 새로운 걸 발견했지. 앤시아는 버려진 물건에서 가치를 찾는 재주가 있었어.

"다른 사람 생각을 훔치는 건 비겁해." 앤시아가 인상을 쓰며 남자를 매섭게 쏘아봤어.

"애야, 생각은 훔칠 수 없는 거란다." 마이런이 혀를 차며 말했어. "애초에 가질 수 없으니까. 해를 가질 수 없고 공기를 가질 수 없고 비를 가질 수 없는 것처럼. 땅에 심은 씨앗은 햇살과 비를 먹고 자라지만 그 씨앗이 어디 자라겠다는 생각을 품더냐? 태양이 빛나겠다는 생각을 품더냐? 비가 땅을 적시겠다는 생각을 품더냐? 물론 아니지. 생각은 저절로 싹트는 거야. 그걸 막거나 빼돌릴 수 있다는 건 말이 안 돼."

앤시아는 눈썹을 와락 구겼어. 마이런은 바틀비처럼 철학을 즐겼는데 그건 앤시아의 심기를 불편하게 할 뿐이었지. "난 동의 안 해요." 앤시아가 대꾸했어.

"알고 보니!" 일라이자는 앤시아나 마이런의 말을 귓등으로 흘리며 꿋꿋이 이야기를 이어 나갔어. "그의 얼굴은 사실 변장이었던 거야! 마을 사람들은 꿈에도——"

"다 왔다!" 푸줏간에 도착하자 마이런이 일라이자의 말을 끊고 문안으로 아이들을 밀어 넣었어. 앤시아는 콧잔등을 찡그렸어. 푸줏간에서 나는 냄새가 싫었거든. 소금과 연기, 두려움과 슬픔의 냄새. 앤시아는 호주머니에서 허브로 만든 향낭을 꺼내 코에 대고 깊이 들이마셨어.

계산대에서 한 남자가 푸줏간 주인과 옥신각신하는 참이었어. 아니, 푸줏간 주인이 일방적으로 따지고 남자는 가만히 고개를 주억거렸어. 키가 크고 어깨가 넓은 남자였어. 고리와 주머니가 주렁주렁 달린 모직 바지를 입었는데, 주머니마다 갖가지 공구들이 들어 있었어. 앤시아는 감탄했어. 공구를 워낙 좋아했거든. 공구를 보관하기 제격인 장소들도. 남자는 차분한 목소리로 조곤조곤 말했어.

얼룩진 앞치마를 입은 푸줏간 주인은 팔이 가늘고 배가 불룩한 데다 눈 밑이 거무스름하고 안색이 나빴어. 앤시아는 그가 바깥 활동을 거의 안 할 거라고 짐작했어. 그가 화를 내니 목에 핏대가 서고 얼굴이 울긋불긋 달아올랐어. 앤시아는 숨죽이고 지켜봤어.

"거참 훌륭한 우정이구먼!" 주인은 침을 튀기고 입술을 일그러뜨렸어. "아주 훌륭해! 내가 그렇게 잘해 줬는데 이딴 대우나 받다니!"

"조녀선, 대체 왜 그러는 거야?" 공구를 가진 남자가 초조한 듯 두 손을 깍지 껴 턱에 대고 말했어. "난 계약을 변경하자는 게 아니고, 그럴 생각도 없어. 그건 인정머리 없고 상도에 어긋나니까. 난 구두를 만드는 데 가죽이 필요하고, 자네는 꾸준히 들여오는 물건이 안 팔리면 어차피 버리게 되니 나한테 떨이로 넘기기로 합의했지. 이미 악수하고 서명까지 했잖아. 지금 말을 바꾸는 사람은 내가 아니라 바로 자네야. 대체 왜 그러는지 이해가 안 가." 그는 두 손을 계산대에 툭 떨궜어.

"오! 이제 날 모욕하는 거야?" 푸줏간 주인은 두 손을 마구 휘저었어. 이어서 덧붙인 말들은 너무 무례해서 앤시아는 숨을 헉 들이켰고 일라이자는 손으로 귀를 틀어막았어. 주인은 휙 돌아서서 수건을 바닥에 던지고 집기를 달그락거리며 왔다 갔다 했어. "이런 제기랄! 마을이 어쩌다 이 지경이 된 거야? 한때는 얼마나 정겨웠는데!"

공구를 가진 남자는 계속 조곤조곤 설명하고 푸줏간 주인은 계속 길길이 날뛰었어. 한동안 실랑이가 이어지자 결국 마이런이 목을 가다듬고 끼어들었어. "실례합니다." 마른 가지처럼 애처로운 목소리였어. 앤시아는 용기를 북돋기 위해 마이런의 손을 꽉 쥐었어. 평소에도 소심한 편인 마이런은 푸줏간 주인의 붉으락푸르락한 얼굴을 보고는 잔뜩 움츠러들었어. 그때 공구를 가진 남자가 뒤돌아봤고, 두 사람 얼굴에 환한 웃음이 번졌어. "오! 자네였군! 잘 지냈나, 아서?" 마이런이 반갑게 인사했어.

"이런, 마이런!" 남자가 성큼 다가왔어. 두 사람은 껴안으며 서로 등을 두드렸어. "오랜만이군요. 고아들의 집에 한 번 들러 원장님도 뵈려고 했는데 요새는 워낙 집 밖에 다니기 무서워서요. 세월만 무심히 흐르네요."

마이런이 뭐라고 대답도 하기 전에 푸줏간 주인이 팔짱을 낀 채 고함을 질렀어. "오! 이제 둘이 한통속으로 날 등쳐 먹겠다는 거지? 내가 모를 줄 알고! 용건이 뭔지 어디 말해 보쇼, 영감! 무슨 꿍꿍이인지 들어나 보자고!"

마이런은 쭈뼛쭈뼛 계산대로 다가가 작은 목소리로 외상 얘기를 꺼냈어. 앤시아는 일라이자와 함께 뒤로 물러서서 문에 등을 기댔어. 왜 마이런이 참하게 굴라고 일찌감치 당부했는지 그제야 이해했어. 푸줏간 주인은 별로 친절한 사람이 아니었거든. 앤시아는 제 딴에 최대한 참한 표정을 지어 보였어.

"그 이상한 표정은 뭐야?" 일라이자가 속삭였어.

"쉿." 앤시아가 다그쳤어.

"말이 나와서 하는 말인데, 옛날 옛적에 어떤 용이 있었거든——"

"으으. 옛날이야기라면 지겨워, 일라이자."

푸줏간 주인이 언성을 높였어. "순 날강도들! 이 마을엔 죄다 사기꾼에 날강도만 남았어! 저 어린것들도 그렇게 키우는 거지? 그게 당신 수작이지? 안 그래도 시장님이 이 마을에 추잡한 짓이 벌어지고 있다고 경고했는데, 그 말이 맞았어! 미래의 범죄자들을 양성하는 고아원이라니, 부끄러운 줄 아쇼!"

"맙소사! 그럴 리가!" 마이런이 기겁했어.

"조녀선, 지금 그게 무슨 말도 안 되는 소린가." 공구를 가진 남자가 상황을 진정시키려고 애썼어.

"저건 몇 살이나 됐지?" 푸줏간 주인이 앤시아를 가리키며 물었어.

앤시아는 움찔했어. 하지만 참하게 굴라던 말을 기억해 내곤 재빨리 싱긋 웃으며 한쪽 다리를 뒤로 살짝 빼고 무릎을 약간 구부렸어. 책에서 본 예절이고 그 순간에 적절하다고 생각했거든. "전 열세 살이에요. 올가을에 열네 살이 된답니다."

푸줏간 주인은 입꼬리를 씰룩였어. "열넷이라고? 저런, 저런. 시간이 다 되어 가는구나. 째깍째깍. 머잖아 길거리에 나앉게 될 거다. 멋진 생일 선물 아니니? 그게 규정이라고 누가 말 안 해 주던?" 그가 험악하게 웃었어.

앤시아는 눈을 깜빡였어. 무슨 말인지 전혀 몰랐거든. 설명이 필요하다는 눈으로 마이런을 보자 마이런은 푸줏간 주인을 야멸차게 노려봤어. "그게…… 무슨 말이에요?" 앤시아의 목소리는 연못에 조약돌이 빠지는 소리처럼 쪼끄마했어.

"그건 그냥, 그냥……." 마이런이 말을 더듬었어. "황당한 소리야. 그러니까……."

"조너선, 자네 대체 왜 그러는 거야? 어디서 무슨 소릴 듣고 이래?" 공구를 가진 남자가 끼어들었어.

"시장님이 오늘 아침에 다녀가셨어. 요즘 여기저기 사악한 짓이 나돌고 있으니 조심하라고 경고하시더군. 교활한 음모! 속임수! 온갖 협잡질이 판을 친다고. 내가 어디 허술하게 당할까 봐! 아무도 날 못 속여! 소위 친구라는 것들의 말이라 해도!" 그는 목부터 벌게진 얼굴을 돌려 앤시아를 봤어. "그리고 너! 장차 도둑! 고아들은 열네 살이 될 때까지만 고아원에 머무를 수 있다는 거 알지? 법전에 나와 있잖아. 너처럼 게으른 녀석들은 일찌감치 제 살길을 찾아야 해! 기술이라도 배워서 밥벌이를 해야지! 그건 법이야, 법. 고아원에서 잡일만 하면 뭐 해! 너희 고아들을 평생 먹여 살리라고 내가 세금을 내는 줄 아냐!"

마이런은 두 팔을 날개처럼 퍼덕이며 아이들을 문으로 내몰았어. "둘 다 잠깐 나가 있으렴." 크게 벌어진 눈이 이리저리 방황했어. "창가에 있어라. 내가 볼 수 있게. 돌아다니면 위험하니까."

마이런은 아이들을 내보내며 속삭였어. "걱정들 마라. 실성한 사람이 하는 헛소리니까 귀담아들을 것 없어." 마이런은 아이들을 꼭 껴안고 볼에 입 맞춘 뒤 다시 고함치는 푸줏간 주인에게 돌아갔어.

앤시아와 일라이자는 돌바닥에 서 있었어. 뜨거운 햇살이 가차 없이 내리쬤지만 앤시아는 두 팔로 몸을 감싼 채 오들오들 떨었어. 두 눈이 모래로 만들어진 것처럼 뻑뻑했어. **열네 살? 정말? 왜 아무도 말 안 해 줬지?**

앤시아가 아주 어렸을 때, 고아들의 집에는 앤시아보다 큰 아이가 네 명 있었어. 앤시아나 다른 아이들처럼 아기 때부터 고아들의 집에 살게 된 게 아니라 어렸을 때 우연히 부모를 잃고 들어온 아이들이었어. 얼마 머무르지도 않았어. 한동안 원장과 마이런의 보살핌을 받다가 인생의 다음 장을 시작했지.

원래 고아들의 집은 그런 곳이었어. 도서관이 불타기 전, 마을이 변하기 전에 고아들의 집은 따뜻하고 안전할 뿐 아니라 잠시 거쳐 가는 장소였어. 예전에는 어려운 이웃이 새 삶을 꾸리도록 온 마을이 도왔어. 하지만 이제 고아들이 갈 만한 곳이 어디에도 없어서 아기 때 고아들의 집에 온 아이들은 그대로 그냥…… 머물렀지.

앤시아도 평생 고아들의 집에서 살 줄 알았어. 달리 어딜 갈 수 있겠어? 거리를 둘러보니 깨진 창문들, 문을 뒤덮은 판자들, 움푹움푹 팬 돌바닥, 화재로 무너진 건물들의 잔해가 눈에 들어왔어. 거리는 마치 이가 듬성듬성 빠진 입처럼 보였어.

일라이자가 앤시아의 불안을 눈치채고 손을 꽉 잡았어. "옛 도서관에 관한 이야기가 있어." 앤시아는 너무 낙담해서 짜증을 낼 기운도 없었어. "불이 난 그날 일 말이야. 혹시 도서관이 마법이란 거 알았어? 아니면 그 안의 책들이나?"

앤시아는 눈을 질끈 감았어. "마법은 없어, 일라이자. 너도 알

만큼 알잖아."

"잘만 생각하면 마법은 어디에나 있어. 정확히는 마법이 아닌 것도 있지만, 알고 보면 꽤 비슷해." 일라이자는 머릿속에 있는 것을 다 털어놓기에 하루도 모자란다는 듯이 늘 빠르게 말했어. "우리 도서실에 가 봐. 내가 어떤 책을 펼쳤더니 글쎄, 도서관 화재 때 나온 연기를 내뿜더라니까. 진짜야! 진짜 연기였어! 그러니까 도서실은 마법일지도 몰라. 그 안의 책들이 마법이니까 말이야. 한번은 책이 시공간을 구부러뜨린다는 글도 읽었어. 한 장소에 책이 많으면 많을수록 시공간이 휘어지고 뒤틀리고 구부러진다는 거야. 그게 사실인지는 모르겠지만, 왠지 사실인 것 같아. 물론 책에서 읽은 내용이니까 그 책이 그냥 뻐기는 걸 수도 있고."

앤시아는 눈을 감은 채 고개를 쳐들고 콧김을 길게 내뿜었어. "일라이자, 책들은 뻐기지 않아." 목소리에 짜증이 덕지덕지 묻어났어.

"흠, 뻐길 만도 한데. 어쨌든, 도서관에 있던 어떤 책에 관한 이야기가 있어. 시간을 벗어나 역사를 네 방향으로, 그러니까 앞뒤, 안팎으로 얘기하는 책이었지. 아마 그것도 마법은 아닐 테지만, 분명 거의 비슷할 거야."

"엉터리." 앤시아가 받아쳤어.

"생각해 보면 그렇다니까." 일라이자가 웃으며 말하곤, 앤시아의 손을 놓고 허리에 팔을 감았어. 일라이자는 나이에 비해 꽤 작은 편이라 머리가 앤시아의 어깨에 닿을까 말까 했어. 그래서 스스로 안기다시피 앤시아를 꼭 껴안았어. "아까 들은 헛소리는 신경 쓰지 마. 나는 이 이야기가 어떻게 끝나는지 알아. 고아들이 세상을 구할 거야. 어떻게 구하는지는 모르겠지만 확실해. 우리가 함께 해낼 거야. 날 믿어."

앤시아는 고개를 절레절레했어. 일라이자는 고아들의 집 모든 아이 가운데 가장 이상했어. 그래도 그 근거 없는 자신감이 왠지 위안이 됐어. 앤시아도 일라이자를 마주 안았어. 그때 마이런이 비틀거리며 문밖으로 나왔어.

"다시는 오지 마쇼!" 푸줏간 주인이 고함쳤어.

"마이런, 걱정 마세요." 공구를 가진 남자가 말했어. "이 상황을 시장님한테 건의해 볼 테니까요. 그분이 알아서 잘 해결해 줄 거예요. 이제껏 늘 그랬잖아요!" 남자는 시장을 떠올리자 눈이 풀리고 표정이 나른해졌어.

마이런은 눈을 내리깔고 안절부절못했어. 당황한 기색이 뚜렷했지. 앤시아는 눈살을 찌푸린 채 마이런과 그 남자를 번갈아 쳐다봤어.

"지금도 그렇나?" 마이런이 중얼거렸지만, 공구를 가진 남자는 못 들은 눈치였어. 남자의 두 눈은 마치 꿈을 꾸는 것처럼…… 몽롱했어.

마이런은 앤시아와 일라이자에게 억지웃음을 지어 보였어. "시장님을 참 좋아하는 모양이구나." 그러고는 목을 가다듬었어. "그럼, 가자, 얘들아. 우리 원장님이 기다리겠어!"

일라이자는 두 손을 호주머니에 푹 찔러 넣으며 울상을 지었어. "고기 안 사요? 그럼 저녁은 어떡해요?" 그 말에 호응하듯 일라이자 배에서 꼬르륵 소리가 났어.

마이런은 입술을 깨물고서 한숨을 내쉬었어. "오늘은 참자. 푸줏간이 더는 외상을 안 주겠다는구나. 걱정 마라, 얘야. 다 괜찮을 거야. 돈이 좀 모일 때까지 채소 수프를 먹으면 돼. 그래, 그때 잔치를 벌이자꾸나! 얼른 가자!"

"아, 좋죠. 또 채소 수프군요. 아침, 점심에 이어 저녁까지요. 어느 누가 지겨워하겠어요?" 일라이자가 심통 난 얼굴로 투덜거렸어.

마이런은 아이들의 손을 잡아끌었어.

앤시아는 따라가다가 발을 헛디뎠어. 그러다 얼떨결에 푸줏간을 돌아보니 창문 안쪽에서 주인이 서둘러 떠나는 자신들의 뒷모습을 노려보고 있었어. 앤시아와 눈이 마주치자 주인은 히죽 웃었어. 그러더니 집게손가락을 들어 양옆으로 까딱거렸어.

째깍째깍. 그가 입 모양으로 말했어.

앤시아는 홱 돌아서며 마른침을 꼴깍 삼켰어. 이때까지 한 번도 시간에 대해 진지하게 생각해 보지 않았어. 하루하루 사느라 바쁜데 시간을 뭐 하러 따지겠어? 앤시아는 머릿속으로 나뭇잎 색이 변하고 밤바람이 쌀쌀해질 때까지 남은 시간을 헤아렸어. 자신에게 남은 시간을.

오거가 잠망경으로 본 것

만약 그 비뚤어진 집을 짓는 데 얼마나 걸렸는지 누가 물어본다면 오거는 당황할 거야.

물론 시간이 오거족에게 다르게 흐르는 건 아니야. 어떻게 그러겠어? 시간은 시간이지.

하지만 그게 다는 아니야.

우리는 시간이 꾸준히 안정적으로 흐른다고 생각하지. 자에 표시된 눈금처럼 초와 분이 나뉘어 있을 거라고 말이야. 하지만 절대 안 그래. 시간은 늘어나고 뭉치고 이리저리 흔들려. 고리처럼 꼬이거나 납작하게 눌리거나 매듭처럼 묶이기도 해. 땅에 묻힌 바위하고 우주를 가르며 돌진하는 혜성은 서로 다른 시간을 경험하기 마련이야.

시간은 상대적이라고들 하잖아. 물론 마법은 아니지만 마법처럼 느껴질 수도 있어. 오거는 인간하고 시간을 다르게 느껴.

그들의 삶이 길고 길어서 그래. 어쩌면 너도 집에서 비슷한 상황을 겪어 봤을 거야. 엄마나 아빠한테 뭔가를 얼마나 기다려야 하는지 물어보면 '오 분'이라고 대답하곤 하잖아. 부모가 보기에 오 분은 시간도 아닐 거야. 하지만 기다리는 아이한테는 오 분이 엄청나게 길게 느껴질 때도 있어. 무엇을 기다리느냐에 따라 영원처럼 느껴지기도 하고.

인근 농부들이 보기에 오거가 집을 짓는 데는 엄청나게 시간이 오래 걸렸어. 계절이 바뀌고 해가 바뀌면서 사람들은 애초에 오거가 마을에 온 것도, 심지어 자기 집 근처에 산다는 것도 잊고 지냈어. 오거는 낮 동안 땅굴에서 지내고 밤에만 나와서 두 손으로 집을 지었으니까. 조용하고 차분하게, 아주아주 천천히. 이웃들은 거의 눈치채지 못했어. 그보다 까마귀 수가 늘어난 걸 먼저 눈치챘지.

마을 곳곳에 띄엄띄엄 앉아 있던 까마귀들이 오거의 농장에 모여들었어. 시끄럽게 퍼덕이는 커다란 날개와 날카로운 부리를 지닌 까마귀들이 하늘을 검게 물들였어.

바로 그래서 이웃들이 오거를 힐뜯게 된 거야. 예로부터 까마귀는 죽음을 부르는 흉조다, 그런 흉조가 떼로 몰려다니며 어울리는 존재라니 얼마나 불길하겠냐면서 다들 입만 열면 구시렁거렸지.

오거는 마을 사람들 입방아에 오른 걸 전혀 모른 채 차근차근 집 짓기에 열중했어. 원래 자기 게 아니면 탐내지 않았어. 밤마다 숲에서 이미 쓰러져 있는 나무들을 짊어지고 와서 말린 다음 쪼개서 목재로 만들었어. 돌이 필요하면 농장에서 파낸 돌이나 개울에서 발견한 돌만 썼어. 숲에서 버려진 연장들을 발견했을 때도 혹시나 주인이 찾으러 올까 봐 꼬박 일 년을 기다린 뒤에야 주웠어.

오거는 숲의 지리를 다 외웠어. 모든 그루터기와 바위, 산딸기와 호두나무 군락, 버섯 군락과 소금밭, 심지어 조금 망가졌지만 나름대로 쓸 만한 망치가 있던 도랑까지 세세히 기억했어. 어쩌다 주인이 떨어뜨렸거나 군데군데 쌓인 쓰레기 더미에서 떨어져 나온 것이었겠지.

참 유감스럽게도, 어떤 마을 주민들은 가끔 숲에다 쓰레기를 버렸어. 숲은 넓고, 나 하나쯤이야 싶었던 거지. 물론 고약한 짓이지만, 결과적으로 오거한테는 도움이 됐어. 사람들이 소홀히 여기는 것들에서 가치를 발견하곤 했거든. 원래 오거족은 자기가 필요한 걸 찾아내는 재능이 뛰어나.

오거는 가끔 용 한 마리가 숲을 어슬렁거린다는 걸 알고 있었어. 그건 명백한 걱정거리였어. 밤에 산책을 하다가 용의 흔적을 발견하곤 했는데, 언제나 초승달이 뜰 무렵이었어. 용의 빛나는 비늘이나 영롱한 발톱 조각이 땅에 떨어져 있었어. 덜 자란 나무들이 뿌리째 뽑혀 나뒹구는가 하면 거대한 수풀 더미가 마구 짓밟혀 있기도 했어. 그리고 간혹, 내장이 파헤쳐진 동물의 사체도 맞닥뜨렸어. 죽은 동물의 두 눈은 용을 마주친 순간의 공포로 하얗게 질려 있었지. 그것도 엄청 드문 일이었어. 오거도 그 용을 직접 본 적은 없어. 용은 주로 낮에 활동하고 햇살 아래 느긋이 낮잠을 즐기곤 했으니까. 그런 면에선 고양이를 닮았지.

사실 오거는 그 긴 일생에서 용을 단 한 번도 만난 적이 없어. 하지만 용에 대해 알고는 있었지. 대부분 근엄하고 현명한 생명체지만 가끔…… 나쁜 길로 빠진다는 걸. 누구나 그럴 수 있잖아. 예컨대 오거족 마을을 파괴한 용처럼 말이야. 오거는 이웃들이 위기에 처했을 때 마을을 떠나 있던 자신이 도무지 용서가 안 됐어. 그런데 이 마을에도 한 마리가 도사리고 있으니, 증거도 없이 남을 판단하면 안 된다는 걸 알면서도 혹시나 흉악한 용일까 봐 경계를 늦추지 않았어.

오거는 까마귀들에게 용을 보면 알려 달라고 부탁했지만 까마귀들은 오거가 무슨 말을 하는지 전혀 몰랐어. 오거는 까마귀 말로 용이 뭔지 몰랐고 오거 특유의 장황한 설명은 전혀 도움이 안 됐지. 까마귀들은 어깨를 으쓱하며 좀 더 기분 좋은 이야기로 화제를 돌리려고 했어. 저녁 식사나 별구경, '아주 훌륭한 까마귀들' 같은 화제가 제격이었지.

오거는 벌집을 돌보기도 했어. 꿀벌들이 오거의 초대를 받아들여 농장에 벌집을 지었거든. 오거는 여왕벌이 허락할 때만 꿀이나 왁스를 떴어. 보답으로 야생화 씨앗을 뿌려서 벌들의 먹이를 책임졌지. 벌들은 꽃씨를 더 넓게, 더 멀리 퍼뜨렸어. 꽃밭은 해마다 벌과 함께 불어났어. 오거는 더 많이 줄수록 더 많이 갖게 되었지. 이 마법은 어디에나 존재했어.

가끔 오거는 한밤중에 마을 안을 걸어 다녔어. 언제나 고요했어. 팽팽하고 오싹하고 갑갑한 고요함이었지. 까마귀들은 그런 분위기를 싫어했어. 그래서 오거는 까마귀들이 잠들었을 때 혼자 거리를 걷곤 했어.

까마귀들은 마을에 관심을 기울이는 오거를 이해할 수가 없었어. "깍!" 까마귀들이 외쳤어. "이 마을은 생각도 하지 마! 우리도 안 한 지 오래니까!"

"깍!" 까마귀들이 덧붙였어. "한때는 서로서로 돌봤지만, 지금은 창이며 문이며 걸어 잠그고 자기들끼리 지지고 볶지!"

"깍!" 한 까마귀가 투덜거렸어. "얼마나 의심 많고 인정머리 없는지, 꼴도 보기 싫어! 이깟 마을을 뭐 하러 생각해! 나처럼 늠름한 까마귀나 생각하라고!" 그 까마귀는 자기주장을 증명하려고 가슴을 한껏 부풀렸어.

오거는 까마귀 친구들을 사랑했고 모두 훌륭하다고 칭찬했어. 하지만 협곡의 바위에는 여전히 슬픔과 상실감이 감돌았어. 마을 변두리에서도 느낄 수 있었지. 오거는 사람들을 돕고 싶었어.

집에 돌아온 오거는 말려서 다듬은 목재로 식탁 다리와 의자를 만들고 개울에서 주운 돌들로 자기 몸보다 두 배는 넓고 세 배는 긴 굴뚝을 만들었어. 모래를 녹여 판유리를 만들고 솜털 같은 버들강아지로 쿠션 속을 채워 꿰맸어. 까마귀들은 이곳저곳 쏘다니며 창문에 달 장식품과 벽에 붙일 예쁜 종이들을 물어 왔어. 포크, 숟가락, 심지어 훌륭한 파이 틀도 주워다 줬어. 그선물들은 까마귀들이 날개를 활짝 펼치며 내보일 때마다 달빛을 받아 반짝였어.

"깍!" 오거는 기뻐서 탄성을 질렀어. 까마귀 말의 미묘한 억양차이를 배우려고 노력했지만 아직 서툴렀어. 하려던 말은 '너희는 정말 정다운 친구들이야. 선물들도 마음에 꼭 들어!'였는데 한 끗 차이로 어감이 삐끗한 나머지 실제로 나온 말은 이랬어. '너희 깃털은 양지에서 은은히 풍기는 거름 냄새가 나! 정말 지독하고 멋져!' 다행히 까마귀들은 오거의 의도를 파악했어. 어린 까마귀가 처음 말을 배울 때 흔히 하는 실수였거든. 그리고자기네 말을 배우려는 오거의 노력이 고맙잖아.

까마귀들 도움으로 아주 천천히, 오거의 비뚤어진 집이 형태를 갖췄어. 마침내 오거는 땅굴에서 새집으로 이사를 했어. 까마귀들은 이제 오거가 마을에 미련을 버리고 텃밭 가꾸기나 외양간 짓기, 별자리 관측, 그리고 자기들이 얼마나 멋진 까마귀인지 칭찬하는 중대사에 집중하길 바랐지.

하지만 그건 기대에 그쳤어.

땅을 파고 모종을 심어 풍성한 텃밭을 일구면서, 언젠가 동물들로 가득 찰 멋진 외양간을 지으면서, 매일 밤 별자리를 연구하면서 오거는 협곡의 바위 주민들 생각을 떨칠 수가 없었어. 농장에서 산 지 몇 년째였는데 계절이 바뀔수록 마을은 더 초라

해지고, 더 지저분해지고, 더 망가져 갔어. 도서관은 다시 지어지지 않았고 학교도, 불이 난 다른 건물들도 마찬가지였어. 모두 폐허인 채로 방치되었어. 심지어 멀쩡했던 다른 건물들도 관리가 안 돼 버려지거나 무너졌어. 사람들은 대대로 살아온 집의 창문들을 판자로 막은 다음 당나귀 등이나 수레, 배낭에 살림살이를 싣고 마을을 떠났어. 굳게 닫힌 문에서 뿜어져 나오는 슬픔이 해마다 짙어졌어.

좋은 이웃이란 뭘까? 오거는 이 문제를 곰곰이 생각했어. 자신의 오랜 꿈이었거든. 하지만 먼저, 더 많은 정보가 필요했어.

그러려면 아주 특별한 도구가 필요했지.

성에서 트롤들과 유령과 함께 지낼 때 오거는 유독 망원경에 마음을 뺏겼어. 실험실에는 망원경이 셀 수도 없이 많았는데 재질만 해도 매끈한 나무로 된 것부터 황동으로 된 것, 북처럼 질긴 가죽으로 된 것까지 다양했어. 두께가 통나무만 하고 금속 재질인 것도 두 대나 있었어. 망원경들은 일련의 크랭크와 스프링과 기어, 그 밖에 복잡하게 설계된 메커니즘으로 몸통을 들어 올리거나 늘였고, 그와 비슷한 메커니즘으로 관측대 지붕을 열 수도 있었어. 오거는 망원경 몇 대를 분해했다가 다시 조립하면서 작동 원리를 연구했어.

오거는 수많은 책을 뒤적여 필요한 도표와 설계도를 찾아냈어. 그렇게 만든 기구는 망원경과 비슷했지만 내부에 반사경과 추가 렌즈를 설치해 사각지대나 지붕 너머를 볼 수 있었어. 한 번쯤은 들어 봤을 거야. 잠망경이라고도 부르는 반사식 망원경이지. 오거는 그것에 이름이 있는지 전혀 몰랐어. 설계도 맨 위에 적힌 제목을 읽을 수 없었거든. 보통 '둘러보기'나 '넘겨보기'라고 부르곤 했지. 아니면 그냥 '훌륭한 발명품'이라고 부르거나.

잠망경을 만드는 동안 시간은 흔들리거나 늘어졌고, 때로는 멈춰 서기도 했어. 오거는 잠망경 렌즈를 이리저리 조절해 시야를 넓히거나 좁힐 수 있는 장치를 만들어 냈어. 협곡의 바위를 최대한 구석구석 살피고 싶어서 서두르지 않았지. 오거는 작업하느라 시간이 가는 것도 몰랐어.

"깍." 오거가 농장에서 캐낸 석영을 연마해 렌즈로 만드는 동안 까마귀들이 물었어. "대체 뭐 하는 거야?"

오거가 나무를 깎고 사포질하는 동안 까마귀들이 호들갑을 떨었어. "요리하는 거야? 먹는 건 아닌 거 같은데."

"흠." 오거가 반사경 위치를 측정하고 연결부를 매끄럽게 다듬는 동안 까마귀들이 또 말했어. "별 보는 데 쓸 물건이지? 아, 우리는 별들이 너무 좋아!"

오거는 까마귀들이 마을과 마을 주민들을 싫어하는 걸 알아서 잠망경의 용도를 정확하게 알려 주지 않았어. 그 대신 적당히 대답하려고 머리를 굴렸지. '이건 내 둘러보기야'라고 말하고 싶었지만, 까마귀 말로 적절한 단어를 몰랐어. 그래서 '중요한 걸 보여 주는 물건을 만들고 있어'라는 뜻으로 "깍"이라고 말했지만, 발음이 영 어설퍼서 까마귀들한테는 이렇게 들렸어.

'가장 중요한 게 뭔지 보여.'

까마귀들은 날개를 한껏 부풀리며 눈을 빛냈어. 맞아. 자신들은 엄청 엄청 중요했어.

"보나 마나 뻔하지." 까마귀들이 말했어.

비뚤어진 집 안의 아늑한 어스름 속에서 오거는 잠망경 렌즈를 조절하며 처음으로 한낮의 마을을 둘러보았어. 솔직히 말해서 우중충한 곳이었어. 한때는 아름다웠다는 걸 짐작할 수 있지만 이제 누가 봐도 지저분하고 망가져 있었지. 그런 부분들이 모진 햇살에 더욱 뚜렷이 드러났어. 사랑스러운 마을은 이제 과거에 지나지 않았어.

오거는 잠망경을 통해 거리에서 구걸하는 한 가족을 봤어. 그리고 도서관의 폐허에서 흩날리는 잿가루, 판자로 막힌 창문, 푹 꺼진 처마, 쇠줄을 두른 문, 텅 빈 상점 매대, 새카맣게 그을린 토대만 남은 집, 비슷한 또 한 집, 너무 큰 짐을 지고 가다 움푹 팬 돌바닥에 발이 걸려 넘어지는 당나귀도 봤어.

그때 오거의 눈에 중앙광장에서 꽤 멀리 떨어진 작은 집이 들어왔어. 그 집에 사는 나이 지긋한 여자는 마을에서 몇 안 되는 과일나무 중에 세 그루를 가지고 있었어. 자두나무 두 그루와 배나무 한 그루. 몇 주 동안 지켜보니 여자는 낮게 달린 과일들을 따서 자기 먹을 것만 남기고 나머지는 작은 봉지들에 나눠 담아 집 앞 팻말 아래 뒀어. 그 팻말에 뭐라고 써 있는지 오거는 전혀 몰랐지만, 지나가던 사람들은 팻말을 보고서 과일 한 봉지씩 집어 갔어. 아, 얼굴에 웃음꽃이 피었어! 날마다 자두와 배 봉지가 늘어났고, 행복한 얼굴도 늘어났어. 가끔 여자는 사람들에게 직접 나무에 올라 과일을 따게 했어. 늙고 허약해서 스스로는 무리였거든. 여자는 사람들에게 과일 봉지를 건네고 손을 흔들어 배웅했어. 사람들도 손을 흔들었어.

평소처럼 잠망경으로 지켜보던 어느 날, 한 아이가 빈 봉지를 입에 물고 배나무를 한참 기어 올라가다가 가지들 사이에 걸려 옴짝달싹 못 하게 됐어. 여자는 도와주려고 팔을 걷어붙이고 나무를 올랐어. 덕분에 겨우 풀려난 아이는 나무에서 내려오자마자 뒤도 안 돌아보고 달아났어. 그러나 여자는 발을 헛디뎌 그만 땅에 쿵 떨어지고 말았어. 여자는 절뚝이며 집에 들어가 며칠 동안 나오지 않았어.

오거는 계속 관찰했지만 아무도 여자를 확인하러 오지 않았어. 안부를 묻는 사람도 없었지. 과일 봉지가 사라지자 사람들은 여자의 집 앞을 무심히 지나쳤어. 그곳에 살던 여자를 아예 잊어버린 것처럼.

"배가 고플 거야." 오거는 일주일 동안 지켜보고 나서 중얼거렸어. "누군가 도와줘야 해." 오거는 더 고민하지 않고 그날 저녁 숲에 들어가 도토리와 견과류, 산딸기를 모으고 벌들에게 허락을 구해 꿀을 떴어. 도토리 껍질을 벗기고 삶아서 말린 다음 갈아서 가루로 만들었어. 그러고는 꿀과 견과류, 산딸기로 속을 채운 파이를 만들었어. 냄새가 아주 구수했어. 밤이 깊어지자 오거는 파이를 늙은 여자의 집 문 앞에 놓고 왔지.

동트기 직전에 오거는 자신의 텃밭을 둘러봤어. 무성한 콩 다발, 실한 토마토, 속이 꽉 찬 호박, 터질 듯 여문 블루베리, 덩굴에 주렁주렁 맺힌 산딸기 등 텃밭의 생산물은 끝이 없었어. 오거 혼자 먹기에는 턱없이 많았지. 까마귀 떼와 함께 먹어도 감당이 안 될 만큼. 게다가 숲은 그보다 훨씬 더 많이 생산해 냈지.

다음 날, 오거는 비뚤어진 집 안의 고요한 어둠 속에서 더 많은 먹거리를 만들었어. 꿀 사탕, 버섯 타르트, 고구마 케이크, 호박 수프까지. 그날 밤에는 세 집 문 앞에 선물을 두고 떠났어.

"깍." 까마귀들이 경고했어. "조심해."

하지만 오거는 손을 휘휘 저어 그들을 물리쳤어.

이웃이란 이런 거야. 오거의 가슴속에서 행복이 빛을 발했어.

이게 바로 내가 이곳에 속할 방법이야. 오거는 깊이 깨달았어.

집에 돌아와서는 꽈리를 더 많이 심었어. 숲에서 가져온 머루나무와 덩굴딸기도 심었어. 농작물은 텃밭의 질 좋은 흙에서 무성히 자랐고 오거는 밤마다 노래를 불러 자라는 걸 도왔어. 원래 오거족은 원예에 소질이 있어. 아마 긴 수명 덕분일 거야. 어쩌면 그들만의 작은 마법일 수도 있고. 어쩌면 단순히 온화한 성정 때문일지도 모르지. 무릇 땅은 자신을 아끼는 존재를 축복하거든.

농작물이 자라는 동안 오거는 계속 빵을 구웠어. 파이, 식빵, 케이크, 쿠키, 머핀, 롤빵. 그리고 점토로 만든 항아리들에 수프를 가득 채우고, 상자들을 짜서 채소를 수북이 담았어. 실어 나르기 쉽게 손수레도 만들었어. 오거는 되도록 자주, 많은 사람에게 먹거리를 배달했어. 넉넉하지는 않아도 모자라지는 않도록, 자신의 나눔이 조금이나마 도움이 되리라 믿으면서 말이야.

몇 달이 흘렀어.

계절이 바뀌었어.

여러 해가 지났어.

벌들은 왕성하게 윙윙거리고 작물들은 쑥쑥 자랐어. 까마귀 떼는 봄에 새끼들이 태어나면서 더욱더 불어났어. 숲에는 견과류든 버섯이든 뭐든 더 늘어났어. 텃밭은 커지고 또 커졌어. 나눌수록 풍성해져서 훨씬 더 많이 나누게 됐지. 그러는 동안 오거는 날마다 잠망경으로 마을을 지켜봤어. 상황이 나아지기를 바랐지만 날마다 가슴 아픈 광경들을 마주해야 했어.

아내를 잃은 남자. 자녀들이 어디로 떠났는지 소식도 모르는 여자. 기침이 가시지 않는 소녀. 구걸해서 먹고사는 가족. 오거는 그 문제들을 해결할 수가 없었어. 그래서 묵묵히 빵을 구워 나누었지.

날마다 가루를 빻고 견과류를 빠개고 꿀을 떴어. 굽고 삶고 식혔어.

한때 가로등을 밝히던 점등원을 위한 타르트.

아내가 죽고 슬픔으로 얼굴이 일그러진 푸줏간 주인을 위한 수프.

구두장이와 그의 아내를 위한 쿠키.

전직 교사를 위한 컵케이크. 오거는 그가 교실과 학생들을 몹시 그리워하며 가슴앓이하는 걸 알았어. 잠망경으로 지켜보니 날마다 학교가 있던 자리에 가서 두 손에 얼굴을 묻고 울먹였거든.

전직 미화원을 위한 도토리빵.

일용직 일꾼들을 위한 호두 파이. 그들 대부분은 몇 주씩 일거리가 없어서 허리띠를 더욱 졸라매야 했어.

순경을 위한 롤빵.

오르간 연주자의 상심한 영혼을 달랠 꿀 한 단지.

충분할까? 알 길은 없지만 그러길 바랐어. "깍." 까마귀들이 경고했어. "선행이 악이 되어 돌아올 때도 있어." 오거는 들은 척만 척하며 파이를 식혔어.

오거는 텃밭 사이를 거닐며 굵고 거친 손가락으로 작물의 잎들을 훑었어. 작물들이 부르르 떨었어. 오거는 텃밭을 사랑했고, 텃밭도 오거를 진심으로 사랑했어. 잎채소, 허브, 콩, 꽈리, 토마토, 호박은 번성했어. 줄지어 늘어선 옥수수는 집보다 커졌고 (까마귀들이 수확을 도왔어), 오이는 장화만큼 굵어졌어. 만든 것들을 배달하러 한밤중에 마을로 향할 때마다 까마귀들은 머리 위를 빙빙 돌며 까악거렸고 오거도 까악거리며 화답했어. 오거는 향긋한 타르트와 풍성한 작물을 실은 수레를 끌고, 그것도 모자라 파이와 케이크 들을 머리와 어깨에 이고 걸었어.

까마귀들은 먹구름처럼 떼 지어 오거를 따라 마을 깊숙이 들어가 나무나 굴뚝, 지붕이나 땅에 자리를 잡았어. 오거는 까마귀마다 이름을 붙여 주고 누가 누군지 척척 알아봤지. 그리고 모두를 깊이 사랑했어.

오거는 선물마다 손수 만든 카드를 남겼어. 나무껍질과 마른 꽃잎을 곱게 빻은 다음 체에 걸러 종이를 만들고, 나뭇잎과 열매와 씨앗을 짓이겨 잉크를 만들었어. 그리고 귀뚜라미나 나비나 뱀 같은 것을 그려 넣었어. 가끔은 폭풍우 치는 바다를 헤엄치는 고래나 하늘을 가득 메운 까마귀들을 그려 넣기도 했어. 서명은 안 했어. 어떻게 하는지 몰랐으니까.

어느 날 밤, 고아들의 집에 도착한 오거는 종종 그랬듯이 철문에 손을 대고 잠시 멈췄어. 까마귀들은 돌담에 내려앉았어. 몇몇은 지붕에 자리를 잡고 또 몇몇은 뜰에 내려앉아 땅에 떨어진 것이 없나 살피기도 했지만, 근처 도서관이 있던 재투성이 폐허에는 얼씬도 안 했어. 오거도 그 자리는 그냥 지나쳤어.

오거는 채소를 수북이 담은 상자를 고아들의 집 앞에 내렸어. 올해는 완두콩이 풍작이었어. 멜론과 호박도. 당근과 순무는 벽돌만큼 무거웠어. 오거는 성장기 아이들이 꽤 많이 먹을 거라고 짐작했어. 채소에는 영양분이 많으니 아이들이 자라는 데 보탬이 되길, 모자람 없이 충분하길 바랐지.

마지막 목적지는 시장의 저택이었어. 언제나 마지막으로 들르는 곳이었지.

시장의 저택은 묘한 장소였어. 까마귀들은 그곳을 싫어했어. 왠지 모르게 찜찜하고 불길한 기분이 들었거든. 그곳에서는 연기와 재, 그리고 돈 냄새가 났어. 오거가 문 앞에 도착하자마자 까마귀들은 뿔뿔이 흩어졌어. 유일하게 오거를 따라가지 않는 곳이었지. 밤마다 고양이 몇 마리가 뜰 가장자리를 어슬렁거렸어. 꼬리와 귀를 빳빳이 세우고 경계하면서. 고양이들은 오거를 본 척 만 척하고 저택에서 눈을 떼지 않았어.

시장은 집 안 어딘가에 있었어. 창문 틈과 문 밑으로 차가운 황금빛이 새어 나왔지. 시장의 저택은 한밤중에도 늘 불이 켜져 있었어. 때때로 오거는 문을 두드려 인사하고 싶은 마음이 울컥 올라왔어. 어쨌거나 이 집만 불이 켜져 있었으니까. 그리고 시장이 너무 외로워 보였으니까. 틈새로 새어 나오는 빛조차 쓸쓸하게 느껴졌지. 잠망경으로 보면 시장은 늘 다른 사람들과 동떨어져 있었어. 머리부터 발끝까지 빛나서 잘 보이지도 않고 때로는 홀연히 사라지기도 했어. 혼자라는 건 정말 끔찍하잖아. 오거는 그 사실을 누구보다 잘 알았거든. 그래서 파이가 시장의 외로움을 조금이나마 덜어 주길 바랐어.

어둠 속 뜰 가장자리에서 고양이들이 저택을 향해 눈을 번뜩였어. 털을 쭈뼛 세우고 꼬리를 치켜들었어. 고개를 숙여 눈만 들고는 "냥" 하고 낮고 신경질적인 소리를 냈어.

하지만 고양이 말을 못 하는 오거는 그게 무슨 뜻인지 전혀 몰랐어.

내 거

아침에 일어난 전직 교사는 현관 앞을 확인했어.

역시 상자가 있었어.

이번에는 컵케이크였어.

저번에는 신선한 빵 한 덩이와 꿀 한 단지였지.

그 전에는 치즈 타르트였고.

그는 누가 자기한테 계속 선물을 주는지 전혀 몰랐어. 예전 제자라고 짐작할 따름이었지. 하지만 이번에도 상자 속 카드에는 이름이 없었어. 벽난로 앞에서 잠든 고양이 그림이 다였어. 저번에는 사람 손바닥에 앉아 있는 까마귀 그림이었고. 이상도 하지. 대체 누가 카드에 이름을 안 써?

어쨌거나 교사는 현관 앞에 놓인 작은 횡재에 대해 침묵하기로 했어. 선물을 발견한 건 어제오늘 일이 아니었어. 처음에는 드문드문하더니 최근에는 꽤 잦았지. 어쩌면 전설 속 요정들이 마법을 부린 걸지도 모른다고 생각했어. 아이들 젖니에 집착하는 희한한 요정도 있으니까. 하지만 마을 주민 대부분이 일자리를 잃고 또다시 흉년이 든 마당에 사람들 이목을 끌고 싶지 않았어. 시장도 그게 최선이라고 했지. **더 많이 가질수록 주변에서 더 많이 노릴 겁니다**, 라면서. 사랑스러운 마을이었던 시절엔 교사도 이웃을 믿었어. 하지만 이제는 아니었지.

교사는 누가 현관 앞에 놓인 선물을 봤을까 봐 고요한 거리를 이리저리 훑어본 뒤, 컵케이크 상자를 냉큼 안으로 들였어.

길 저편에서 약제사도 문간에 놓인 꿀 파이에 대해 침묵하는 게 최선이라고 생각했어.

점등원이 갓 구운 타르트를 보고 침묵했듯이.

구두장이가 쿠키를 보고 침묵했듯이.

순경이 롤빵을 보고 침묵했듯이.

오르간 연주자가 꿀단지를 보고 침묵했듯이.

고아들의 집 원장 역시 거대한 채소 상자를 보고 침묵했어. 매번 양이 더 늘어나는 걸 알고도(성장기 아이들에게 큰 도움이 됐지) 쉬쉬했어. 채소 상자는 기적 같은 선물이었지만……늘 충분하지는 않았어. 해가 갈수록 먹고살기가 더 어려워졌어. 원장은 식구들을 생각할 때마다 속이 꼬일 것 같은 불안감을 무시하려고 애썼어.

마을 사람들 모두 집 밖에서 선물 얘기를 꺼내지 않았기 때문에 누가, 왜 선물을 가져다주는지 속으로만 궁금해했어. 물론 고마웠지만 수상하기도 했어. 풀리지 않는 미스터리였지.

시장은 저택의 커다란 현관문을 열고 밝은 빛 속에 발을 내디뎠어. 허리를 펴고 어깨를 돌리며 고개를 들어 뼛속까지 파고드는 강렬한 햇살을 만끽했지. 그리고 현관 계단에 놓인 파이를 내려다보았어. 언제나처럼 파이가 있었어. 언제부터인지는 기억 안 나지만. 하긴 시간이 뭐가 중요해? 이날 아침의 파이는 가장자리가 노르스름하고 한가운데 구멍이 송송 뚫려 있었어. 겉에는 날아가는 새 문양이 새겨져 있었지. 아름다운 파이였어.

협곡의 바위에서 맞는 완벽한 아침이었어. 하늘에는 구름 한 점 없었어. 금속과 유리가 부딪치고 깨지는 소리, 사람들이 서로 고함을 지르는 소리가 짧고 날카롭게 터졌어. 시장은 눈을 감고 그 소음과 풍경을 모두 들이마신 뒤 코트의 맵시, 구두의 광택, 살갗의 탄력을 확인했어. 그러고는 딱히 누구에게랄 것 없이 눈부신 미소를 지어 보였지.

뜰 가장자리에서 고양이들이 등을 구부리고 하악질했지만 시장은 신경도 안 썼어. 그는 파이를 코에 가져다 대고 숨을 깊이 들이마셨어.

"내 거야." 시장이 파이를 들고 말했어. 말투에 호기심이나 망설임은 전혀 없었어. 누가 파이를 주었는지 딱히 궁금하지도 않았어. "내 거, 내 거, 내 거." 그건 시장이 세상에서 가장 좋아하는 단어이자 최고의 마법이었어.

시장은 집 안으로 들어가 문을 닫았어.

도서관에 관한
한 가지 추가 정보

화재 전에 도서관은 마을에서 가장 오래된 건물이었어. 옛날에는 모든 길이 도서관으로 통했지. 마을 곳곳에 전망대가 있어서 도서관의 너른 뜰과 정원, 다른 나라의 설화들을 정교하게 묘사한 스테인드글라스 창문, 아침마다 온 마을을 환영하듯 활짝 열린 고풍스러운 현관문을 감상할 수 있었어.

마을 주민들은 도서관 덕분에 호기심을 충족하고, 세상의 경이로움을 깨닫고, 공동체로서 함께할 수 있었어. 협곡의 바위는 풍성한 나무와 인심으로도 유명했지만, 최고의 명물은 도서관이었지. 마을을 방문한 여행객들이 가장 먼저 받는 질문은 도서관에 가 봤느냐였고.

안 가 봤다고 하면 주민들은 가슴을 움켜쥐고 말했어. "이런, 지금 당장 안내하죠!"

가 봤다고 해도 주민들은 가슴을 움켜쥐고 말했어. "이런, 겨우 한 번밖에요? 당장 돌아갑시다!"

그 도서관은 마을의 심장과 정신을 품었다고 전해져 왔어. 위엄 있는 석조 탑과 넓은 창문, 사방에 온통 빽빽한 책들은 마치 시공간을 왜곡하는 것처럼 보였지. 축복받은 마을이라고 사람들은 입을 모아 말했어. 마을 한복판에 그런 경이로운 장소가 있다니! 축복이고말고.

그러니 불이 난 밤에 온 마을이 얼마나 큰 슬픔에 잠겼을지 상상해 봐. 나는 한 사람 한 사람의 심장에 금이 가는 소리를 들었어. 끝내 건물이 폭삭 내려앉아 잿더미가 되자 곳곳에서 애끓는 울음소리가 터져 나왔지.

그 끔찍한 밤, 놀란 주민들이 저마다 양동이를 들고 달려 나오기 전에, 나는 건물 뒤편에서 빛을 뿜어내는 용을 보았어. 두 눈에 악의가 번득였지. 커다란 몸뚱이가 꿀렁이며 굽이치고 꼬리가 밧줄처럼 첨탑을 스르륵 휘감고 네발이 돌담을 재빠르게 기어올랐어. 독거미처럼 치명적인 몸놀림이었지. 이윽고 턱이 쩍 벌어지며 목구멍에서 화염이 뿜어져 나왔어. 눈이 시리도록 새하얀 섬광이 어둠을 깨부쉈어.

나는 막을 도리가 없었어. 섬광이 터질 때마다 그 짐승은 흥얼거리고 으스대고 키득거렸어. 그러곤 어둠 속으로 슬그머니 사라졌지.

내가 본 건 그것만이 아니야. 건물 곳곳에서 불길이 치솟을 때 남들처럼 줄지어 양동이를 나르지 않고 옆문을 드나들며 최대한 많은 책을 구해 낸 남자가 있었어. 그는 팔뚝으로 입을 가려 연기를 막고 책들을 무더기로 날랐어. 불길이 발꿈치를 날름거리고 목장갑에 달라붙고 옷자락을 간질였지만, 그는 쉬지 않고 건물 안팎을 오갔어. 목숨이 위태로울 때까지, 품에 안긴 책들이 이미 타고 있을 때까지 말이야. 마침내 그는 무릎을 꿇고 숨을 헐떡였어. 연기와 열기에 폐가 다친 모양이었어. 나는 그가 회복할 수 없을 만큼 다쳤을까 봐 걱정스러웠어.

남자는 자기가 구해 낸 책 더미 위에 쓰러졌어. 피로와 부상 탓에 잠시 의식을 잃은 거야. 하지만 안심하기는 일렀어. 책들도 마찬가지였지. 용이 아직 근처에 도사리고 있었으니까. 어디 숨었는지는 모르지만 나는 놈이 돌아올 걸 알고 있었어.

숨겨. 제발 숨겨. 나는 간절히 빌었어.

그가 내 말을 들었을까? 사람들은 보통 내 말을 못 듣거든. 나는 다시 시도했어. **책들이 위험해.**

그는 네발로 땅을 짚고 웅크린 채 목에서 피가 나오도록 기침을 했어. 화상이 깊고 벌겋게 짓물렀어. 나는 죽을힘을 다해 내 뜻을 전했어.

아직 위험이 도사리고 있어. 안심하긴 일러. 놈이 아직 여기 있어. 책들을 숨겨, 제발.

만약 나한테 눈이 있었다면 눈물을 쏟았을 거야. 입이 있었다면 비명을 질렀을 테고.

남자는 고개를 들어 화염이 어둠을 불사르는 광경을 바라봤어. 첫 번째 탑이 무너지자 흐느낌이 터져 나왔어. 하룻밤 사이 너무나 많은 책이 불에 탔어. 그는 자기가 구한 책들을 돌아봤어. 엄청나게 많았어. 깜짝 놀랄 만큼. 그는 눈썹 사이를 좁혔어. 마치 자기가 안 보는 틈에 책들이 저절로 불어난 것 같았어.

(실은, 정말 그랬어. 책들은 생각보다 자주 그래. 마법은 아니야. 하지만 거의 비슷하지.)

남자는 다시 기침하고서 중얼거렸어. "아직 위험해."

그는 고개를 들고 두 손으로 가슴을 움켜쥐었어. 도서관이 무너지는 광경에서 간신히 눈을 뗐어.

"아직 위험이 도사리고 있어. 책들을 숨겨야 해." 그는 계속 중얼거렸어.

그렇게, 마을 주민들이 거센 불길에 물을 한 양동이씩 퍼붓고 있을 때, 마이런은 책을 한 상자씩 고아들의 집으로 날랐어. 아무한테도 말은 안 했어. 누구를 믿어야 할지 몰랐으니까. 그는 책들을 전부 도서실에 채워 넣고 단 한 번도 그 일을 입에 올리지 않았어.

(하지만 책들은 기억했어. 여전히 기억하고.)

사실이 중요한 앤시아

　앤시아는 오후 내내 심기가 불편했고, 결국 모두를 화나게 하고 말았어.

　복도에 아기 기저귀를 펼쳐 놓았다고 디어드레를 나무랐고 (디어드레는 막 치우려던 참이었다고 억울해했어), 포대기를 잘못 맸다고 바틀비를 타박했고("난 항상 이런 식으로 맸어!" 바틀비가 툴툴거렸어), 카이에게 수학을 가르치다가 종이와 연필을 아껴 쓰지 않는다고 호통을 쳤고("연필심이 자꾸 부러진단 말이야!" 카이가 훌쩍였어), 오늘 좀 까칠하다는 지적에 발끈해서 일라이자 정강이를 걷어찰 뻔했어("거봐, 내 말대로잖아" 일라이자가 꿍얼거렸어.) 그러고 나서 마이런이 빨래 너는 것 좀 도와달라고 했을 때 앤시아는 울컥하는 감정을 애써 눌러 삼켰어. 하지만 곧 얼굴이 붉게 달아오르더니 끝내 눈물이 터져 버렸어.

마이런은 두 손으로 입가를 감싸며 괴로운 표정을 지었어. 그는 속상할 때마다 흉터가 더 붉어졌어. "애야, 울지 마라. 부탁이다. 속상해하는 모습을 차마 못 보겠구나!" 그는 근처에 있던 포추네이트와 그래티튜드를 불러 사랑하는 앤시아를 위해 차를 한잔 타 달라고 부탁했어.

포추네이트와 그래티튜드는 동시에 양 주먹으로 허리를 짚고는 눈썹을 확 구겼어. (이미 말했듯이, 둘은 전혀 안 닮았는데도 구별하기가 쉽지 않았어.)

"왜 우리가 앤시아한테 차를 타 줘야 돼요?" 포추네이트는 콧김을 내뿜으며 말했어.

"우리한테 얼마나 못되게 굴었는데요. 한두 번도 아니고 하루 종일." 그래티튜드가 눈을 부릅뜨고 말했어.

"아마 일부러 그랬을걸요." 포추네이트가 퉁명스럽게 덧붙였어.

앤시아는 잠시 우두커니 서 있다가 풀썩 쪼그리고 앉더니 흐느껴 울기 시작했어. 주변 공기가 슬픔으로 오그라들었어.

쌍둥이는 동시에 숨을 헉 들이켰어. "헉, 이런!" 그래티튜드가 속삭이듯 외쳤어.

"그러니까 내 말은……." 포추네이트가 놀란 눈을 끔뻑였어.

"우린 차 좀 끓이러 갈게." 그래티튜드가 말을 맺었어.

그러고는 서로 팔짱을 끼고 허둥지둥 사라졌어.

마이런은 앤시아의 어깨를 감싸 일으키고는 혀를 차고 기침하면서 창가 의자로 이끌었어. "자, 자. 그만 울어라." 흉 진 손이 파르르 떨렸지만 그건 예전부터 그랬어. 주름진 얼굴은 햇볕에 오래 놔둔 종이처럼 연약해 보였어.

앤시아는 얼굴과 옷자락이 눈물과 콧물 범벅이었어. 마이런 에게 건네받은 손수건도 흠뻑 적셨어. "배고프니? 가끔 배가 고 프면 굉장히 서럽거든. 뭘 좀 먹어야겠다." 마이런이 말했어.

"아뇨. 배 안 고파요." 앤시아는 겨우 대답하고 코를 횡 풀었 어.

마이런은 실망한 눈치였어. 어떻게든 문제를 해결하고 싶었 으니까. "그럼 왜 그러니? 어디 아프니?"

"아니요."

"피곤하니?" 마이런은 앤시아의 눈을 유심히 들여다봤어. 마 치 그 어딘가 도사린 불안을 찾아내려는 것처럼.

"그런 거 아니에요."

"그럼 왜 울었니?" 마이런의 눈곱 낀 두 눈에 눈물이 차올랐 어. 앤시아는 그가 속상한 아이를 두고 못 보는 걸 알고 있었어.

"아무것도 아니에요. 전 괜찮아요." 앤시아는 다시 한번 눈물 을 닦고 애써 웃어 보였어. "솔직히 저도 왜 그랬는지 모르겠어 요. 별일 없는데 괜히 눈물이 나오더라고요." 사실이 아니지만 딱히 어색하게 들리진 않았어. 고양이 한 마리가 살랑살랑 걸어 와 앤시아의 무릎 위로 가볍게 뛰어오르더니 몸을 말고 가르랑 거렸어. 심오한 이유와 목적이 있는 것처럼.

포추네이트와 그래티튜드가 돌아와 차를 내어놓고는 슬그머니 뒷걸음질 쳤어. 앤시아가 또다시 울음을 터뜨릴까 봐 겁이 나서였지. 둘은 뭐라도 해야겠다 싶었는지 부엌으로 달려가 바닥을 쓸고 식탁을 닦았어.

고아들의 집에는 늘 할 일이 있었어. 너무 많아서 탈이었지. 걸핏하면 지붕이 새고, 창틀이 썩고, 처마와 벽 틈새로 바람이 흥얼거리고, 바닥이 꺼지고, 천장이 흔들리고, 계단 몇 개가 위험하게 삐걱댔어. 또 빵을 만들어야 하고(밀가루가 있다면), 죽을 쒀야 하고(곡식이 있다면). 이따금 정체불명의 은인이 남긴 채소들을 씻고 손질해 수프를 끓여야 했어. 그렇게 만든 수프는 모두가 적어도 이틀, 많게는 일주일까지 먹을 수 있었지.

"마이런!" 원장이 지하실에서 불렀어. "나 좀 도와줄래요?"

마이런이 막 대답하려는데, 앤시아가 마이런의 손목을 잡고 말했어. "가서 도와드리세요. 저는 걱정 마시고요. 제가 빨래를 널고 꼬마들 수업 준비할게요."

원래 고아들의 집 아이들도 마을의 다른 아이들처럼 학교에 다녔어. 그 옛날 협곡의 바위 주민들은 사정이 딱한 아이들을 두루두루 지원하고 보살폈거든. 그런데 학교가 불타 버렸어. 나중에 한 교사가 날마다 고아들의 집에 들러 수업을 했지만 교사 한 명을 고용하는 데 필요한 마을 기금이 점점 줄어들었어. 교사는 일주일에 세 번씩 오다가 두 번, 한 번으로 뜸해지더니 아예 발길을 끊었어. 고아들의 집에서는 앤시아가 그나마 정규 교육을 가장 오래 받았기 때문에 자신을 포함해 모든 아이의 교육을 담당하게 되었어. 아주 막중한 임무였지.

"원장님 좀 도와주고 돌아와서 수업을 거들마." 마이런이 말했어.

"좋아요." 앤시아는 씩 웃으며 대답했어. 기대하진 않았지만 말이야. 마이런은 종종 수업을 돕겠노라고 약속했어. 그리고 조금 허술하긴 해도 좋은 선생님이었지. 하지만 늘 할 일이 너무 많았고, 나이가 들어서 모든 게 힘에 부쳤어. 잠시 의자에 앉았다가 까무룩 잠들어 버릴 때도 많았어.

앤시아는 마이런의 볼에 입을 맞추고 일어서서 눈을 똑바로 바라봤어. "보세요, 이제 아무렇지도 않아요. 이따가 도서실에서 봐요."

그냥 둘러대는 말이었지.

∾

고아들의 집을 둘러싼 돌담 안은 그다지 넓지는 않았어. 작은 잔디밭과 작은 텃밭, 그 뒤에 작은 산딸기밭, 블루베리와 위치하젤 관목, 두 종류의 차나무, 산사나무 한 그루가 옹기종기 모여 있었어. 닭장과 염소 우리도 있었어. (회색이었던 염소 우리는 몇 년 전 아이들이 쨍한 분홍색으로 칠했다가 군데군데 페인트가 벗겨져서 얼룩덜룩했지.) 그리고 헛간도 있었어. 그 안에는 다양한 도구들뿐 아니라 앤시아가 만든 아담하고 잘 정돈된 작업대가 있었어. 선반에 갈고리와 수납공간을 마련해 놓았고, 사방 칸막이벽에는 동그란 구멍을 뚫어 깨진 유리병 밑동을 끼워 넣었어. 투과된 빛이 공간을 아롱아롱 채웠지. 앤시아는 손수 만든 작업대에서 손수 만든 의자에 앉아 손수 꿰맨 수첩에 손수 그린 도안과 스케치를 채워 넣었어.

앤시아는 가끔 자기만의 공간을 가졌다는 데 죄책감이 들었어. 물론 누구든지 그 작업대에 앉아 아기 포대기를 수선하거나, 인형극 무대를 꾸미거나, 마이런의 삐걱대는 관절을 쉽게 할 접이식 의자를 만들거나, 아기들을 재울 때 쓰는 오르골을 조율하거나, 방 안의 침대보를 아래층 세탁통으로 안전하고 효율적으로 내릴 도르래와 지렛대를 설계할 수 있었어. 하지만 실제로 그런 일을 하는 사람은 앤시아뿐이었어. 그래서 앤시아는 헛간 문을 닫고 사방이 막힌 공간에 앉아 작업에 골몰하곤 했어. 혼자만의 달콤한 비밀 기지였지.

앤시아는 그 작업대에 앉아 생각할 시간이 필요했지만, 아직은 일렀어. 빨랫줄에 올 풀린 천 기저귀와 해진 양말, 군데군데 덧대고 또 덧대며 수선한 옷가지를 널어야 했거든. 다들 그럭저럭 기우고 때우며 지내는 데 익숙했어. 이제껏 그렇게 살아왔으니까.

빨래를 널면서 앤시아는 푸줏간에서 있었던 일을 떠올렸어. 마이런은 그 일을 다시 입에 올리지 않았고 일라이자는 다른 말만 했어. 그리고 마이런이 아직 원장에게 말하지 않은 것도 분명했어. 그랬다면 원장은 지금쯤 앤시아를 품에 안고 어르며 쓸데없는 걱정으로 바보같이 굴지 말라고 했을 테니까.

그건 걱정할 가치가 없다는 뜻일까?

그럴지도 모르지.

아닐 수도 있고.

앤시아는 빈 빨래 바구니를 뒤편 계단에 내려놓고 남몰래 후다닥 헛간에 들어가 다시 울었어. 아주 잠깐, 남은 감정을 털어내려고. 그러고는 얼굴을 문질러 닦고 작업대에 기대어 잠시 숨을 골랐어.

앤시아는 작업대 밑에서 화려한 자물쇠가 달린 골동품 상자를 꺼냈어. 빵 한 덩이보다 약간 컸고, 겉은 윤기가 반지르르 흘렀어. 오래전 추운 겨울 아침, 아기 앤시아가 누워 있던 바구니에 딸려 온 것이지. 그 안에는 지금 앤시아가 목에 차고 있는 목걸이를 비롯해 여러 물건이 들어 있었어. 이를테면 신문. 맨 위에는 *네가 태어난 날의 소식이야*라고 적혀 있었지. 안경과 돋보기도 있었어. 언젠가 앤시아의 시력이 나빠질 거라고 예상했던 모양이야. 자그마한 초상화도 있었어. 옛날식 드레스 차림의 젊은 여자가 의자에 앉아 책 더미 위에 두 손을 포갠 모습이었지. 무릎 위에는 계산자도 놓여 있었어. 앤시아는 자기 할머니라고 추측했어. 거울을 보면 꽤 닮은 구석이 있었거든.

앤시아는 신문을 집어 들어 날짜를 확인했어. 나뭇잎이 다 지고 가지들이 앙상해지면 열네 살이 될 거야. 벌써 여름이 다 가고 가을이 성큼 다가왔어. 협곡의 바위에는 이미 가족을 부양하려고 돈벌이에 뛰어든 열네 살 아이들이 있었어. 장날에 가끔 원장이나 마이런을 따라나섰다가 봤지. 하지만 더 나은 삶을 찾아 다른 마을이나 지역으로 떠난 뒤에 돌아오지 않는 아이들도 있었어.

앤시아는 안전띠에 마무리 손질을 했어. 새는 지붕을 안전하게 수리하려고 만든 거였어. 그리고 요즘 악몽을 꾸는 이기를 위해 봉제 인형에 단추 눈을 달고, 일라이자가 쓰고 디어드레가 정성껏 그린 그림책을 제본했어. 그다음에는 항상 손이 찬 원장을 위해 뜨개질로 털장갑을 떴어.

고아들의 집에는 할 일이 끊이지 않았고 앤시아는 부지런히 움직이는 게 좋았으니까.

설마 원장이나 마이런이 실제로 생일이 지나면 떠나 달라고 하겠어? 가끔 문 앞에 놓인 채소 상자가 보탬이 되긴 했지만, 모두가 먹을 식량이 부족한 건 사실이었어. 이제껏 주린 배를 안고 잠자리에 든 적이 얼마나 많았지? 원장과 마이런은 끼니를 아예 거른 적도 많았어. 채소 상자가 예전보다 커지고 더 자주 왔는데도 말이야. 채소가 푸짐해지는 동안 저장고의 밀가루와 말린 콩과 기름은 줄어들기만 했어. 마을에서 지원하는 것이 점점 줄어들었거든. 어쨌거나 아이들 열다섯 명을 먹이려면 식량이 꽤 많이 필요했어. 날이 갈수록 더 많이. 그야 아이들은 무럭무럭 자라니까.

또 다른 사실이지.

사실은 아주 중요하고.

사실 자체는 인색하지 않아. 그저 셈일 뿐이지.

원장과 마이런은 앤시아를 사랑했어. 앤시아에게 떠나라고 하기 싫을 테지만 해야 할 수도 있지. 그게 규정이라면 더더욱. 어째서 아무도 말을 안 해 준 거지?

앤시아는 직접 만든 안전띠를 착용하고 지붕을 고치려고 밧줄을 동여맨 벽으로 향했어.

"우리 수가 많을수록 몫은 적어져." 앤시아가 중얼거렸어. "하지만 내가 더 노력하면 그나마 덜 적어질 거야." 자세히 따져 보지는 않았지만, 그 말이 옳기를 바랐어.

지붕에 올라가 헐거워진 부분에 널빤지를 덧대고 망치로 두드려 단단히 고정했어.

"거기서 뭐 해?" 바틀비가 외쳤어.

앤시아가 망치질을 계속하며 대답했어. "아무것도 떨어지거나 새지 않게 하는 거야."

앤시아는 그걸로 충분하길 바랐어.

옛날 옛적에 어느 용이

있잖아.

난 정말이지 용에 관해 이야기하기 싫어. 하지만 오거가 협곡의 바위에 오기도 전에 용이 오거에게 한 짓과 그 이후의 모든 사연을 고려하면 용에 대해 좀 더 설명하는 게 좋을 것 같아. 그러니까, 용이라는 종족에 관해서 말이야.

알다시피 용들도 눈송이나 지문, 아기가 자기 엄마한테 짓는 웃음만큼이나 제각각이야. 어떤 용은 재밌고, 어떤 용은 아주 친절하고, 어떤 용은 수줍음이 많고, 어떤 용은 호기심이 왕성하고, 어떤 용은 관대하고, 어떤 용은 문제를 분석하고 해결하는 데 뛰어나고, 어떤 용은 욕심이 많지. 그리고 드물지만, 어떤 용들은 아주 잔인해.

하지만 대부분 빛나는 재능을 지녔어. 두뇌 회전이 빠르고 아는 것이 많고 설득력 있지. 마법을 어느 정도 지니고 있어서 그때그때 유용하게 써먹기도 해. 그 덕분에 날아다니고, 불을 내뿜고, 그 거대한 몸을 눈에 띄지 않게 위장할 수 있지. 물론 그런 일에는 물리적인 비용이 들어. 처음에는 끔찍한 소화 불량과 복통을 겪고 체력과 활력, 심지어 몸집까지 점점 줄어들지. 그래서 마법은 웬만하면 사용 안 해.

이건 가죽 얘기로 이어져.

옛날 옛적에 어느 용이 드넓은 평야에 사냥을 나갔다가 작은 영양 한 마리를 잡아서 저녁으로 먹을 작정이었어. 피가 튀지 않도록 세심하게 주의를 기울여 가면서(용들은 결벽증이 꽤심하거든) 날카로운 발톱으로 영양의 가죽을 깔끔히 벗겨 냈어. 그러고는 모닥불에 고기를 구웠지. (마법을 써서 불을 뿜지는 않았어. 배탈이 나서 식사를 못 할 수도 있으니까.) 밤하늘 아래서 용은 문득 자기가 영양이면 어떤 느낌일지 궁금해졌어. 아까 영양이 달아날 때 그 속도와 우아함에 감탄했거든. 호기심은 말이야, 가능성으로 가득 찬 아주 강력한 상태야. 호기심은 가만히 있지 않아. 늘 움직이지. 마법하고 엄청 비슷해.

진짜 마법을 지닌 생물에게 호기심은 온갖 예상치 못한 일을 일으킬 잠재력이야. 그날 밤 별빛 아래서 용은 영양의 가죽을 앞발로 툭 건드렸을 뿐이야. 호기심과 결합한 마법이 나머지를 해냈지. 용은 꿈틀거리는 가죽을 흥미로운 눈빛으로 내려다봤어. 그러다 별생각 없이 쓱 집어 들었지. 그리고 마법과 호기심으로 살아 움직이는 그 가죽을, 그대로 뒤집어썼어.

그냥 그렇게, 용은 영양이 되었어.

과연 어떤 기분이었을지 상상이 가? 그렇게 크고 육중한 덩치로 느릿느릿 움직이던 자신이 순식간에 작고 가뿐하고 놀랍도록 날쌘 존재가 되었으니? 영양으로 변한 용은 반딧불이만큼 가볍고 섬세한 발굽으로 평원을 가로질러 달렸어. 두 눈이 별처럼 반짝였어. 그렇게 꼬박 일 년 동안 용은 영양 무리에 끼어 초원에서 살았어. 영양처럼 먹고(소화 불량에 안 걸리는 건 축복이었지), 영양처럼 말했어. 영양 친구들과 언덕에서 풀을 뜯고, 동료가 포식자에게 잡아먹힐 때마다 눈물을 흘리며 슬퍼했어.

그러던 어느 날, 암사자 한 마리가 영양의 탈을 쓴 용을 노리고 몰래 접근했어. 막 덮치려던 순간, 용이 영양 가죽을 벗어 던지고 제 모습을 드러냈어. 모든 영양다움은 땅에 떨어졌지. 영양 가죽 안에 오래 갇혀 있어서 예전보다 작고 약해진 상태였지만 암사자는 눈치채지 못했어. 하긴 영양을 잡으려다 용이 튀어나왔으니 얼마나 놀랐겠어? 겁에 질려 도망가는 사자를 바라보던 용은 포식자의 눈에 어린 허기가 한때 자기 것이었음을 깨닫고 부끄러웠어. 용은 깊은 생각에 잠겨 그 자리에 한참을 있었어.

용은 약해진 힘과 몸집을 회복하려고 며칠 동안 태양 아래 휴식을 취했어. 초승달이 뜨기 전, 태양과 함께 달의 희미한 윤곽이 하늘에 걸리자 용은 눈을 빛내며 그 강력한 정기를 받아 마시고 힘과 속도와 마법을 완전히 되찾았어. 이윽고 기지개를 켜고 하품을 하며 자신의 충만한 용다움을 기뻐했지. 한때 친구였던 다른 영양들은 이제 그 이빨과 발톱이 두려워 달아났어. 용은 그들을 마음 깊이 연민했어.

용은 예전의 존재가 아니었어. 영양다움을 배운 용이고, 한때 용다움을 아는 영양이었지. 각각의 경험은 서로 확장했어. 머리가 커지고 영혼도 커졌어. 용은 어느새 자신을 초월한 존재가 되어 있었어.

용은 마법이 깃든 영양 가죽을 조심스럽게 집어 들고 살며시 품에 안았어. 이제 그것은 중요한 비밀을 풀 열쇠처럼 귀하게 느껴졌거든. "다른 용들도 겪어 봐야 해. 다들 알아야 해." 용은 중얼거렸어.

용은 가죽을 들고 전 세계를 돌아다니며 동족들에게 보여 줬어. 영양 가죽을 써 본 용들은 영양의 속도와 민첩성뿐 아니라 무리의 일원이 되는 즐거움을 배웠어. 축축한 콧구멍으로 들이키는 풀 냄새를 사랑하는 법, 포식자가 접근하는 소리를 감지하는 법을 배웠어. 두려움이라는 감정을 배웠어. 새끼가 태어나면 친구들과 함께 기뻐했고, 무리 중 한 마리가 죽으면 눈물 흘리며 남은 가족에게 위로를 전했어. 이런 경험을 하면서 많은 용이 채식주의로 바뀌었어. 최초의 영양 가죽은 용들에게 성스러운 물건이 되었어. 용들은 모든 생명체를 그런 방식으로 이해하고 싶어 했어. 모든 곳을, 온 세상을 이해하고 싶어 했어.

세월이 흐르며 가죽 착용은 신성한 관습이 됐어. 용들은 다른 생물의 눈에 용이 어떻게 비치는지 더 잘 이해하게 되었고, 그 이해를 통해 좀 더 고귀하고 친절하고 관대하게 보이려고 노력할 수 있었어. 저마다 열린 마음으로 깨달음을 구했어. 그렇게 위대해진 용은 종종 다른 용들을 앉혀 놓고 자기가 배운 것을 전파했지. 위대한 용을 기리는 성전이 세워지고 동굴 벽에는 성화가 새겨졌어. 수많은 관점을 경험한 용들은 신성한 존재로 추앙받았어. 물론, 물리적인 대가를 치러야 했지. 가죽에 생기를 불어넣고 착용하려면 강한 마법이 필요했으니까. 가죽을 벗고 나면 병들고 약해지는데, 오래 쓰고 있을수록 후유증이 심했어. 그래도 용들은 그 정도 불편함을 감수할 만큼 신성한 체험을 원했어. 깨우침을 얻은 용은 명상하고 감사하며 회복의 시간을 보냈지.

누군가는 최초의 영양을 맞닥뜨린 사건이 용들에게 좋은 일이었다고 말할 거야. 크게 보면 맞아. 대부분의 용이 다른 동물의 탈을 쓴 덕분에 더 친절해지고 관대해지고 선해졌으니까. 하지만 우리는 한 가지 중요한 사실을 잊어서는 안 돼.

모든 용이 친절한 건 아니야.

모든 용이 관대한 것도 아니고.

모든 용이 선하지는 않아.

용이 오랫동안 가죽을 쓰면서 키운 공감 능력이 용 특유의 빛나는 재능과 박식함과 결합하면, 때로는 뜻밖의 문제를 일으킬 수 있거든.

　지식도 사악한 의도로 이용될 수 있어. 이해심도 제멋대로 뒤틀릴 수 있고. 심지어 공감도 무기가 될 수 있지.

　부디 안 그랬으면 하지만 말이야.

채소 한 상자에
담긴 철학

바틀비는 동트기 전에 눈을 떴어. 드문 일은 아니었어. 밀린 독서를 하기에 아주 좋은 시간이었거든.

이번에도 역시, 아이들 아래 깔려서 침대에서 빠져나오기가 쉽지 않았어. 분명 히람 옆에서 잠이 들었는데 한밤중에 이기, 저스티나, 카이가 어떻게든 꾸역꾸역 비집고 들어왔나 봐. 하루 이틀 일이 아니었지. 맨 위에 두 살배기 모드가 팔다리를 아무렇게나 뻗고 고롱거렸어. 바틀비는 아무도 깨우지 않으려고 팔다리를 조심스럽게 비틀어 뺐어.

겨우 침대를 빠져나와 스웨터를 꿰입고 슬리퍼를 신었어. 앤시아와 디어드레, 일라이자도 한 침대에 엉켜 있었어. 포추네이트와 그래티튜드는 아기 한 명씩 겨드랑이 사이에 끼운 채, 캐스와 릴리는 한구석에서 코를 골며 자고 있었어. 방 전체가 꿈

나라에 빠진 듯했어.

바틀비는 벅찬 가슴으로 생각했어. **해 뜨기 전 고아들의 집보다 좋은 곳은 없어. 그리고 이 세상 어디에도 더 좋은 가족은 없어.**

바틀비는 살금살금 공동 침실을 나와 문을 닫고 도서실로 향했어. 모두 깨어 있던 고양이들이 바틀비를 따라 복도를 지나 계단을 내려갔어. 바틀비 다리에 몸통과 꼬리를 비비면서 예뻐해 달라고 보챘지.

"냐옹." 가슴과 발만 흰 검은 고양이가 요구했어.

"냐옹." 버터색 고양이가 재촉했어.

"아이 착해." 바틀비는 바닥에 앉아 고양이들을 쓰다듬었어.

고양이들은 금세 흥미를 잃고 총총 떠나더니 바틀비가 책을 뽑아 들자 다시 다가와 치근덕거렸어. 회색 털이 풍성한 고양이가 바틀비 무릎에 앉아 가르랑거렸고 주황색 얼룩무늬 고양이가 팔꿈치 사이로 고개를 들이밀었어. 바틀비는 한숨 쉬며 자세를 고쳤어.

흰 고양이 한 마리와 얼룩 고양이 두 마리가 선반 아래에서 살며시 다가와 바틀비의 무릎을 차지했어. 바틀비는 희뿌연 눈을 감고 고양이들을 예리하게 관찰했어. 얼룩덜룩한 코부터 사뿐히 내딛는 발, 리듬감 있게 물결치는 털까지. 이번에는 녹갈색 눈을 감았어. 이제 고양이들은 시야를 드나드는 빛과 그림자로만 보였어. 바틀비는 두 가지 시각 모두 옳다는 걸 알았어. 하나를 여러 가지로 볼 수 있다는 건 정말 근사하다고 생각했지. 모든 게 뚜렷하면서 동시에 모든 게 부드러웠어. 바틀비는 고양이들 틈에서 조심스럽게 책을 펴고 읽기 시작했어.

점점 더 많은 고양이가 바틀비를 에워싸는 사이, 슬리퍼를 질질 끄는 발소리가 들려왔어. "얘야!" 마이런이었어. "네 머리꼭지에 고양이 한 마리 붙어 있다."

바틀비는 고양이가 떨어질까 봐 고개를 끄덕이지도 못했어. 노란 솜뭉치 같은 새끼 고양이가 바틀비의 정수리를 파고들었어. 마이런은 녀석의 목덜미를 집어 올려 짧게 코를 비비고는 옳지, 하며 내려놓았어. 그 작은 고양이는 마이런의 슬리퍼에 올라앉아 앞발을 핥아댔지.

바틀비는 읽던 장을 끝내려고 책에서 눈을 떼지 않고 말했어. "걔는 필리스예요." 마이런은 고양이들 이름을 영 못 외웠어. "사람 머리 꼭대기를 좋아해요." 그게 딱히 별난 취향도 아니라는 듯이 바틀비가 덧붙였어.

"아, 그렇구나." 마이런은 염소젖이 든 작은 유리병과 접시를 꺼냈어. "이리 온." 고양이들을 부르고는 바닥에 접시를 내려놓고 염소젖을 부어 줬어.

고양이들은 곧바로 바틀비를 떠났어. "냥." 필리스가 날카롭게 울었어. 무슨 뜻인지 정확히는 몰랐지만 바틀비는 아마 이런 뜻일 거라 짐작했지. '네가 우릴 충분히 사랑했다면 진작 우유를 챙겨 줬을 텐데!'

그게 바틀비가 고양이 말을 안 배우려는 이유였어.

마이런이 턱짓으로 책을 가리켰어. "그게 오늘 아침 동무니?"

"《알트루리아》예요." 바틀비는 여전히 책에다 눈을 붙인 채 답했어.

바틀비의 무릎 위에 놓인 책은 훨씬 더 오래된 고서의 필사본이었어. 바틀비는 한 장도 허투루 읽지 않았어. 도입부에 따르면 이 책은 철학자 티마이오스가 쓴 마지막 작품으로, 짧고 공상적이며 결론이 모호하다는 이유로 많은 역사학자에게 외면받았어. 마지막 장까지 화자들은 서로 말을 끊고, 옆길로 새고, 퇴장하겠다고 으름장을 놓으면서 실제로 어떤 질문에도 시원하게 답을 해 주지 않아. 대신 이리저리 에두르며 독자가 스스로 답을 찾도록 유도하지. 바틀비는 이 책이 여태껏 읽은 책 가운데 가장 위대하다고 생각했어.

"아! 친애하는 티마이오스!" 마이런이 손뼉을 치며 외치더니 목을 가다듬었어. "우리는 적에게서 증오를 배우고 벗에게서 우정을 배운다. 그렇다면 우리의 과제는 '무엇을 배울 것인가'가 아니라 '무엇을 가르칠 것인가'다."

마이런도 바틀비처럼 철학을 즐겼어. 하지만 따뜻한 양말과 푹신한 의자, 길고 긴 낮잠을 더 좋아했지. 때로는 책을 읽는 것조차 힘에 부쳤어. 마이런은 귀를 쫑긋하고 복도를 유심히 살폈어. "얘야, 익명의 후원자가 채소 상자를 두고 간 지 이틀이 지났거든. 오늘쯤 뭔가 기다리고 있지 않을까 싶은데." 마이런은 잠시 말을 멈췄어. 그 얼굴에 바틀비가 읽을 수 없는 표정이 스쳤어. "나 좀 도와주겠니? 이 늙은이 혼자서는 아무래도 버거워서 말이야. 게다가 원장님을 깨우고 싶지 않거든. 어젯밤에 유독 피곤해하더구나."

바틀비는 마이런의 손등을 힐긋 봤어. 흉터가 꽤 붉게 달아올라 있었어. 그건 불안하다는 뜻이었지. 게다가 손 떨림이 심했어. 바틀비는 다가온 고양이를 밀어 놓고, 책을 덮고, 껄끄럽게 돋아나는 걱정을 떨쳐 버리듯 일어섰어. "당연히 도와드려야죠." 바틀비는 마이런의 손을 잡고 무심코 엄지로 흉터를 어루만졌어.

밖으로 나가자 분홍색과 금색이 어우러진 하늘이 눈에 들어왔어. 바틀비는 그 오묘한 색을 빨아들이듯이 크게 숨을 쉬었어. 염소 두 마리는 풀밭에서 우물거리고, 닭들은 벌레를 찾아 돌아다니고, 박새 한 마리가 산딸기 수풀에서 지저귀었어. 마이런이 철문에 열쇠를 꽂아 돌리고 천천히 문을 열자 녹슨 경첩이 신음을 했어. 마이런은 문 틈새로 머리를 살짝 내밀어 좌우를 살피고는 아래를 내려다봤어. 어깨가 눈에 띄게 처졌어. 돌아서는 얼굴이 잿빛이었어. 애써 입꼬리를 끌어 올려도 안색은 그대로였어. 바틀비는 왠지 모르게 더 불안해졌어.

"상관없다. 내일은 사정이 더 나을 거야. 너무 의지하는 건 안좋지만……" 말꼬리가 점점 흐려졌어. 마이런은 한 손으로 입을 덮고 밝은 하늘을 쳐다봤어. 하지만 바틀비의 기분은 전혀 나아지지 않았어. 따끔따끔 피부를 찔러대던 불안함이 어느새 뱃속 깊이 파고들었어.

"걱정 마세요!" 바틀비가 다급히 외쳤어. "봐요, 아직 아무도 안 일어났잖아요. 제가 바구니를 가져올 테니까 같이 텃밭에서 이것저것 따요. 채소 상자만큼 풍성하지야 않겠지만, 그럭저럭 괜찮을 거예요! 그리고 어젯밤에 암탉들이 알을 많이 낳았을지도 몰라요. 그리고 염소들 좀 보세요! 당장 젖을 안 짜면 터지겠어요." 바틀비는 잠시 입을 다물고 눈살을 찌푸렸어. "솔직히 그건 제가 못 하겠어요. 좀 징그럽거든요." 바틀비는 염소들을 힐끗 보고 어깨를 으쓱하며 덧붙였어. "악의는 없어." 염소들은 아무 반응이 없었지.

두 사람은 헛간에 가서 바구니와 양동이를 꺼냈어. 마이런이 염소젖을 짜는 동안 바틀비는 용기를 내 닭장에 들어가 귀한 달걀을 열 개나 거둬들였어. 텃밭도 나름대로 풍요로웠어. 작지만 향긋한 토마토 몇 알, 적당히 여문 콩 몇 줌, 오이와 색색의 여름 호박도 몇 개 땄어. 녹색 잎채소들도 텃밭 가장자리에 풍성했어. 이윽고 여러 가지 채소로 가득 찬 아담한 바구니 두 개와 산딸기가 수북이 담긴 바구니 한 개가 마련됐어.

바틀비는 마이런 대신 무거운 염소젖을 부엌으로 옮겨 난로 위 큰 냄비에다 부었어. 끓여 마셔야 안전하니까. 마이런이 뒤를 따랐어. 두 사람은 조리대에서 텃밭 수확물을 확인했어. 바틀비는 울상을 지었어. 딸 때는 많아 보였는데 막상 익명의 후원자에게 받은 것들과 견주어 보니 더없이 초라했거든. 바틀비의 얼굴만 한 토마토와 팔뚝만 한 콩깍지가 담긴 채소 상자는 너무 무거워서 두 사람이 들어야 했지.

어쨌거나 열다섯 명의 아이들에게는 어마어마한 식량이 필요했어. 바틀비는 괜히 목덜미를 주무르며 울컥하는 마음을 다스렸어.

마이런이 한 손으로 바틀비의 어깨를 꽉 쥐었다 놓았어. "걱정 마라. 아직 저장고에 밀가루하고 귀리, 말린 렌틸콩이 있잖니. 귀한 버터도 좀 있고. 우린 괜찮을 거다."

하지만 바틀비는 바로 전날 저장고에서 밀가루, 귀리, 렌틸콩 통 안을 확인했더랬어. 내용물보다 공기가 더 많았지. 뭐라도 퍼내려면 통 안으로 몸을 들이밀어야 했어.

마이런은 귀리에 물을 섞어 난로에 올리고 죽을 쒔어. 그리고 바틀비에게 칼을 건네주며 채소를 다듬게 했어. 온 식구가 저녁까지 먹을 수프를 끓일 생각이었지. 두 사람은 조리대에 나란히 서서 당근과 양파, 잎채소와 허브, 붉은 토마토와 푸른 토마토, 여름호박과 저장고에서 발견한 쭈글쭈글한 감자 몇 알을 잘라 한곳에 모았어.

부엌의 나무 창틀에는 원장이 꽂아 놓은 카드가 빼곡했어. 익명의 후원자가 정성껏 그려서 채소 상자에 넣어 보낸 것들이었지. 바틀비는 더 자세히 보려고 다가갔어. 그리고 그 작은 예술 작품들을 손가락으로 하나하나 덧그렸어. 고아들의 집 전경도 있고, 왠지 캐스를 닮은 아이의 품에 안긴 새끼 염소도 있고, 석양을 배경으로 한 나무도 있고, 바다에서 헤엄치는 고래들도 있고, 산속의 마을 풍경도 있었어. 서명은 하나도 없었어. 익명의 후원자가 수년 동안 수없이 많은 선물을 보내서 카드가 그만큼 많았는데도 말이야. 선물이자 구호물자. **그것들이 없었다면 우리는 지금 어디 있을까?** 바틀비는 굳이 답을 얻고 싶지 않았어.

바틀비는 나무가 그려진 카드를 집어 들고 자세히 살펴봤어. 하늘의 까마귀들은 저마다 개성이 있고 나무는 이야기를 들려주고 싶어 하는 것 같았어. 바틀비는 카드를 앞뒤로 돌려 봤어. 역시나 글자는 하나도 없었어. **대체 누가 잘 알지도 못하는 이들에게 먹을 것들을 선물로 주고(한 번도 아니고 자주, 일주일에 한 번 이상), 심지어 감사 인사조차 안 받으려고 하는 걸까?**

바틀비는 철학적인 질문을 떠올렸어.

"친절이 가식일 때도 있을까요?" 바틀비가 소리 내어 물었어. 《알트루리아》에서 읽고 나서 내내 머릿속에 맴돌던 질문이었지. "이기적이거나 비겁한 이유로 친절을 베푼다면 그 행위를 뭐라고 부를까요? 친절의 목적이 친절하지 않다면, 그건 여전히 친절일까요?" 바틀비는 고개를 내저었어. 머릿속이 윙윙거렸어.

마이런은 깍지 낀 두 손 위에 턱을 괴고는 눈을 감고 코로 숨을 길게 내쉬었어. 그러더니 바틀비의 질문에 대답하는 대신 이렇게 말했어. "얘야, 불 좀 지펴 주겠니?"

못 들은 척하는 걸까? 바틀비는 난로의 녹슨 옆문을 삐걱 열고 작은 장작들을 더 넣었어.

마이런이 기침을 했어. 한 번 더. 이번에는 주저앉을 정도로 심하게. 그는 손수건으로 입을 닦고 호주머니에 쑤셔 넣고는, 괴로운 얼굴로 자신을 보고 있는 바틀비를 향해 괜찮다는 듯이 웃어 보였어. "이렇게 생각해 보렴. 중요한 건 네가 친절을 어떻게 생각하는가야. 친절이 네 삶에 어떻게 나타나는지, 네가 친절을 어떻게 느끼는지, 그래서 어떻게 행동하고 싶은지 떠올려 봐. 네 생각에 사람들이 친절한 게 중요하니?"

바틀비는 깜짝 놀랐어. "물론이죠! 우리가 어딨나 보세요. 고아들의 집은 이 세상에서 가장 친절한 곳이에요." 비록 바깥세상을 경험하지는 못했지만 바틀비는 본능적으로 확신했어.

"맞아. 별로 친절하지 않은 마을 한복판에 있는 친절한 장소지. 아마 그래서 누군가 우리를 돕기로 했나 봐. 우리가 친절해서일 수도 있고, 누군가 친절해서일 수도 있고, 우리에게 누군가의 친절이 절실해서일 수도 있고, 누군가 제 몫보다 많이 가져서 나눠야겠다고 생각해서일 수도 있고, 단순히 나누는 걸 즐겨서일 수도 있지. 어쩌면 우리가 생각 못 한 다른 이유가 있을지도 몰라. 하지만 의도가 결과보다 중요하지는 않아. 누군가 우리에게 필요한 친절을 베풀어서 우리는 감사할 따름이지. 이건 내가 위대한 책《알트루리아》에서 얻은 귀중한 교훈이란다. 우리는 그 친절을 철저히 의심할 수도 있고 그저 감사하며 다른 이들에게 친절을 전파할 수도 있어. 너라면 어느 쪽을 선택하겠니?"

바틀비는 쉽게 대답하지 못했어. 마이런이 옳은지도 확신이 안 갔어. 실은 고아들의 집을 돕는 후원자가 누구인지, 왜 주고 또 주고 계속 주는지 아는 게 중요하다고 생각했거든. 진실에 이르기 위해서만이라도 말이야.

원장이 문간에 나타났어. 어깨가 축 처지고 낯빛이 칙칙했어. 바틀비는 원장이 간밤에 얼마나 잤을까 궁금했어. 원장의 시선이 부엌을 쓱 훑더니 이내 빈약한 채소 더미로 떨어졌어. "오늘은 선물이 없는 모양이네요." 목소리가 쉰 듯 거칠었어.

"그래도 텃밭에서 이만큼이나 거뒀답니다!" 마이런이 밝게 말했어. "아침으로 먹을 산딸기가 얼마나 싱싱한지 보세요. 갓 짠 우유도 저만큼이나 있고요. 게다가 달걀이 열 개나 된답니다! 이 정도면 진수성찬이죠!"

그 말에 반응하듯 바틀비의 배가 꼬르륵거렸어. 사람 열일곱에 달걀 열 알. 바틀비는 셈을 하고 싶지도 않았어. 내심 셈은 야박하다고 여겼지. 바틀비는 배에서 나는 소리를 들키지 않으려고 헛기침을 했어.

원장은 두 손을 조리대 가장자리에 놓고는 꽉 눌렀어. 눈을 감은 채 깊은 생각에 잠겼지. 손가락은 가계부의 숫자를 헤아리듯 까딱거렸어. 그러더니 잠시 눈썹을 구겼다가 풀고는 나무 조리대를 노크하듯 두드렸어. 행운을 비는 행위였지.

"그럼요." 원장이 지나치게 밝게 말했어. "풍성하고말고요. 저장고에 아직 감자도 좀 남았을 거예요. 그리고 세상에, 우유가 이만큼이나 나오다니! 기특한 염소들!" 원장은 바틀비의 정수리와 마이런의 뺨에 차례로 입 맞추고 나서, 마이런의 이마에 손등을 올려 열이 나는지 확인했어. "내일모레가 장날인 거 알죠? 매년 이맘때마다 우리도 꽤 많이 팔았잖아요. 걱정할 것 없어요. 우린 괜찮을 거예요. 괜찮고말고요."

"전 이제 뭐 할까요?" 바틀비가 물었어.

"애들 좀 깨워다오. 죽이 다 된 모양이구나. 와, 이 많은 달걀로 뭘 한담? 어서 서두르자!"

바틀비는 곧바로 침실로 향했어. 계단에서 자는 고양이들 사이로 조심조심 발을 내디디고 하품하는 필리스를 들어 올려 품에 안았어. 필리스는 아기들을 깨우는 걸 좋아했고 아기들도 그렇게 깨는 걸 좋아했거든. 바틀비는 머릿속이 뒤죽박죽될 때까지 원장과 마이런의 대화를 계속 곱씹었어.

심지어 캐스와 앤시아와 디어드레와 일라이자와 쌍둥이와 꼬마들과 아기들이 모두 일어나 하품을 하고 세수하고 비틀거리며 침실을 나설 때까지도, 그날 아침 원장과 마이런이 한 말들은 바틀비의 머릿속을 떠나지 않았어.

그리고 그들이 하지 않은 말들도.

15

양들과 길 잃은 개,
그리고 숲속의 이상한 무언가

까마귀들은 오거가 마을 사람들에게 선물 주는 걸 처음부터 못마땅해했어. 그래서 최대한 자주 반대했지.

"깍." 까마귀들이 말했어. "도대체 왜 머핀을 주는 건데? 너한 테 단 한 번도 호의를 베푼 적도 없는 사람한테!"

"깍!" 까마귀들이 또 말했어. "옛날에 우리 할머니 할아버지는 도서관 창틀에 앉아 시 낭송을 듣곤 했어. 마을과 마을 사람들 모두 정다웠을 때. 하지만 이제 다 끝났어. 도서관도 없지, 시 낭송도 없지, 까마귀한테 돌 던지는 몹쓸 인간들 뿐이야. 무려 돌을!"

"깍." 까마귀들은 오거가 들은 척도 안 하는 걸 보고 부리를 삐쭉였어. "그 시장한테는 파이를 왜 갖다주는 건데? 그 인간 영 꺼림칙해. 엄청 싫어. 우리 할머니 할아버지도 싫어했어. 그 인간 하는 짓도 수상하단 말이야. 게다가 너한테 파이를 준 적도 없잖아. 우리도 받은 적 없어. 단 한 번도!"

"깍." 까마귀들은 마지못해 덧붙였어. "그래, 좋아. 같이 가 주기는 할게. 우린 네가 혼자 쓸쓸히 다니는 걸 두고는 못 보겠으니까!"

까마귀들은 오거를 너무나 사랑했거든. 그래서 오거가 마을 사람들에게 선물을 배달하러 나설 때마다 짜증을 내면서도 끝까지 따라갔지. 오거는 손수 만든 기발한 발명품으로 마을을 구석구석 관찰했어. 호기심 강한 까마귀들은 집 안까지 들어와 오거가 잠망경을 들여다보는 모습을 구경하곤 했어. 오거가 마을을 살피는 데 쓰는 거라니 자기들도 따라 해 보기는 했지만, 딱히 이해는 안 갔어. 하긴 까마귀들한테 그런 물건이 왜 필요하겠어? 그런 도구 없이도 보고 싶은 걸 마음껏 볼 수 있는데. 까마귀의 멋진 특권 가운데 하나였지.

오거는 물감과 붓을 만들어 마을 사람들의 초상화를 그렸어. 그것들을 천장에 매달아 바람에 빙글빙글 도는 모습을 바라보는가 하면, 벽에 다닥다닥 붙여 놓고는 인사하듯이 손가락으로 어루만지기도 했어.

"친애하는 이웃 여러분." 오거가 혼잣말을 했어.

"깍." 까마귀들은 가끔 끼어들어 이렇게 대꾸했지. "과연 그럴까?" 작게 말했지만 어차피 오거가 까마귀 말을 늘 알아듣는 건 아니었어. 나름대로 최선을 다해도 종종 오해가 생기곤 했지.

오거는 까마귀 친구들의 초상화도 그렸어. 까마귀들은 만장일치로 마을 사람들 초상화보다 훨씬 더 보기가 좋다고 했어. 뭐 하러 다른 걸 그리는지 이해가 안 갔어.

매일 밤 오거는 선물을 배달하러 마을 깊숙이 향했고 그때마다 까마귀들은 깍깍거리며 불만을 터뜨렸어. "꼭 그래야겠어? 우리 그냥 풀밭에 누워 별이나 세면 안 될까?" 하지만 결국 오거의 완강한 태도에 못 이겨 뒤따르곤 했지.

시간이 흐르면서 까마귀들도 딱히 개의치 않았어. 비록 도움을 받을 자격이 없더라도 마을 사람들에게 도움이 필요한 건 분명했으니까. 까마귀들은 오거와 함께 이 일을 하는 걸 내심 뿌듯해했어. 자기들이 굉장히 중요한 존재처럼 느껴졌어. 게다가 오거가 자기들을 가장 사랑한다고 믿었으니까. 그건 지당한 일이었지.

어느 날, 까마귀들과 오거는 깊은 숲속에서 버섯을 따고 있었어. 까마귀들은 버섯을 싫어했지만(심한 복통을 일으켜서였지), 찾는 데는 뛰어났어. 버섯 군락은 진한 흙냄새를 풍겼거든.

까마귀들은 옹기종기 모인 곰보버섯을 발견할 때마다 오거를 불렀어.

푸짐하게 만발한 덕다리버섯도.

어둠 속에서 피어난 붉은 꽃처럼 갓이 아름답게 생긴 광대버섯도.

바로 그때였어. 예고도 없이, 건장한 짐승들 한 무리가 갈라진 발굽으로 어둠을 헤치며 다가왔어. 달빛 아래 짐승들의 눈이 사납게 번뜩였어. 갑옷처럼 두껍고 풍성한 털에 잔가지와 가시 덩굴까지 두르고 있어서 얼핏 걸어 다니는 무기처럼 보였지. 그들은 바위와 나무뿌리와 쓰러진 나무를 폴짝폴짝 뛰어넘었어. 몸놀림이 날렵하고 거칠고 무시무시했어.

"매애애애애애." 짐승들이 우렁차게 울었어.

"깍!" 까마귀들은 격렬하게 날갯짓하며 오거에게 날아가 머리 위를 빙빙 맴돌았어. "괴물들이야! 죽기 살기로 도망쳐!"

하지만 그들은 괴물이 아니었어. 양이었지. "매애애애애애." 양들은 다시 소리를 질렀어.

오거는 손뼉을 치고 손을 흔들며 반갑게 말했어. "오! 안녕!"

모두 열 마리였어. 암양 네 마리와 숫양 한 마리, 어린양 다섯 마리. 어린양들은 오거를 보고 콧구멍을 벌름거리며 다가갔어. 크고 축축한 눈들이 오거를 향했어. 양털은 정말 안쓰러운 상태였어. 피부는 곪아서 짓무르고 발은 상처투성이였고. 오거는 망태기 안에 손을 넣어 말린 옥수수 알갱이를 한 움큼 꺼냈어.

"깍!" 까마귀들이 불평을 터뜨렸어. "우리 거잖아!"

오거는 고개를 저었어. "그건 우리 방식이 아니야." 양들은 옥수수를 먹고 오거의 손을 킁킁거렸어. 오거가 얼굴을 쓰다듬어 주자 눈을 감고 손길을 느꼈어. "저 나무 보이지?" 오거가 까마귀들에게 말했어. "견과류가 주렁주렁 열린 나무? 나뭇가지를 흔들어 떨어뜨려 줘. 보아하니 이 양들은 아주 먼 길을 온 것 같

아. 잘 먹고 기운을 차려야 해."

양들이 옥수수와 견과류를 다 먹자 오거는 양들을 개울로 이끌어 물을 마시게 했어.

"매애." 양들이 나직하게 울었어. 오거도 까마귀들도 그 소리가 어떤 의미인지 몰랐지만, 엄청 애처롭게 들렸어. 암양 한 마리가 오거의 다리에 자기 몸통을 바짝 붙였어. 오거는 그 등을 쓰다듬었어.

까마귀들은 서로 눈짓을 주고받았어. 그 지긋지긋한 '매애'가 무슨 뜻인지야 알 길 없지만 그 안에 담긴 감정은 분명했으니까. 그건 친절에 감사하는 '매애'였고, 오거가 어디를 가든 따르고 싶다는 '매애'였어. 그리고 실제로 그렇게 했어.

"깍." 까마귀들이 까악거렸어. "좀 더 고민해 봐야 하지 않을까? 농장에 식구가 너무 많지 않아? 우리가 다 같이 지낼 공간이 충분할까?"

양들은 오거가 지은 외양간으로 들어갔어. 낮에는 곡식과 풀을 먹고 밤에는 오거를 따라 숲에 들어가 영양을 보충했어. 배불리 먹은 양들은 우유를 생산했고, 우유는 치즈로 재탄생했어. 알고 보니 까마귀들은 치즈를 아주 좋아했어. 게다가 양들이 무성한 풀을 짧게 뜯어 놔서 벌레 찾기가 훨씬 쉬웠지. 까마귀들은 양의 푹신한 등에 앉아 느긋하게 돌아다닐 수도 있었어. 모든 게 만족스러웠어.

결국 까마귀들은 양들을 식구로 받아들였어.

얼마 지나지 않아 까마귀들은 양들이 오기 전의 삶이 어땠는지 까맣게 잊어버렸어. "아! 우리 삶은 완벽해. 이 농장은 완벽해. 오거는 완벽해. 이곳은 그 무엇도 방해할 수 없는 지상 최고의 낙원이야!"

그러던 어느 날, 식구가 또 늘었어. 이번에는 개 한 마리였어.

까마귀들이 오거보다 먼저 발견했어. 보통 까마귀는 개를 별로 안 좋아해. 자기들처럼 섬세하고 신비롭긴커녕 다짜고짜 짖고 할퀴고 침을 흘려대니까. 또 달을 보며 울부짖고, 애먼 데 컹컹대고, 이유 없이 땅을 파기도 하잖아. 방심한 까마귀들을 덮치거나 쫓기도 하고 말이야.

그런데 이 개가 나타난 거야. 바로 이곳에. 녀석은 오디나무 밑을 탐색하듯 킁킁거렸어. 오디나무밭은 까마귀들 구역이었어. 까마귀들은 최악의 사태에 대비해 깃털을 잔뜩 부풀렸어.

그리고 녀석이 무슨 짓을 저지르나 가만히 지켜보았지. 하지만 개는 땅에 코를 처박고 킁킁댈 뿐이었어. 킁킁 킁킁 킁킁 킁킁. 한 번씩 귀를 쫑긋거리는가 하면 아예 땅에 귀를 대고 엎드리기도 했어. 까마귀들이 눈에 보이기만 해도 달려드는 보통 개들하고는 달랐지. 녀석은 까마귀들을 본체만체 계속 킁킁거리기만 했어. 까마귀 한 마리가 가까이 다가가자 녀석은 짖지도 움찔하지도 않고 희부연 눈을 끔뻑끔뻑하기만 했어. 뭐 이런 개가 다 있담?

"깍!" 까마귀들이 요구했어. "여기 온 용건을 밝혀라."

개가 놀라서 펄쩍 뛰었어. 물론 까마귀 말을 몰라서 그냥 낑 낑거렸지.

"깍!" 까마귀들이 외쳤어. "깍 깍 깍 깍 까악!" 까마귀 우는 소리가 하늘을 가득 메웠어. 개는 더 격하게 낑낑거리면서 어쩔 줄 모르고 왔다 갔다 했어. 몸을 움츠리고 뒷걸음질 치다가 오디나무에 엉덩이를 들이받고서 그 자리에 오줌을 쌌어.

"웬 소란이야?" 해 질 무렵 오거가 집에서 나와 물었어. 까마귀들은 오거의 머리와 어깨에 내려앉고 여차하면 오거를 보호할 태세를 갖췄어.

"깍!" 까마귀들이 경고했어. "괴물이야!"

"조심해! 수상한 개가 어슬렁거리고 있어! 도망쳐!"

오거가 오디나무 밑에서 오들오들 떠는 개를 보고는 환히 웃었어. "오! 반가워!"

개는 꼬리를 말고 주춤하더니 낑낑거리며 이를 드러냈어.

"깍!" 까마귀들이 외쳤어. "봤지? 위험한 놈이라니까. 우리가 사나운 부리와 발톱과 날개로 쫓아 버릴 테니까 어서 도망가!" 까마귀들은 사랑하는 오거를 지키기 위해 어떤 위험도 각오가 돼 있었어.

하지만 오거는 도망가지 않았어. 오히려 땅에 꿇어앉고서 부드럽게 개를 불렀지. "자, 이리 와." 오거의 목소리는 밀밭에 부는 산들바람처럼 부드러웠어. 까마귀들은 공기의 잔잔한 파동을 느끼고 이내 개와 함께 흥분을 가라앉혔어. 개는 고개를 납작 수그리고 축축한 콧구멍을 벌름거리며 오거의 냄새를 들이 켰어. 물기 어린 희부연 눈이 끔뻑거렸어. 오거가 웃었어. "네가 날 못 본다는 거 알아. 하지만 네 귀는 굉장히 밝고 코도 멀쩡하 지. 여긴 안전해. 다들 친구야. 원하는 만큼 여기 머물러도 좋아."

그대로 몇 분인가 흘렀어. 까마귀들은 꼼짝도 않고 지켜봤어. 너무 긴장해서 자기 심장 뛰는 소리가 들렸지. 그때, 개가 슬그 머니 오거에게 다가가 손에 코를 대고 킁킁댔어. 그리고 오거가 내민 견과류 케이크 냄새를 맡았어. 개는 오거의 무릎에 정수리 를 묻고 한참을 그대로 있었어.

그렇게 개도 오거하고 같이 살게 됐어. 까마귀들도 개를 받아 들이기로 했지. 하긴 친구가 하나 더 늘면 어때? 그 결정을 굳이 오거한테 알리지는 않았어. 분명 말 안 해도 알 테니까.

그들은 새 식구를 그냥 '개'라고 불렀어. 그러면 개도 저를 부 르는 줄 알고 달려왔지.

시간이 흐르면서 개는 농장의 모든 걸 익혔어. 모든 돌과 작 물과 수풀의 위치를 외웠어. 길을 찾는 능력을 보면 정말 앞이 안 보이는지 구별이 안 될 때도 있었다니까. 오거가 아무리 멀 리 떨어져 있어도 찾아낼 수 있었거든. 그리고 까마귀들이 말할 때마다 고개를 수그리고 귀를 쫑긋했어. 무척이나 예의 바른 개 였어.

어느덧 개가 농장에서 지낸 지 꼬박 일 년이 지나자 개와 까 마귀들은 예상치 못한 방식으로 서로 의존하게 되었어. 개는 후각이 뛰어나고 숲을 깊이 이해했어. 언제나 오거가 어딨는지 정확히 알았고, 숲의 지형을 모조리 외워서 다치거나 길을 잃는 일도 없었어. 까마귀들은 항상 개의 곁을 맴돌았어. 개가 너무 멀리 가지 않도록 지켜보면서 오거에게 선물할 보물을 함께 찾았어.

때때로 까마귀들은 땅에서 반짝이는 무언가를 발견하고 개를 불러 파내게 했어. 개는 까마귀들이 보지 못한 무언가를 냄새로 찾아내서 까마귀에게 물어 나르게 했고. 까마귀들은 개를 식구로 받아들이길 잘했다고 자화자찬했지. "정말이지 우린 세상에서 가장 훌륭하고 앞날을 내다보는 까마귀들이라니까!"

그러던 어느 날 밤, 평소처럼 숲속을 달리던 개가 갑자기 멈춰 섰어. 초승달이 뜬 어둑어둑한 밤이었어. 검은 벨벳 같은 하늘에 별이 총총했어. 개는 소리와 냄새, 까마귀들로서는 상상도 못 할 감각을 이용해 숲의 구불구불한 오솔길을 달리다가 우뚝 멈추더니 짖고 낑낑거렸어. 하늘을 날던 까마귀들이 아래를 내려다봤어. 개가 다시 짖었어. 까마귀들은 개가 무엇을 보고 짖는지 몰랐지만 그 소리에 서린 공포를 읽을 수 있었어.

"깍!" 까마귀들이 개를 안심시켰어. "두려워하지 마, 개야! 우리가 구해 줄 테니까!"

까마귀들이 땅에 사뿐사뿐 내려앉았어. 개는 온몸의 털을 곤두세웠지만 목을 움츠리고 꼬리를 다리 사이에 말고 있었어. 그렇게 겁먹은 모습은 처음이었어. 까마귀들은 개가 감지한 어둠

속의 무언가를 노려보며 깍깍 울었어. "어디 덤벼 봐." 그들은 초
조하게 중얼거렸어.

땅바닥에 누워 있는 그것은 꽤 컸어. 그리고 납작했지. 아무
래도 사람의 형태 같았어. 찌부러진 사람. 혹은 속이 텅 빈 사람.
옷에 달린 단추와 버클과 여러 장신구가 별빛에 은은히 반짝였
어. 옷과 살가죽 모두 버려진 게 분명하니 반짝이는 것들이 탐
이 날 법도 한데 까마귀들은 왠지 가까이 다가가고 싶지 않았
어. 그것은 밝고 풍성한 머리카락과 묘하게 낯익은 얼굴을 달고
있었어. 하지만 까마귀들은 차마 똑바로 못 보고 부르르 떨며
시선을 돌렸어.

그것은 불길한 기운을 뿜었어. 그 불길함이 까마귀들의 폐 속
까지 파고들었어.

"도대체 저게 뭐지?" 까마귀들이 속삭였어. 목구멍에서 공포
가 솟구쳤어. 개가 끼잉거리고 침을 흘리며 도리질 쳤어.

"저것은 연기와 재, 돈 냄새가 나." 까마귀들이 말했어. 이에
답하듯 개가 으르렁거렸어. 땅에 엉덩이를 마구 비볐어.

"봐, 개도 싫어하잖아! 개는 어질고 강한 친구야. 개들 가운데
가장 용감하고 똑똑하지! 개가 이렇게 불안해한다면 저것은 정
말 위험한 존재야!" 의논을 마친 까마귀들은 도망가는 게 최선
이라고 결론 내렸어. 까마귀들은 날개를 퍼덕이며 솟아올랐고,
개도 그 뒤를 따랐어.

개는 평소에 달릴 때 한 발 한 발 신중하게 내딛는데 이번에

는 아니었어. 최대한 빨리 달리느라 두 번이나 나동그라지고 한 번은 나무에 부딪히기까지 했어. 까마귀들은 개가 더 다치지 않도록 가까이 날며 경고 신호를 보냈어.

농장에 도착했을 땐 다들 녹초가 되어 기진맥진했어. "왜들 그러니!" 오거가 달려와 개를 끌어안았어. 한 손을 뻗자 까마귀 한 마리가 그 위에 내려앉았어. "뭘 봤길래 그래? 숲에서 뭘 봤는지 말해 줘!"

개는 부르르 떨고 까마귀는 도리질 쳤어. 그들은 숲속에서 본 존재에 대해 말하고 싶지가 않았어. 반짝이는 단추도, 풍성한 금발도, 땅에 널브러져 있던 모양도 너무나 불안하고 불길해서 오거에게 말할 수가 없었어.

"깍." 까마귀들은 눈을 피하며 말했어. "아니, 아무것도 아니야."

도서실

　고아들의 집에 밤이 찾아왔어. 디어드레와 일라이자와 꼬마들은 거실에서 마이런이 들려주는 이야기에 흠뻑 빠져들었고 원장은 공동 침실에서 어린아이들에게 노래를 불러 줬어. 앤시아는 늘 호주머니에 넣고 다니는 수첩을 꺼내 할 일 목록을 확인했어.

　√ 밀가루 반죽 발효시키기.

　√ 이부자리 벗기기.

　√ 빨래 널기.

　√ 망가진 가구 손보기.

　√ 펌프 고치기. (또!)

　√ 세탁한 기저귀 개기.

　√ 꼬마들에게 수학 가르치기. (되도록 호통치지 말기!)

도서실 정리하기.

마지막 항목을 빼고는 모두 체크 표시가 되어 있었어.

사실 마지막 항목은 그냥 눈속임이었어. 도서실은 정리할 필요가 전혀 없었어. 그냥 둬도 저절로 정리가 됐거든. 앤시아는 아직 할 일이 하나 남아서 아무도 못 도와준다고 일부러 큰 소리로 말했어. 딴지를 거는 사람은 아무도 없었지.

"할 일이 정말 끝도 없네!" 앤시아는 계단을 서둘러 올라가며 말했어. "바쁘다 바빠, 바쁘다 바빠!"

앤시아는 문을 닫고 안도의 한숨을 내쉬었어. 도서실과 그 안의 모든 책도 함께 한숨을 내쉬는 듯했어.

고아들의 집 도서실에는 한때 옛 도서관이 내다보이던 넓은 창문이 있었어. 사실 도서실 구조는 도서관의 축소판이나 다름없었어. 둘 다 같은 건축가가 설계했지. 그는 사정이 딱한 아이들이 조용하고 아름다운 공간을 누리며 훗날 탐구하게 될 '관념의 세계'와 '정신적 삶'에 연결되는 것이 중요하다고 믿었어. 두 건물은 '공공의 이익'을 향한 '시민 책임감'이 컸던 시기에 많은 자금을 들여 지어졌어. 그 당시 사람들은 '원대한 개념'을 굵은 글씨로 쓰곤 했지.

그 시절은 오래전에 지나갔고 돌아갈 길은 아득해 보였어. 이제 도서실 창문으로는 돌무더기와 잿더미가 내다보였어. 그 살풍경을 바라볼 때마다 고아들의 집 아이들은 관념의 세계나 정신적 삶과 연결되긴커녕 가족과 마을과 꿈까지 모두 도서관처럼 재가 되어 흩어질 수 있다는 감상에 빠지곤 했어.

앤시아는 잠시 눈을 감고 정적에 귀를 기울였어. 꽉 찬 서가가 수런거리는 듯했어. 아치형 천장의 들보와 창가의 등받이 쿠션도 마찬가지였어. 도서실 구석구석 비밀들이 들끓었어.

좋은 일이었어. 앤시아는 비밀을 찾고 있었으니까.

앤시아는 가장 안쪽 벽면의 가장 큰 서가에 사다리를 대고는 가장 높은 선반까지 올라갔어. 책등을 손가락으로 훑어가면서 눈을 가늘게 뜨고 제목을 확인했어. 자기가 찾는 책들이 과연 모습을 드러낼지 궁금해하면서. 도서실과 그 안의 책들은 모두 제 의지를 갖고 움직이는 것 같았거든. 앤시아는 동화책 몇 권을 뽑아 관련 페이지들에 표시하고서 탁자 위에 차곡차곡 쌓았어. 동물 설화, 조류학, 생물 역학에 관한 책들도 그렇게 했어. 마지막으로 필요한 책이 한 권 더 있었어. 앤시아는 다시 사다리를 올라 책등의 제목들을 훑었어.

《비교 윤리학, 당신이라면?》

《침엽수: 자연의 조용한 개척자》

《악어의 미소와 그 밖의 미스터리들》

그리고…….

"까마귀!"

앤시아는 의기양양하게 외치며 《까마귀: 세상에서 가장 멋진 새》를 꺼내 들었어. 오래전에 읽은 책인데 까마귀 찬양 일색이라 실제로 까마귀가 썼을지도 모른다고 생각했지. 까마귀의 특성을 고려하면 그럴듯했거든. 책은 두껍고 무거워서 탁자에 내려놓을 때 쿵 소리가 났어.

앤시아는 까마귀에 관해 짐작하는 게 있었어. 증거가 더 필요할 뿐이었지. 아쉽게도 직접 다가가 물어볼 용기는 없지만 질문을 할 수는 있었어. 앤시아는 라틴어, 그리스어, 산스크리트어, 수메르어, 케추아어, 몽골어, 고대 노르드어, 프랑스어, 스와힐리어에 능통할 뿐 아니라(도서실에는 이 언어들로 쓰인 책들도 있었어) 쥐 말, 돌고래 말, 까마귀 말도 유창했거든. 다시 한번 말하지만 고아들의 집 아이들은 호기심이 왕성했어. 그리고 고아들의 집 장서는 무궁무진했지. 공간이 허락하는 것보다 많은 책이 있었어.

딱히 희한한 일은 아니야. 책들은 그 안에 담긴 단어와 사상의 무게로 저마다 고유한 질량을 지니고 있거든. 블랙홀 주변의 중력장이 휘어지고 흔들리는 것처럼 수많은 책 속의 수많은 내용이 모여 밀도 높은 중력을 만들어 내지. 따라서 책들을 둘러싼 공간은 이상하게 변해.

시간 역시 이상하게 흘러. 아이들은 도서실에 있을 때마다 시간이 계속 늘어나는 기분이 들었어.

서쪽에 난 창문 밖으로 하늘이 짙은 붉은빛에서 보랏빛으로 변하고 있었어. 곧 별들이 나타날 시간이었지. 등불이 은은히 빛나고 촛불이 일렁였어. 앤시아는 책을 펴고 읽기 시작했어.

드문드문 수첩에 적기도 하면서.

그때 바틀비와 캐스가 각자 아기를 안고 들이닥쳤어. 앤시아가 눈을 부릅떴어. "미안한데, 지금 정리 중이거든. 방해는 사양할게."

바틀비는 의심스럽다는 표정을 지었어. 짝짝이 눈이 반짝였어. "정리하는 것처럼 안 보이는데? 혼자 밤 독서를 즐기려고 핑계대는 거지?" 바틀비가 씩 웃으며 덧붙였어. "난 이해해."

앤시아는 바틀비를 쏘아보며 코웃음 쳤어. "난 둘 다 할 수 있거든. 읽으면서 정리하기. 따라서 이건 네가 좋아하는 양면적인 상황이야."

"동의해." 바틀비가 명랑하게 받아쳤어. "그러니까 그렇게 툴툴거릴 것 없어. 같이해도 될까?"

"아니." 앤시아는 차갑게 말했지만 바틀비도 캐스도 못 들은 척했어. 아기들이 꿈틀대며 내려 달라고 보챘어. 아기들을 바닥에 내려놓고 캐스가 네발로 기는 흉내를 내자 아기들이 까르르 웃었어.

바틀비는 앤시아가 탁자에 펼쳐 놓고 읽는 책을 건너다봤어. "오!" 바틀비가 반갑게 외쳤어. "아니 내 말은, 깍!" 그 뜻은 '까마귀 말 연습하려고?'였어. 바틀비도 까마귀 말을 무난히 알아듣는 편이었지만 어휘와 발음 모두 앤시아를 따라가지는 못했어. 그저 열정으로 부족한 부분을 채우려 했지. "깍." 바틀비가 덧붙였어. '멋져'라고 말하려던 건데 실제로 나온 말은 '머핀'이었어.

앤시아는 굳이 바로잡아 주지 않았어.

"나중에 말해." 앤시아가 쓰는 데 집중하며 중얼거렸어. 그러다 바틀비가 뚫어지게 바라보는 걸 알아채고는 수첩을 홱 가렸어.

바틀비가 눈썹을 치켜올렸어. "뭐 하는 거야?"

앤시아는 고개를 가로저었어. "아, 아무것도 아냐. 그냥…… 조사할 게 좀 있어서 그래. 까마귀에 대해."

"나도 조사하는 거 좋아해. 무슨 조사인데?"

앤시아는 다른 걸 쓰는 척했어. "아직 나도 몰라. 봐야 알 수 있어." 앤시아는 대충 둘러대고 수첩에 세 가지 항목을 추가한 뒤 탁 덮었어. "신경 쓰지 마. 조금 있다가 애들 재우는 거 도와줄게." 앤시아는 그렇게 말하면 바틀비하고 캐스가 눈치껏 자리를 피해 줄 줄 알았어.

하지만 둘 다 아기들을 마음껏 놀게 하고는 창가에 앉아 앤시아가 책 더미를 뒤적이는 걸 지켜봤어. 앤시아는 짜증을 억누르며 두 사람을 무시했어.

바깥은 완전히 캄캄해졌어. 왠지 도서실이 부르르 떨며 변하는 듯했어. 서가를 힐끗 볼 때마다 책들의 위치나 순서가 바뀌어 있거나 못 보던 책이 생긴 것 같았어. 고대 지도책이 빼곡했던 선반에 어느 틈엔가 구식 로맨스 소설이 가득 차 있다든지, 건축 관련 책들이 한 선반에 보기 좋게 진열돼 있다든지, 방대한 곤충 관련 책이 뒷벽 전체를 떡하니 차지하기도 했어. 책이 움직인 건 아니야. 그건 말도 안 되지. 하지만 책들이 늘 같은 장소에 머무른다고는 아무도 장담할 수 없었어. 워낙 익숙한 일이라 아이들은 도서실의 기이한 점들을 딱히 수상히 여기지도 않았어. 그저 그런가 보다 했지.

한 아기(아마도 오르페우스)가 뜬금없이 까르르 웃었어. 다른 아기(아마도 네넷)는 캐스의 발을 움켜쥐고 침이 넘치는 입 안으로 밀어 넣었어. 바틀비는 궁금함을 못 참고 입을 열었어. "그래서? 뭘 찾고 있는지 이제 좀 말해 줄래?" 바틀비는 팔짱을 끼고 씩 웃었어.

앤시아는 어깨를 으쓱했어. "그냥…… 짐작 가는 게 있어서 그래."

"까마귀에 대해서 말이지. 그건 이미 말했어. 그래서?" 바틀비가 캐물었어.

쥐를 찾아 도서실에 들어온 고양이 네 마리가 창가에 뛰어올라 캐스를 휘감았어. 캐스는 고아들의 집에서 제일 인기가 좋았는데 특히 고양이들의 사랑을 듬뿍 받았어. 캐스는 가장 작은 고양이를 안아 들고 기대에 찬 얼굴로 앤시아를 바라보았어.

앤시아는 수첩을 훑어봤어. 그날 끔찍한 푸줏간에서 일라이자가 예언처럼 한 말이 떠올랐어. 언젠가 고아들이 세상을 구할 거라는 말. 하지만 정확히 언제? 어떻게?

문득 벽시계 소리가 귀에 거슬렸어. **째깍째깍.** 푸줏간 주인이 그렇게 말했지. 곧 여름이 끝나고 가을이 오면 자신은 열네 살이 될 거야. 원하든 원치 않든. 아아, 그러면 자신에게 어떤 일이 닥칠까?

"좋아." 앤시아는 한숨을 쉬고 말문을 열었어. "너희도 까마귀에 관해 잘 알지? 반짝이는 것들을 모아 둥지를 장식하고, 언어와 전설과 큰 포부를 지녔고, 원수를 기억하고, 도구를 만들고, 동료의 죽음을 애도한다잖아." 앤시아는 수첩을 다시 들여다봤어. 제 딴에도 황당한 짐작이었지만 달리 설명할 수가 없었어.

한 아기가 칭얼거렸어. 바틀비가 양팔에 한 명씩 안아 들고 앞뒤로 흔들며 어르자 아기의 눈꺼풀이 처지기 시작했어. "잠들면 눕힐 거야. 계속해."

앤시아가 말을 잇기 전에 밖에서 또 다른 소리가 들렸어.

앤시아는 창가로 달려가 무릎을 꿇고 창문에 손을 짚었어. 그리고 눈을 크게 뜨고 어둠 속을 바라봤어. 밤공기는 까마귀 소리로 가득 찼어. 앤시아가 마른침을 꼴깍 삼켰어. "내가 날마다 기록해 봤거든? 한밤중에 까마귀들이 날아오는 소리가 들리면 다음 날 아침에 채소 상자나 다른 먹거리가 배달돼 있었어. 만약 간밤에 아무 소리도 안 들리면 다음 날 아무것도 없었고. 까마귀들이 그 배달하고 관련이 있는 거 같아."

"진짜로?" 바틀비가 물었어.

앤시아는 수첩을 펼쳐 깔끔하게 그린 달력을 보여 줬어. "밤에 까마귀 소리를 들은 날마다 네모 칸에 까마귀를 그렸어. 아침에 먹거리 상자를 발견한 날에는 별표를 했고. 여기 봐, 올해

배달 온 날을 다 표시해 놨어. 그 전날 밤은 꼭 까마귀 울음소리를 들었고. 한두 번이 아니야. 매번 그랬다니까."

캐스는 수첩을 들고 손가락으로 네모 칸들을 훑었어. 바틀비는 고개를 기울인 채 앤시아를 빤히 바라보다가 말했어. "꽤 오래전부터 짐작했나 보네."

"그랬지." 앤시아가 인정했어.

바틀비는 우윳빛 눈을 감고 녹갈색 눈으로 달력을 살펴보다가 이내 눈썹 사이를 좁혔어. "앤시아, 네 생일에 왜 슬픈 얼굴이 그려져 있어?"

"그건 신경 쓰지 마." 앤시아는 재빨리 수첩을 덮고는 다리 사이에 끼웠어. "요점은 이거야. 알다시피 협곡의 바위는 좋은 마을이 아냐. 우리도 장날에 일손을 돕거나 원장님이나 마이런을 따라 심부름 갈 때 마을 사람들이 얼마나 인색하게 구는지 봤잖아. 살면서 원장님이나 마이런 말고 너그러운 사람 본 적 있어? 없지. 하지만 이 마을에는 우리한테 엄청나게 너그러운 후원자가 있어." 앤시아는 눈을 감고 침을 꼴깍 삼켰어. "나는 그 후원자가 마을의 어떤 사람이 아니라고 봐." 앤시아는 잠시 멈췄다가 말을 이었어. "내 생각엔 까마귀들인 것 같아. 농작물을 가져다주는 것도, 키우는 것도 말이야. 분명 까마귀들한테는 사람들이 아는 것보다 더 큰 능력이 있을 거야. 까마귀들이 틀림없어."

바틀비와 캐스는 걱정스러운 눈빛을 주고받았어.

앤시아가 발끈했어. "나도 너희가 무슨 생각 하는지 알아."

바틀비는 천천히 말했어. "모르는 거 같은데."

"있음 직하지 않다고 해서 꼭 불가능한 건 아니야." 앤시아는 새침하게 대꾸했어. "논리적으로 따져 보자. 명제 하나, 마을 사람들은 불친절해. 명제 둘, 어떤 조건 없는 선행이 우리 대문 앞에 꾸준히 이어지고 있어. 즉 익명의 후원자가 종종 고아들의 집에 식량 상자를 배달하면서 친절을 베풀어. 사람들이 불친절하다는 것과 이 행동이 친절하다는 것에 이의가 없다면, 결론적으로 이 선행의 주체는 사람이 아니야. 따라서, 우리의 후원자는 동물이야. 동물 무리거나. 내 추론은 논리적으로 타당해. 나는 그게 까마귀들이라고 믿어. 왜 아니겠어? 옛날이야기 속 까마귀들이 괜히 영리하고 교활하게 그려졌겠어? 게다가 왜 배달 전날에만 까마귀 소리가 들리겠어? 까마귀들이 왜 하필 그날 밤에만 우리 고아들의 집 근처에 오겠냐고?"

긴 침묵이 흘렀어. 고양이들이 가르랑거리고 냐옹거리며 관심을 요구했어. 앤시아는 바깥을 내다보며 까마귀 소리에 귀를 기울였어. 달력에 표시하려고 수첩을 펼치자, 생일 칸에 그려진 슬픈 얼굴이 자신을 올려다봤어. 앤시아는 눈썹을 찌푸리며 시선을 돌렸어.

그때, 아기들이 눈을 비비며 칭얼거렸어. 바틀비는 한숨을 쉬고 다시 몸을 앞뒤로 흔들었어. "잠깐 기다려. 네넷이랑 오르페우스 재우고 올 테니까 그때 다시 얘기해."

하지만 그런 일은 없으리란 걸 앤시아도 캐스도 알고 있었어.

바틀비는 양팔에 아기를 안은 채 그대로 잠들곤 했거든. 툭하면 그랬지.

앤시아는 다시 창밖을 내다봤어. 까마귀들은 끈질기게 까악거렸어. 앤시아는 그 가운데 한마디를 알아들었어. "더 많이 줄수록 더 많이 가질 거야." 그 외침은 계속 되풀이됐어. 이전에도 여러 번 들어 본 말이었지. **다른 증거가 더 필요할까?** 앤시아는 속으로 물었어.

캐스가 앤시아의 손을 잡아 제 뺨 가까이 끌어당기고 다른 손으로는 달력 속 슬픈 얼굴을 어루만졌어. 이내 뭔가를 느꼈는지 눈을 크게 떴어. 앤시아는 두 눈을 감고 차오르는 눈물을 삼켰어. "규정상 열네 살이 되면 고아들의 집을 나가야 한대. 물론 원장님하고 마이런은 날 사랑해. 우리 모두를 사랑하지. 아마 우리 중 누구도 떠나보내길 원치 않을 거야. 하지만 내가 어떻게 머물겠어? 이곳을 봐. 마을로부터 필요한 걸 얻지 못해 우리 식구가 모두 고통받고 있어. 내가 계속 머무르면 다른 사람 몫을 빼앗는 셈이야. 하지만 캐스, 내가 어디로 가겠어?"

앤시아가 캐스의 어깨에 기대어 울자 캐스는 앤시아를 감싸 안았어. 물론 대답은 없었어. 고양이들이 두 아이의 무릎 위에 웅크리고 앉아 요란하게 가르랑거렸어. 밖에서 까마귀들이 외쳤어. "더 많이 줄수록 더 많이 가질 거야." 하지만 그건 도무지 말이 안 되는 얘기였어.

장날

　장날 아침이 밝자 앤시아, 바틀비, 캐스, 마이런은 각자 상자
와 꾸러미들을 들고 중앙광장의 지정된 가판대에 도착했어. 그
리고 상품들을 진열했는데, 주로 비누였어. 원장이 옛 도서관의
잿가루와 푸줏간에서 싸게 얻은 수지로 만들어 들꽃 향을 첨가
한 비누는 질이 좋기로 유명했지. 다른 상품들도 있었어. 잼, 과
실주, 꽃, 아마포로 싼 귀한 염소 치즈, 그리고 마이런이 송진에
진흙과 광물 퇴적물을 섞어 만든 특별한 페인트도 있었어. 내구
성이 우수해서 인기가 꽤 좋았지. 제조법은 철저히 비밀이었어.
　앤시아는 수첩에 적은 재고 목록을 검토했고, 바틀비와 마이
런은 비누에 담긴 철학을 논했고, 캐스는 모든 상품을 가지런히
정돈했어.
　가느다란 실구름이 하늘을 가로지르자 돌바닥에 흐릿한 회
색빛이 어른거렸어. 앤시아는 부르르 떨며 어깨에 담요를 둘렀

어. 어디선가 까마귀 소리가 들렸지만 너무 멀어서 알아들을 수는 없었어. 고아들의 집 가족의 가판대는 주요 통로에서 꽤 멀리 떨어진 구석에 있었어. 장사에 유리한 자리는 아니었지만 그나마 자릿세를 감당할 만했거든. 그들은 한 달에 한 번 열리는 장날에 번 돈으로 먹을거리를 샀어. 아이들도 한 푼 한 푼이 귀하다는 걸 알았고, 그달에 얼마나 잘 먹느냐는 결국 그날의 장사 수완에 달려 있었어.

앤시아는 불안이 아가리를 벌려 배를 콱 무는 느낌이 들었어. **충분할까?** 그러기를 간절히 바라며 속으로 묻고 또 물었어.

새 표어들이 중앙광장 여기저기에 붙어 있었어. 버려진 건물과 방치된 가로등에 나붙어 사람들에게 호소했어. **소매치기를 조심하세요.** 또는 **우리 중에 도둑이 있을지도 모릅니다.** 또는 **화재를 기억하시나요? 방화범은 아직 잡히지 않았습니다.** 그리고 어딜 보나 빠지지 않는 표어가 있었어. **아름다운 마을은 당신으로부터 시작됩니다! 마을 발전 기금에 아낌없이 기부하세요!**

어떤 표어에는 시장의 웃는 얼굴이 실루엣으로 그려져 있었어. 앤시아는 사람들이 그 앞에 멈춰 그림을 하염없이 어루만지다가 주변 사람에게 의심스러운 눈초리를 던지는 걸 지켜봤어.

"있잖아." 곁에 서 있던 바틀비가 말을 걸었어. 한 젊은이가 가슴에 두 손을 얹고 표어를 꼬박 일 분 동안 감상하는 모습을 지켜본 참이었지. "사람들은 이 마을을 참…… 대단하게 생각하나 봐."

"손대지 마!" 그 젊은이가 대뜸 한 행인에게 소리쳤어. 딱히 가까이 있지도 않았던 행인은 소스라치게 놀라며 자기 가방을 꽉 움켜쥐었어. 두 사람은 서로에게 눈을 부라리며 황급히 자리를 떠났어.

"그러게. 정말 그래 보여." 앤시아가 고개를 절레절레했어.

세 아이가 상품 진열과 판매 준비를 마치자 해가 건물 위로 빼꼼히 고개를 내밀었어. "비누 사세요!" 바틀비가 외쳤어.

"질 좋은 비누요!" 앤시아가 덧붙였어.

"최고로 질 좋은 비누!" 바틀비가 질세라 목청을 높였어.

여름철 마지막 장날이었는데도 날씨는 음산하고 서늘했어. 앤시아는 소름 돋은 팔을 비비며 시청 건물 꼭대기의 고장 난 시계를 힐끔 봤어. 시간이 저 시계에서 멈췄다면, 다른 누군가를 위해 멈춰 줄 수도 있지 않을까? 가을은 이제 코앞까지 다가왔어. 열네 살 생일이 머지않았지.

째깍째깍. 푸줏간 주인의 목소리가 귓가에 맴돌았어. 만약 시간을 멈출 수 있다면 앤시아는 그렇게 했을 거야.

아직 원장도 마이런도 아무런 말이 없었어. **규정이 사실일까?**

하늘은 잿빛이었어. 광장 자체가 멍이 든 것처럼 보였어. 돌바닥은 몇 년째 씻기지 않았고 몇 주 동안 비가 안 와서 사람들이 지나갈 때마다 흙먼지가 뿌옇게 날렸어. 다들 지저분한 손수

건에 기침을 하고 먼지 섞인 침을 뱉었어. 어느덧 해가 높이 떠올랐어. 앤시아와 바틀비, 캐스는 나란히 서서 드문드문 오가는 손님을 지켜봤어. 사람들은 비누를 집어 들어 냄새를 맡고는 그냥 내려놨어. 두 번인가 누가 슬쩍 집어 가려 했는데 그때마다 캐스가 번개처럼 달려들어 정강이를 냅다 걷어차 줬지.

"악! 잘못했어!" 좀도둑은 시뻘게진 얼굴로 외쳤어.

해가 하늘 한가운데를 지날 무렵, 푸줏간 주인이 나타나 비누를 뒤집어 가격을 보고는 헛웃음을 쳤어. "이따위 게 칠 푼? 돌았나?" 그가 넌더리를 내며 비누를 던지듯 내려놨어.

캐스는 인상을 쓰며 팔짱을 꼈지만 바틀비는 인내심 있게 설명했어. "물론 질 나쁜 비누라면 칠 푼은 말도 안 되죠. 그런 비누는 빨리 물러서 몇 주 안에 녹아 없어지거든요. 심지어 빨랫감에 기름기가 남거나 너무 거칠어서 피부가 상하기도 하고요. 하지만 우리 원장님이 만든 비누는 곱고 단단해요. 얼마나 무거운지 들어 보세요. 향기는 또 얼마나 그윽한데요. 때는 잘 지워지고 피부에는 안전한 비누! 놀랍지 않나요? 세상에 이보다 더 좋은 비누는 없어요." 바틀비가 짝짝이 눈을 빛내며 의기양양하게 웃었어.

바틀비를 쏘아보던 푸줏간 주인의 눈길이 앤시아에게 닿았어. "오, 너구나." 독기를 머금은 목소리였어.

앤시아는 얼굴이 빨개졌지만 아무 말도 안 했어. 푸줏간 주인의 입매가 사납게 비틀렸어.

"보자, 이제 가을이로구나. 만물이 갈무리되는 시기지."

앤시아는 볼이 너무 뜨거워서 녹을 지경이었지만 끝까지 눈을 돌리지 않았어. 오히려 턱을 쳐들고 그를 쏘아봤어.

"얼마나 질 좋은 비누인지 보면 아시잖아요." 앤시아는 방금 들은 말을 보란 듯이 무시했어. "칠 푼이에요. 한 푼도 못 깎아 드려요. 관심 없으면 그냥 가세요." 앤시아는 크게 헛기침하고 다른 손님들에게 눈길을 돌리며 "맙소사" 하고 다 들리게 중얼 거렸어. 몇몇 사람은 고개를 끄덕이면서 푸줏간 주인에게 차가운 눈빛을 던졌어. 마을에서도 평판이 별로 안 좋았거든.

"시장님께 너에 대해 보고할 거다." 푸줏간 주인은 씩씩거리면서도 비누값을 치렀어. 어쨌거나 좋은 비누였으니까. 하지만 떠나기 전에 앤시아에게 몸을 기울이고 아주 작게 속삭였어. "째깍째깍." 그러고는 슬그머니 사람들 속으로 사라졌어.

"저이가 방금 뭐라고 했니?" 마이런이 물었어. 앤시아는 어깨를 축 늘어뜨리고 양팔로 몸을 꽉 감쌌어. 마치 둘로 쪼개지지 않으려는 듯이.

"아니에요." 앤시아는 억지웃음을 지어 보이고서 떨리는 목소리에 잔뜩 힘을 주어 덧붙였어. "아무것도 아니에요."

오후가 되자 시장이 도착해서 장날맞이 연설을 하려고 연단에 올랐어. 장을 보던 사람들은 황급히 몰려가 더 좋은 자리를 차지하려고 서로 밀쳐댔어. 마이런은 입을 꽉 다물고 눈을 가늘게 떴어. 아무 말도 안 했지만 앤시아는 마이런의 심기가 불편하다는 걸 느낄 수 있었어.

원장은 가끔 장에 오면 시장이 중앙광장에 왔음을 알리는 종소리에 안절부절못했어. 하던 일도 멈추고, 사람들이 시장의 광채를 더 잘 느낄 수 있는 자리를 차지하려고 달려가는 모습을 부러운 듯 바라보곤 했지. 따라갈 수는 없었어. 아이들을 보호자 없이 두면 안 되니까. 그들의 자리는 연단에서 꽤 멀리 떨어져 있어서, 원장은 가판대에 올라서서 손차양을 하고 중앙광장을 우렁우렁 울리는 목소리에 귀 기울이며 시장을 한 번이라도 보려고 애쓰곤 했어.

마이런은 반대였어. 앤시아는 어두운 표정으로 군중을 바라보는 그를 곁눈질했어. 사람들의 얼굴은 환히 빛나고 눈은 부자연스럽게 커 보였어. 마이런은 시선을 거두고 착잡한 얼굴로 앤시아의 재고 목록을 확인했어. 이내 고개를 저으며 가판대를 내려다봤어. "얘들아, 아쉽게도 우리가 기대한 만큼은 못 팔았구나. 사람들은 시장 연설을 듣고 나면 지갑을 더 꼭 여미곤 하지. 이제 슬슬 정리하고 필요한 걸 사서 저녁 식사 전에 돌아가자꾸나."

"말도 안 돼요." 바틀비가 말했어. "해가 지려면 아직 몇 시간이나 남았는데요? 그때쯤이면 목표치를 채울 거예요. 느낌이 와요."

마이런은 마지못해 그러기로 했어.

어느덧 한 시간 뒤면 파장이었고, 노력에 비해 결실은 보잘것 없었어. 잼은 거의 다 남았고 비누도 절반이나 남았어. 곧 먹거리를 사야 했는데, 다들 충분하리라 넘겨짚었어. 앤시아는 장부를 기록하다가 중간에 놓쳤고, 돈은 마이런이 가지고 있었거든.

해가 잔뜩 기울어서야 시장은 연단에서 내려와 광장을 떠났어. 장사하는 사람도, 장 보는 사람도 서둘러 마무리하기 시작했어. 다들 저 멀리 까마귀 떼가 내려앉은 나무들을 쏘아보며 부랴부랴 움직였지.

옆 가판대에 있던 여자는 못다 판 물건들을 꾸리며 딸들을 닦달했어. "서둘러라, 응?"

"어머니 말 들어라." 지나가던 덩치 큰 남자가 말을 얹자 한 소녀가 짜증스러운 듯 눈알을 굴렸어. "해 진 뒤에 싸돌아다니다 오거한테 잡혀간다. 그럼 누가 구해 주겠니?" 남자는 말을 멈추고 소녀들을 향해 음흉하게 웃었어. 소녀들은 질색하며 얼굴을 돌렸어.

"멍청하기는." 바틀비가 의도했던 것보다 크게 말해 버렸어.

마이런이 손을 뻗어 바틀비의 입을 틀어막고 가판대 아래로 밀어 넣었어.

"누구야?" 그 거구의 남자가 하늘을 향해 고개를 번쩍 쳐들고 물었어. 마치 구름이 자기를 비웃었다는 듯이. "누가 나더러 멍청하댔어?"

마이런은 그저 어깨를 으쓱했고, 앤시아와 캐스 둘 다 가판대를 정리하느라 바빴어. 결국 덩치 큰 남자는 저벅저벅 멀어졌어.

"아야." 바틀비가 가판대 아래에서 정수리를 문지르며 신음했어.

"쌤통이다." 앤시아가 핀잔을 줬어.

"가끔 여기서 싸움이 난다." 마이런은 초조한 듯 두 손을 비비며 세 아이에게 속삭였어. "심하면 몸싸움까지 벌어져. 너희는 너희 생각보다 작으니까 조심해야 해."

"전 안 작아요." 바틀비가 말꼬리를 잡자 앤시아는 손을 휘휘 내둘렀어.

"마이런, 우리 빨리 장 보고 돌아가야 해요." 앤시아가 까마귀들을 돌아보며 말했어.

까마귀들이 꼭 '곧이야'라고 까악거리는 듯했어.

곧이라고? 혹시 다음 날 아침 대문 앞에 꽉 찬 상자가 기다리고 있을 거라는 뜻인가? 앤시아는 눈을 감고 귀를 기울였어. **너희니? 너희 맞아?** 앤시아는 속으로 중얼거리며 고장 난 시계를 힐끗 봤어. 쌀쌀해진 공기에 몸이 부르르 떨렸어.

캐스는 안 팔린 비누와 잼을 챙겼어. 마이런에게 손을 내밀자 그도 말없이 돈이 든 전대를 건넸어. 캐스와 앤시아가 돈을 세어 봤어. 캐스 얼굴이 점점 어두워졌어.

"걱정 마." 앤시아가 대수롭지 않은 듯이 말했어. "이 정도면 충분할 거야." 앤시아는 곡물 한 되를 꼼꼼히 빻으면 얼마나 많은 가루가 나올지 머릿속으로 헤아려 봤어. 콩 반 되에 물을 많이 넣어 묽게 끓인 수프를 나눠 먹으면 다음 장날이 올 때까지 끼니를 거를 일은 없을 것 같았어. 그땐 더 많이 팔 수 있을 거야. 앤시아는 하루나 이틀, 심지어 사흘까지도 기꺼이 주린 배로 잠들 자신이 있었어. 그게 도움이 된다면야.

"어디, 얼마나 살 수 있나 둘러볼까?" 마이런이 말했어. 창백한 얼굴로 손을 떨면서.

앤시아는 마이런의 팔에 팔짱을 끼고 다른 손으로 그의 팔꿈치를 단단히 붙들었어.

하지만 살 수 있는 건 별로 없었어. 저번 달보다 물가가 훌쩍 오른 거야. 판매자들은 별수 없다는 듯이 어깨를 으쓱했어. "쥐가 들끓어서." 곡물 판매상이 앤시아에게 반 되도 안 되는 밀알과 그보다도 적은 귀리를 봉지에 담아 건네며 말했어.

"메뚜기 떼가 덮쳐서." 콩 파는 여자가 앤시아에게 렌틸콩 반의반 되를 건네며 말했어.

그렇게 세 봉지가 모이니 꽤 묵직했어. 앤시아는 안 먹어도 배가 부르고 든든했어. **당장은 이걸로 충분해.** 뭉쳤던 배가 조금이나마 풀어지는 느낌이 들었어.

"오거가 해충들을 보낸 거야." 길 건너편 세 번째 가판대 주인이 비열한 웃음을 띠고 말했어. "악의를 품고서 말이야. 오거족 특징이지."

"말도 안 돼요." 앤시아가 날 선 목소리로 반박했어.

"말이 왜 안 돼?" 장 보던 사람 하나가 사납게 쏘아붙였어. 그와 앤시아 사이에 캐스가 끼어들어 팔짱을 끼고 턱을 쳐들었어.

"난 그냥 모두의 생각을 말했을 뿐이다. 오거족이 까딱하면 포악해진다는 건 상식이니까."

"그건 상식이 아니라 몰상식이에요." 바틀비가 받아쳤어. "게다가 오거가 뭐 하러 그런 짓을 하겠어요? 일부러 쥐하고 메뚜기를 보냈다고요? 나 참! 그건 망상이에요. 아저씨 가설은 논리도 없고 근거도 없는 데다가, 솔직히 말해서 쓸데없이 불친절하고 무식해 보여요." 바틀비는 씩씩거리다가 뒤늦게 손으로 입을 틀어막았어. 마이런은 손바닥으로 이마를 짚고 고개를 저었어. "아, 이런." 바틀비가 나직이 중얼거렸어.

한 남자가 벌떡 일어섰어. 한 여자는 주먹을 불끈 쥐었어. 다들 눈빛이 칼날처럼 날카롭게 번뜩였어. 앤시아는 눈을 휘둥그레 뜨고 주춤 물러섰어. "어디 내 눈앞에서 지껄여 봐." 비열하게 웃던 남자가 말했어.

"방금 그렇게 했잖아요." 바틀비는 진심으로 혼란스러웠어.

"얼른 가자꾸나." 마이런이 아이들의 소매를 잡아당기며 길가로 이끌었어.

"전형적인 고아들이야. 입만 열면 허풍이지." 푸줏간 주인이 침을 탁 뱉었어. 그는 가판대에 기댄 채 그걸 당장이라도 두 동강 낼 듯한 눈빛으로 덧붙였어. "너희 잼에 독 타서 팔았지? 내 생각엔 그게 고아들이 할 만한 짓거리 같거든."

마이런은 아이들을 더 가까이 끌어당겼어. "우린 문제 일으킬 생각 없소. 잼에 독을 탄 적은 더더욱 없고!" 해가 뉘엿뉘엿 저물어 하늘을 붉게 물들였어. 어느새 까마귀 소리가 커졌어. 일제히 '곧'이라고 외치는 듯했어.

"다 샀으면 얼른 가시지." 곡물 가판대에 있던 여자가 구시렁거렸어. "진작 알았다면 저런 부류한테는 안 팔았을 텐데."

"저런 부류?" 앤시아가 되물었어. 두 뺨이 달아오르는 게 느껴졌어.

"가자꾸나." 마이런이 아이들을 더 세게 잡아끌었어.

"다 들었잖니." 여자는 까마귀들이 수놓은 짙붉은 하늘을 힐긋 올려다보고는 입매를 심술궂게 비틀었어. "전형적인 고아들."

그 말이 앤시아의 배를 걷어찼어. 귓가가 윙윙 울리고 시간이 아주 느리게 흘렀어.

바틀비가 악을 썼어. "그 말 당장 취소해."

마이런이 외쳤어. "바틀비, 그만!"

한 남자가 윽박질렀어. "버르장머리를 가르쳐 줘야겠구나, 이 꼬맹이들!"

한 여자가 맞장구쳤어. "이 녀석들 다시는 끌고 나오지 말아요. 보기만 해도 치가 떨리니까."

아까 그 덩치 큰 남자가 성큼성큼 다가왔어. 한 걸음 뗄 때마다 근육이 불끈거리는 게 앤시아의 눈에 보였어. 땅이 쿵쿵 울리는 듯했어.

한 여자가 마이런을 향해 토마토를 던졌어. 어쩌면 돌이었는지도 몰라.

그때 캐스가 바틀비 뒤에서 튀어나오더니 번개처럼 빠르게 몸을 날려 그 덩치 큰 남자의 배를 힘껏 걷어찼어. 남자는 중심을 잃고 빙글빙글 돌며 헛발질하다가 쓰러지면서 양팔을 마구 휘저었어. 앤시아는 그 결에 옆얼굴을 얻어맞고는 바닥에 철퍼덕 엎어지고 말았어.

앤시아가 겨우 정신을 차리자 흙먼지 냄새와 가판대 뒤에서 볼일을 보던 당나귀 똥 냄새가 혹 끼쳤어. 뒤이어 입에서 비릿한 쇠 맛이 났어. 코뼈에 금이 가 있었어. 입술은 피투성이고 눈가엔 멍이 들었고 한쪽 뺨에 깊은 상처가 났어. 살갗이 뜨겁게 부풀어 올랐어. 앞니도 깨진 상태였어. 설상가상으로 들고 있던 밀알과 귀리와 렌틸콩 봉지가 더러운 땅에 와르르 쏟아져 버렸어. 당나귀 똥 덩어리가 나뒹구는 땅에. 건질 수 있는 게 하나도 없었어.

마이런은 흐느끼며 탄식했어. "아이고, 아이고, 내 새끼."

"죄송해요." 앤시아가 못 쓰게 되어 버린 곡물을 바라보며 중얼거렸어. "다 제 잘못이에요."

"꼴 좋다." 그 여자가 말했어. "우리가 오거를 안 부른 걸 다행으로 여겨. 오거는 너희를 뼈째 갈아서 빵으로 만들고 눈알을 씹어 먹을 거야. 너희가 마지막으로 보는 건 그 악랄한 입안일걸! 두고 봐라!"

"그만!" 마이런은 앤시아가 평생 들어 본 적 없는 큰 소리로 외쳤어. "난 이 마을에서 평생 살아왔네. 자네들을 어릴 때부터 봐 왔고, 자네들 부모님과 조부모님까지 알고 지냈지. 다들 부끄러운 줄 알아!" 마이런은 대답도 듣기 싫다는 듯이 곧장 앤시아를 부축해 일으켜 세우고 짐을 챙겨 세 아이와 함께 자리를 떴어.

앤시아는 두 눈이 뜨거웠어. 얼굴이 피와 눈물로 흠뻑 젖어 앞도 제대로 안 보였어. 콧대와 광대뼈가 너무 욱신거려서 얼굴이 쪼개질 것 같았어. 저장고의 빈 독들에는 이제 채워 넣을 것이 없었어. 밀가루는 곧 동날 테고, 당분간 죽도 빵도 없이 견뎌야 했어. 자신은 배가 고파도 견딜 수 있지만 작은 아이들은? 그래, 가끔 익명의 후원자가 아름다운 식량 상자를 가져다주지만, 대문 앞이 텅 빈 날들은 이제 어떻게 견디지?

앤시아는 가판대들을 돌아봤어. 짐을 싸느라 바빠야 할 사람들은 팔짱을 낀 채 마이런과 아이들이 절뚝이며 떠나는 모습을 지켜보고만 있었어. 두 눈이 석양의 마지막 빛으로 번뜩이고 입가는 어둠 속에 묻혀 있었어.

캐스는 앤시아의 허리에 팔을 두르고 단단히 지탱했어. 그들은 말없이 더러운 광장을 벗어나 집을 향해 어둑어둑한 거리로 접어들었어.

이야기를 사랑하는
일라이자

장날 사건 이후 며칠은 고아들의 집에서 유독 암울한 시기였어. 앤시아의 얼굴은 통통 부은 데다 피멍과 상처로 엉망이었어. 얼룩덜룩해진 얼굴에 냉찜질을 하려고 누군가 깨끗한 형겊과 얼음 조각과 물이 담긴 그릇을 들고 늘 곁을 지켜야 했어. 원래는 일라이자의 임무였는데 이틀 뒤에 앤시아가 일라이자를 돌려보냈어. 손길이 투박하고 거칠었거든. 앤시아의 부상에는 좀 더 세심한 손길이 필요했어. 게다가 일라이자는 도무지 입을 안 다물었어.

"사랑해, 일라이자." 앤시아가 말했어. "하지만 네가 당장 이 방을 안 떠나면 내 머리가 진짜로 터질 것 같아. 그러면 누가 그 난장판을 치우겠어?"

일라이자는 섭섭하게 생각 안 하려고 했어.

그 후 일라이자는 며칠간 거리낌 없이 염소젖을 짜는 디어드레를 거들며 시간을 보냈지만, 디어드레도 일라이자가 끝도 없이 떠들어서 염소들이 스트레스를 받아 젖이 잘 안 나온다고 지적했어. 그래서 그다음 주 내내 쌍둥이하고 같이 원장을 도와 비누를 몇 통 더 만들었어. 중앙광장에 임시 좌판을 깔고 몰래 팔 비누들이었지.

"그런데 그건 불법 아니에요?" 일라이자가 문득 깨닫고 물었어.

원장의 입매가 일자로 딱딱하게 굳었어. "이제 가라. 바틀비가 끊임없는 네 질문을 견딜 수 있나 궁금하구나."

도서실에서 꼬마들을 가르치던 바틀비는 일라이자의 도움을 환영했어. 처음에는. 수업 과목은 철자와 문법과 지리와 산수였는데 아이들은 금세 흥미를 잃고 자세가 흐트러졌어. 집중력을 되살리기 위해 일라이자는 가장 자신 있는 일을 했어. 바로 이야기하기. 시작하기 전에 잠시 고개를 젖혀 천장의 들보를 올려다봤어. 마치 귀를 기울이듯이.

"옛날 옛적에." 일라이자가 마침내 입을 열었어. "까마귀로 변장한 용이 있었어."

"이미 했던 얘기잖아." 이기가 말했어.

"좋아." 일라이자는 굴하지 않고 다음 이야기로 넘어갔어. "옛날 옛적에, 주인에게 심하게 얻어맞아 눈이 먼 개가 있었어. 개는 길을 잃고 한참을 홀로 헤매다가 어느 까마귀 떼에게 구조되었지."

"그 얘기도 했거든." 히람이 말했어.

"그 얘기 끝은 마음에 드는데 시작은 너무 끔찍해. 다른 얘기 해 줘." 저스티나가 말했어.

"옛날 옛적에, 도서관이 불타기 전에, 건물 한가운데 어떤 책이 있었어. 과거를 있는 그대로 기록하고 모든 미래를 정확히 예견한 책이었지. 하지만 아무도 그 책을 거들떠보지 않았어. 너희도 알다시피, 이미 사랑스러운 마을에 사는 사람들은 자기 마을이 영원히 사랑스러울 거라 믿거든. 미래도 여러 모습으로 사랑스러울 거라고 말이야. 물론 그건 아주 끔찍한 착각이지."

"그 책 여기 있는 것 같은데?" 이기가 눈을 가늘게 뜨고 책이 빼곡한 벽면을 훑어봤어.

"없어. 내가 이미 찾아봤거든." 일라이자는 다시 천장을 올려다보고 눈살을 찌푸렸어. 마치 언짢은 이야기를 들은 것처럼. 일라이자는 짧게 고개를 젓고서 말을 이었어. "좋아. 그럼 이 이야기는 어때. 옛날 옛적에, 떡갈나무를 짝사랑하는 바위가 있었어. 그 바위는 백 년 동안 용기를 끌어모아 떡갈나무에게 겨우 인사를 건넸고, 또 백 년 동안 속앓이하고 나서야 마음을 전하기로 했어. 하지만 떡갈나무에게 말을 붙이려고 할 때마다 푸른 잎들이 바람에 살랑거리며 춤추는 모습과 굵은 가지들이 삐걱거리며 연주하는 감미로운 소리에 넋을 놓고 말았어. 바위는 떡갈나무의 어룽거리는 그늘과 너그러운 품을 사랑했어. 하지만 그 무엇보다 떡갈나무의 이야기를 가장 사랑했지."

"떡갈나무가 정말 이야기를 해?" 저스티나가 물었어.

"그야 물론이지. 떡갈나무들은 최고의 이야기꾼이야. 누구나 아는 사실이지. 어쨌든, 바위는 마침내 때가 되었다고 생각했어. 아침 햇살이 나뭇가지 사이로 비추며 협곡을 밝힐 때쯤 사랑 고백을 하기로 다짐했지. 하지만 그날 아침, 바위는 도끼 소리를 들었어. 나무꾼들이 떡갈나무의 가지와 예쁜 잎사귀와 유려한 줄기를 순식간에 베어 버렸어. 바위는 공포에 질린 채 사랑하는 떡갈나무가 쓰러지는 광경을 지켜봤어. 그런데 별안간 숲 전체가 흔들렸어. 땅이 들썩이자 나무꾼들은 휘청거리며 무릎을 꿇고 엎드렸어. 지진이라고 생각한 거야. 어쩌면 세상의 종말이거나. 아무렴, 웬 바위의 심장이 두 동강 나서 벌어진 일이라고 생각했겠어? 마침내 흔들림이 멈추고 협곡은 고요해졌어. 나무꾼들은 떨떠름한 표정으로 뒤도 안 돌아보고 집으로 돌아갔어. 끝."

히람, 이기, 저스티나는 팔짱을 끼고 눈썹을 치켜올린 채 일라이자를 빤히 쳐다봤어. "그게 끝이야? 슬프기만 하잖아." 이기가 투덜거렸어.

"하지만 봐." 일라이자는 도서실 천장을 떠받친 들보들을 가리키며 말했어. "다 우리 주변에 있어. 우린 지금 그 떡갈나무로 만든 요새 안에 앉아 있는 거야. 세심하게 귀를 기울이면 떡갈나무가 오랫동안 못 본 바위를 그리워하면서 한숨 짓는 소리를 들을 수 있어. 떡갈나무는 아직도 얘기를 하고 있어. 심지어 지금도."

"아무 소리도 안 들리는데." 히람이 말했어.

"나도." 저스티나가 들보를 올려다보며 얼굴을 찌푸렸어. "게다가 그 이야기는 너무 슬퍼."

"일라이자!" 바틀비가 건너편에서 다그쳤어. 바틀비는 카이에게 철자 'i'가 들어가는 짧은 단어, 즉 bit(조금), lip(입술), sit(앉다), hit(때리다) 등을 인내심 있게 가르치는 중이었어. "애들 우울하게 하지 마!"

"알았어." 일라이자는 샐쭉하게 대꾸하고는 다시 산수 연습책을 펼쳤어. 히람과 이기가 끙, 앓는 소리를 냈어.

하지만 십오 분도 안 돼서 일라이자는 또 다른 이야기를 시작했어. "옛날 옛적에, 한 젊은 오거가 넓은 세상을 배우고자 부모님께 작별을 고하고 길을 떠났어. 오거는 숲과 늪, 심지어 망망대해를 탐험하면서 오랜 시간 여행했어. 그러던 어느 날, 낡고 오래된 외딴 성을 발견했는데 그 안에는 웅장한 실험실이 있었어. 오거는 마침내 평생의 보금자리를 찾았다고 생각했지. 하지만 불행하게도 그곳에는 이미 트롤이 둘이나 살고 있었어. 트롤들은 심보가 고약했지."

"일라이자!" 바틀비가 타박했어. "도대체 오거니 트롤이니 성이니 실험실이니 하는 게 아이들한테 나눗셈 가르치는 거랑 무슨 관련이 있어?"

일라이자가 막 대답하려는데, 히람이 일라이자의 팔을 잡고 가련한 표정을 지어 보였어. "전부 관련 있어." 히람이 당당하게 외치고는 일라이자에게 돌아섰어. "나는 이 이야기가 마음에 들어. 어떻게 끝나는지 알고 싶어. 끝까지 얘기해 줘."

일라이자는 그전에도 몇 번이나 식구들한테 오거 이야기를 들려줬어. 식구들이 귀를 기울이거나 말거나 말이야. 제목은 다양했어. '오거가 고래 말을 배우게 된 날' '집으로 삼기에는 너무 끔찍한 늪' '오거족을 속이고 온 마을을 불사른 용' 등등.

"어쩌면 그렇게 많은 이야기를 알아?" 식구들은 묻고 또 물었어.

그때마다 일라이자는 어깨를 으쓱하며 "난 그냥 귀담아듣는 거야"라고 대답하고는 다른 이야기를 시작했어.

그날 늦은 저녁, 원장과 마이런은 아기들을 품에 안아 어르고, 캐스와 디어드레는 어린아이들에게 그림책을 읽어 주고, 바틀비는 꼬마들에게 잠옷을 갈아입히고, 쌍둥이는 감미로운 화음으로 자장가를 불렀어. 일라이자는 또다시 할 일이 없었어. 아기들을 달래는 데 서툰 데다 의도치 않게 울리기도 했거든. 물론 아기들을 진정시키려고 이야기를 할 때도 있지만, 끝날 때쯤에 아기들은 잠기운이 가셔서 더 말똥말똥해져 있었어. 일라이자가 노래를 부르면 개구리 울음소리처럼 들렸어. 자기는 개구리를 좋아해서 상관없지만, 역시 아기들을 재우는 데는 역효과였지.

일라이자는 이를 닦고 세수한 다음 잠잘 곳을 찾았어. 그러다 앤시아가 방에 없다는 걸 알고 깜짝 놀랐어. 걱정스러운 얼굴로 앤시아를 찾아 나서자 고양이들이 뒤따랐어. 고양이들은 일라이자가 어딜 가든 따라다녔고, 일라이자의 이야기도 좋아하는 눈치였어.

앤시아는 평소처럼 도서실 한구석에 혼자 앉아 있었어. 바닥에는 책 더미가 마구 널브러져 있었어. 얼굴은 얼룩덜룩하고 눈은 방금 운 것처럼 붉게 충혈돼 있었지. 어쩌면 장날 이후로 쭉 그랬는지도 몰라. 일라이자는 긴가민가했어.

고양이 두 마리가 일라이자의 다리 사이를 지나 앤시아에게 다가갔어. 둘은 앤시아의 팔꿈치 아래 고개를 들이밀더니 무릎에 폴짝 올라앉았어. 앤시아는 신경도 안 쓰는 눈치였어. 그저 책을 읽느라 여념이 없었어. 가만 보니 코를 훌쩍이고 눈물을 흘리고 있었어. 앤시아는 거칠게 얼굴을 문질러 닦고 일라이자를 본체만체했어.

일라이자는 눈을 내리깐 채 안절부절못했어. 도무지 무슨 말을 해야 할지 몰랐어. 이런 일은 주로 바틀비나 캐스가 담당했거든. 일라이자는 말이든 농담이든 이야기든 여간해서는 말문이 막히지 않았지만, 이번 상황은 달랐어. 골이 띵 울릴 만큼 당황스러웠어.

마침내 일라이자가 입을 뗐어. "저기, 앤시아, 괜찮아?"

앤시아는 대답하지 않았고 일라이자도 더 물어보지 않았어.

두 사람은 한참을 그렇게 앉아 있었어. 고양이들은 앤시아의 무릎을 떠나 일라이자의 무릎으로 오더니, 다시 확신에 찬 듯이 가르랑거리며 앤시아에게 돌아갔어. 도서실에는 앤시아가 책장 넘기는 소리만 들렸지.

하지만 일라이자만 들을 수 있는 다른 소리가 있었어. 일라이자는 고개를 들어 천장의 들보를 노려봤어. "쉿."

"뭐?" 앤시아가 물었어.

"아무것도 아니야. 그냥 나도 모르게⋯⋯" 일라이자는 말끝을 흐리다가 큰맘 먹고 앤시아의 얼굴을 바라봤어. 보기만 해도 아팠어. 터진 아랫입술은 딱딱한 딱지가 앉고 왼쪽 볼은 불룩했으며 깨진 이 사이로 자꾸 혀가 걸리는 모양이었어. 부은 콧잔등과 눈두덩이엔 짙푸른 멍이 져 있었어. 얼굴 전체가 병든 것 같았지. "앤시아, 진짜 괜찮은 거 맞아?"

앤시아는 책 더미를 돌아봤어. "과연 우리 중에 괜찮은 사람이 있을까?" 앤시아는 한 손으로 옆얼굴을 슬쩍 가리고 일라이자를 곁눈질했어. "지금 얼마나 배고파?"

확실히 이날 저녁 식사로 주어진 몫은 턱없이 적었어. 일라이자는 그마저도 울상을 짓는 카이에게 대부분 덜어 주었지. "하나도 안 고픈데." 그렇게 말하자마자 배에서 꼬르륵 소리가 났어.

"그럴 줄 알았어." 앤시아는 음침하게 고개를 끄덕이고 나서 도리질 쳤어. "이래서는 안 돼." 앤시아는 책들을 가리켰어. "이 마을 역사를 전부 다 읽어 봤어. 이런 모습이었던 적은 한 번도 없어. 예전에 고아들의 집은 살림이 넉넉했어. 어려운 이웃은 나이가 몇이든 누구나 와서 도움을 받을 수 있었지. 옛 도서관은 궁금한 게 있는 사람이라면 누구에게나 공평하게 열려 있었고. 그렇게 누구 하나 부족함 없던 마을이 대체 왜 이렇게 됐을까?"

고양이들이 가르랑거렸어. "옛날이야기가 하나 있는데……." 일라이자는 손등에 턱을 괴고 천천히 말하며 나무 들보를 노려봤어. 그러고는 눈을 감고 찌푸렸던 눈의 힘을 풀었어. "그러니까, 먼 옛날 일이라는 뜻은 아니고, 그냥 오래된 이야기야. 이야기들이 늘 자기 시간대에 머무르지는 않으니까. 아무튼, 이건 용에 관한 이야기야. 한때 도서관을 불사른 용."

"대체 용이 왜 도서관에 불을 지르겠어? 아니, 그 누구라도 말이야." 앤시아가 대꾸했어.

일라이자가 마른침을 삼켰어. 자기도 싫어하는 이야기였어. "누가 알겠어. 어쩌면 그 용은 인간들이 똑똑한 게 싫었을지도 몰라. 어리석은 인간들이 조종하기 더 쉬우니까. 아니면 그냥 불사르는 짓을, 그 모든 빛과 열기와 공포를 즐겼을지도 모르고. 아무튼, 내가 알기로 이야기 속에서는 누구나 이유 없이 악할 수 있지만, 현실에서는 안 그래. 사람들은 괴로운 일을 겪고 악해지거나, 외로워서 악해지거나, 가질 수 없는 걸 너무나 원해서 악해져. 무슨 수를 써서라도 그걸 얻으려고 하지. 그리고 어떤 이들은…… 그냥 두려워서 악해져."

일라이자는 다시 나무 들보를 힐끔거렸어. 귀를 막고 싶은 마음을 누르고 앤시아에게 집중했어. "앤시아, 너한테 일어난 일은 정말 끔찍해. 정말로. 그래서 이 마을이 예전에 어떤 모습이었는지 자꾸 뒤돌아보고 싶을 거야. 위안이 될 테니까. 하지만 그건 별로 좋은 방향이 아닐 거야. 우리는 이 마을이 예전에 어땠고 지금 어떤지 생각하기보다 앞으로 어떻게 될 수 있는지, 우리가 앞으로 어떻게 살아가야 할지 생각해야 해. 우리가 원장님과 마이런의 품을 떠나면, 그러니까, 고아들의 집 울타리를 넘어설 나이가 되면 말이야."

앤시아가 순식간에 낯빛을 바꾸며 벌떡 일어섰어. 두 눈에 폭풍우가 몰아치는 듯했어. "방금 나한테 뭐라고 했어?" 앤시아가 목소리를 잔뜩 깔고 물었어. 얼굴이 붉게 달아올랐어.

일라이자는 영문도 모르고 해명하려고 애썼어. "내 말은…… 우리 모두 나이를 먹잖아. 시간이 흐르니까……."

앤시아는 울컥 목이 메어 손으로 입을 가리고 눈길을 돌렸어.

일라이자는 또 실수했다는 걸 깨달았어.

"째깍째깍 말이지." 앤시아의 목소리가 떨렸어. 눈물이 두 볼을 타고 흘렀어.

"아니?" 일라이자가 모험하듯 조심스럽게 말했어. 앤시아는 또다시 흐느꼈어. "아니, 어쩌면? 실은 뭐라고 해야 할지 모르겠어."

일라이자는 속수무책이었어. 앤시아는 씩씩거리며 도서실을 떠났고, 고양이들은 꼬리를 바짝 쳐들고 앤시아를 뒤따랐어(한 마리가 일라이자를 돌아보며 쯧, 하는 소리를 내고는 복도로 뛰어들었어).

"미안해!" 일라이자가 다급히 외쳤어. 뭐가 미안한지는 여전히 몰랐어. 모두 어른이 되어서도 함께할 테니 걱정하지 말라고 위로하고 싶었을 뿐이야. 일라이자는 디어드레와 쌍둥이, 꼬마들과 함께하지 않는 삶은 상상할 수가 없었어. 캐스의 행동력이나 앤시아의 손재주나 바틀비가 끊임없이 묻는 철학적 질문이 없는 삶은 상상할 수가 없었어.

옛날 옛적에, 어느 오거가 자기 집 뒷마당에 도사린 위험을 뒤늦게 알아차렸어. 대들보가 속삭였어.

옛날 옛적에, 어느 용이 마을 전체를 속였어. 생각보다 훨씬 쉬웠지. 벽난로 선반이 중얼거렸어.

옛날 옛적에, 어느 아름다운 마을이 조금씩 변해 갔어. 마룻널이 소곤거렸어.

"나중에 해, 제발. 내 귀도 쉴 틈이 필요하다고." 일라이자는 귀를 막고 코로 숨 쉬며 잡생각을 몰아내려고 애썼어. 분명 어딘가에 가족을 도울 방법이 있을 거야. 그 방법을 찾아야 했어.

일라이자는 고개를 꺾고 팔짱을 낀 채 천장을 올려다봤어. "부탁이야. 뭔가 실마리를 줘. 도움이 될 만한 것 말이야."

집 안이 조용해졌어. 일라이자는 자기 숨소리만 들을 수 있었어.

옛날 옛적에……. 지붕이 소곤거렸어.

일라이자는 고개를 저었어. "아니, 이야기 말고. 내가 필요한
건 정보야. 혹시 쓸 만한 정보 있어?"

옛날 옛적에……. 벽판이 소곤거렸어.

"끝까지 도움이 안 되네." 일라이자는 어깨를 축 늘어뜨리고
대들보와 마룻바닥을 차례로 쏘아본 뒤 문으로 향했어.

복도 저 너머에서 쌍둥이들은 여전히 자장가를 부르고 있었
어. 그 노랫소리가 온 집 안을 구석구석 맴돌았어. 일라이자는
그 소리를 따라 공동 침실로 가서 침대 속으로 파고들었어.

시 장 저 택 방 문

어제오늘 일은 아니었지만, 그날 아침 고아들의 집은 유독 혼란스러웠어. 디어드레와 일라이자가 나란히 배탈이 나서 밤새 토를 하며 끙끙 앓더니, 이제 아래층 소파에서 핼쑥한 얼굴로 땀을 뻘뻘 흘리며 계속 뒤척였어.

캐스는 두 사람이 안쓰럽긴 했지만, 일손이 둘이나 비니까 할 일이 끊이지 않았어. 캐스와 앤시아, 바틀비, 포추네이트는 서둘러 이부자리를 벗기고, 아기들 기저귀를 갈고, 다른 아이들에게 병이 옮지 않도록 위층을 환기하고 깨끗이 쓸고 닦았어.

하지만 헛수고였어. 얼마 안 가 바틀비와 앤시아는 얼굴이 누렇게 떴고, 히람과 이기는 한구석에 곯아떨어졌어. 처음 있는 일이었어. 특히 히람은 누가 재우려고 수를 쓰지 않는 이상 스스로 잠드는 법이 없었거든. 포추네이트와 그래티튜드는 안 그래도 까칠한데 평소보다 훨씬 더 괴팍하게 굴었어.

캐스는 부지런히 움직였어. 원장과 마이런을 도와 간밤에 후원자가 (천만다행으로!) 놓고 간 채소 상자를 옮겼고, 누가 시키기도 전에 알아서 채소를 분류하고 다듬었어. 부엌의 무쇠 난로에 불을 지피고 실외 증기통 옆에 장작을 쌓아 이불 빨래를 준비했어. 앤시아와 바틀비는 갈 곳 없는 민달팽이처럼 느릿느릿 움직였어. 포추네이트는 달걀을 꺼내다가 닭 부리에 쪼여 울면서 집 안으로 뛰어 들어갔고, 그래티튜드는 갑자기 머리가 핑 돌아서 하마터면 계단에서 구를 뻔했어. 그동안 캐스는 쉬지 않고 일했어.

"좀 쉬어라." 마이런이 캐스의 어깨에 손을 얹고 말했어. 마이런의 손목을 감싼 피부는 종잇장처럼 연약했고, 머리를 듬성듬성 덮은 머리카락은 깃털처럼 파르르 떨었어. 흉터들은 곧 터질 듯이 붉었어. 캐스는 마이런의 허리를 감싸 안았어. 어찌나 말랐는지 뼈대가 새처럼 가늘어서 힘주어 안을 수도 없었어. 캐스는 마이런의 손을 꾹 쥐었다가 놓고서 서둘러 다음 일을 하러 갔어.

원장은 오전 내내 책상에서 장부들을 살펴보고 있었어. 캐스는 원장이 울지 않으려고 애쓰는 모습을 언제나 알아봤어. 두 손은 안절부절못하고 허리는 딱딱하게 굳고 어깨는 조금씩 위로 솟고 입술은 꾹 말아 물지. 캐스는 장부의 어떤 내용이 원장을 그렇게 슬프게 하는지 정확히는 몰랐지만, 원장의 숨소리가 거칠어질 때면 근처에 뜨거운 차 한 잔을 가져다 놓았어. 그리고 원장이 신경 쓰기 전에 되도록 많은 일을 끝내 놓으려 했어.

마침내 점심시간이 되자 원장, 마이런, 캐스, 아기들만 식탁에 모였어. 다른 아이들은 모두 앓아누워 있었지. 원장은 결단을 내린 얼굴로 마이런을 바라보며 그의 손을 잡았어.

"당신 말이 맞아요. 맞고말고요. 오늘 오후에 시장님을 뵈러 갈게요."

마이런은 고개를 끄덕이고서 원장의 손을 지그시 쥐고 몸을 기울여 뺨에 입을 맞췄어. "웬만하면 내가 가겠지만, 결국 이곳은 당신이 물려받은 가업이자 유산이잖아요. 고아들의 집을 끝까지 지원하겠다는 마을의 오랜 약속은 깨졌어요. 그분이 바로잡아 줄 거예요. 아마⋯⋯." 마이런은 멈칫하고 눈썹을 찌푸렸어. "분명 실수였을 거예요." 마이런은 상한 음식을 입에 넣은 듯한 표정이었어. 뭔가 더 말하고 싶은데 생각을 바꾼 것처럼 입술을 꾹 다물었어.

"틀림없어요." 원장이 부드럽게 웃었어. "단순한 실수겠죠. 쉽게 해결할 수 있을 거예요. 시장님이라면⋯⋯." 그 순간 원장 얼굴이 환해지며 눈이 반짝였어. 아주 살짝. 캐스는 잘못 봤나 싶었어. "그러니까, 우리 시장님은⋯⋯." 또! 분명히 반짝였어. "워낙 정의로운 분이잖아요. 그분이 우리 마을에 있어서 정말 다행이에요. 특히 요즘 같은 어려운 시기에는요. 우리는 그냥 부탁하기만 하면 될 거예요."

"원한다면 같이 갈게요." 마이런이 말했어.

원장은 고개를 저었어. "당신 안색이 안 좋아요. 집에서 쉬는 게 낫겠어요. 애들 낮잠 재우고 혼자 다녀올게요."

릴리와 모드는 항의의 표시로 숟가락을 탁자에 탕탕 내리쳤어. 하지만 졸음을 쫓으려고 부릅뜬 눈이 이내 느리게 끔뻑거렸어.

캐스는 두 번 들을 필요가 없었어. 젖은 헝겊으로 아기들의 얼굴을 닦고 희미하게 칭얼거리는 모드와 이미 잠든 릴리를 차례로 위층으로 옮겼어. 네넷과 오르페우스는 거실에 있는 요람으로 옮겼어. 마이런은 낡은 책을 들고 안락의자에 자리를 잡았어. 잠들지 않겠다는 약속은 못 지킬 게 뻔했지.

원장은 캐스를 지그시 바라봤어. "네가 나하고 같이 가는 게 좋겠구나. 시장님은 우리 집 아이들을 한 번도 못 만나 보셨지. 아마 그래서 우리를 깜빡하신 걸지도 몰라. 눈에서 멀어지면 마음에서도 멀어지거든."

캐스는 굳이 싫은 티를 내지 않으려고 눈을 내리깔았어. 그리고 어느 쪽이든 상관없다는 듯 어깨를 으쓱하고는 손을 뻗어 원장의 손을 꽉 잡았어.

"좋아, 그럼." 원장이 밝게 말했어. "같이 가자꾸나. 고맙다."

원장은 가장 좋은 모자와 멋진 숄을 걸치고서 캐스에게 세수를 하고 머리를 빗으라고 했어. 그리고 손수 만든 비누 한 바구니와 염소젖으로 만든 버터 한 덩이(아이들한테도 귀한 거였어), 달걀 한 묶음과 리본으로 묶은 꽃다발까지 챙겼어. 마침내 채비를 마친 원장이 캐스에게 손을 내밀었어. "가자."

원장을 따라 대문을 나서면서 캐스는 하늘만큼 크게 숨을 들이켰어. 두 사람은 움푹 팬 땅과 폐허의 잔해들을 조심조심 피해 나아갔어. 거리의 사람들은 걷거나 자전거를 타고 배달물이나 고물을 가득 실은 수레를 끌면서 바쁘게 지나갔어. 목수와 세공사와 청소부와 정원사와 농부들이 일거리를 찾아 서성거렸어. 대장간 문밖에는 사람들이 길게 줄을 서 있었는데 창문에 붙은 안내문에 이렇게 적혀 있었어. **시간제 보조 모집. 오직 시간제. 신청은 오늘까지.** 줄은 그 구획 모퉁이를 돌아서까지 이어졌어. 중앙광장 변두리에는 한 여자와 어린아이들이 길바닥에 웅크리고 앉아 한 손으로 얼굴을 가리고 다른 손을 내밀고 있었어. 그 손에 동전이나 약간의 음식이 떨어지길 바라면서.

원장이 걸음을 멈췄어. "오! 아직 있구나!"

오래전 화재로 검게 그을린 건물 앞이었어. 불에 녹아 찔그러진 유리가 창턱에 덜렁덜렁 매달려 있고 그 안으로 빛과 그림자가 비스듬히 드리웠어. 벽돌 벽에는 나쁜 말이 여럿 적혀 있고 깨진 유리창 틈새로 바람이 드나들며 윙윙 소리를 냈어.

"옛날에 장난감 가게였던 곳이야." 원장은 한 손을 가슴에 얹었어. "아아, 캐스 너도 그 시절 모습을 봤어야 해. 선반마다 경이로운 물건들이 가득했지."

캐스는 이맛살을 구겼지만 원장은 웃으며 기도하듯 두 손을 모아 가슴에 갖다 댔어. "있잖니, 우리 마이런 말이야. 처음 고아들의 집에 와서 두 계절을 보내고 자신을 사랑으로 키워 줄 새 가족을 찾았는데, 그런 뒤에도 시간이 날 때마다 고아들의 집에 들렀어. 거의 날마다. 우리 아버지께 경의를 표하고 함께했던 친구들과 시간을 보내려고. 그때도 나한테 무척 다정했지." 원장이 얼굴을 붉히자 캐스는 민망해서 어쩔 줄 몰랐어.

원장님과 마이런이 손을 잡고 사랑을 속삭이는 모습을 상상하니 괴로웠어. 하지만 원장은 캐스가 불편해하는 걸 눈치 못 챈 듯했어. 버려진 장난감 가게 앞을 떠나 광장을 지나면서 원장은 묘하게 먼 곳을 보는 듯한 표정을 지었어. "물론, 그땐 아이들도 마음껏 거리를 나다닐 수 있었어. 언제든 이웃을 방문하고 새 친구들을 사귀었지. 그 시절엔 누구나 아이들을 사랑했어. 우리는 어딜 가든 환영과 보살핌을 받았단다." 원장의 눈이 암울한 거리를 훑었어. 이마의 주름이 점점 깊어졌어. "지금과는 달리."

자전거 몇 대가 쌩하고 지나갔어. 모두 낡고 녹슨 자전거였어. 땜질을 몇 번이나 했는지 프레임이 뭉툭하고 얼룩덜룩했지만 굴러가는 데는 문제가 없는 모양이었어. 한 대는 캐스 또래로 보이는 남자아이가 타고 있었어. 덕지덕지 기운 모직 바지를 입고 빵 덩이가 가득한 가방을 멘 채였어. 캐스는 궁금했어. 저 아이도 자기 집이 비좁다고 느낄까? 바람과 하늘이 얼굴을 스치는 감각을 즐길까? 페달질을 영영 멈추지 않았으면 좋겠다는 기분이 들까?

원장이 말을 이었어. "그때 우리는 장난감 가게에 들르곤 했어. 그냥 구경하려고. 하나같이 비쌌거든. 장난감 제작자는 신기한 상상력과 절묘한 손기술로 온갖 태엽 장난감을 만들어 냈지. 진짜로 싸울 수 있는 병정, 진짜로 달리고 히힝 우는 말, 한 달에 한 번만 태엽을 감으면 되는 무지갯빛 새도 있었어. 그 새들은 기대하지 않은 순간에 부리를 열고 세상에서 가장 아름다운 소리로 지저귀곤 했단다. 그것 말고도 허겁지겁 달아나는 생쥐나 이리저리 뛰는 강아지, 눈을 깜빡이며 사랑한다고 말해 주는 인형도 있었어. 그 말에선 언제나 진심이 느껴졌지."

캐스는 원장이 농담하는 건지 확인하려고 곁눈질을 했어. 그렇게 멋진 장난감 가게가 있었다니 도저히 안 믿겼거든. 원장의 얼굴은 여전히 슬프면서 행복해 보였어. 농담하는 것처럼은 안 보였어. 어쩌면 여러 기억이 뒤엉켰을지도 몰라. 나이 많은 사람들이 흔히 겪는 일일지도 모르지.

원장은 캐스가 의심하는 걸 눈치채지 못하고 한숨을 쉬었어. "어느 날은 말이야." 원장이 두 볼을 붉히며 말을 이었어. "이제 막 열여덟 살이 됐을 때였어. 도서관에 불이 나기 몇 년 전, 마을이 여전히 아름답던 시절이지. 내가 먼 지역의 대학교에 가게 돼서 마이런은 너무 아쉬워했어. 쌈짓돈을 모으고 모아서 내가 떠나기 전날, 장난감 가게로 데려가 태엽 나비를 선물해 줬단다. 살면서 그렇게 예쁜 건 처음 봤어. 유리 눈은 영롱하고 날개는 야광 실로 짠 나비였지." 원장의 눈가가 반짝이더니 손등으로 얼굴을 훔쳤어. "마이런은 자기 심장을 아주 조금 떼어 내 그 나비 안에 심어 놓았다고 했어. 그래서 자기 심장이 뛸 때마다 나비가 날갯짓을 할 거라고, 내 손을 자기 가슴에 대 보라더구나." 원장의 얼굴이 새빨개졌어. "그래서 그렇게 했지."

캐스는 속이 뒤집힐 것 같아서 오만상을 찌푸리며 생각했어. **만약 둘이 입 맞췄다고 말하면 난 정말 토할 거야. 그럼 분명 후회하실걸.**

원장은 저 멀리 아름다운 무언가를 바라보는 듯한 표정이었어. "정말이더구나. 마이런의 심장이 콩닥콩닥, 콩닥콩닥 뛸 때마다 나비가 거기 꼭 맞춰서 날개를 팔락팔락, 팔락팔락했어."

캐스가 눈썹을 홱 치켜올리자 원장은 어깨를 으쓱했어. "물론 장난감 속에 진짜로 그 사람 심장 한 조각이 들어 있다고 생각하는 건 바보 같은 짓이지. 장난감 제조업자가 어떻게 그걸 떼어 냈겠니? 나머지 심장은 또 어떻게 뛰고? 분명 황당한 생각이지. 하지만……." 원장은 눈을 반짝이며 싱긋 웃었어. "난 아직도 그 나비를 가지고 있어. 여전히 마이런의 심장 박동에 맞춰 날개를 파닥거리지. 그 사람이 자고 있으면 느려지고, 깨어나면 빨라져. 작년에 마이런이 엄청 아팠을 때 맥박이 너무 빨라서 노심초사했는데, 그 나비도 어찌나 세차게 파닥거리는지 하마터면 부러질 뻔했다니까. 말이 된다고 생각하니?"

캐스는 원장이 무슨 대답을 기대하는지, 심지어 어떻게 생각해야 할지도 몰랐어. 그래서 그저 원장 손을 잡고 길모퉁이를 돌아 시장의 저택을 향해 부지런히 발걸음을 옮겼어.

시장은 마을에서 가장 좋은 터에 자리 잡은 저택에 살았어. 바깥벽 전체가 윤이 나고 뜰에는 잔디 대신 반들거리는 자갈들이 깔려 있었어. 색깔에 따라 다른 무늬로 가지런히 배열돼 있었지. 마치 한 폭의 그림 같았지만, 앉아서 놀거나 책을 읽기 좋은 공간처럼 보이지는 않았어. 군데군데 조각상이 놓인 분수대도 보였어. 주로 시장의 조각상이었지. 입구에 걸린 표어에는 이렇게 쓰여 있었어. **후한 주민들이 살기 좋은 마을을 만들어 냅니다! 당신의 이웃은 넉넉히 기부하고 있나요?** 그 아래는 작은 글자로 이렇게 적혀 있었어. **아마 아닐 것입니다.**

"우리 시장님 취향이 정말 고상하구나! 우리는 참 복받은 사람들이야!"

정말요? 캐스는 속으로 중얼거렸어. 원장은 더운지 손으로 얼굴에 부채질을 했어.

고양이 무리가 뜰 가장자리에서 왔다 갔다 했어. 다들 현관 쪽을 보면서 귀를 쫑긋 세울 뿐 뜰 안으로 들어오지는 않았어. 줄잡아 서른 마리쯤 됐을 텐데 캐스와 원장이 지나갈 때 등을 구부리고 털을 세웠지만 소리를 내진 않았어. 캐스는 그렇게 행동하는 고양이들을 처음 봤어. 두 사람은 긴 출입로를 따라 올라가 현관 앞에 섰어.

저택은 정말 컸어. 현관 위를 가로지르는 돌출부를 따라 금박 조각이 장식돼 있고 통통한 천사들이 처마를 떠받치고 있었지.

처마 끝마다 작은 종이 매달려 있고, 창문들은 어찌나 공들여 닦았는지 은빛으로 빛났어. (커튼은 모두 빈틈없이 닫혀 있었어.) 문 위에는 화려한 황금색 글씨로 이렇게 새겨져 있었어. **여러분의 시장이 되기에 아주 훌륭한 날입니다!**

원장은 문을 두드렸어.

"이런, 정말 덥구나." 원장은 손을 떨며 말했어. 손마디가 꽤 붉었어. 그때 집 안에서 무언가 무거운 것이 움직이는 소리가 났어. 덜거덕거리고 쟁그랑거리고 삐걱거리는 소리가. 캐스는 발밑으로 느낄 수 있었어. 현관이 흔들리고 저택 전체가 신음했어. 캐스는 건물이 와르르 무너질까 봐 겁을 먹었지만 침착하면서도 열띤 원장 얼굴을 보니 착각이었나 싶었어.

"누구시죠?" 안에서 목소리가 흘러나왔어. 울림과 무게를 지닌 웅장한 목소리였어. 캐스는 팔뚝에 오소소 소름이 돋았어. 황홀한 표정을 짓던 원장은 허둥지둥 방문한 이유를 설명했어.

"저기, 혹시 괜찮으시다면…… 저희 고아들의 집에…… 지원금이 끊긴 일에 대해 좀 여쭙고 싶어서요. 아이들을 위한 지원금이요."

집 안에서 더욱 요란한 소리가 났어. 유리가 깨졌거나, 누가 쇠사슬 더미를 바닥에 떨군 것 같았어. 온 저택이 삐걱거렸어. "잘 알겠습니다." 캐스는 그 목소리에 발밑이 진동하는 걸 느낄 수 있었어. "대화를 좀 나누죠. 테라스에 마련된 의자에 앉아 계세요. 곧 그리 나가겠습니다."

테라스에는 그늘이 없어서 태양이 이미 하얗게 바랜 자갈들을 내리쬐고 있었어. 햇빛이 만물을 새하얗게 태울 듯한 기세로 사방팔방 튀었어. 그 사이로 시장의 조각상들이 어렴풋이 보였어. 왕관을 쓴 시장, 하늘을 경건하게 바라보는 시장, 한 손으로 곰을 쓰다듬고 다른 손에는 새를 앉힌 시장. 양쪽에서 분수대가 물을 콸콸 뿜었어. 의자에 앉은 캐스와 원장은 손차양을 하고도 실눈을 떠야 했어. 이윽고 시장이 레모네이드 한 주전자와 유리잔 하나를 들고나왔어. 맞은편에 앉더니 음료를 한 잔 가득 따라 단숨에 들이키고는 씩 웃었어. "아, 상큼하군."

원장은 인정한다는 듯이 고개를 끄덕이며 시장을 바라봤어. "맞아요. 레모네이드는 정말로 상큼하죠. 요즘같이 어려운 시기에 옳은 말만 하시는 시장님이 있어서 정말 안심이에요." 원장은 만족스러운 한숨을 흘렸어.

캐스는 인상을 펼 수가 없었어. 햇빛이 너무 강렬했거든. 눈을 하도 찡그리고 있었더니 머리가 아팠지만 시장은 전혀 괴로워 보이지 않았어.

"동의합니다." 시장이 환히 웃으며 말했어. 긴 버터색 코트와 반질반질한 부츠는 스스로 빛을 내는 듯했어. 광 나는 피부, 다이아몬드가 장식된 목깃, 웅크린 용이 새겨진 손목시계도 마찬가지였어. 시장이 미소를 지었어. 치아가 너무 하얘서 캐스는 눈이 시렸지.

침묵이 흘렀어. 시장은 옷매무새를 고치고 손목시계의 광채에 감탄했어. 그러고는 작은 거울을 꺼내 자기 모습을 감상하면서 빙긋이 웃었어. 캐스와 원장의 존재를 아예 잊어버린 것처럼 보였어. 뜰 가장자리에서는 고양이들이 소리 없이 돌아다녔어. 마침내, 원장이 목청을 가다듬자 시장이 흠칫하며 눈썹을 치켜올렸어.

원장은 집안 대대로 고아들의 집을 운영해 왔다고 설명했어. 마을의 설립 시기까지 거슬러 올라가는 유서 깊은 가업이었지. 마을은 매년 고아들의 집에 아이들의 양육비를 보냈어. 식량, 의류, 의약품, 교육, 예술, 그리고 건물의 보수와 유지에 드는 돈이었지. 하지만 연이은 화재와 홍수, 진구렁과 흉작 때문에 지원금은 해마다 줄어들었어.

"매년 먹고살기가 빠듯해졌어요. 작년에는 그 어느 때보다 지원금을 간절히 기대했죠. 시장님께서 어떻게든 손을 써 주실 거라고, 우리를 잊지 않으셨을 거라고요. 하지만 기다리던 돈은 오지 않았어요. 겨우겨우 버텨 내긴 했지만, 올해는 어려울 것 같아요. 물론 저희도 가만히 앉아서 기다리고 있지만은 않아요. 어떻게든 살림을 꾸려 나가려고 부지런히 노력한답니다. 만들어 팔 수 있는 건 팔고, 적응할 수 있는 부분은 적응하면서요. 아이들에게도 적게 쓰고, 다시 쓰고, 고쳐 쓰는 법을 가르치지요. 근검절약의 가치를요."

"이야, 훌륭하군요!" 시장이 외쳤어. 그 빛나는 미소를 보고 원장의 굳은 얼굴과 어깨가 느슨히 풀렸어. "나는 근검절약의 힘을 굳게 믿습니다! 근면 성실도요! 세상에, 당신은 정말이지 모범 주민이군요! 훌륭한 본보기예요! 자신의 기술과 노동력으로 얼마나 대단한 일들을 해냈는지 보세요! 마을 전체가 당신의 생각과 행동을 본받을 수 있다면 이 마을은 금방 다시 우뚝 일어설 겁니다!"

"감사합니다, 시장님." 원장은 두 손을 모아 입술에 갖다 댔어. 감은 눈 사이로 눈물이 새어 나왔어. "이해해 주실 줄 알았어요."

"물론 이해하죠!" 시장은 열변을 토했어. "나는 당신의 봉사 정신과 불굴의 의지를 찬양합니다. 내 도움 따위는 필요하지도 않을 거예요!"

"그게, 실은⋯⋯." 원장이 본론을 꺼내려 했어.

하지만 시장이 가로막았어. "이 마을 사람 모두가 당신처럼 성실하다고 상상해 보세요. 아마 몇 분 안에 다시 아름다운 마을이 될 겁니다! 어쩌면 몇 초 안에요! 당신은 노인 세대의 자랑입니다! 그리고 그 옆에, 작은⋯⋯ 사람." 시장은 눈을 가늘게 뜨고 캐스를 봤어. "물론 너도 자랑이란다. 내가 본 고아 중에 가장 멋진 고아야!"

"오! 우리 아이들을 만나 보신 적 있나요?" 원장이 물었어.

"아뇨! 하지만 이제 그럴 필요가 없을 것 같군요. 이미 최고를 만났으니까요." 시장은 인자한 손길로 캐스의 머리를 쓰다듬었어.

캐스는 바싹 굳었어. 누가 자기 머리를 만지는 걸 싫어했거든. 힐끔 옆을 보니 원장의 눈이 시장의 찬란한 빛을 반사했어. 더는 눈이 부시지도 않는 모양이었어.

"아무튼, 얘기하고 나니 기분이 훨씬 나아졌어요, 존경하는 시장님." 원장은 나긋나긋한 목소리로 말했어. 시장은 햇빛에 반짝반짝 빛났어. "시장님이 계셔서 우리는 얼마나 다행인지 몰라요." 멀리서 고양이 한 마리가 사납게 울었어.

"우리가요?" 캐스가 소리 내어 물었어. 하지만 둘 다 못 들은 눈치였어.

"맞는 말입니다!" 시장이 일어섰어. "나는 이제 공무를 봐야겠군요. 아시죠! 얼마나 바쁘고 바쁜지, 급하고 급한지. 아아. 나도 너희 고아들처럼 풀밭에서 나비를 세며 평온한 나날을 보내고 싶구나! 아, 어린 시절이여!"

"맞아요. 정말 복받은 아이들이죠." 원장이 맞장구를 쳤어.

"참, 그동안 이웃들을 잘 감시하세요. 요즘 사기꾼과 도둑이 판을 치거든요. 탈세자도요. 마을 발전 기금이 간당간당해요. 사람들은 빚진 것을 갚지 않고, 기부할 수 있을 때 모른 척하죠. 슬픈 현실이랍니다. 공공의 이익을 무시하는 지독한 구두쇠들! 그들은 세금과 기부금이 마을을 위한 것임을 모르나 봅니다! 더 많이 줄수록 내가 더 많이, 아니, 우리, 우리가 더 많이 누릴 텐데요. 안 그렇습니까? 모두가 함께 힘을 합쳐야죠!" 그는 버터색 코트 자락을 휘날리고 부츠 굽을 따각거리며 자갈밭을 지나 현관으로 향했어. 그러다 우뚝 멈춰 돌아서더니 원장과 캐스를 향해 과장스러운 몸짓으로 예를 표했어.

"성실한 그대에게 영양의 축복이 임하길!" 그는 우렁찬 목소리로 말했어.

원장은 그제야 정신이 든 것처럼 화들짝 놀라 두 눈을 깜빡였어. "무슨 축복이요?"

시장의 낯빛이 바뀌었어. 아주 잠깐. "미안합니다. 말이 헛나갔네요. 하늘 말입니다. 행운을 가져다주는 하늘의 축복이 임하길!" 그러고는 문을 열고 안으로 사라졌어. 두 문짝이 서서히 닫히다 쿵 맞물렸어.

원장은 한참을 멍하니 서 있었어. 고양이들은 계속 뜰 주변을 맴돌았고 그중 한 마리가 하악거렸어. 아주 멀리서 까마귀 울음소리가 들렸어. 캐스는 원장의 얼굴이 숭배에서 경외로, 성찰로, 혼란으로, 걱정으로, 체념으로 변하는 모습을 지켜봤어. 원장은 캐스를 지그시 바라보더니 힘없이 어깨를 으쓱했어.

"뭐, 적어도 시도는 해 봤잖니. 이제 다른 길을 생각해야겠구나." 원장 목소리에 짙은 피로가 묻어났어. 집으로 걸어가는 길은 조용했고, 그래서 다행이었어. 캐스는 머릿속이 복잡했거든.

∽

집으로 돌아오니 가족들은 모두 깊이 잠들어 있었어. 원장과 캐스는 누구도 방해하고 싶지 않아서 단둘이 저녁을 먹기로 했어. 역시나 채소 수프였어. 곁들일 빵 하나 없이. 빵은 장날 사건

이후로 한 번도 못 먹었어. 밀가루는 바닥났고, 다음 장날에야 구할 수 있었어. 뭐라도 팔 수 있다면 말이지. 이래서는 안 되는 상황이었어. 마을이 이렇게까지 인색할 수는 없었어. 마을 사람들 인심이 어쩌다 이렇게 야박해졌을까? 가끔 채소 상자를 두고 가는 너그러운 후원자마저 없다면 고아들의 집 식구들은 쫄쫄 굶을 게 뻔했어. 다른 사람들은 왜 안 도와주는 걸까?

캐스는 어두운 생각에 빠지지 않으려고 노력했어. 애써 웃어 보였더니 원장은 캐스의 손을 잡고 아주 착한 아이라고 칭찬했어. 그때 마이런이 잠옷 위에 가운을 걸친 모습으로 부엌에 들어섰어. 여전히 안색이 몹시 창백했어. 캐스는 목 끝까지 차오른 딱딱하고 뾰족한 걱정을 꾹 눌러 삼켰어.

"잘 다녀왔어요? 좋은 소식 있나요? 시장님이 해결해 주신다던가요?"

원장은 수프 그릇을 내려다봤어. 표정이 빛과 그림자 사이를 이리저리 오갔어.

"모두가 시장님을 사랑해요. 그분은……" 원장은 잠시 말을 멈췄어. "분명 뭐가 옳은 길인지 아실 거예요." 그러고는 이내 얼굴을 두 손에 묻고 흐느끼기 시작했어.

"이런, 이런, 여보." 마이런이 말했어. "애야, 캐스, 뒷정리 좀 해 주겠니? 원장님은 좀 쉬어야겠다. 고된 하루를 보낸 모양이로구나." 마이런은 원장의 어깨를 감싸고 그대로 부엌을 나섰어.

캐스는 곧바로 움직였어. 염소젖을 짜서 병들을 채우고 닭들을 닭장에 몰아넣었어. 거실을 쓸고 설거지를 끝냈어. 그러고는 부엌 창문을 통해 현관 지붕으로 기어 올라가 해가 지는 풍경을 바라봤어. 캐스는 그곳에 한참을 앉아 있었어. 그렇게 많은 아이가 사는 집에서 완전히 혼자일 수 있는 시간은 아주 드물었지. 캐스는 빛이 알록달록함으로, 어스레함으로, 어둠으로 변하는 광경을 지켜보았어. 별들이 윙크하며 나타났어. 고아들의 집 돌담 너머, 협곡의 바위 너머, 넓은 세계가 펼쳐져 있었어. 캐스는 어둠을 응시하며 바깥세상을 최대한 상상해 보았어.

마침내 밤이 깊어 쌀쌀해지자 캐스는 부엌 창문을 미끄러져 들어와 바닥에 사뿐히 착지했어. 집 안은 온통 캄캄했어. 부엌 저장고 옆 벽면이 우묵하게 들어간 공간에는 책상, 장부와 서류가 든 서랍장, 그 밖에 중요한 것들을 놓은 선반이 있었고 그 옆은 원장과 마이런의 작은 침실이었어. 캐스는 방문 틈으로 흘러나오는 소리에 깜짝 놀랐어.

원장이 울고 있었거든. 캐스는 심장 한가운데가 따끔해서 꼼짝도 할 수가 없었어. "자, 자, 진정해요." 마이런의 목소리는 어두워지는 그림자처럼 깊고 그윽했어. "우리는 방법을 찾을 거예요. 언제나 그랬잖아요."

"이럴 수는 없어요." 원장이 흐느꼈어. 두 손으로 얼굴을 감싸고 있는지, 오므린 손바닥에 가로막힌 목소리였어. "이 집에 아이들이 이렇게 많은 적은 없었어요. 이렇게 길게 머문 적도 없었고요. 한 명이라도 지낼 곳을 구할 수 있다면…… 단 한 명이라도! 그럼 나머지는 숨통이나마 트일 거예요. 하지만 갈 데가 어딨어요? 누가 우리 아이들을 사랑으로 거둬 주겠어요? 아이들을 무작정 길거리로 내몰 수는 없어요. 그 어린것들을! 하지만 이대로는 무리예요."

"우리는 언제나 방법을 찾아냈잖아요." 마이런이 되풀이했어. "결국에는."

캐스는 두 뺨이 뜨거워졌어. 덧붙인 말에서 마이런의 걱정이 느껴졌거든.

"만약 그 엉터리 규정에 따른다면, 앤시아를 내보내야겠죠. 그 망할 규정!" 원장의 목소리는 울음을 삼키느라 떨렸어. "그나마 예전에는 큰 아이들을 위한 선택권이 있었죠. 기술자 밑에서 견습생으로 일하거나 장학금을 받고 대학교에 가거나. 이제 그런 것들도 없어졌는데 앤시아가 어떻게 자립하겠어요? 홀로서기엔 아직 어린걸요."

마이런은 한참 침묵하다가 입을 열었어. "나는 앤시아 없는 우리 가족은 상상이 안 돼요. 다른 아이들도 마찬가지일 거예요. 우린 그 아이를 너무나 사랑해요. 우리 모두가요. 분명……." 그는 잠시 뜸을 들였어. "그 규정을 기억하는 사람은 아무도 없을 거예요. 우리만 입 다물고 있다면요. 어쨌거나, 우리한테 한 푼도 보태지 않는 사람들 의견이 뭐가 중요하겠어요? 난 우리가 다른 방법을 찾을 거라고 믿어요. 걱정하지 마요, 여보."

원장도 흐느끼고 마이런도 흐느꼈어. 캐스는 그 자리에 한참을 서서 둘의 대화를 곱씹었어. 모든 가능성을 저울질하고 따져 봤어. 더하고, 빼고, 나눠 봤어. 이윽고 두 사람의 방문을 향해 손키스를 보내고 부엌을 빠져나갔어. 발걸음은 바닥에 비친 그림자만큼이나 가벼웠어. 캐스는 살금살금 공동 침실로 들어가 방한복판에 서서 여기저기 널브러진 아이들을 둘러봤어. 서로 팔다리를 아무렇게나 얽고 평온한 얼굴로 잠들어 있었어.

고아들의 집은 좋은 곳이야. 그 안에 있는 사람들은 좋은 사람들이고.

캐스는 자신의 숨소리와 심장 박동을 들으며 가만히 서 있었어. 이 상황을 해결할 방법은 하나였어. 알고 나니 더없이 분명했어. 마이런이 옳았어. 앤시아 없는 고아들의 집은 상상도 할수 없었어. 가족들에게는 앤시아가 필요했어. 하지만 이대로라면 셈이 안 맞았어. 유일한 해결책은 빼기였어.

캐스는 행동력 있는 아이였어. 그리고 돕는 것을 좋아했지. 이번에도 도움이 될 생각이었어. 누구의 의견도 묻지 않고, 아무 말 없이. 그저 준비할 시간이 며칠 필요했어.

그리고 사라질 작정이었어.

20

까마귀들이
무언가를 눈치채다

    그날 밤, 오거는 숲에서 버섯과 견과류와 열매와 벌꿀을 모으고, 풀을 배불리 먹인 양들을 별빛 아래 풀어 두고, 파이와 빵과 쿠키와 치즈와 채소를 수레에 싣고 나서 마을로 향했어. 개가 소리와 냄새를 따라 보조를 맞추고 별들이 아스라이 반짝이며 길을 밝혔어. 한밤중에는 아무도 돌아다니지 않았어. 대문과 덧문은 굳게 잠겨 있고 커튼은 꼭꼭 여며져 있었어. 모든 집이 깊이 잠든 것 같았어. 저마다 고요히 숨 쉬며 꿈꾸는 듯했지.

    고아들의 집에 다다랐을 때, 까마귀들은 돌담에 내려앉아 뜰 안을 살폈어. 오거는 우뚝 멈춰 고개를 들었어. 건물의 옆쪽 창문에서 희미한 불빛이 새어 나왔어. 커튼 너머 촛불 하나가 일렁이고 있었어. 누군가 깨어 있는 모양이었어. 오거는 이때까지 한 번도 야간 배달 중에 누군가를 만난 적이 없었어. 인기척은 없지만 혹시나 하는 마음에 안절부절못하면서, 잡초투성이 머리를 납작 숙이고 거대한 몸을 잔뜩 웅크렸어.

들키면 어떻게 될까? 오거는 이웃들이 가끔 자신을 본다는 걸 알았지만 이 상황은 달랐어. 늘 비밀리에 해 오던 일이었으니까. 만약 누군가 오거를 본다면 어떻게 될까?

오거는 어깨를 으쓱하고는 대문 앞에 채소와 치즈가 담긴 상자를 내려놓았어. 그리고 수레를 돌려 시장의 저택으로 걸음을 옮기려다…… 멈칫했어. 까마귀들이 창문에 일렁이는 작은 불빛을 뚫어져라 보고 있었거든.

오거가 고개를 갸웃하며 속삭였어. "무슨 일 있어?" 닫힌 커튼 너머 희미한 불빛이 계속 일렁였어. 만약 누군가 깨어 있다 해도 밖을 내다볼 것 같지는 않았어. "어서 가자. 양들이 우릴 기다릴 거야."

"깍." 한 까마귀가 말했어. "누가 울고 있어."

"깍." 다른 까마귀가 말했어. "가슴이 미어지나 봐."

"깍." 또 다른 까마귀가 덧붙였어. "뭔가 좀 더 주자. 더 줄 것 남았어?"

남은 건 시장에게 줄 파이뿐이었어. 오거는 계획을 바꾸고 싶지 않았어. 그 큰 저택에 혼자 있을 시장이 안쓰러웠거든. 오거 생각에 외로움보다 끔찍한 건 없었으니까. 적어도 고아들의 집에는 위로해 줄 사람이 많으니 괜찮을 것 같았어.

"오늘 말고 내일 좀 더 갖다주자. 치즈도 더 챙길게. 그러면 가슴을 짓누르던 슬픔도 가실 거야." 그렇게 말하고 나니 분명 그럴 것 같았어. 잠망경으로 지켜봤을 때 고아들의 집 가족들은 서로를 몹시 사랑하고 살뜰히 보살폈거든. 새 아침이 밝고 새 바람이 불면 또 어떤 좋은 일이 기다리고 있을지도 모르지. 오거는 다 괜찮아질 거라고 속으로 되뇌었어.

그럴 거라고 굳게 믿었어.

상황은 나아지지 않고

앤시아는 캐스에게 문제가 있다는 걸 눈치챘어. 하지만 무슨 문제인지는 몰랐지. 이틀 전 앤시아는 캐스가 저장고에서 얼굴을 가리고 소리 죽여 우는 걸 봤어. "왜 그래, 캐스?" 앤시아가 물어도 캐스는 아무 말이 없었어.

다음 날 앤시아는 캐스가 도서실에서 지도들을 뒤적이며 수첩에 무언가를 마구 끄적이는 걸 봤어. 캐스는 앤시아가 걸어들어오는 순간 수첩을 덮어 호주머니에 슬그머니 밀어 넣었어. "뭐 하고 있었어, 캐스?" 이번에도 아무 대답이 없었어.

같은 날 오후 캐스는 자기 물건들을 나눠 줬어. 어릴 때 원장이 만들어 준 인형을 릴리에게, 가장 좋아하는 공구 세트를 히람에게, 구슬 한 주머니를 일라이자에게, 새 연필 한 통을(쓰레기 더미에서 주운 뒤로 일 년 넘게 아껴 둔 거였지) 디어드레에게 줬어.

"이제 필요 없다고?" 앤시아는 캐스가 버려진 양말들에서 뽑아낸 털실로 짠 스웨터를 받아 들고 물었어. 꽤 부드럽고 알록달록한 스웨터였지. 캐스는 그저 앤시아를 힘껏 껴안고는 아무 설명 없이 자리를 떴어.

다음 날 앤시아는 간밤에 캐스와 바틀비가 잔 침대 밑에서 책 한 권을 발견했어. '나침반 만드는 법'이라는 페이지가 펼쳐져 있었어. 앤시아는 굳이 캐스에게 물어보지 않았어. 대답 안 해 줄 게 뻔하니까.

"뭔가 이상해." 그날 밤 앤시아가 바틀비에게 말했어. 바깥은 어둑어둑했어. 원장과 마이런은 고단한 하루에 지쳐 이미 잠자리에 든 상태였어. 앤시아는 걱정이 바늘처럼 피부를 찌르는 느낌이 들었어.

"이상한 건 한둘이 아니지." 바틀비가 대꾸했어. "일일이 말하기에도 벅차. 정확히 어떤 걸 말하는 거야?"

"캐스."

바틀비는 눈썹 사이를 좁혔어. "캐스라니?" 그러고는 고개를 가로저었어. "캐스는 완벽해."

"그야 그렇지." 앤시아는 콧김을 내뿜었어. 바틀비는 앤시아를 누구보다 짜증 나게 할 수 있는 애였어. 앤시아는 애써 짜증을 가라앉혔어. "그래도 걱정스러워. 저번에 보니까 울고 있더라고. 저장고에서."

바틀비는 몸을 좌우로 흔들었어. 포대기 안에 아기 둘이 잠들어 있었어. 바틀비가 잠든 릴리의 머리를 쓰다듬었어. "배가 아팠나 보지."

"아닌 거 같아." 앤시아는 계속해서 이상한 점을 설명했어. 캐스가 자기 물건들을 나눠 준 것, 한밤중에 창가에 앉아 유리창에 손을 대고 있던 것.

바틀비는 걱정할 것 없다는 태도였어. "캐스는 원래 욕심이 없는 애잖아." 바틀비는 아기들을 눕히려고 침실로 걸어가며 말했어. "그리고 가끔 너도 한밤중에 창가에 앉아 있잖아. 내가 너도 걱정해야 돼?"

"아니." 앤시아가 재빨리 대답했어. 그러고는 어깨를 으쓱했어. "아마도. 어쩌면 우린 서로를 좀 더 걱정해야 할지도 몰라."

창밖은 어느새 완전히 어두웠어. 마른 잎사귀들이 바람결에 바스락거렸어. 낙엽이 지는 것도, 열네 살 생일도 머지않았어. **째깍째깍.** 앤시아는 부르르 떨리는 몸을 양팔로 끌어안았어. "원장님하고 마이런도 걱정돼." 머릿속에 '저런 부류'란 말이 떠올랐어. 어지러운 움직임과 얼굴이 땅에 처박히던 감각이 떠올랐어. 입안의 혀가 무의식적으로 깨진 틈을 파고들었어. 여전히 날카로웠어. 별안간 눈물이 북받쳐 그대로 넘쳐흘렀어. 얼른 옷소매로 얼굴을 닦자 바틀비가 두 팔을 벌려 안아 주었어.

"나도 모두 걱정돼. 말 그대로 모두가. 근데 캐스는 걱정 안 해. 캐스는 캐스야. 늘 한결같은 애지. 그것만큼은 장담해. 내 기본 철학이거든."

캐스는 아래층 거실 창가에 앉아 터진 양말을 기웠어. 캐스의 특기였지. 단순히 구멍 가장자리를 얼기설기 이어 붙이는 게 아니었어. 그러면 불편해서 얼마 못 가 못 쓰게 되거든. 양말 안에 검불이라도 들어간 것처럼 걸리적거려서 마음껏 돌아다닐 수가 없지. 먼저 기초를 잡고 나서 촘촘히 메우는 게 중요했어. 이 음매는 부드럽고 유연하며 발에 편안해야 했어. 발뒤꿈치가 한때 거기 구멍이 있었다는 사실을 까맣게 잊을 만큼.

캐스는 발끝으로 아기 요람을 흔들면서 양말을 기웠어. 아기들은 코를 골았어. 촛불이 일렁이고 바람이 밖에서 속삭였어. 분명 고아들의 집보다 더 좋은 곳은 없었어. 더 좋은 가족도 없고. 캐스는 그 사실이 언제까지나 변함없도록 자기가 기초를 튼튼히 다질 수 있길 바랐어. 그 어떤 껄끄러움 없이 매끄럽게 메워지도록, 구멍이 있던 티도 나지 않도록 말이야.

몇 시간 전, 취침 시간이 가까워 올 때쯤 캐스는 아이들을 한명씩 끌어안고 볼에 입을 맞췄어. 원장님과 마이런에게도. 그러고서 발걸음을 돌려 벽감을 지나 부엌으로 갔어.

"걱정 마세요." 캐스는 나지막이 중얼거렸어. "내일 아침에는 상황이 나아질 거예요. 약속해요."

마이런은 그 말을 한 게 원장인 줄 알았어.

원장은 마이런인 줄 알았고.

캐스는 말을 할 때도 조용하고 눈에 띄지 않았어. 어차피 캐스에게는 누가 말했는지가 아니라 그 말이 사실이라는 것만이 중요했어.

∽

다음 날 아침, 아이들은 비틀거리며 부엌에 들어섰어. 염소젖을 짜고 달걀을 거둬 깨끗한 식탁보에 올려놓았어. 힘을 합쳐 새로 도착한 채소 상자를 끌어왔어. 죽을 한 그릇씩 퍼 날랐어. 그릇에 산딸기를 가득 채우고 활짝 핀 백합을 몇 송이 꺾어 식탁을 꾸몄어.

다 함께 식탁에 앉아 손에 손을 잡고 감사 기도를 하려고 고개를 숙이고 나서야 그들은 캐스가 없다는 걸 깨달았어.

온 가족이 벌떡 일어났어. 누구도 입을 열지 않았어. 그 어색한 침묵 자체가 겁이 났어. 그들은 말없이 닭장과 헛간을 확인했어. 지하실과 다락을 둘러봤어. 담요와 탁자 밑을 들여다봤어.

헛된 일이었어.

캐스는 어디에도 없었어.

다시, 용

있잖아.

난 여전히 그 용에 관해서는 이야기 안 하고 싶어. 하지만 네가 알아야 할 게 또 있어.

옛날 옛적에, 동족을 화나게 한 용이 있었어.

용들은 예로부터 마법이 깃든 가죽을 사용해 왔어. (길든 짧든 제 삶을 누리고 자연사한 동물의 가죽이라고 용들은 지레 덧붙이곤 했지.) 크고 힘센 용들은 수백 년, 아니 수천 년 동안 대대로 다른 동물의 탈을 쓰고 살아 보면서 토끼처럼 약삭빠른 것이 어떤 느낌인지, 귀뚜라미처럼 민감한 것이 어떤 느낌인지, 어미 여우가 갓 태어난 새끼들을 보살피는 것이 어떤 느낌인지 배웠어. 용들은 그 가죽들을 '거룩한 가죽'이라 부르며 신성시했어. 그 덕분에 영양이나 고래, 제비갈매기, 해파리의 눈을 통해 세상을 경험할 수 있었지. 오랜 비행에 지쳐 잠시 꽃잎에 앉아 쉬는 나비의 연약함, 인간의 손에 잡혀 사육장에 갇힌 토끼의 절망스러움, 덫을 피해 곳간을 돌아다니며 부스러기를 찾는 쥐의 밑바닥 삶을 배웠어. 용들은 타고난 힘과 몸집을 벗으면서 이해와 공감의 엄청난 가치를 발견하게 되었어. 그 놀라운 경험을 통해 얻은 지혜로 모든 생물의 이익을 추구했지.

하지만 모든 용이 그렇지는 않았어.

어느 용은 형제자매들이 받은 가르침을 따르지 않았어.

오히려 남을 속이거나 해치려고 가죽을 사용했지. 때로는 그저 자기 능력을 시험하거나 나쁜 짓을 즐기려고 사용했어. 한번은 혹등고래 탈을 쓰고 다른 고래들을 물기슭까지 꾀어내 몰살하기도 했어. 한 무리 전체를, 단지 그렇게 할 수 있나 궁금해서 말이야. 또 한번은 쥐 떼 우두머리가 되어 부하들을 시켜 침실과 금고에서 동전이나 반지, 다이아몬드 팔찌 따위를 훔쳐 오게 했어. 그리고 새 은신처에서 부하들이 가져온 금은보화에 둘러싸여 거드름과 게으름을 피웠지. 세상에서 가장 탐욕스러운 쥐였어.

그렇게 온 세상을 떠돌며 나쁜 목적으로 거룩한 가죽을 쓰다가 동족에게 걸릴 때마다 용은 엄한 꾸지람을 듣곤 했어. 그들은 교훈을 주려고 했어. 자신들의 진심 어린 책망이 그 용의 날뛰는 기질을 누그러뜨리길 바랐어. 그가 자신들을 본받아 사사로운 이득과 혼란이 아닌 진실과 이해를 추구하기를 바랐지.

하지만 용은 태도를 바꾸지 않았어. 다른 용을 보고 배우지도 않았어. 오히려 본격적으로 재미를 보려던 참이었지. 용은 개의 탈을 쓰고 우두머리가 없는 무리를 장악해 그들에게 도둑질과 속임수, 폭력 같은 온갖 나쁜 짓을 가르쳤어.

비둘기의 탈을 쓰고 나라 사이에 오가는 중요한 전갈 내용을 바꿔치기하고, 병사들 사이의 나쁜 감정을 조종해 내전을 일으켰어. 용은 전쟁을 좋아했어. 혼란을 틈타 훨씬 수월하게 약탈할 수 있으니까.

그 용은 동족들보다 훨씬 더 오랫동안 가죽을 사용했어. 용들은 보통 초승달이 뜨기 전날 가죽을 벗고 본모습으로 돌아와 드넓은 하늘 아래서 태양과 달 그림자로부터 마법과 힘을 보충했어. 아직 배울 것이 더 남았다면 다시 그 가죽으로 돌아갔고, 아니라면 다른 모험을 떠났지. 그런데 그 용은 한 번 변신하면 가죽 속에 몇 달, 심지어 몇 년 동안 머물면서 상황을 최대한 우려먹었고, 그동안 본래의 힘을 잃어 갔어. 그러다 자기 크기보다 훨씬 작게 쪼그라들었을 때 살짝 빠져나가는 꼼수를 부렸어. 미룰 때까지 미루다가 가죽 밖으로 스르르 빠져나가 어둠 속 은신처로 꾸물꾸물 숨어들어 힘과 마법을 보충했지. 사악함조차 게으른 용이었다니까.

동물 가죽을 잘못 사용하는 건 중대한 범죄였어. 어떤 용들은 신성 모독이라고 주장했지. 여러 번 남용하는 건 혐오스러운 일이었어. 그래서 의회가 소집되고 전 세계 현명한 용들이 이 사안을 논의하려고 모였어. 의회는 그 용이 거룩한 가죽을 남용한 것이 최초의 영양을 욕보인 것과 다름없다고 판단했어.

"유죄를 선고한다." 몇몇 용들은 판결을 듣고 눈물을 글썽였어. 이런 날을 보게 될 줄은 상상도 못 했거든.

의회는 그 용을 무리에서 쫓아내기로 했어. 용은 그저 어깨를 으쓱해 보였어. 그는 뭐랄까, 별로 사교적인 용이 아니었거든. 하지만 의회는 이어서 그의 은신처를 박탈하고 가진 것들은 전세계 생물에게 나눠 주겠다고 했어. 그것은 어느 용에게나 끔찍한 처사였지. 용에게 은신처는 무엇보다 소중했거든. 그는 괜찮은 척하려고 최선을 다했지만 속으로는 이를 갈며 분통을 터뜨렸어.

"이제 어디서 지내라고요?" 용은 심드렁한 척 크게 하품하면서 속으로는 분노와 슬픔에 치를 떨었어. 은신처에 감춰 둔 금은보화가 눈앞에 아른거렸어. **내 금덩이들. 내 것. 감히!**

"이제 네가 어디서 살든 우리가 알 바 아니다. 산속에서 오거족이랑 뛰놀던지." 의회가 차갑게 말했어. 이런 말 하기는 좀 뭐하지만, 용들은 오거족에 끔찍한 편견을 갖고 있거든. '열등한' 종족이라 가죽을 쓸 가치도 없다고 말이야. 불공평한 고정 관념이었어. 사실, 수천 년을 사는 존재의 가죽을 얻기란 절대로 쉬운 일이 아니어서 용은 한 번도 오거 가죽을 써 본 적이 없어. 게다가 오거가 죽으면 그 시신은 한밤중에 산꼭대기에 놓여 하루 내내 태양 빛을 받다가 달이 뜨는 순간에 바위로 변해. 이걸 목격한 이는 엄청 드물지.

(아, 물론 난 봤지. 하지만 난 특별한 경우고.)

어떤 용도 오거 가죽을 써 볼 기회가 없었기 때문에 용들은 오거에게 공감하는 법을 배우지 못했다는 거야. 스스로의 한계를 인정하기보다 상대방을 얕잡아 보는 것이, 나아가 하찮게 여기는 것이 훨씬 쉬웠지. 용처럼 현명한 생명체도 잘 모르는 영역에서는 좀…… 오락가락해.

그 용은 극적으로 한숨을 내쉬었어. "오거족이라니, 진심입니까?" 용이 치를 떨며 말했어.

"존귀한 영양을 대신해 명하노니 당장 떠나거라!" 의회가 명령했어.

그래서 용은 백 년 넘게 이 산 저 산 떠돌며 내키면 사냥을 하고, 새로운 은신처로 쓸 아늑한 동굴이나 버려진 요새를 느릿느릿 찾아다녔어. 큰 노력이 필요한 일은 아니었지.

그러던 어느 날이었어. 다시는 금 더미에 파묻혀 호사스럽게 살지는 못하겠구나 생각하던 차에, 용은 예상치 못한 걸 발견했지 뭐야.

죽은 오거였지.

태양은 높고 하늘은 새파랬어. 오거의 시신은 야생화로 뒤덮인 언덕 꼭대기에 놓여 있었어. 아름다운 안식처였지. 용이야 알 바 아니었지만. 오거족은 풍습에 따라 시신을 향기로운 기름으로 닦고 가장 좋은 옷을 입혀서 매끄럽고 둥근 돌침대에 뉘었어. 감은 두 눈 위에 꽃 한 송이씩 놓고 입에도 하나 물렸어. 두 손바닥에는 금화를 수북이 쌓아 두었지.

"금!" 용은 탄성을 지르며 금화를 모조리 챙겼어. 꽃도 날름 집어삼켰어. 용들은 꽃을 별로 안 좋아하지만 그 용은 이렇게 생각했어. **왜 죽은 오거 따위가 내가 못 가진 걸 가져야 해?**

죽은 오거는 아름다운 옷을 입고 있었어. 고운 비단과 금실, 은 장신구가 어우러진 옷이었지. 양손에는 다이아몬드 반지를 끼고 황금 버클이 달린 신발을 신고 있었어.

용의 두 눈은 오거의 귓불에 달린 금귀걸이와 손가락에 끼워진 다이아몬드를 보고 반짝였어. **이게 웬 사치야?** 용은 생각했어. **시체에 뿌릴 만큼 금은보화가 썩어 난다면 이것들이 사는 마을에는 얼마나 더 많이 있다는 거야?**

생각만 해도 눈앞이 핑핑 돌았어.

용은 여전히 오거가 열등한 생명체라고 믿었지만 그렇다고 사기를 칠 가치도 없다는 뜻은 아니었어. 금은 금이니까. 하지만 다른 무언가가 심장을 잡아끌었어. 용을 자극한 것은 금은보화만이 아니었어. 유희였지. 속임수. 생각만 해도 발톱이 근질거렸어. 다른 생명체를 속이는 것. 그들의 세상을 거꾸로 뒤집고 모든 것을 즐거운 혼돈으로 무너뜨리는 것. 그게 진정한 권력이었어. 달콤한 권력.

용은 그것을 갈망했어.

어느새 해가 지고 있었어. 죽은 오거는 곧 바위가 될 테니, 할 거면 해야 할 때였지. 그래서 용은 태양이 지평선을 넘어갈 무렴, 죽은 오거의 가죽을 벗겨 내 마법을 적당히 불어넣은 뒤, 휙 뒤집어썼어. 그리고 오거족 마을로 이어지는 오솔길을 걸으며 휘파람을 불었어. 가장 빛나는 미소를 연습했어.

멍청한 오거들. 오랜만에 재미 좀 볼까?

뒷이야기는 아마 짐작이 갈 거야. 오거로 가장한 용은 마을에 가서 자기가 죽은 게 아니라 잠시 기절했을 뿐이라고 주장했어. 영영 떠난 줄 알았던 친구가 살아 돌아오자 오거들은 뛸 듯이 기뻐하며 그를 살뜰히 보살폈지. 용은 그 애정을 자기한테 유리하게 사용했어. 그 기쁨과 헌신과 배려를 이용해 오거들이 서로 등 돌리고 못 믿게 만들었어. 사기를 쳐서 생계와 재산을 가로채고 서로 비난하도록 이간질했어. 오거들이 불행해할수록 용은 웃으며 즐거워했지.

마침내 오거들이 속은 것을 깨달았을 때, 용은 예상대로 행동했어. 오거 가죽을 벗어 던지고 본모습을 드러내며 마법과 사나움을 뿜어냈지. 마을에서 오래 살진 않아서 마법이 많이 고갈된 상태는 아니었어. 그는 여전히 엄청나게 강력한 용이었어. 그리고 위험했지. 마을 전체가 거대한 불길에 휩싸였어. 집들이 불타고 건물들이 무너지고 과수원과 농장이 그을리고 오염됐어. 건질 수 있는 건 아무것도 없었어. 그 땅에서 뭐라도 다시 자라기까지는 몇 년이 걸릴 터였어. 떠나는 것 말고 다른 도리가 없었지. 오거들은 서로에게 슬픈 작별을 고하고 넓은 세상에 뿔뿔이 흩어졌어.

용은 멀찍이 떨어진 산봉우리에 앉아 폐허가 된 오거족 마을에서 연기가 피어오르는 모습을 지켜봤어. 그는 이번 경험으로 꽤 많은 것을 배웠어. 부정하게 얻은 재물은 굳이 챙기지 않았어. 너무 무거웠고, 애초에 게으른 용이었으니까. 오직 다음에 신을 부츠에 달 황금 버클 하나만 챙겼어. 오거들과 함께한 시절을 기념할 물건이었지. 용은 또 다른 기회를 찾아 나섰어.

"아무튼, 정말 재밌었어."

용은 느릿느릿 산을 내려가며 씩 웃었어.

"또 해 보자."

가출 뒤 예상치 못한 일

캐스는 나쁜 아이가 아니었어. 그 누구에게 어떤 고통도 주고
싶지 않았어. 그저 셈에 밝았을 뿐이야. 먹을 입이 하나 줄면 그
몫이 모두에게 돌아간다는 걸 알았지. 캐스는 앤시아를 사랑했
어. 가족 모두에게는 앤시아가 필요했고. 캐스는 자기가 집 밖
에서 앤시아의 자리를 대신한다면 모든 게 나아질 거라고 생각
했어.

그날 밤 잠옷으로 갈아입은 캐스는 따뜻한 스웨터와 양모 바
지를 반듯하게 접어서 베개 아래 감춰 놓고 온 가족이 잠들 때
까지 기다렸어. 바깥은 바람이 불어 마른 나뭇잎들이 속살거렸
어. 릴리가 자면서 웅얼거렸어. 저스티나는 재밌는 꿈을 꾸는지
킥킥대고 바틀비는 팔에 얼굴을 묻고 코를 골았어. 캐스는 심장
이 빠듯하게 조여들었어.

슬그머니 일어나 옷을 껴입었어. 외투 주머니에 넣어 둔 감자

는 차갑게 식어 있었어. 아침에 배가 고프면 먹을 생각으로 어제저녁 식사 때 구운 감자를 남겨 종이에 싸서 슬쩍 넣어 둔 거였어. 캐스는 눈을 감고 마음을 가다듬은 다음 살금살금 침실을 빠져나가, 계단을 내려가, 부엌 창문을 통과해 뜰에 내려섰어. 구름 사이로 달이 언뜻 비치고 스산한 바람이 불었어. 확실히 가을이 온 모양이었어. 캐스는 모자를 쓰고 털장갑을 끼고 목도리를 둘렀어(모두 앤시아가 만들어 준 거였어). 닭장 앞에 서서 닭들에게 작별을 고하고(닭들은 눈치 못 챘어), 헛간에 숨겨 둔 짐을 가지러 가는 길에 염소들 정수리에 입을 맞췄어(염소들은 눈치챘어).

캐스는 배낭을 어깨에 걸치고서 어둠에 물든 고아들의 집을 잠시 바라봤어. 좋은 곳, 좋은 사람들을 위해 자기가 옳은 일을 하는 거라고 속으로 되뇌면서.

텃밭 뒤편의 산딸기 덤불을 헤치면 담벼락 아래 틈이 있었어. 자그마했지만 캐스는 자기가 통과할 수 있다는 걸 진작에 알고 있었어. 가끔 아무도 모르게 그리로 빠져나갔거든. 멀리 가지도 않고 금방 돌아왔지만 가끔 그렇게 혼자 있는 걸 즐기곤 했지.

한 염소가 애절하게 울었어. 캐스는 뒤돌아보지 않았어. 부츠 뒤꿈치로 가방을 먼저 밀어 내보내고서 자기도 납작 엎드려 기어 나갔어. 두 발로 일어서니 눈앞에 텅 빈 거리가 펼쳐졌어. 캐스는 발걸음을 떼고 걷기 시작했어. 두 팔로 몸을 감싸 안고 배낭끈을 움켜쥔 채 길모퉁이를 돌았어. 그렇게, 고아들의 집은 시야에서 사라지고 캐스는 어둠 속에 홀로 남았어.

계획이 허술하다는 것을 깨닫는 데는 별로 오래 걸리지 않았어. 우선 어디서 밤을 보내야 할지 몰랐어. 날씨는 춥고 공기에 비 냄새가 났어. 서둘러 피난처를 찾아야 한다는 뜻이었지. 발소리가 점점 크고 쓸쓸하게 울렸어. 저 멀리 마을 끝자락에서 까마귀들이 서로 부르짖었어. 이전에는 늘 친근하게 들렸는데 어둠 속에 혼자 있으니 불길하게 느껴졌어. 캐스는 달리기 시작했어.

마침내 캐스는 오래된 개천으로 향했어. 그 근처 버려진 방앗간에 당나귀 우리가 있었거든. 옛날에 개천은 작은 못으로 흘렀는데 큰불이 난 뒤로 흐르는 물의 양이 들쑥날쑥해졌어. 이제 반년은 메말라 있고 나머지 반년은 세차게 범람했지. 결국 방앗간 주인은 물을 더 수월하게 얻을 수 있는 마을로 당나귀와 함께 떠났어.

오래된 당나귀 우리는 그다지 아늑하지 않았어. 축축한 바닥에 깔 마른 건초도, 낡은 담요도, 심지어 닫을 문도 없었지만 그나마 온전한 지붕 아래 몸을 누일 구석은 있었어. 마침 캐스가 그곳에 들어섰을 때 하늘에서 차가운 빗방울이 떨어지기 시작했어. 캐스는 얇고 거친 담요를 꺼내 어깨와 무릎을 감싸고 몸을 웅크렸어. 배낭 안에는 지도가 여러 장 들어 있었어. 캐스는 그것들을 나름대로 이해했다고 생각했어. 그리고 또, 양초 몇 개와 원장이 자주 쓰지 않는 작은 부시통도 챙겨 왔어.

캐스는 양초에 불을 붙이고 지도를 확인했어. 날이 밝으면 골목과 뒷길을 따라 마을 끝자락으로 갈 계획이었어. 아마 오거의 집을 지나치겠지. 가족들이 찾을지도 모르니 숲을 가로지를 작정이었어. 숲을 빠져나가 강에 놓인 돌다리를 건너면(지도가 정확하다면) 늪지대 옆 큰길로 접어들 거야. 그 길을 따라 걷다 보면 다른 마을이 나올 테고, 거기서 일자리부터 구할 생각이었어. 어떻게 구할지는 모르겠지만 그때 가면 길이 보이리라 믿었어. 적어도 자신은 부지런하고 남을 돕는 걸 좋아하니까.

빗줄기가 굵어지고 추위가 심해졌어. 심지어 까마귀 소리도 그쳤어. 캐스는 적막 속에 홀로 덜덜 떨었어. 쪽잠이라도 자려고 했지만 무리였어. 무릎에 턱을 기댄 채 아침이 오기를 기다렸어.

이윽고 짙은 어둠이 어슴푸레한 빛으로 바뀌자 캐스는 당나귀 우리에서 나왔어. 다리가 아프고 등이 쑤셨어. 온몸이 오들오들 떨리는데 두 볼은 뜨거웠어. 주머니에서 차가운 감자를 꺼냈지만 이상하게 배가 안 고팠어. 상관없다고 생각했지. 아껴뒀다가 나중에 먹으면 되니까. 캐스는 겨드랑이에 마을 지도를 끼운 채 좁은 길로 접어들었어. 되도록 눈에 안 띄게 으슥하고 인적 드문 길만 골라 걸었어.

알고 보니 지도를 이해하는 것과 실제로 따라가는 것은 차원이 달랐어. 캐스는 구불구불 이어지는 길을 따라 허물어진 건물과 버려진 농장을 지났어. 그렇게 마을 끝자락에 다다랐을 때,

거기에는 아직도 멀쩡히 자라는 나무들이 있었어. 대부분 바람에 삐걱대는 플라타너스였지. 사람들이 오거가 사는 집이라고 수군거리던 비뚤어진 집도 보였어. 양이 우는 소리와 까마귀 우는 소리가 들렸어. 굴뚝에서 연기가 보기 좋게 피어올랐어. 캐스는 오거의 농장 구석에 맞닿은 강을 따라 숲 어귀까지 가서 지도를 다시 확인했어. 지도에는 숲길이 화살처럼 곧게 표시돼 있었어. 그 길을 따라 숲을 빠져나가면 큰길과 만나겠지. 그런데 막상 눈앞에 펼쳐진 것은 전혀 다른 그림이었어. 빛 한 줄기 제대로 들지 않는 녹색 장막, 그 사이로 좁다란 굽잇길이 이리저리 얽히다가 덤불 속으로 사라져 버렸어.

캐스는 머리가 어질어질하고 뼛속까지 떨렸어. 두 뺨이 화끈거렸어. 배가 고팠지만…… 뭘 먹을 기분이 아니었어. 발밑의 땅이 흔들리는 것 같았어. 결심한 듯 턱을 쳐들고 걸음을 뗐지만 얼마 못 가 방향 감각이 흐트러지면서 완전히 길을 잃고 말았어. 나뭇가지들이 이리저리 춤추고 덩굴이 뱀처럼 휘감았어. 지도를 되짚어 봐도 소용없었어. 하늘을 보고 실마리를 얻으려 해도 나무우듬지가 시야를 가렸어.

캐스는 계속 나아갔어.

몇 시간이 흘렀어.

밤이 찾아왔어.

올빼미 우는 소리가 들려왔지. 까마귀 소리도. 캐스는 빽빽한 나뭇가지 아래 담요로 몸을 감싼 채 덜덜 떨면서 날이 밝기를 기다렸어. 또 하룻밤을 뜬눈으로 지새웠어.

다음 날 아침, 캐스는 여전히 숲속에서 길을 잃은 상태였어. 마침내 감자를 먹었지만 곧바로 게워 냈어. 그새 상한 거야. 눈앞이 빙빙 돌고 입안은 바짝 말랐어. 물을 찾아야 하는데 어떻게 찾아야 할지 몰랐어. 버섯과 열매를 보는 대로 주웠지만 어떤 게 위험하고 어떤 게 안전한지 몰랐어. 나무에서 딴 견과류는 껍질을 까는 게 생각보다 훨씬 어려웠어. 이제 지도를 봐도 미로 같기만 했어. 분명 몇 시간 전에, 어쩌면 어제 숲을 빠져나갔어야 했어. 어쩌면 쾌활하고 맘씨 좋은 농부의 아늑한 헛간에서 푹 자고, 그의 아내가 웃으며 쟁반에 아침 식사를 가져다줘야 했어. 그게 책에서 늘 일어나는 일이니까. 캐스는 책이 이런 식으로 자신을 배신할 줄 몰랐어. 아니면 지도가. 아니면 자신의 배짱이.

또다시 밤이 찾아왔어. 캐스는 나무 밑동에 등을 기대고 어둠을 바라보며 빛이 돌아오기를 기다렸어. 이윽고 날이 밝자 비틀비틀 걸음을 이어 갔어. 근육과 뼈가 부들부들 떨리고 살갗은 끓어오르듯 뜨거웠어. 또다시 비가 내렸어. 빗줄기는 약하지만 차가웠어. 배는 텅 비어 있고, 여전히 울창한 숲 한복판이고, 한 치 앞이 안 보였지.

서서히 어둠이 깊어지자 눈앞이 빙글빙글 돌았어. 캐스는 나무 아래 무릎을 끌어안고 웅크렸어. 온몸이 부들부들 떨리고 욱신거렸어. 살갗이 터질 것 같았지만 좀처럼 몸을 녹일 수가 없었어.

달이 떠오르자 희미한 빛이 새어 들어왔어. 까마귀 한 마리가 근처 나뭇가지에 앉아 고개를 갸웃거렸어. 빛나는 검은 눈 하나로 캐스를 관찰하면서.

세상은 계속 빙빙 돌았어. 깨어 있기가 힘겨웠어. 까마귀가 눈앞에서 오락가락하는데 이제 진짜인지 헛것인지도 구별이 안 됐어. 캐스는 앤시아만큼은 아니어도 다른 아이들에 비하면 까마귀 말을 잘하는 편이었어.

"깍." 캐스가 말했어. 대충 옮기자면 이런 뜻이야. "이건 옳은 일이야. 난 후회 안 해."

"깍." 캐스가 덧붙였어. "난 그들을 사랑해. 나보다 더. 언제나 그랬어."

까마귀는 아무 대꾸가 없었어. 그저 나뭇가지 사이를 총총 뛰어다니다가 캐스 옆 이끼투성이 땅에 웅크리고 앉아 작게 목을 울렸어. 캐스는 까마귀를 가까이서 본 게 처음이라 어떻게 대해야 할지 몰랐어. 하지만 자기도 모르게 두 팔을 벌려 까마귀를 감싸 안았어.

가장 비참할 때 와 닿은 뜻밖의 온기에 마음이 누그러들었어. 캐스는 어느새 까무룩 꿇아떨어졌어.

점점 나빠지는 상황

구두장이가 그 비명을 들은 건 그날 장사 준비를 마쳤을 때였어. 벌떡 일어나 창가로 달려가 보니 한 노인이 고아들의 집 대문을 박차고 나와 그의 가게로 곧장 달려오고 있었어. 그는 문을 활짝 열었어.

"아니, 원장님!" 하필 두 손이 밀랍과 기름 범벅이었어. 그는 주머니 속 공구들에 찔리지 않도록 손을 조심조심 바지에 문질러 닦고는 뛰쳐나갔어. "무슨 일이세요? 제가 어떻게 도와드려요?"

노인은 주체 못 할 흐느낌에 묻혀 알아들을 수 없는 말들을 연달아 쏟아 냈어. 구두장이는 가까스로 겨우 "사라졌어!"와 "데려갔어!"만 알아들었어.

그는 손나팔을 만들어 가게 안쪽을 향해 최대한 큰 소리로 외쳤어. "여보! 좀 나와 봐!" 구두장이의 아내는 분별 있는 사람이

어서 어떻게 해야 할지 알 게 분명했어. 품 안에서 노인이 무너지듯 주저앉아 꺽꺽 울자 구두장이는 심장이 미어질 것 같았어. 그는 원장을 잘 알았어. 어렸을 때 어머니가 아이를 낳다가 세상을 떠나고 아버지가 일자리를 찾아 마을을 떠난 뒤 그는 고아들의 집에서 지냈어. 길게는 아니고 겨우 두어 달쯤. 그때 원장과 마이런은 혈기 왕성하고 친절한 젊은 부부였어. 비록 인생에서 가장 슬프고 비참한 시기였지만 구두장이는 고아들의 집을 사랑과 위로가 가득한 곳으로 기억했어. 크나큰 상실을 맞닥뜨린 자신을 따뜻하게 보듬어 준 곳이었지. 구두장이도 그 뒤로 어려운 사람들을 외면하지 않으려고 노력했어. 그는 원장을 일으켜 세우고 가게 안으로 부축해 의자에 앉혔어.

구두장이의 아내는 부랴부랴 차 한 주전자와 담요를 챙겨 나왔어. "자, 자, 진정하세요." 아내는 혀를 차며 원장 어깨에 담요를 둘렀어. 구두장이는 간이 의자 두 개를 가져와 아내하고 나란히 앉더니 원장 어깨에 한 손을 얹었어. 아내는 원장의 두 무릎을 감싸 쥐고 말했어. "차 한잔 마시면 마음이 좀 차분해질 거예요. 그런데 무슨 일이세요? 저희가 어떻게 도우면 될까요?"

찻잔을 입술로 가져가는 원장 손이 덜덜 떨렸어. 부부는 잠자코 기다렸어.

"우리 커샌드라⋯⋯." 원장은 간신히 목을 쥐어짜며 말했어. "그 아이를 누가 데려갔어." 눈가와 뺨의 깊은 골을 따라 눈물이 방울방울 흘러내렸어. "아침 식사 때 알았어. 간밤에 침대에서 자던 애가 사라졌어. 흔적도 없이." 원장은 찻잔을 내리고 구두장이에게 애원했어. "도와다오, 아서. 우리 애를 좀 찾아 줘."

구두장이는 이맛살을 구겼어. 그는 고아들의 집이 얼마나 다정하고 따뜻한 곳인지 잘 알았어. 자신도 누가 설득해서 떠나지 않았다면 언제까지나 머무르고 싶었을 거야. 어떤 아이도 제 발로 떠날 리는 없었어. 그는 어두운 얼굴로 창밖을 바라봤어. "지난 몇 년 사이 이 마을 인심이 아주 각박해졌어요. 제가 어렸을 땐 상상도 못 할 정도로요. 그렇다 해도 이건 극악무도한 범죄예요. 누가 그런 짓을 했을까요? 이 마을에 그런 짓을 할 수 있는 자라면……." 그는 눈을 가늘게 떴어.

아내가 당찬 목소리로 끼어들었어. "다른 가능성이 있을지도 모르니 섣부른 추측은 자제해. 두려움은 아이를 찾는 데 방해만 될 뿐이야. 지금은 냉철한 머리와 예리한 눈이 필요해."

구두장이는 벌떡 일어섰어. "머뭇거릴 때가 아니야. 시장님께 바로 가겠어. 그분은 뭘 해야 할지 알 거야. 이런 몹쓸 짓은 반드시 처벌받아야 해." 그는 문 옆 갈고리에서 모자와 외투를 챙겨 들었어.

아내가 두 손을 번쩍 들어 그를 막았어. "무슨 몹쓸 짓? 무슨 일이 있었는지 아직 모르잖아. 사실 확인도 안 하고 성급히 결론 짓는 건 바보들이나 하는 짓이야." 아내는 원장을 돌아봤어. "걱정하지 마세요. 우리가 무사히 찾을 거예요. 두고 보세요. 사람들이 잘 몰라서 그렇지, 아직도 이 마을 곳곳에 인정이 남아 있어요. 아마 누군가 이미 그 아이를 돌보고 있을 거예요. 아니면 아이가 잠결에 걷는 버릇이 들었거나 뭔가에 겁을 먹고 숨어 있을지도 몰라요. 아주 고약한 장난을 치고 있을 수도 있고요. 어쩌면 일찍이 가출하려는 마음을 품었는지도 모르죠. 가끔 그런 고아들이 있다고 하더라고요."

그 순간 분위기가 싸해졌어. 구두장이는 헛숨을 들이키고 원장은 찻잔을 떨어뜨렸어. 찻물이 바닥을 흥건히 적셨어. 둘 다 벌게진 얼굴로 눈을 치떴어. 불편한 침묵이 덮쳤어.

구두장이의 아내는 얼굴이 홍당무가 되었어. 그제야 자기가 말실수했다는 걸 깨달았지. "제 말은……."

구두장이는 손을 들고 도리질 치고서 원장에게 말했어. "두려워하지 마세요, 원장님. 제가 진상을 밝힐 테니까요." 그는 아내를 한 번 쏘아보고는 문을 박차고 나갔어.

시장의 저택으로 가는 길에 그는 순경에게 들렀어. 지구대가 몇 년 전에 다른 건물들과 함께 불탄 뒤로 순경직을 맡은 사람은 자기 집을 본부 삼아 활동했어. 현직 순경은 자기네 오래된 헛간을 개조해 더위에 지친 사람들이 쉬어 갈 수 있게 했어. 사무 작업은 앞마당에 설치한 막사에서 이뤄졌어. 말이 막사지 여러 번 기우고 때우다 보니 누더기 움막처럼 보였지. 옷깃에 단 은색 별 훈장만이 순경의 징표였어.

"좋은 아침이야, 아서." 구두장이가 달려오자 순경이 인사했어.

"자네 시간 괜찮으면 나랑 시장님 댁에 좀 가지. 유괴 사건이 일어났어." 구두장이는 원장이 한 말을 빠짐없이 전달했어. 의자에 기대앉은 순경은 미심쩍은 표정을 지어 보였어.

"그거 보통 일이 아닌데, 사실인 거 확실해? 요즘 협곡의 바위는 말도 많고 탈도 많아. 하루가 멀다고 사건이 발생하지. 일일이 따라잡기도 버거워. 근거 없는 헛소문을 쫓을 수는 없어."

구두장이는 열이 뻗쳤어. "그게 뭔 말이야? 애가 실종됐다니까!"

순경이 가슴 앞에 팔짱을 꼈어. "과연? 그렇게 늙은 여자의 증언을 믿을 수 있을까? 눈이 침침해서 잘못 본 건 아니고? 애들을 제대로 세어 본 게 맞을까? 수를 셀 줄은 아나? 요즘 까막눈이 워낙 많아야지!"

"무슨 질문이 그따위야?" 구두장이는 발끈하며 되물었어.

순경은 어깨를 으쓱했어. "화내지 마. 그냥 질문이야. 질문에는 죄가 없지. 요즘 거짓말이 하도 판을 쳐서 그래. 그 원장이 거짓말을 할 가능성은 없어?"

"그런 분이 아니라니까!" 구두장이는 거의 악을 썼어.

"그럼, 혹시 무릎이 아파서 탁자나 의자 밑을 제대로 살펴보지 못한 것 아닐까? 내 생각엔 그럴싸한데. 그나저나 여긴 순경 사무실이야! 우린 증거가 필요해. 추측만으로 온 마을을 들쑤실 수는 없어." 순경은 방금 한 말에 힘을 싣듯이 눈을 부릅떴어. "증거를 가지고 와. 그 후에 얘기하지."

구두장이는 끙 앓는 소리를 내며 돌아섰어.

이번에는 대장간에 들러 상황을 설명했어. 쇠 두드리는 소리에 자꾸 말이 묻혔어. 몇 번의 시도 끝에 대장장이는 눈썹을 찡그리며 대꾸했어. "지난 장날에 고아 하나가 한 남자를 난폭하게 공격하지 않았던가? 아무래도 그 녀석들이 이 마을 물을 흐리는 거 같아."

"뭐? 자네 지금 무슨 소릴 하는 거야? 어린아이가 유괴됐다니까! 그것도 우리 마을에서! 내 생각엔 시장님도 가만 계시지 않을 거야. 사람들을 모아서 대대적으로 수색해야 해."

대장장이는 머리를 흔들었어. "순경이랑 얘기는 해 봤고? 난 고아들이 겁 없이 나돌아 다니면서 소란을 일으키는 게 마음에 안 들어."

구두장이는 거북한 속을 눌러 참고 떠났어. 푸줏간 주인이 자기 가게 앞 돌바닥을 정비하고 있었어. 오전 내내 무거운 돌 자루를 끌고 와 빠진 곳에 맞는 돌을 골라서 끼워 넣던 중이었지. 이마에서 땀이 뚝뚝 떨어져 셔츠가 흠뻑 젖었어. 얼굴에 짜증이 가득했어.

"이보게, 친구. 안 좋은 소식이 있어." 구두장이가 말을 건넸어.

푸줏간 주인은 무거운 몸을 일으켰어. 관절들이 비명을 질렀어. 그는 주먹으로 등허리를 지그시 누르며 구두장이가 하는 말을 들었어. 불그스름한 얼굴이 와락 구겨졌어. "그래서 나더러

어쩌라는 건가?" 푸줏간 주인이 퉁명스럽게 물었어.

"글쎄, 나는 지금 시장님께 갈 거야. 상황을 알려 드려야지. 무엇보다 비상대책위원회를 조직해서 온 마을에 협조를 요청하고 아이를 찾을 수색대를 꾸려야 해." 비장하게 말한 그는 푸줏간 주인의 표정을 눈치채고 움찔했어.

푸줏간 주인은 뒷주머니에서 손수건을 꺼내 이마를 닦고 코를 풀었어. 그러고는 어깨를 으쓱하며 느릿느릿 대꾸했어. "뭐, 그래야겠지."

"이 친구야, 아이가 사라졌다고. 어린아이가. 다들 나서야 해!"

푸줏간 주인은 뜸 들이듯 손으로 입을 덮었다가 떼고 말했어. "그래, 그게 맞는데……." 그는 또다시 어깨를 으쓱했어. "그 집엔 애들이 너무 많아. 바글바글하지. 하나쯤 없어지는 게 무슨 대수야? 아마 그 녀석은 제 발로 나갔을 거야."

구두장이는 살면서 그렇게 지독한 말은 처음 들었어. 두말없이 발길을 돌렸어.

이어서 방앗간 주인, 장의사, 청과물 상인, 재봉사에게 소식을 전했어. 다들 아이가 실종된 것이 끔찍하다고 동의했지만…….

"차라리 잘된 일인지도 몰라." 방앗간 주인이 말했어.

"이 마을엔 사람이 너무 많아." 장의사가 말했어.

"고아들이 가끔 도둑질을 한다면서? 차라리 다른 마을에서 잡히면 좋겠어." 청과물 상인이 말했어.

적어도 재봉사는 진심으로 걱정했어. "이를 어쩌면 좋아. 시장님께 다녀와서 알려 줘. 내가 어떻게 도울 수 있는지. 나도 어렸을 때 고아들의 집에 잠깐 살아서 자네 마음 이해해. 그 아이가 제 발로 나갈 리가 있나." 재봉사의 눈이 안경 너머 빛났어. "가엾은 원장님. 가엾은 마리언. 지금쯤 얼마나 애간장이 타실까. 나도 이 일만 끝내고 나서 뭐든 도울게."

구두장이는 그 작은 지지에 힘을 얻고서 시장의 저택에 다다라 현관문을 두드렸어. 흐리고 선선한 날이었는데도 문은 햇볕에 한껏 달궈졌는지 굉장히 뜨거웠어. 구두장이는 손을 흔들어 털었어. 손마디가 불에 덴 듯 벌겠어.

"기다리십시오." 안에서 시장의 듣기 좋은 목소리가 흘러나왔어. 그 목소리는 구두장이의 두 발을 타고 피부를 기어올라 머리카락까지 울렸어. 안에서 크게 덜컹거리는 소리가 났어. 요란하게 쨍그랑대는 소리와 무거운 무언가가 바닥을 가로지르는 소리가 뒤따랐어.

이윽고 문이 열렸어. 아주 살짝. 문 안쪽에 팽팽히 당겨진 체인 걸쇠는 마치 금으로 만든 것처럼 매끈하고 반짝였어. 그 사이로 시장의 환한 얼굴이 드러났어. 구두장이는 눈을 잔뜩 찡그려야 했어. "내가 가장 좋아하는 구두장이 아니신가!" 시장은 활짝 웃었지만 문을 열어젖히지는 않았어. "들러 줘서 정말 고맙네!" 그러고는 문을 닫았어.

구두장이는 시장이 곧 채비하고 나오리라 생각해서 주머니에 손을 찔러 넣고 현관에서 서성였어. 거리는 조용했어. 근처에서 아이들이 놀거나 개가 짖지도 않았어. 개똥지빠귀 한 마리가 키 작은 나무에서 한바탕 지저귀었지만 그뿐이었어. 뜰 가장자리를 오가는 고양이들조차 조용했어.

구두장이는 다시 문을 두드렸어. 다시금 무거운 무언가가 바닥을 가로지르는 소리가 들렸어. 문이 열렸으나 여전히 체인 걸쇠가 바짝 당겨진 채였어. 그 사이로 다시 빛나는 시장의 얼굴이 나타났어. "이게 누구야! 내가 가장 좋아하는 구두장이 아니신가!" 시장은 밝게 말했지만 여전히 걸쇠를 풀지는 않았어. 문틈 사이로 싱긋 웃을 뿐이었어.

"시장님." 구두장이가 입을 열었어.

"그럼, 들러 줘서 정말 고맙네!" 시장이 한쪽 눈을 찡긋했어.

구두장이는 두 번 당하지 않았어. 잽싸게 문틈으로 한쪽 발을 밀어 넣었어. 꽤 실력 있는 구두장이라서 자기 구두도 직접 만들었는데 아주 튼튼하고 질겼어. 시장이 아무리 문을 닫으려 해도 구둣발은 끄떡없이 버텼어.

시장이 눈살을 찌푸렸어.

"저, 고아들의 집에 일이 생겼습니다. 아이 하나가 사라졌어요." 구두장이가 빠르게 설명했어.

시장은 근심하는 얼굴로 입을 꾹 다물었다가 뗐어. "그 집에는 아이들이 너무 많아. 많아도 너무 많지."

"아니, 그게 문제가 아니고요." 구두장이는 차근차근 설명했어. "저하고 고아들의 집의 덕망 있는 원장님은 누군가 그 아이를 몰래 데려갔다고 생각합니다. 그게 사실이라면 흉악한 범죄죠. 우리 모두 관심을 기울여야 해요. 공식적으로 수색대를 꾸려 그 아이를 찾았으면 합니다."

시장의 얼굴 주름이 깊어졌어. "그것참 강력한 발언이군. 누가 그런 짓을 했다는 증거가 있나?"

구두장이는 고개를 가로저었어. 흘깃 서쪽을 보니 저 멀리 나무 몇 그루에 까마귀 떼가 모여 있었어. "증거는 없습니다. 그냥 직감이에요."

시장은 자기 얼굴을 부드럽게 쓸어내렸어. "직감이란 참 이상하지. 사실처럼 느껴지니까. 그게 사실이라고 생각하면 아주 기꺼울 때가 있어. 만약 내가 느낌들을 금화로 바꿀 수 있다면 그것들을 책상에 쌓아 놓고 세상에서 가장 부자라고 자부할 텐데 말이야." 시장은 몸을 부르르 떨었어.

두 사람은 한참 동안 말없이 서 있었어. 시장의 손목시계가 째깍거렸어. 그 안에 정교하게 새겨진 용이 꿈틀거리며 시간을 가리켰어. 놀라운 기술력이 응집된 물건이었지. 구두장이는 그 시계를 보고 기분이 한결 나아졌어. **우리 시장님은 용을 물리친 분이야. 참으로 대단하지!** 그 생각에 머리가 어질어질하고 눈앞이 핑글핑글 돌았어. 시장이 모든 문제를 해결해 줄 거라는 확신이 들었어. 문제가 뭐였는지는 기억이 안 났지만. 찬란한 빛을 마주한 채 명료하게 생각하기란 쉽지 않았어. 더는 생각이 꼬리를 물지 않았어. 도대체 문제가 뭐였더라? 구두장이는 미궁에 빠졌어. 하지만 그렇게 훌륭한 시장이 있는데 불평할 게 뭐가 있겠어? 그는 입가에 살짝 웃음을 머금고 몸을 앞뒤로 흔들었어.

시장은 턱을 내밀어 인자한 표정을 지어 보였어. "이보게, 자네와의 대화는 나에게 아주 큰 도움이 되었어. 우리가 함께라니 정말 멋지지 않은가? 공동체로서 말이야. 아마 자네도 이미 기분이 훨씬 나아졌을 거야."

시장의 목소리는 정말 훌륭했어. 팔뚝의 털들이 오소소 곤두서고 발밑이 우르르 떨릴 만큼. 훌륭하다는 말조차 새로운 울림을 주었어. 사람을 취하게 하는 말이었지. **훌륭해, 훌륭해, 훌륭해.** 이토록 훌륭한 시장이 있다니 얼마나 복받은 마을인가!

"듣고 보니 정말 기분이 나아졌습니다." 구두장이가 고개를 절레절레했어. **훌륭해.** 그는 몽롱하게 되뇌었어. 마치 그것이 세상의 유일한 말인 것처럼. 시장님이 훌륭하다는 생각이 머릿속을 가득 채워서 좀처럼 다른 것이 끼어들 여지가 없었어.

그는 머리를 흔들었어.

또 뭔가 이야기할 게 있지 않았나?

시장이 문을 닫으려 움직였어. 구두장이는 간신히 실마리를 떠올리고 구둣발로 문을 막았어. "시장님, 아이요!" 그는 숨을 헐떡이며 까마득한 우물 안으로 떨어지는 생각을 낚아챘어.

시장은 심통 맞게 콧김을 내쉬었어. "나도 협곡의 바위가 언젠가 다시 위대해지기를 간절히 바라네. 하지만 우리가 한담을 나누는 이 순간도 첩자와 도둑과 악한들이 거리를 돌아다니고 있어. 아아, 정말일세. 자네는 그들을 감시할 위대한 시장이 필요하지 않나? 물론 필요하겠지. 아이가 실종됐다고? 흠, 자네는 분명 정직한 사람이니 자네 말을 믿어야겠지. 자네는 시장이 이 마을에서 날치기꾼과 배신자와 사기꾼과 약탈자를 색출하리라 믿나? 나만이 이 문제를 해결해 주리라 믿나? 왜 아니겠는가. 어련하겠지." 시장은 한참 뜸을 들였어. "내 이렇게 하지, 친애하는 친구. 이틀 후에 대중 연설을 하겠네. 기운을 북돋고 지도력을 보여 주기 위해서. 우리 모두를 하나로 묶기 위해서. 사람들은 고개를 들어 영광스러운 지도자를 우러러보겠지. 그럼 모든 게 괜찮아질 거야!"

구두장이는 눈에 힘을 주었어. 시장 때문에 눈앞이 어지러웠지만 가까스로 아침에 가게에서 울던 원장의 모습을 떠올리고는 집중했어. "물론 좋은 생각입니다만." 구두장이는 혼미한 정신을 다잡으려고 눈을 깜빡였어. "수색대를 조직하는 방법도 있습니다. 실종된 아이를 찾아야지요."

"뭘 찾는다고?"

"아이요, 시장님." 구두장이는 너무 피곤해서 앉고 싶었어. 길고 긴 휴식이 필요했어.

"아, 그래. 아이. 귀엽고 사랑스러운 아이들! 늘 예의 바르게 행동하고 얌전히 입을 다물라고 가르쳐야 하지. 내가 늘 말하지만 순종적일수록 행복한 아이야!" 시장이 문을 닫기 시작했어.

아주 천천히. 구두장이는 눈치 못 챘어. 등 뒤에서 고양이들이 하악거리고 울부짖었지만 집 근처로 다가오지는 않았어.

"저, 그러면." 구두장이가 얼굴을 비비며 정신을 차리려 애썼어. "그냥…… 계속 찾아봐야겠죠? 아! 수색대. 제가 수색대를 조직하겠습니다. 순경과 협조하도록 허가해 주시겠습니까?"

"이 마을에 순경이 있었나?" 시장은 순간 곤혹스러운 표정을 지었어. "거참 우습군. 정말 있을 건 다 있는 마을이야. 좋아, 좋아. 협조하게."

구두장이는 얼굴을 찌푸렸어. 너무나 강렬한 빛에 눈이 아팠어. 어쩜 이렇게 그늘이 하나도 없을까? "그럼, 뭔가 진척이 있으면 보고드리겠습니다."

시장은 싱긋 웃었어. "그래, 그렇게 하게, 친구."

그 말을 끝으로, 시장은 문을 닫았어.

25

숲에서 발견한
뜻밖의 보물

해럴드라는 까마귀가 있었어.

물론 진짜 이름은 아니야. 까마귀들은 보통 이름을 안 지어. 군이 필요하지 않으니까. 이미 자기가 누구인지 잘만 아는데 뭐 하러? 하지만 오거는 제 나름대로 그들을 구별하고 칭찬을 퍼 붓고 싶어서 까마귀마다 이름을 지어 주었어. 까마귀들도 내심 고마워했지. 오거는 그 까마귀가 새끼일 때 해럴드라고 이름 붙 였어. 그 어린 새는 늘 한 치 앞을 내다보고 행동하는 것 같았지.

비록 다른 까마귀들 앞에서 인정한 적은 없지만 해럴드는 제 이름이 마음에 쏙 들었어. 오거에 따르면 그 이름의 뜻은 예언 자였어. 용감하게 진실을 알리는 존재. 그 말을 들었을 때 뼛속 까지 짜릿했어. 자기하고 딱 어울리는 이름이라고 생각했지.

해럴드는 다른 까마귀들처럼 자기 무리와 오거를 사랑했지만 혼자 떠도는 것도 좋아했어. 숲은 깊고 넓은 데다 보물로 가득 차 있었어. 나무들은 땅속 깊이 뿌리 내리고 제자리를 지켰어. 굳이 나무의 언어를 배우지 않아도 뜻은 똑똑히 전해져 왔어. 그들은 이야기꾼이었고 숲은 이야기가 빽빽했어. 알아듣지는 못해도 느낄 수 있었지.

어느 날 밤, 해럴드는 혼자만의 꿈결 같은 비행을 즐기고 있었어. 휙 내려갔다가 훨훨 날아오를 때마다 별빛이 검은 깃털 위로 미끄러지고 바람이 상쾌하게 부리를 스쳤어. 까마귀 무리와 오거와 양과 개와 함께하는 것도 좋았지만 혼자만의 비행은 좀 더 가볍고, 빠르고, 생생했어. 발톱까지 반짝거리는 느낌이었어. 자기가 까마귀라는 것이 너무나 멋진 일이라고 생각했어.

그때 숲 바닥의 무언가가 눈에 띄었어.

해럴드는 본능적으로 당황했어. 순간이지만 깃털이 통나무처럼 뻣뻣해지고 시야가 바늘구멍만큼 좁아졌어. **만약 '그것'이라면? 그 끔찍하고 삿된 것?** 한때 까마귀 무리 전체를 겁먹게 한 그것? 말할 수 없는 그것에 대한 기억은 몇 년이 흘러도 지워지지 않았어. 해럴드는 날개를 활짝 펴고 가파른 각도로 곡선을 그리며 날아가기 시작했어.

그러다 문득 날갯짓을 멈췄어.

만약 그것이 정말 위험한 존재라면?

그것이 자신을 쫓아와 오거에게 해를 입힌다면?

어쨌거나 자신의 이름은 해럴드였어. 오거가 준 용감한 이름.

그 이름값을 하려면 용감하게 진실을 파헤쳐야 하지 않을까? 의무감이 해럴드의 마음에 큼직한 돌처럼 묵직하게 내려앉았어. 해럴드는 가던 길을 되돌아가 숲 바닥에 있는 물체 위를 빙빙 돌다가 적당한 나무에 내려앉았어. 그리고 숨을 죽였어.

그것은 '그것'이 아니었어. 사람 아이였어. 해럴드는 가까운 나뭇가지로 뛰어내렸어. 정말로 아이였어. 웅크리고 잠든 아이.

숲에서 아이를 발견하는 건 흔한 일이 아니야. 해럴드는 이제껏 본 적도, 들은 적도 없었어. 아이가 혼자, 그것도 한밤중에 숲에서 자다니. 인간 부모가 절대로 허락하지 않을 일이잖아. 해럴드는 가까이 다가갔어. 아이는 무릎을 끌어안고 거기 고개를 묻은 채 꿈쩍도 안 했어. 좀 더 가까이 가 보니 부들부들 떨고 있었어.

해럴드는 땅에 내려앉아 조심스레 아이에게 다가갔어. 꾸르륵 목을 울리자 아이가 화들짝 놀라 눈을 떴어. 하지만 해럴드를 못 본 모양이었어. 처음에는. 얼굴이 아주 창백했어. 추운 듯 떨고 있었지만 이마에는 땀이 송골송골했어. 해럴드는 더 가까이 다가갔어. 아이가 눈을 깜빡였어. 한 번 더. 이윽고 눈이 마주쳤어.

둘은 한참 동안 서로에게서 눈을 떼지 않았어.

그때 아이가 말을 꺼냈어. 까마귀 말을. 해럴드는 까마귀 말을 하는 인간 아이가 있는 줄은 꿈에도 몰랐어.

사실, 처음에는 잘못 들은 줄 알았어. 아이가 곧 울고 기침을 하면서 알아들을 수 없는 말을 지껄였거든. 다만 그 목소리는 갓 태어난 까마귀 새끼의 깃털처럼 보드라웠어. 해럴드는 그 목소리가 곧바로 마음에 들었어.

"깍." 아이가 딸꾹질하며 말했어. "너무 미안해."

아이가 미안할 일이 뭐가 있을까? 까마귀한테 돌을 던지는 인간처럼은 안 보이는데. 하긴 까마귀를 괴롭힌 적이 있다면 진작 소문이 퍼졌을 거야. 까마귀들은 입방아를 잘 찧거든. 기억력도 좋고.

"깍." 아이가 기침하듯 내뱉었어. "달리 뭘 해야 할지 몰랐어." 역시 엉뚱한 말이었어. 이 아이가 대체 무슨 말을 하고 싶은 걸까?

"깍." 해럴드가 말했어. "자, 자, 진정해." 그리고 우왕좌왕하다가 아이에게 다가앉았어. 아이의 온기는 따뜻하고 편안했어. 해럴드는 더 바짝 자리 잡았어. 갓난 새끼였을 때 엄마 까마귀가 해 주던 대로 아이 몸에 정수리를 비비적거렸어. 그러자 아이가 두 팔로 둥지처럼 그를 감싸더니 그대로 들어 끌어안았어. 심장 박동과 숨결, 자잘한 딸꾹질이 전해졌어. 해럴드는 아이의 냄새가 마음에 들었어. 새끼 때 엄마하고 이모들이 들려줬던 것처럼 부드럽게 목을 울리자 아이가 다시 까무룩 잠들었어.

포근함도 잠시, 해럴드는 난처해졌어. 혼자 있던 아이지만 다시 혼자 두고 떠나기는 꺼림칙했거든. 여우나 늑대를 맞닥뜨리면? 성난 벌 떼가 따라오면? 혹시 '그것'이 나타난다면? 해럴드는 자신에게 매달린 이 생명체에게 온갖 위험이 닥치는 모습을 상상했어. 그나저나 잠든 아이에게 안긴 기분은 썩 좋았어. 왜 이런 일이 한 번도 없었을까? 아이는 잠결에 웅얼거리며 해럴드를 더 꽉 끌어안았어. 숨결에서 셀러리와 들꽃, 창가에서 식히는 갓 구운 빵 냄새가 났어. 아이의 얼굴도 마음에 들었어. 뺨에 주근깨가 송송하고 턱에 보조개가 있었어. 살갗의 촉감은 오거하고 아주 달랐어. 단단한 바위보다 촉촉한 이끼에 가까웠어. 따스하고 녹색이 아닌 이끼. 맞닿은 느낌이 포근했어.

해럴드는 이 아이에게 나쁜 일이 일어날까 봐 더럭 겁이 났어. 도움이 필요했어. 오거에게 말해야 했어. 다른 까마귀들에게도. 어쩌면 양들에게도. 심지어 개에게도. 잠시 주변을 둘러보며 아이가 있는 위치를 외우고서 해럴드는 밤 속으로 날아갔어.

집에 도착했을 때 까마귀들과 오거와 개는 마을 안으로 떠날 채비를 단단히 마친 참이었어. 해럴드가 상황을 설명했지만 까마귀들은 귀담아듣지 않았어. 밤이 슬금슬금 지나가고 있었고 오거는 동트기 전에 돌아오고 싶어 했어.

해럴드가 상황의 심각성을 설명할수록 까마귀들은 못 미더워했어. "아이들은 밤에 혼자서 숲을 돌아다닐 수 없어. 그건 상식이야."

해럴드는 도리질 치며 아이가 땅바닥에 웅크리고 떨던 모습을 설명했어. 슬피 울던 모습도. 자기 이름에 걸맞게 꿋꿋이 진실을 알렸어.

"깍." 오거는 이맛살을 구기며 더듬더듬 말했어. "무슨 뜻인지 잘 모르겠어." 해럴드는 답답한 듯 날개를 퍼덕였어. 오랜 시간 함께했는데도 오거의 까마귀 말은 좀처럼 늘질 않았어. 해럴드는 오거의 어눌한 발음을 칭찬하고 싶은 마음과 제대로 이해시키고 싶은 마음 사이에서 갈팡질팡했어.

"깍." 오거가 또다시 이맛살을 구겼어. "누가 길을 잃었다고? 인간? 아주 작다고?" 오거는 가까스로 알아들었어.

해럴드는 고개를 격렬하게 끄덕였어. "작은 아이. 완전히 혼자야. 엄청 슬퍼하고 있어." 그리고 덧붙였어. "추위에 떨어. 기침해."

"세상에!" 오거는 기겁하며 빵과 채소가 든 수레를 내버려 두고 등불만 챙겼어. "서두르자!" 오거가 숲 쪽으로 성큼성큼 달려가며 말했어. "어디에 있는지 안내해 줘. 꾸물거릴 시간 없어."

해럴드가 앞장서자 오거와 개와 양들과 까마귀들이 다 함께 뒤따랐어.

다행히 아이는 두고 간 자리에 곤히 잠들어 있었어. 해럴드는 긴장이 풀려 쓰러질 뻔했어. 오거가 무릎을 꿇고 아이를 유심히 살폈어. "나 널 알아." 오거가 손가락으로 아이의 땀에 젖은 이마를 쓸어 넘기며 속삭였어. "넌 그 멋진 집에서 멋진 가족과 함께 사는 아이지. 그런데 여기서 뭐 하는 거니?"

"깍." 아이의 어깨에 올라앉은 해럴드가 조용히 물었어. "이제 어떻게 하지?"

바람이 점점 거세지고 찬기가 훅훅 밀려왔어. 또다시 비가 올 모양이었어. 가을에는 비가 잦았지. 아이의 몸에서 열기가 뿜어져 나왔어. 오거의 얼굴에 수심이 짙게 드리웠어. "신열이 올랐나 봐. 하긴 숲속에서 얼마나 오래 헤맸는지 누가 알겠어? 오늘 밤 배달은 취소해야겠다."

오거는 말을 멈추고 잠시 고민했어. "우선 집에 데려가서 몸을 녹이고 뭘 좀 먹여야겠어. 비도 피할 겸." 오거는 손을 뻗어 아이를 안아 들었어. 작은 머리통이 넓고 편안한 어깨에 얹혔어. 아이는 꿈틀거렸지만 일어나지는 않았어. "쉬, 쉬." 오거가 산들바람처럼 부드러운 목소리로 속삭였어. "푹 자렴."

개가 낑낑대고 양들이 울었어. 까마귀가 몰려들어 공중에서 빙빙 돌았어. 몇몇은 자세히 보려고 나뭇가지에 내려앉았어. 이렇게 가까이서 인간 아이를 본 것은 처음이었으니까. "깍." 까마귀들이 외쳤어. "꼭 데려갈 필요 있을까?"

"깍." 몇 마리가 투덜거렸어. "사납게 물면 어떡해?"

"헛소리!" 해럴드가 끼어들었어. "아이들은 경이로운 존재야!" 그렇게 말하고는 단숨에 허공을 갈랐어.

오거는 까마귀들의 소란을 조금도 신경 쓰지 않았어. 한 팔로 아이를 안은 채 비뚤어진 집으로 향하며 나지막이 콧노래를 흥얼거렸어. 도착해서는 텃밭에 들러 약초를 한 바구니 따 가지고 집 안으로 들어갔어. 까마귀들이 창턱과 열린 문으로 모여들어 구경했어. 오거는 아이를 흔들의자에 앉히고 따뜻한 물에 약초와 꿀을 섞여 먹였어. 시원한 천으로 아이의 이마를 닦아 주고, 낮은 목소리로 감미로운 자장가를 불러 주었어. 수백 년 전에 부모님이 들려줬던 자장가였지. 아이는 뒤척이며 웅얼거렸어. 눈을 비비고 콜록거렸어. 그러다 마침내, 오거의 품에서 깊이 잠들었어.

해럴드가 날아와 오거의 무릎 위에 앉았어. 아이의 손바닥에 깡충 뛰어올랐다가, 고르게 오르내리는 배에 올라타 외투 너머 전해지는 온기를 품듯이 웅크렸어. 아이가 두 팔로 자신을 끌어안자 절로 한숨이 나왔어. 오거는 노래를 부르고 아이는 단잠에 빠졌어. 해럴드는 처음으로 행복의 의미를 이해했어.

고아들의 집이
결코 이래서는 안 된다

캐스가 사라진 첫날 고아들의 집은 혼돈 그 자체였어.

카이는 부엌을 빙빙 돌며 제 몸을 꼬집어댔고 이기는 소파 아래서 내내 훌쩍였어. 포추네이트와 그래티튜드가 닭장을 못해도 오십 번쯤 들여다보는 동안 히람은 계속 지붕 위로 기어 올라가 캐스가 있는지 확인했어. "혹시나 해서." 히람이 다시 목발을 땅에 짚으며 제법 진지한 표정으로 말했어. 앤시아는 말없이 히람을 문지기 임무에 투입했어.

원장이 비명을 지르며 대문을 뛰쳐나가 갖가지 공구를 기발하게 보관하는 남자에게 도움을 청했을 때 앤시아는 살짝 안심했어. 공구의 쓰임새를 이해하고 편리하게 수납하는 사람들을 내심 굳게 믿었거든. 하지만 그 믿음이 흔들리기까지는 얼마 안 걸렸어.

돌아온 원장은 구두장이라는 그 남자가 시장님을 찾아갔다고 말했어. 눈물을 흘리면서도 환한 얼굴로 말이야.

"시장님이요?" 앤시아가 떨떠름하게 물었어. "그게 과연 좋은 생각일까요?"

"무려 용을 물리친 분이잖니." 원장이 코를 휑 풀며 말했어. "그분이 분명 우리 캐스를 찾아 주실 거야. 어쩌면 벌써 찾으셨을지도 몰라!"

원장이 기대에 부풀수록 앤시아는 가슴이 내려앉았어. **우린 현실적으로 생각해야 해. 논리가 없다면 길을 잃고 말 거야.** 앤시아는 마음을 다잡았어.

잠시 후 구두장이의 아내가 대문 앞에 찾아와 위로의 뜻을 전했어. 한참 뒤에는 수프 한 통을 가지고 돌아오더니 또 한 시간 뒤에는 고아들의 집에 필요한 것들을 바리바리 싸 들고 왔어. 신발, 스웨터, 장갑, 하루 지난 빵까지. 고맙게 받긴 했지만 구두장이의 아내는 돌아갈 생각이 없어 보였어. 아이들이 너무 말랐다는 둥, 집 안에 냉기와 웃풍이 심하다는 둥, 가구들이 부실하고 벽에 단열재가 부족하다는 둥 구시렁대더니 장난감이 이렇게 부족한데 아이들 교육은 또 어쩌냐며 한탄하기까지 했어. 앤시아는 구두장이의 아내가 자꾸 '형편' 운운하며 수선을 떠는 것이 무례하다고 생각했지만 그는 여기저기 거침없이 쏘다니며 혀를 차고 탄식했어.

초조한 듯 양손을 쥐어짜며 그 뒤를 따르던 원장은 한 문장도 제대로 끝맺지 못했어. "걱정해 줘서 고맙지만, 부인……."

"아, 에스메라고 불러 주세요. 이럴 때 격식 따위는 짐만 되지요." 에스메는 주머니에서 줄자를 꺼내 쌍둥이의 몸 치수를 쟀어. "이 두 아이는 따뜻한 겨울옷이 필요하겠어요. 연필과 종이 있나요? 좀 적어 놔야겠네요." 그러고는 한 명씩 신발을 보여 달라고 한 다음 숫자를 휘갈기며 목록을 작성했어.

"고맙긴 한데……."

"아이들이 이렇게 어렵게 지냈는데 아무도 몰랐다니, 이건 마을의 수치예요!"

에스메는 찬장을 확인하고 목록을 추가했어. 기울어진 마룻널과 부서진 계단을 조심스레 살펴봤어. 식량 저장고를 들여다보고는 거의 까무러쳤어. "너무 부족해요! 한창 자라는 아이들인데."

아이들은 그가 야단스럽게 이곳저곳 들쑤시는 모습을 지켜봤어. "아니야. 이건 아니야. 이래서는 안 돼." 에스메가 중얼거렸어.

"일단 지금 필요한 건……." 원장이 다시 말문을 뗐어.

"일손이죠?" 에스메가 말을 가로챘어. "네. 진심으로 동의해요. 최대한 빨리 자원봉사자들을 모아 올게요." 모자와 숄을 야무지게 두르고 현관으로 향하던 그가 갈라진 천장, 씰그러진 벽, 나무판자로 덧댄 창문을 차례로 돌아보며 덧붙였어. "이 마을은 부끄러운 줄 알아야 해요. 부끄럽고말고요. 이 문제는 오늘부터 뿌리 뽑아야 해요. 약속드릴게요." 그 말을 끝으로 에스메는 치맛자락을 휘날리며 부리나케 떠났어. 앤시아가 문을 닫았어.

"다시 돌아오겠다는 건가?" 디어드레가 중얼거렸어.

"잠금장치를 바꾸는 게 어때요?" 일라이자가 애원하듯이 물었어.

"자, 저 사람 남편이 우리 캐스를 데려간 괴물을 찾고 있다는 사실을 명심하자꾸나." 원장이 말했어.

마이런은 소파에 틀어박혀 두 손에 얼굴을 파묻고 있었어. 원장은 도무지 가만히 앉아 있을 수 없어서 거실 창가와 부엌 창가를 왔다 갔다 했어. 그러다 현관문을 열고 나가 마당에서 서성거리더니 다시 들어와 거실과 부엌을 오갔어. 마이런은 조용히 흐느꼈어. 둘 다 괴한이 집에 몰래 들어와 아이를 훔쳐 간 것이 자신들의 아둔함 탓이라고 자책했어.

그건 사실이 아니었어. 앤시아는 확신했지. 캐스가 자기 물건을 나눠 주고 이상하게 굴었던 게 아무래도 작별 인사였던 것 같았어. 캐스가 좀 이상하다고 말한 적도 있지만 아무도 귀담아듣지 않았지. 이제는 그렇게 말하기가 어려웠어. 얼마 전 캐스에게 생일에 대한 두려움을 드러낸 것 때문에 더더욱. 앤시아는 죄책감과 수치심이 마음속에 돌덩이처럼 가라앉는 것을 느꼈어.

바틀비는 계단 맨 아래에 웅크리고 앉아 있었어. 너무 괴로워서 울지도 못했어. 꼬마들은 구석에서 훌쩍거리고 쌍둥이는 이상하게 닭장에 집착했어. 고아들의 집이 제대로 굴러가는 유일한 길은 앤시아가 계속 살피는 것뿐이었어.

앤시아는 수첩을 꺼내 우선순위를 적기 시작했어. *1. 캐스 찾기.* 앤시아는 종이를 노려봤어. 그 전에 다른 일이 우선해야 하지 않을까? 그 전에 자신은 정신을 똑바로 차리고 있는 걸까? 그 어느 때보다 논리가 필요한 상황인데, 이런 혼란 속에도 논리가 있을 수 있을까?

2. 고아들이 세상을 구한다. 이건 앤시아도 왜 썼는지 몰랐어. 하지만 일라이자가 자신 있게 한 말이고, 그 말을 믿는 게 어느 정도 위안이 됐어.

3. 굶는 사람 없게 하기. 아마도 이게 1번이어야 할 것 같았어.

앤시아는 아기들을 살피고, 기저귀를 갈고, 포대기로 업었어. 디어드레와 일라이자에게 어린아이들을 맡기고서 구두장이의 아내가 가져온 수프를 그릇에 나눠 담았어. 인정하기 싫지만 맛이 꽤 좋았어. 그때까지도 바틀비는 계단에 앉아 두 손에 얼굴을 묻고 있었어. 앤시아는 바틀비에게 수프 한 그릇을 건넸어.

"바틀비." 앤시아는 그 앞에 쪼그리고 앉아 무릎에 팔을 올려놓고 말했어. 바틀비의 슬픈 눈을 애써 피하지 않았어. "일단 좀 먹어. 자기 몸부터 챙겨야 남을 도울 수 있어. 먹어. 명령이야."

바틀비는 손등으로 코를 닦았지만 입을 열지는 않았어. 안 좋은 징조였어. 바틀비는 바들바들 떨며 흐느낌을 삼켰어.

오후 늦게 구두장이가 재봉사, 푸줏간 주인, 대장장이, 순경과 함께 돌아왔어. "시장님께 말씀드렸습니다." 구두장이가 머뭇거리며 말했어.

"아이고, 하늘이시여." 원장은 두 손으로 허공을 받쳤어. "우리 아이 찾으셨답니까? 과연 훌륭하신 시장님!"

"그게, 아직은 아니고요." 구두장이가 두 손을 호주머니 깊숙이 찔러 넣으며 말을 이었어. "연설을 하시겠대요. 이틀 뒤에요. 그게 도움이 될 거라면서요. 우리가 먼저 찾지 못한다면 말이죠." 그는 민망한 듯 시선을 떨궜어.

마이런은 그들을 멍하니 바라봤어. "연설……?" 핼쑥한 얼굴이 절망에 물들었어. "그게 다요?"

"원장님, 제가 한마디 해도 될까요?" 앤시아가 끼어들었지만 구두장이가 가로막았어.

"그 전에 찾는 게 목표입니다. 급하게 수색대를 꾸렸는데 사람들을 더 모을 예정이에요. 일단 경험과 기술이 있는 사람들하고 같이 수색을 시작하려 합니다. 그래서 여기 순경도 데려온 거고요."

순경은 옷깃에 은색 별이 달린 모직 외투에 면바지를 입은 여자였어. 하나로 길게 땋은 머리에 각 잡힌 모자를 쓰고서 원장에게 고개를 까딱 숙여 보였어. "실종 사건은 제 전문입니다. 길 잃은 당나귀, 사라진 열쇠, 집 나간 고양이까지 안 찾아본 게 없죠. 아이를 찾는 일도 다를 거 없어요." 그는 옷깃의 은색 별을 엄지로 문질렀어. "순경의 일은 끝이 없지만, 상관없습니다! 우리는 그 아이를 당장 찾을 겁니다."

앤시아는 입을 떡 벌린 채 순경을 바라봤어. **길 잃은 당나귀? 진심인가?**

순경은 말을 이었어. "흠, 사건 당일, 그러니까 어젯밤에 누군가 침입한 흔적 없었나요? 문이나 유리창이나 벽에요?"

원장은 당황했어. "아니요."

당연히 아니지. 보면 모르나? 앤시아는 생각했어.

"흠." 순경은 종잇조각을 꺼내 적기 시작했어. "망가진 게 있나요? 꽃병, 굴뚝, 계단, 문간이라든지요?"

앤시아는 기가 차서 눈알을 굴렸어.

"아뇨, 전혀요." 원장이 대답했어.

순경은 열심히 기록했어. "문제의 아이가 사건 전에 이상하게 행동한 적 없나요?"

원장이 막 대답하려는데 앤시아가 다시 끼어들었어. "있어요. 있었어요."

순경은 앤시아를 무시하고 원장에게 대답을 재촉했어. "없나요?"

원장은 머리를 흔들었어. "네. 평소랑 똑같았어요. 다정하고 부지런했죠. 그게 우리 캐스랍니다."

앤시아는 답답해서 발을 쿵쿵 굴렀어. "아니에요. 분명 이상하게 행동했어요. 가끔 몰래 울고, 자기가 아끼던 것들 나눠 주고, 뭔가 계획을 짜고……" 앤시아는 울먹였어. "저도 무슨 계획인지는 몰라요. 하지만 뭔가 있었어요. 캐스는……." 목소리가 형편없이 갈라졌어.

원장은 앤시아의 어깨를 감싸고 집 안쪽으로 이끌었어. "얘야, 충격이 큰 거 안다. 누군가, 아니면 무언가 사랑하는 우리 캐스를 데려갔으니 말이야. 바틀비 옆에 가서 좀 앉지 그러니. 자, 착하지."

"하지만……."

"자, 어서." 원장은 앤시아를 한구석에 주저앉히고 어른들에게 돌아갔어. 앤시아는 무릎을 세우고 양손에 머리를 묻었어. 아무래도 이 상황은 이치에 맞지 않았어. 이치에 맞는 게 하나도 없었어. 앤시아는 언제나 사실만을 믿었어. 아무리 머릿속으로 **사실은 중요해**, 라고 중얼거려도 자꾸만 자기가 틀렸을지도 모른다는, 어쩌면 사실은 중요하지 않을지도 모른다는 섬뜩한 의심이 들었어.

순경은 계속해서 기록했어. "보아하니 이 사건은 시간문제예요. 우리는 마을 변두리에 사는 오거를 의심하고 있어요. 애초에 이 마을에 받아들여서는 안 되는 존재죠. 감히 무슨 짓을 할 줄 알고 받아들여요? 내가 늘 경고하지 않았던가요? 시장님하고 모두한테요. 오거가 시장님에게 마수를 뻗칠 수도 있다고요. 그런 짓을 하는 종족이라고 들었거든요."

"마수?" 앤시아가 코웃음 쳤어.

순경은 못 들은 눈치였어. "아무튼, 우리는 마을을 샅샅이 수색할 겁니다. 버려진 건물이라든지, 아이가 갇혀 있을 만한 곳이라면 어디든지요. 우물, 오래된 방앗간, 필요하면 숲까지 수색할 겁니다. 무엇보다 그 오거 집은 절대로 그냥 지나쳐서는 안 돼요. 증거가 수두룩해요."

"무슨 증거요?" 앤시아가 참다못해 쏘아붙였어.

"침대로 가라. 모두 다. 당장." 원장이 명령했어.

해도 지지 않은 시간이었어.

∽

그날 밤 아이들은 요람에서 자는 아기들만 빼고 모두 엉겨 붙은 채 잠자리에 들었어. 바틀비는 여전히 말을 안 했어. 앤시아가 바틀비를 껴안고, 그 양옆에 릴리와 저스티나가, 그 발치에 카이가 몸을 웅크리고 누웠어. 나머지 아이들도 다닥다닥 붙어 방 한가운데 큰 덩어리가 만들어졌어. 방에 들어온 고양이들이 온기를 찾아 아이들의 구부린 무릎과 팔꿈치 사이로 파고들거나 아예 얼굴 위에 올라앉았어. 아무도 고양이들을 밀어내지 않았어.

"어쩌면 오늘 밤에 돌아올 수도 있어." 앤시아가 말했어.

바틀비는 대꾸하지 않았어. 반듯이 누워 천장을 바라볼 뿐이었어. 앤시아가 손을 뻗어 바틀비의 손을 찾아 꽉 쥐었어.

"저기 있잖아." 일라이자가 하품하며 말했어. "너무 걱정하지

마. 난 이 이야기가 어떻게 끝나는지 알아. 고아들이 세상을 구해. 자세한 건 모르지만, 우리가 분명 해낼 거야."

이윽고 아이들은 한 명씩 잠에 빠졌어. 바틀비만 빼고. 바틀비는 한참이나 천장을 바라봤어.

"하지만 어떻게?" 바틀비가 나직하게 물었어.

아무도 그 말을 듣지 못했어.

귀가

　해럴드는 빵 굽는 냄새에 잠에서 깼어. 오거가 아이와 아이의 품에서 잠든 해럴드를 구석의 간이침대로 옮겨 놓은 지 한참 뒤였지. 해럴드는 눈을 깜빡였어. 탁자에는 오거의 물감과 종이가 쌓여 있고 조리대에서 롤빵이, 창턱에서 파이가 식어 가고 있었어. 늦은 오후의 잔뜩 기운 햇살이 쏟아져 들어왔어. 평소라면 잠망경으로 사랑하는 마을을 관찰하느라 여념이 없을 시간인데, 그 대신 오거는 잠에 취해 웅얼거리는 아이를 지켜보고 있었어. 오거가 해럴드에게 웃어 보였어.

　"깼구나. 잠꾸러기."

　맞아. 해럴드는 그 어느 때보다 또렷하게 깨어 있었어. 아이의 배가 부풀었다 꺼지는 움직임, 오후의 빛, 아이를 살피는 오거의 얼굴이 살며시 기운 것까지 모든 게 선명히 보였어. 아이의 몸은 지난밤보다 조금 서늘하게 느껴졌어. 여전히 포근하지만 뜨끈한 열기는 가신 상태였어.

"아직도 아파?" 해럴드가 물었어. 오거가 알아들을 수 있게 천천히.

오거는 고개를 저으며 자기 말로 대답했어. "응, 하지만 낫고 있어. 한 시간 전에 열이 내렸어. 잠깐 깼었는데 정신을 못 차리더라. 과일즙이랑 물을 좀 먹이고 다시 재웠어. 푹 자야 해. 그래야 정신이 돌아올 거야. 사람은 열이 나면 원래 그래."

해럴드는 고개를 끄덕이고는 아이한테 바짝 달라붙어 가만히 심장 뛰는 소리를 들었어. "깍." 나직하게 묻는데 가슴 한가운데가 따끔했어. "우리가 데리고 있으면 안 돼?"

해럴드도 답을 알고 있었어. 오거는 말없이 해럴드의 머리를 다정하게 쓰다듬어 주고는 하던 일로 되돌아갔어. 해럴드는 그 순간을 음미했어. 아이와 함께 있는 기쁨, 곧 작별 인사를 해야 하는 슬픔을 동시에 느끼면서.

∾

그날 밤, 오거는 의도했던 것보다 늦게 출발했어. 아이가 좀처럼 깨지 않았고 오거도 굳이 깨우고 싶지 않았거든. 이 가엾은 것이 숲속에서 얼마나 오래 헤맸을까? 회복하려면 충분히 자야 했어. 무엇보다 오거는 아이가 곁에 있는 게, 그 부드럽고 고요한 존재감이 좋았어. 이 아이가 깨어나서 같이 이야기하거나 같이 생각하거나 같이 별을 세면 얼마나 좋을까? 오거는 아이를 품에 안고 어르다가…… 머리를 흔들었어. 그것은 소속감이었어. 그토록 바라 왔던 소속감. 하지만 아이는 자기 가족에게 소속되어 있었어. 그것만은 분명했지. 오거도 자신이 해야할 일을 알았어.

반달이 떴어. 농장 일대는 훈훈한 기운이 감돌았어. 늘 이 지역 어디보다 따뜻했지. 마을 안은 쌀쌀할 테니 오거는 담요로 아이를 감싸고 그 위에 또 다른 담요를 둘렀어. 헤어져야 할 생각에 가슴이 내려앉았어. 감당할 수 있을지 자신이 없었어.

"깍." 해럴드가 물었어. "꼭 보내야 해?"

오거는 얼굴을 돌리고 끄덕였어. "그래, 해럴드. 꼭."

오거는 수레에 짐을 다 실었어. 고아들의 집 몫으로 채소 한 상자와 치즈 한 판을 더 얹었어. 아이의 앙상한 팔과 야윈 볼, 홀쭉한 배를 보면 분명 다른 아이들도 더 많이 먹어야 했어. 뒤늦게 눈치챈 것이 안타까웠어.

시간은 계속 흘러갔어. 평소에 오거는 세상의 시간을 다 가진 것처럼 느꼈는데 이제 시간을 멈추고 싶었어. 아이가 깨어날 때까지 기다렸다가 같이 밥을 먹거나 산책을 하거나 그저 까마귀들과 양들과 개와 앉아 있고 싶었어. 함께라면 뭐든 좋았어.

달이 미끄러지듯 하늘을 가로질렀어. 바람은 무심하게 아침이 다가오고 있음을 일깨웠어. 더는 지체할 수 없었어. 오거는 한 팔로 아이를 든든히 받치고 다른 손으로 수레를 끌며 고아들의 집으로 향했어.

푸줏간 주인이 본 것

　푸줏간 주인은 가게 안을 서성였어. 크고 작은 칼들이 모두 씻기고 벼려져 벽에 가지런히 걸려 있었어. 질서와 책임과 정직의 상징처럼. 그는 눈을 부릅뜨고 칼들의 날카로운 시선을 되받아쳤어. 그가 못 참는 게 하나 있다면 바로 남의 판단이었어. 그는 크게 헛기침하며 눈을 돌렸어.

　푸줏간 주인은 나쁜 사람이 아니었어. 하지만 좋은 사람도 아니었지. 그도 궁금했어. 사람이 꼭 선하거나 악해야 하나? 어느 쪽이 아니어도 아무 문제 없이 살 수 있는데.

　푸줏간 주인은 계산대 위에 포도주 한 병을 꺼내 놓고 손에 들고 있던 병을 비웠어. 깨어 있기에는 너무 늦은 시간이었어. 얼마 후면 동이 트겠지. 그는 밤새 잠을 이루지 못했어. 허리가 너무 아팠거든. 나이 든 몸으로 가게 앞 돌바닥을 정비하느라 무리한 거야. 몇 년 동안 시장에게 요청하다가 결국 제 팔을 걷어붙였지. 꼬박 며칠이 걸린 데다가 돈 한 푼 안 받았어. 나쁜 사람이라면 그럴 수 있겠어? 없겠지. 그는 속으로 단정 지었어.

뭐, 이때까지는 무보수였어. 그는 시장실에 보상을 요구하는 청구서를 보냈고, 내친김에 보상이 지급되지 않는다고 민원까지 넣어 둔 상태였어. 지급되지 않을 걸 예상했거든. 그래도 겸손한 푸줏간 주인이 아무런 인정이나 보상 없이 공동체를 위해 애썼다는 점을 알리고 싶었어. 마을 전체가 알아야 했어.

그리하여 그는 잠 못 이룬 채 가게 안을 거닐며 고통을 삭이고 있었어. 그 와중에 가장 가까운 친구인 구두장이가 자신을 바라보던 눈빛이 머릿속에서 떠나지 않았어.

날 나쁜 놈이라고 생각하는 거야. 속에서 부아가 치밀어 올랐어. **제까짓 게 감히!** 또 한 번 통증이 덮치자 절로 눈살이 찌푸려졌어. 이번 통증은 다리를 타고 내려가 발을 절렀어. 그는 포도주를 병째 들이켰어. 이어서 또 한 병.

바깥에서 까마귀 소리가 울려 퍼졌어. **저 골칫덩이 해충들.** 까마귀 울음소리는 푸줏간 주인의 또 다른 고충이자 시장이 무시하는 또 다른 민원이었어. 그는 커튼을 확 열어젖히고 어둠을 향해 주먹을 내둘렀어. 그리고 우뚝 얼어붙었어. 창밖에, 달빛 아래, 오거가 서 있었어.

그 오거가!

푸줏간 주인은 심장이 멎는 줄 알았어. 주변 공간이 빠르게 불어나고 시간이 흐물흐물 느려지는 듯했어. 어지럽고 귀가 윙

웅거렸어. **오, 세상에!** 그는 벌벌 떨었어. 오거는 웬만한 사람보다 두 배는 커 보였어. 그런데도 너무나 조용했어. 육중한 발로 돌바닥을 디디면서도 아무 소리가 안 났어. 뒤따르는 까마귀들만 없다면 누구에게나 몰래 접근할 수 있을 것 같았어. 그가 알기로 오거는 그런 존재였어.

그는 비명을 막으려고 한 손으로 입을 막고 그 위에 다른 손을 겹쳤어. 오거는 생각보다 훨씬 컸어. 바윗덩어리 같은 몸에 머리카락은 수풀처럼 덥수룩했어. 그는 배가 당기고 무릎이 후들거렸어. 팔꿈치로 벽을 짚고 겨우 몸을 지탱했어.

오거의 머리 위에서 까마귀들이 소용돌이치며 시끄럽게 울부짖었어. 그중 한 마리는 오거의 어깨에 내려앉고 다른 한 마리는 머리에 둥지를 틀었어. 까마귀 같은 해충들은 오거 같은 괴물에게 본능적으로 끌리는 모양이었어. 유유상종이라는 말처럼. 푸줏간 주인은 포도주를 한 모금 더 들이키고 오만상을 찌푸렸다가 이내 한 방울도 남기지 않고 탈탈 털어 마셨어. 포도주가 머릿속에서 소용돌이쳤어.

오거는 한 손으로 손수레를 끌고 다른 팔로는 무언가를 안고 있었어. 축 늘어진 머리와 달랑거리는 다리가 눈에 들어왔어. 푸줏간 주인은 안경을 고쳐 쓰고 눈을 가늘게 떴어.

얼굴이 보였어. 앳된 얼굴. 죽은 걸까 잠든 걸까? 알 길이 없었지. 그때 그 얼굴이 하품하며 뒤척였어. 잠든 것이었어, 일단은.

"맙소사." 푸줏간 주인이 중얼거렸어. "그 아이로군." 순경이 옳았어. 아마 구두장이도. 그는 얼굴을 일그러뜨렸어. 자기가 틀렸다는 게 불쾌했거든. 그래도 이건 엄청난 정보였어. 오거가 정말로 아이들을 훔치고 있다니. 그 증거가 눈앞에 있었어. 오거족이 악랄하다는 건 상식이고, 그 오거들 중 하나가 바로 자기 눈앞에서 악랄한 짓을 저지르고 있었어. 푸줏간 주인은 뒷벽에서 가장 큰 칼을 꺼내 들었어. 그리고 문으로 다가가려다 멈칫했어. 다시 돌아서서 칼을 도로 꽂았어. 이러지도 저러지도 못하고 가게 한복판에 서 있었어.

푸줏간 주인은 나쁜 사람이 아니었어. 그러나 용감한 사람도 아니었지. 뱃속은 흐물거리고 머릿속은 빙빙 돌았어. **그래도 누군가 아이를 구해야 해.** 그는 과감하게 문으로 달려가다가 우뚝 멈췄어. **문을 열어서 뭘 어쩌려고?** 혼자 오거에게 맞설 수는 없었어. 오거족은 위험하니까. 사람의 뼈를 갈아 빵을 만들어 먹는다는 괴물인걸. 게다가 창밖의 오거는 자기보다 두 배는 커 보였어! **가만, 두 배까지는 아닌가?** 그는 가슴을 펴고 허리를 꼿꼿이 세웠어.

그래도, 자신은 한낱 인간이었어.

그것도 다친 인간.

죄책감이 뼈를 긁어대고 속에 불이 붙은 것 같았어. 뭔가를 해야만 했어. 그야 어린애가 위험에 처했는데 구해 주지 않는다면 어찌 사나이라 할 수 있겠어? 그렇지만…… 발이 바닥에서 떨어지지 않고 손이 옆구리를 떠나지 않았어. 꼼짝도 할 수가 없었어. **기껏 나섰다가 오거한테 잡아먹히면 무슨 소용이야?** 그는 합리적으로 생각했어. 이웃들이, 온 마을이 필요했어. 하지만 아직 모두 잠들어 있을 시간이잖아. 괴한의 침입을 막고자 모든 문을 닫아건 채로.

그는 쿵쿵 뛰는 가슴을 안고 서성거렸어. 창밖을 보니 아이는 오거의 품에 잠든 얼굴을 비비적거리고 있었어. **살아 있어. 일단 그게 어디야.** 까마귀가 울자 두통이 더욱 심해졌어. 손이 떨리고 숨이 가빠졌어. 다시 뒷벽으로 가 칼을 꺼내 들었다가 도로 꽂아 넣었어. 어느새 몸이 땀에 흠뻑 젖었어. 오거의 덩치를 보니 칼이 보잘것없이 느껴졌어. 과연 칼은 오거족에게 무용지물일 것 같았어. 질긴 살갗에 튕겨 나올 테니까. 게다가 푸줏간 주인은 묶여 있지 않은 짐승은 한 번도 처리해 본 적이 없었거든.

확실히 이웃들이, 많은 이웃이 필요했어. 혼자 나서는 건 현명하지 않았어. 그는 참는 게 이기는 거라고 자신을 달랬어. 자기야말로 용감한 사람이라고, 날이 밝자마자 마을 사람들을 모아 다 함께 영웅이 되자고 말이야. 하긴 이웃들과 힘을 합치지 않을 거면 뭐 하러 마을에 살겠어?

그는 의자에 앉아 빈 병에 포도주를 가득 채우며 무슨 말을 할지 고민했어. 자신의 목격담을 듣고 감탄할 이웃들의 표정이 눈에 선했어. 그는 하늘을 바라보며 어둠이 물러가기를 인내심 있게 기다렸어.

바틀비의 기묘한 밤

아이들은 모두 부엌에 딸린 작은 침실로 모여들어 원장과 마이런과 함께 잤어. 캐스가 없는 공동 침실에서 하룻밤도 더 보내기 싫었거든.

물론 침대에 모두 누울 수는 없었어. 무엇보다 마이런의 연약한 몸이 깔리면 큰일 나니까. 네넷과 오르페우스를 요람에서 꺼내 한구석에 누이고 릴리와 모드를 두 노인 틈에 끼워 넣고 그 등 뒤를 디어드레와 일라이자가 책 버팀대처럼 감쌌어. 저스티나, 이기, 카이는 침대 끝자락에 옹기종기 웅크려 자고 포추네이트와 그래티튜드는 일인용 소파에 서로 엉겨 붙어 자고 히람은 책상 위를 차지해 팔다리를 늘어뜨린 채 입을 쩍 벌리고 거하게 코를 골았어. 바틀비와 앤시아는 결국 바닥에 떨어졌어. 바틀비가 잠결에 떨어진 척하는 걸 보고 앤시아도 따라 했지. 그렇게 둘은 뒤숭숭하고 불편한 잠에 빠져들었어.

그날 밤, 바틀비는 이상한 꿈을 꿨어. 꿈속에서 원장과 마이런의 침실 바닥에 앉아 있는데 고양이 다섯 마리가 꼿꼿한 자세로 자기를 지켜보고 있었어. 부드러운 머리 위로 귀를 쫑긋 세우고 꼬리를 살랑이면서. 다섯 쌍의 눈이 어둠 속에 번뜩였어. 바틀비는 일어나서 발끝으로 부엌을 가로질러, 계단을 올라, 도서실로 향했어. 고양이들이 엄숙하게 뒤따랐어.

《알트루리아》가 바닥에 놓여 있었어. 귀에 흉터가 있는 커다란 얼룩무늬 고양이가 책 옆에 앉아 앞발을 핥으며 바틀비를 힐끔거렸어. 바틀비는 책을 집어 들어 펼치고 소리 내 읽기 시작했어.

"그렇다면, 누가 선한지는 어떻게 가립니까?" 철학자가 괴팍한 들꿩에게 물었다. "어떤 사람이 선한지 악한지 아니면 그저 무관심한지 어떻게 알 수 있습니까?"

들꿩은 눈살을 찌푸렸다. "그딴 걸 질문이라고 하다니 믿을 수가 없군. 방심한 들꿩의 알을 훔치지 않는다면 선한 거야! 그런 짓을 할 생각도 없고 능력도 안 되는 사람이 선한 사람이지. 따라서 어떤 여우도 선할 수 없어. 어떤 여우도 선할 수 없다면 이 여우도 선할 수 없고."

"난 동의 안 해." 여우가 반박했다. "예측의 오류 몰라? 넌 내가 악하리라 예측해서 악하다고 판단하지. 하지만 내가 한평생 선행에 힘쓴다면 나도 선하다고 할 수 있는 것 아니야? 아니라면, 그런데도 내가 악하다고 주장한다면, 악한 이가 선행을 베풀 수 있다는 것도 받아들여야 해. 반대로 선한 이가 악행을 저지를 수 있다는 것도. 이 경우 누군가를 악인이나 선인이라고 부르는 건 임의적인 판단이야. 선과 악은 선택이나 행동으로 정의하지 않으면 의미가 없어. 넌 네 판단이 틀렸거나 네 예측이 오류에 바탕을 두고 있다는 것 중 하나를 선택해야 해."

"냐옹." 얼룩무늬 고양이가 울었어. 바틀비는 고양이를 쳐다봤어. 분명 고양이 울음소리인데 왠지 이렇게 들렸어. '따라서 네가 선한 사람인지 아닌지는 그만 걱정하고 선한 사람이 되고 싶다면 선행을 해.' 고양이가 하기에는 이상한 말이었지.

바틀비는 책을 내려놓고 자기가 꿈을 꾸고 있다는 걸 되새겼어. 고개를 들자 책장 위에 걸린 그림이 눈에 들어왔어. 자세히 보려고 의자를 밟고 올라섰어. 도서관을 그린 그림이었어. 벽면 전체를 차지하고 있었는데 기억보다 훨씬 컸어. 그때 건물 위의 까마귀들이 갑자기 날개를 푸드덕거리며 날아오르더니 도서관이, 아니 그림 전체가 입체적으로 보였어.

어느 틈엔가 바틀비는 그림 밖이 아니라 그림 안에서 주위를 둘러보고 있었어. 이상하다는 생각은 안 들었어. 그저 도서관 외벽을 따라 난 스테인드글라스 창문을 올려다봤어. 까마귀들에게 손을 흔들어 보였지만 별다른 반응은 없었어. 검은 깃털 하나가 땅으로 사뿐 내려앉았어. 바틀비는 허리를 굽혀 깃털을 집어 들고 손가락으로 비비 꼬다가 주머니에 넣었어.

바틀비는 넓적하고 오래된 주춧돌에 손을 얹었어. 손을 떼자 연기 냄새가 났어. 화가가 이 도서관 그림을 얼마나 공들여 그렸는지 내심 감탄했어. 그때 부드러운 무언가가 발목을 스쳤어. 아래를 보니 고양이들이 모두 그림 안에 들어와 있었어. 몇몇은 바틀비의 발 근처 잔디밭을 어슬렁거리고 몇몇은 오래된 돌계단에서, 몇몇은 창턱에서 한낮의 따사로운 햇볕을 즐겼어. 새끼 고양이 필리스는 바틀비의 바지와 스웨터를 기어올라 어깨 위에 자리를 잡고는 건물을 바라보며 한쪽 발을 핥았어.

"스테인드글라스를 자세히 봐." 필리스가 앞발에 침을 묻혀 얼굴을 문지르며 말했어.

바틀비는 화들짝 놀랐어. 자기가 고양이 말을 못 하는 건 분명했거든. "잠깐." 바틀비가 필리스를 곁눈질하며 말했어. "너 사람 말 할 줄 알아?"

필리스는 발톱 사이를 핥았어. "보다시피."

바틀비는 얼굴을 찡그렸어. "원래부터 할 줄 알았어?" 바틀비는 상황을 이해하려고 얼굴을 마구 문질렀어.

"보다시피." 필리스가 천연덕스럽게 반복했어.

"솔직히, 우린 네가 이미 아는 줄 알았어." 가까운 창턱에 앉아 있던 주황색 고양이가 꼬리를 느른히 까딱거리며 말했어.

바틀비는 고개를 저었어. "몰랐어. 미안."

"흠, 미안할 만하지." 커다란 회색 고양이가 말했어. "정 미안하면 크림과 애정으로 보답하든지."

"알았어." 바틀비는 대답하고서 스테인드글라스 창문을 올려다봤어. 그림 밖에서 본 것보다 훨씬 세밀했어. 하나는 친근한 오거족 마을을 보여 줬어. 서로 웃으며 베풀고 돕는 마을이었어. 즐거운 곳처럼 보였어. 바람직한 마을의 표본 같았지. 그리고 한구석에는 용 한 마리가 숨어 있었어. 한 손에 오거 탈을 든 채로.

"도서관을 짓는 데 사용한 돌은 이 지역 중심부에 있던 바위에서 잘라 낸 거야. 아주 오래전에." 얼룩 고양이가 말했어.

"정말? 엄청나게 큰 바위였나 봐."

"그래." 회색 고양이가 말했어. "넌 모르겠지. 우리야 고양이니까 알지만." 녀석은 앞발을 핥으며 심드렁하게 덧붙였어. 당연한 사실을 말한다는 듯이.

"그리고 들보와 기둥은 그 근처에 있던 멋진 고목들로 만들어졌지." 얼룩 고양이가 말을 이었어.

"어? 그러고 보니 어떤 바위가 이야기꾼 나무를 짝사랑했다는 이야기를 들은 적 있어." 바틀비가 말했어. "어디서 들었더라? 그리고 바위들이 기억을 간직한다는 이야기도 들었고."

"물론이지." 회색 고양이가 말했어. "왜 아니겠어? 스테인드글라스도 한때 그 바위였던 모래로 만들어졌는걸. 무엇이 어디에서 왔고 무엇을 말하고자 하는지 늘 주의를 기울여야 해."

"지금은 뭐에 주의를 기울여야 하는데?" 바틀비가 물었어.

"보면 알게 될 거야." 필리스가 꼬리로 바틀비의 뒷덜미를 감싸며 말했어.

바틀비는 도서관 주위를 거닐며 스테인드글라스를 감상했어. 한 창문에는 죽어 가는 나무 앞에 사람들 한 무리가 손잡고 고개를 숙인 모습이 담겨 있었어. 그리고 금화 더미 위에 누워 자는 남자, 양어깨에 까마귀를 얹고 텃밭을 일구는 거인 같은 여자, 마당에서 뒤엉켜 노는 아이들, 짧은 머리에 바지 차림으로 까마귀 등에 올라탄 소녀의 모습이 이어졌어.

"캐스?" 바틀비가 중얼거렸어. 그 소녀는 캐스처럼 보였어. 도서관 그림은 오래됐고 그림 속 스테인드글라스는 더 오래됐으니 캐스일 리 없는데. 하지만 꼭 캐스처럼 보였어.

바틀비는 계속 도서관 주위를 돌았어. 더 잘 보려고 난간을 기어올랐어. "저건……." 눈을 가늘게 뜨자 그림 속 인물들이 다 낯익어 보였어.

"너 아니야? 딱 너 같은데." 필리스가 거들었어.

"난 네가 그나마 똑똑한 앤 줄 알았는데." 회색 고양이가 쿵쿵거렸어. "좀 모자라 보인다."

"다들 좀 모자라. 난 여기 몇 시간이나 있었는데 아무도 날 쓰다듬질 않더라고." 얼룩 고양이는 느릿느릿 말하고서 입을 쩍 벌리며 하품했어.

바틀비는 스테인드글라스를 바라봤어. 그러자 갑자기 하늘을 나는 새의 위치에서 그 장면들을 내려다보는 듯했어. 어떤 인물의 뒤통수는 확실히 자기처럼 보였어. 헝클어진 머리카락과 갸우뚱한 고개까지. 자신의 손을 잡은 사람은 앤시아 같았어. 포추네이트와 그래티튜드는 평소처럼 찰싹 달라붙어 있었어. 마이런의 대머리와 엉거주춤한 자세도 눈에 띄었어. 포추네이트의 얼굴은 하늘을 향해 있었어. 다들 열린 대문 앞에 서서, 담요로 감싸인 채 웅크린 무언가를 내려다보고 있었어.

"캐스." 바틀비는 숨이 덜컥 맞는 듯했어. "저건 캐스야." 뒤돌아보니 고양이들은 보이지 않았어. "그렇지?"

"냐옹." 멀리서 한 마리가 대꾸했어.

바틀비는 눈을 깜빡였어. **다들 어디로 갔지?** 왼쪽으로 고개를 돌리자 도서관이 사라졌어. 그림도. 그리고 자신이 서 있는 곳은 잔디밭도, 도서실도, 원장님과 마이런의 침실도 아니었어. 바틀비는 고아들의 집 출입로에 서 있었어. 대문 앞에. 고개를 흔들자 앤시아가 손을 잡아 왔어. **아직도 꿈을 꾸는 건가?**

"괜찮아, 바틀비." 앤시아가 말했어. "오늘 찾을 거야. 확신이 들어." 바틀비는 다시 고개를 흔들었어. 머릿속이 모래로 뒤덮인 것 같았지.

그때 마이런이 어깨를 두드렸어. **언제부터 여기 계셨지? 나는 또 언제?** 바틀비는 어리벙벙했어. 마이런이 대문을 열었어. 하늘은 분홍빛과 금빛이었어. 분명 그림 속에서 봤던 광경이었어. 아니면 꿈속에서. 그림 속의 꿈인지, 꿈속의 그림인지 분간이 안 갔어.

"캐스." 잠금이 철컥 풀리는 소리와 동시에 바틀비가 말했어.

앤시아가 바틀비의 손을 꽉 쥐었어. "네 맘 알아."

닭들은 벌레를 쪼고 염소들은 풀을 씹었어. 마이런이 무거운 철문을 천천히 당기자 경첩이 끼익 신음을 했어.

"캐스." 바틀비가 중얼거렸어. 목소리가 아주 멀리서 들려오는 것 같았어. 자기 몸이 자기 것 같지가 않았어. 잠을 잘못 잔 게 분명했어. 어쩌면 한숨도 못 잤거나. **설마 아직 꿈속인가?** 바틀비는 앤시아의 손을 놓고 마이런을 도와 문을 열었어. 길 건너 집들 사이로 햇빛이 쏟아져 들어왔어. 눈을 왈칵 찌푸렸어. 앞이 잘 안 보였어.

"캐스!" 누가 잡아 끌어낸 것처럼 바틀비의 목소리가 튀어 나갔어. 무릎이 털썩 꺾였어. 채소가 수북이 담긴 상자 위에 한쪽 팔을 늘어뜨린 채, 캐스가 달팽이처럼 웅크리고 누워 있었어. 머리카락에 잎사귀들이 대롱거렸어.

한참 뒤에야 바틀비는 그 순간을 기억해 냈어. 캐스의 이름이 온 세상에 울리며 구름과 나무와 돌바닥에 부딪히고 풀밭과 덤불, 밝아 오는 하늘에 메아리치던 순간을.

채소 상자가 기우뚱 쓰러지던 모습을.

동생이 품 안에 들어차던 느낌을. 그 위로 원장님, 앤시아, 포추네이트, 그래티튜드, 디어드레, 카이의 품이 차례로 겹쳐지던 감각을. 눈물의 맛과 울음소리와 집 냄새를.

그리고 한 가지 더 있었어. 그것의 의미를 알아내는 데는 며칠이 더 걸릴 테지만, 분명 시야 한구석에 무언가 걸렸어. 오른쪽으로 몇 발짝 떨어진 나무 덤불 위에서 까마귀 한 마리가 깡충깡충 뛰어다니다가 한쪽 눈을 찡긋했어. 다른 쪽 눈도. 그러고는 꽤 분명하게 말했어. "깍." 이런 뜻이었어. "자, 이제 좀 나아?"

적어도 바틀비는 그렇게 보고 들었다고 생각했어. 하지만 다시 보았을 때 까마귀는 사라지고 없었어. 어쩌면 애초에 없었는지도 몰라.

몇몇 이들의 오해

그날 캐스는 많은 걸 느꼈어. 우선 죄책감, 그리고 혼란.

기침이 끊임없이 나왔어. 몸이 별로 안 좋았어.

원장은 쩔쩔맸어. 캐스를 소파에 눕히고 이불을 덮어 준 뒤 물을 끓이고 차와 죽을 가져왔어. "아프니?" 원장은 캐스의 이마에 손을 얹고 입안과 눈가를 샅샅이 살폈어. "다행히 열은 없구나. 아프거나 아파지려고 하거나 아팠던 모양인데, 어느 쪽이니?"

캐스는 말이 없었어. 온 가족이 소파에 모여들자 캐스는 그 무게에 짓눌려 헐떡였어. 하지만 아무도 거실을 떠나려 하지 않았어. 아무도 캐스를 눈 밖에 두고 싶어 하지 않았어. 캐스의 겨드랑이와 등, 무릎과 발 사이에 끼어들어 팔을 칭칭 둘렀어. 쌍둥이들은 노래를 부르고, 일라이자는 이야기를 들려주고, 디어드레는 캐스의 초상화를 그리고, 히람은 텀블링 묘기와 차력을 선보이고, 앤시아는 순식간에 털실로 양말 한 켤레를 떴어. 바틀비는 앓는 것처럼 두 손으로 배를 감싸 쥐었어. 어쩌면 정말 앓았는지도 몰라. 녹갈색 눈과 우윳빛 눈이 캐스에게서 떨어지지 않았어. 다시는 놓치지 않게 그림자까지 몽땅 외우려는 기세였어. 그러다 캐스를 와락 껴안고는 놔주지 않았어.

캐스는 눈을 감고 한참 만에 마음 깊은 곳에서 우러나온 말을 내뱉었어. "미안해." 그리고 되풀이했어. "정말 미안해."

바틀비는 고개를 힘차게 저었어. "괜찮아."

아무도 화를 안 내서 캐스는 내심 놀랐어. 뭔가 말하고 싶은데 무슨 말을 해야 할지 몰랐어. 어쩌면 굳이 말이 필요 없었는지도 몰라. 캐스는 눈을 감고 자신이 어디 있었는지 떠올리려고 애썼어. 무언가를 품에 안고 무언가의 품에 안겼던 것, 노랫소리와 빵 냄새, 돌진하는 날개와 흔들리는 꼬리, 멀리서 감미롭게 들려오는 매애 소리. 하지만 말도 안 되는 기억이었어. **그냥 꿈이었나 봐.** 캐스는 속으로 중얼거렸어.

그때 대문 종이 쩌렁쩌렁 울려댔어. "오 이런. 그들이 돌아왔구나." 원장이 앤시아와 마이런의 시선을 눈치채고 씩 웃었어. "기쁜 소식을 전하고 와야겠다. 오후쯤이면 우리를 까맣게 잊어버릴 거야." 그렇게 집 밖으로 나간 원장은 곧 에스메와 다른 두 사람 뒤를 안절부절못하며 따라 들어왔어. 에스메는 김이 모락모락 나는 큰 냄비를, 왼쪽의 키 큰 남자는 빵이 가득 담긴 바구니를, 오른쪽 여자는 옷과 신발이 수북한 상자를 들고 있었어.

"일 분이면 돼요." 에스메가 거실에 뭉쳐 있는 가족을 향해 손 키스를 보내고 곧장 부엌으로 가면서 말했어. "닭고기 감자 수 프를 좀 만들어 왔어요. 실의에 빠진 사람들에게 기운을 북돋아 주는 음식이죠." 함께 온 여자와 남자는 허둥지둥 보조를 맞췄 어. 원장은 두 손을 배배 꼬며 그 뒤를 졸졸 따랐어.

"고마워요, 에스메. 이렇게 넉넉하게 챙겨 주다니. 그런데 말 이죠——"

"농부 몇 사람하고 얘기를 나눴어요. 올해도 흉년이긴 하지 만 다들 밀 몇 포대쯤 보내 주겠대요. 방앗간 주인은 그걸 빻아 준다고 하고요. 그 많은 양을 원장님 혼자 빻는다고 생각해 보 세요! 가엾은 원장님. 늘 이렇게 뼈 빠지게 고생하시다니!"

"마음 써 줘서 고마워요. 나는 정말 괜찮아요. 그건 그렇고 아 주 굉장한——"

"이모진!" 에스메가 함께 온 여자를 불렀어. 둘 다 원장 말을 못 들은 눈치였어. "저기 탁자에 옷들을 펼쳐 놓으면 원장님이 아이들한테 맞는 옷을 고르실 거야." 에스메는 난로 위에 냄비 를 올리고(이미 디어드레가 만들어 놓은 수프는 옆으로 치우 고) 불을 지핀 뒤 한숨을 쉬었어. "자, 하나 완료. 할 게 너무 많네 요!"

"늘 그렇죠." 원장님은 그렇게 속사포처럼 말하는 사람은 처 음 만나서 당황스러웠어. "그런데 내가 하려던 말은——"

"물론 제 남편도 아이들 신발 상태를 알아차렸답니다. 좀 더 일찍 알지 못한 게 안타까울 따름이죠. 정말 죄송해요, 원장님. 이 상황을 바로잡기 위해 온 마을의 지지를 모으는 걸 제 사명으로 삼겠어요. 우리 모두 이 집 살림을 거드는 걸 우선순위에 둬야 해요. 고아들의 집은 공동체의 책임이니까요. 비록 여기 가져온 신발들은 새것도 아니고 넉넉하지도 않지만 모두 튼튼하답니다. 아이들은 엄청 빨리 자라니까 물려 신을 수 있을 거예요. 일단 이 날벼락이 수습되면 저희 가게에 보내세요. 싹 한번 수선해 드릴 테니까."

"그것참 훌륭하군요. 하지만——" 원장은 버벅거렸어.

"유스터스!" 에스메가 윽박질렀어. "대체 뭐 하는 거야? 그 칼은 그럴 때 쓰는 게 아니야! 나 참!"

유스터스라는 남자는 민망한 표정으로 빵을 썰던 칼을 내려놓았어.

"어디 보자⋯⋯." 에스메는 통과 서랍들을 뒤지며 잔소리를 했어. "여기, 이걸 써. 그리고 큼직큼직하게 좀 썰어! 한창 자랄 애들인데!" 엄한 표정은 덤이었어.

"그래, 그래. 내가 생각이 짧았어." 유스터스가 얼굴을 붉히며 대꾸하고는 두툼하게 썬 빵 조각들을 접시에 가지런히 쌓아 놓았어.

에스메는 정말이지 틈을 안 줬어. 국자로 수프를 떠서 그릇에 담으며 내내 말을 쏟아 냈어. "마음 단단히 먹고 계세요, 원장님." 에스메는 목소리를 점점 낮춰 속삭였어. "간밤에 푸줏간 주인이 끔찍한 걸 목격했대요. 이 마을이 그 모든 재난과 불행을 겪고도 모자라…… 제 말은, 그러니까, 원장님은 아무것도 할 필요가 없다는 거예요. 마을이 대신 나서고 있으니까요. 사람을 모으고 사기를 북돋울 거예요. 그동안 원장님은 끼니를 챙겨 드시고 아기들을 돌보세요. 그게 얼마나 중요한 일인데요. 일단 오늘 오후 시장님 연설에 수색대 대표들을 보낼 거예요. 시장님의 위대한 지혜와 우리의 대처 능력을 결합하기 위해서요. 다 잘될 거예요. 제가 장담할게요."

"그게 그러니까——" 원장이 겨우 끼어들었지만 소용없었어.

"자, 또 하나 완료. 점심 마련해 놓았으니까 때 되면 애들 먹이세요. 유스터스! 이모진! 출발해야 해! 이제 수색대에 가져갈 음식 하러 가야지." 에스메는 원장을 꼭 껴안았어. 원장은 두꺼운 숄에 입이 눌려 아무 말도 못 했어. "두려워하지 마세요! 우리가 전부 해결할 테니까요. 두고 보세요!"

그렇게 세 사람은 부엌에서 나와 거실을 쌩 지나쳐 현관으로 향했어.

"돌아왔어요." 바틀비가 벌떡 일어나서 말했어. "돌아왔다고요. 제 동생이요. 수색할 필요 없어요. 더는 실종 상태가 아니니까요."

"상황이 이렇게 심각한 줄은 정말 몰랐어요." 에스메는 모자를 고쳐 쓰며 말했어. 바틀비의 말을 못 들은 눈치였어. "하지만 지금 우리는 함께하고 있어요. 공동체로서요. 정말 놀랍지 않나요?"

"하지만——" 바틀비가 말했어.

"이곳이 특별한 곳인 줄 알면서도 지난 세월 소홀히 한 것이 부끄러워요. 이 마을이 부끄러워요. 저와 우리를 용서해 주세요. 상황을 바로잡기 위해 최선을 다할 테니까요!" 그렇게 스카프와 손 키스, 선의를 마구 휘날리며 세 남녀는 문을 열고 바람같이 사라졌어.

원장과 바틀비는 잘린 빵이 담긴 접시와 난로 위에서 보글보글 끓는 수프를 기다리는 그릇들을 바라봤어. 바틀비가 어깨를 으쓱하자 원장은 스펀지를 짜듯 두 손을 쥐어짜며 말했어. "네 말을 못 들은 모양이다."

∾

점심을 먹고 나서 마이런은 앤시아와 바틀비를 데리고 구두 가게로 향했어. 원래는 캐스를 데려가 무사히 돌아왔다고, 뒤집힌 세상이 원래대로 돌아왔다고 부부에게 직접 보여 줄 생각이었어. 하지만 원장은 캐스가 아직 기침이 심하고 안색이 안 좋다며 어디도 못 보낸다고 우겼어. 바틀비와 앤시아 역시 캐스 곁을 떠나고 싶지 않았지만 소심하고 연약한 마이런을 혼자 보낼 수도 없어서 마지못해 따라나섰어. 세 사람은 손을 꼭 잡고 걸음을 재촉했어.

"오, 이런." 모퉁이를 돌아 구두 가게가 나오자마자 마이런이

중얼거렸어. 가게 안에 사람들이 가득 차다 못해 문밖으로 쏟아
져 나왔어. 몇몇 이들은 옆벽을 기어올라 작은 창문으로 안에서
무슨 일이 벌어지나 구경하는 참이었어. 마이런은 입술을 꽉 깨
물고 인파를 파고들 각오로 말했어. "얘들아, 딱 붙어라." 마이런
이 '실례합니다'와 '미안합니다'와 '오 이런, 당신 발이었소?'를
반복하느라 좀 시간이 걸렸지만 결국 그들은 가게 한복판에 이
르렀어. 정육점 주인이 벌건 얼굴로 의자 위에 서 있었어. 앤시
아는 침을 꼴깍 삼켰어. **저 사람이 여기서 뭘 하는 거지?**

"덩치가 집채만 했어. 십 리 밖에서부터 발소리가 느껴지더
라니까. 창문으로 달려가서 그 거대한 괴물을 내 눈으로 똑똑히
봤어. 어찌나 큰지 달과 별을 다 가리더군. 두 눈은 시뻘겋고 날
카로운 이빨은 웬만한 사람 발보다 컸어. 나는 그 자리에 우뚝
서서 덜덜 떨었어. 도망쳐서 쥐처럼 숨어야겠다고 생각하던 그
때! 괴물의 손아귀에 잡힌 무언가가 눈에 들어왔어. 바로 그 아
이! 그 아이였어! 몇몇 인정머리 없는 사람이 지껄인 것처럼 가
출한 게 아니라 유괴당한 거야. 누가 그런 소릴 지껄였는지 내
똑똑히 아는데! 틀렸어! 흉악한 오거가 그 착한 애를 납치한 거
라고!"

모두 숨을 헉 들이켰어. 한 여자는 울음을 터뜨렸고 한 남자
는 까무룩 정신을 잃고 쓰러졌어. 푸줏간 주인은 손수건으로 얼
굴을 닦으며 심각한 표정을 지었지만 앤시아는 그의 눈이 묘하
게 빛나는 걸 포착했어.

"그렇다고 내가 늘 말했잖아." 순경이 구석에 서서 수첩에 적으며 덧붙였어. "시장님께도 몇 번이나 오거 문제를 건의했는데, 워낙 마음이 여린 분이라……."

"아직 내 얘기 안 끝났네." 푸줏간 주인은 순경에게 눈총을 쏘고 말을 이었어. "그래서 망설이지 않고 내가 가진 가장 큰 칼을 뽑아 들었지!" 그는 오른손을 머리 위로 높이 들어 올리고 돌격 자세를 취했어.

"실례하겠소." 마이런이 끼어들었어.

푸줏간 주인은 화들짝 놀라 손을 떨구더니 마이런을 향해 오만상을 찌푸렸어. "왜들 자꾸 방해질이야?"

마이런은 앤시아와 바틀비의 어깨를 꼭 끌어안고 초조하게 웃어 보였어. 그 모습에 앤시아는 불안해져만 갔어. "방해해서 정말 정말 미안하네. 자네 얘기는 참으로 흥미진진한데, 어떤 아이를 말하는 건지 알 수 있나? 그…… 아마도 괴물이 움켜쥐고 있었다는 아이 말일세."

푸줏간 주인이 믿을 수 없다는 표정으로 되물었어. "아마도? 허 참, 아마도라고? 그렇게 끔찍한 괴물이 오거 말고 또 어딨겠어? 어떻게 우리가 한때 아름답던 이 마을 한구석에 그런 위험이 곪아 터질 때까지 내버려 두었지? 당신은 왜 또 여기 와서 그따위 질문으로 시간을 낭비하는 거야? 이 미련한 노인네야!"

"조너선!" 구두장이가 윽박질렀어. 그는 빽빽이 들어찬 사람들을 헤치고 나타나 마이런을 보호하듯 어깨에 손을 얹었어.

"예의 좀 차려! 이 가족은 끔찍한 일을 겪었다고."

"그게 말이지, 우리가 온 게 바로 그⋯⋯." 마이런이 떠듬거리며 말했지만 푸줏간 주인은 아랑곳없이 하던 얘기에 열중했어.

"좋아, 그 오거. 그 끔찍한 오거가 수십 년 동안 아름다운 우리 마을을 망치고 있었어! 그리고 이제! 이제 그 괴물은 농작물을 해치고 우유를 상하게 하고 건물을 허물어뜨리는 걸로는 만족을 못 해. 이제, 이제! 살아 있는 아이를 훔쳐 가고 있어. 고아들의 집에서 그 아이를 훔쳤고, 내 눈으로 범행을 똑똑히 목격했어. 그보다 악랄한 짓이 또 어딨어?"

가게 안의 사람들이 웅성거렸어.

"저기." 마이런이 다시 입을 열었어. "물론 그건 자네 말대로 아주 악랄한 짓이지만, 실은, 아무도 아이를 훔쳐 가지 않았어. 우리 캐스가 돌아왔거든. 바로 오늘 아침, 대문 앞에서 찾았어. 숲속에서 오래 헤맸는지 약간 정신이 오락가락하고 기침을 하지만, 딱히 다친 곳은 없다네."

모두의 시선이 쏟아지자 마이런은 헛기침을 하고서 꾸역꾸역 말을 이었어. "따라서, 좋은 소식일세. 이 사건은 좋게 마무리됐어. 우리 마을은 평온한 일상으로 돌아왔네."

가게 안이 조용해졌어.

잠시나마.

이내 모든 사람이 한꺼번에 말을 하기 시작했어. "흠." 순경이 헛기침으로 목을 가다듬었어. "그럴 리가요. 푸줏간 주인이 오거를 똑똑히 목격했다고 여기 내 사건 수첩에 적혀 있잖아요. 내가 서명함으로써 공식적으로 사실화되었고요. 그게 바로 법이죠."

"가엾은 조녀선이 혼자 오거에 맞서 싸웠어." 재봉사가 탄식했어. "다친 것 좀 봐! 허리도 제대로 못 펴고 손은 상처투성이잖아. 조녀선이라도 나서지 않았다면 또 무슨 일이 벌어졌을까?"

"난 뼈째 갈려 빵이 되기 싫어." 대장장이가 치를 떨었어.

"그 오거가 까마귀 떼를 몰고 다니는 거 다들 알지?" 헝겊 장수가 말했어. "어젯밤 창밖에서 그 끔찍한 울음소리 못 들었어? 그 불길하게 까악대는 소리에 다들 잠을 설치지 않았냐고."

"저 잠시만요." 바틀비가 끼어들었어.

"애들은 어른들 얘기에 끼어드는 거 아니다!" 푸줏간 주인이 외쳤어. "고아들의 집이 아이들을 똑바로 키우고 있는 줄 알았는데 딱 보니 내가 잘못 알았군!"

"하지만 캐스는 집에 있다고요! 지금 원장님하고 같이 있어요! 왜 우리가 있지도 않은 말을 지어내겠어요? 그럴 이유가 없잖아요!"

"자, 여러분, 여러분!" 구두장이가 두 손을 번쩍 쳐들고 가게 한복판에 섰어. 키가 워낙 커서 의자에 올라설 필요도 없었어. 주변이 잠잠해지자 그가 말을 이었어. "모든 일에는 답이 있습니다. 덕망 높은 우리 시장님께서 오늘 오후에 연설을 하실 겁니다. 그때 우리가 우려의 목소리를 전달하면 시장님이 문제를 단번에 해결해 주실 거예요." 그는 바틀비를 내려다봤어. 모두의 시선이 쏠리자 바틀비는 얼굴이 화끈 달아올랐어. "애야, 네 동생이 돌아왔다고 했지? 그렇다면 무슨 일을 겪었는지 너한테 얘기해 줬겠구나. 한밤중에 누가 자신을 낚아챘는지, 무슨 수로 용감하게 탈출했는지!"

바틀비는 바글바글한 눈동자가 자신을 주시하는 걸 느꼈어. 손은 축축하고 입은 바싹 말랐어. "저는, 아니, 그러니까, 제 동생은——"

"납치를 목격한 다른 사람은 없니?" 구석에서 순경이 말했어. 당장이라도 수첩에 적을 태세였어.

"네? 아니, 그게 아니라요. 사라지기 전에 캐스가 좀 이상하게 굴었어요……. 그러니까, 앤시아가 그렇다고 했는데 저는 무시했어요. 그런데 그날 다 같이 깨어나 보니까——"

"그러니까 너희 모두 정신이 오락가락했다는 거구나." 순경이 말했어. "주문에 걸린 것처럼 말이지. 듣자 하니 오거는 특별한 능력이 있다더군. 마법은 아니지만 그 비스름한 것." 순경은 수첩에 무언가를 써 내려갔어.

"아뇨." 바틀비가 냉큼 대꾸했어. "그러니까……." 하지만 어떻게 설명해야 할지 몰랐어. 일라이자가 있었다면 술술 이야기했을 텐데. 밀치락달치락하는 사람들이 일제히 쑥덕거렸어.

"그러니까, 내가 이해하기로는, 그 아이가 납치당했었을 수도

∽ 251 ∾

있다는 거구나. 그런데 충격이 너무 커서 말을 못 하고." 구두장이가 말했어.

"완전히 잘못 이해했네." 마이런이 말했어.

"의사소통 방법에는 여러 가지가 있어요. 캐스는 말수가 적지만 소통에는 별문제 없어요." 앤시아가 말했어.

푸줏간 주인이 두 팔을 펼치고 한껏 비장한 목소리로 말했어. "다들 이게 무슨 뜻인지 모르겠어? 우리는 이 사태가 앞으로 얼마나 심각해질지 몰라. 오거가 이제껏 이런 끔찍한 짓을 얼마나 저질렀는지 누가 알겠어? 어떤 부모들은 자녀들이 그저 먹고살 길을 찾아 이 마을을 떠났다고 생각하지. 그도 그럴 것이 풍족했던 마을을 오거가 죄다 망쳐 놨으니까. 하지만 아니야! 그들은 세상에서 가장 악랄한 오거의 손아귀에 떨어졌을지도 몰라!"

"오, 이런." 마이런이 중얼거렸어.

"그 주장은 논리를 완전히 벗어났어요. 아무 증거도 없잖아요." 앤시아가 대꾸했어. 바틀비는 아무 말도 안 했어. 자신이 나무 인형처럼 느껴질 뿐이었어.

"내 고양이가 지난달에 사라졌어!" 약제사가 외쳤어. "지지난달에는 내가 가장 아끼는 염소가 사라졌고!"

푸줏간 주인이 무릎을 탁 쳤어. "봤지? 오거 짓이야. 내가 장담하지!"

"내 마누라하고 자식들이 작년에 집을 나갔어." 구석에 기대어 있던 한 남자가 말했어. "물론…… 마누라가 떠날 거라고 큰 소리치긴 했고 해안 도시에 사는 처제하고 같이 살 거라는 쪽지도 남겼지만, 사악한 오거가 마누라 필체를 베껴 썼을지 누가 알겠어!"

"그건 정말이지 말도 안 돼요." 바틀비가 겨우 제 목소리를 찾아 외쳤어.

"너희는 그만 끼어들어라." 푸줏간 주인이 고함쳤어. "이 녀석들 얘기는 충분히 들었어. 이제 집 안에서 단단히 단속해야 돼. 위험한 오거들이 주변에 도사리고 있다고. 애들은 모두 문을 걸어 잠그고 집 안에 틀어박혀 있어야 해!"

사람들은 동조하듯이 수군거리며 아이들에게 매서운 눈초리를 보냈어.

"가자, 가자." 마이런이 속삭였어.

앤시아, 바틀비, 마이런은 사람들 틈을 빠져나왔어. 사람들은 구호를 외치느라 신경도 안 썼지.

"오거 타도!" 푸줏간 주인이 외쳤어.

"오거 타도!" 사람들이 따라 외쳤어.

"오거 타도!" 문밖에 모인 사람들도 외쳤어. "오거 타도!" 구호는 끊임없이 이어졌어.

"맙소사." 마이런이 중얼거렸어. "정말이지 못 견디게 말이 안 통하는 떠버리들이구나. 주목받는 데 환장한 사람들이지, 안 그러니?" 그는 바틀비와 앤시아의 손을 잡고 발걸음을 재촉했어.

집에 가는 동안 암울한 침묵이 세 사람을 덮쳤어.

"마이런." 마침내 바틀비가 입을 열었어. "이제 어쩌죠?"

"이 상황을 어떻게 바로잡죠?" 앤시아가 작고 절박한 목소리로 덧붙였어.

마이런은 한참 말이 없다가 주름진 얼굴에 단단한 웃음을 띠었어. "더는 걱정하지 말아라." 목소리가 지나치게 밝고 높았어. "하루 이틀 지나면 모든 게 잠잠해질 거야. 터무니없는 일에 대한 흥미는 서서히 사그라들기 마련이지. 냉철한 머리가 늘 이긴다!"

앤시아는 마이런의 등 뒤로 바틀비의 시선을 느꼈어. 둘은 잠시 눈짓과 표정으로 같은 뜻을 주고받았어. **마이런은 지금 자기도 못 믿는 말을 하고 있어. 우리만큼 불안해하면서.**

세 사람은 고아들의 집에 도착했어. 마이런은 대문을 잠그고서 잠시 멈춰 한 번, 두 번, 세 번이나 잘 잠겼는지 확인했어. 그 안의 모두가 안전하게 머무를 수 있는지를.

모두가 시장을 사랑한다고
내가 말했던가?

시장은 심기가 불편했어.

배를 문질러도 고약한 통증이 좀처럼 가시지 않았어. 원래도 소화가 잘 안 됐는데 짜증과 불안, 특히 지금처럼 어딘가 콕 짚을 수 없는 찜찜함을 느낄 때마다 심해지곤 했어. 아주 오래전, 협곡의 바위에 와서 처음에는 용 사냥꾼으로, 곧이어 시장으로 꽤 안락한 삶을 누리면서 가볍게 다스릴 수 있었던 통증이었지.

시장은 테라스로 나갔어. 하늘은 찬란하게 푸르고 햇살을 방해하는 구름 하나 없었어. 그는 턱을 치켜들고 충만한 태양을 오롯이 응시하며 오래도록 햇살을 만끽했어. 마치 고양이가 따끈따끈한 바닥에 누워 일광욕을 즐기듯이. 때마침 뜰 가장자리를 거닐던 고양이가 우뚝 멈춰 시장을 향해 하악 숨을 뱉었어.

멋진 날이어야 했어. 끝없이 이어지는 나날 가운데 하나.

마을 사람들은 시장을 사랑했어. 시장으로서는 지극히 당연한 일이었지. 자신도 마을 사람들을 사랑했으니까…… 아닌가? 뭐, 정확히 말하면 그들에게 사랑받는 걸 사랑했지만, 어쨌거나 그게 시장의 존재 이유 아니겠어?

그는 창문에 비친 자신의 모습을 느긋하게 감상했어. 방금 닦은 황금 버클의 짙은 광채가 마음에 쏙 들었지. 절도 있고 무게 있는 부츠 굽 소리도. 망토 깃을 세우고 눈가의 금발을 쓸어 올리는 동작은 확실히 매력적이었어. 얼굴은 화사하게 빛났어. 살갗이 아니라 속에서부터 빛이 났어. 그가 가진 특별한 미모의 비밀이었지. 절대 말한 적 없는 비밀. 다만 그는 이렇게 말하곤 했어. "보통 사람에게 아름다움은 겉껍데기에 지나지 않죠. 하지만 짐작하다시피, 나는 보통 사람이 아닙니다." 그리고 꼭 윙크를 덧붙이지. 시장은 툭하면 마을 사람들을 어지럽게 했어. 그걸 어찌나 즐겼는지 몰라.

그는 머리에 모자를 얹었어. 아주 근사했어. 그야 물론이지. 살갗을 고르게 매만져 잘 달라붙었는지 확인한 뒤 창문에 비친 자기 모습에 흐뭇한 미소를 지었어. 한결 더 근사했어. 그때 속이 또 부글거렸어. 그는 배를 문지르다가 이내 엄청 짧고도 뜨거운 트림을 내뱉었어. 만약을 대비해 집 밖을 향해서. 그리고 한 손을 저택의 바깥벽에 가만히 대자 푸근한 기운이 파도처럼 밀려들었어.

시장의 저택은 그런 경이로움을 담고 있었어. 전임 시장 시절에는 해가 뜰 때부터 질 때까지 활짝 열려 있어서 마을 주민이라면 누구나 찾아와 우려를 표하거나 좋은 생각을 제시하거나 불만을 제기하거나 그저 한담을 늘어놓을 수 있었어. 전임 시장들은 저택에서 토론회와 좌담회와 콘서트를 열곤 했어. 한번은 아예 미술관처럼 마을 어린이들의 미술 작품을 전시하기도 했지.

하지만 시장은 취임 첫날부터 그런 행사를 모두 중단했어. "여러분이 존경하는 시장인 내가 솔선수범하지 않고서 어찌 친애하는 주민들이 자기 집을 안전하게 걸어 잠가 보호하길 기대하겠습니까?" 사람들은 그 말이 옳다고 생각했어. 시장은 자기 말이 진리라고 설득하는 능력이 뛰어났어. 타고난 재주 가운데 하나였지.

늘 순조로웠어. 모든 게 원하는 대로 흘러갔지.

하지만 지금은…….

요전 날 구두장이가 방문했을 때 뭔가가 거슬렸어. 그 사내는 문틈에 발을 집어넣어 시장이 대화를 끝내지 못하게 했어. 무려 발을. 그가 호소한 문제가 뭐였는지는 까맣게 잊어버렸어. 더 흥미로운 것들이 머릿속을 차지할 때는 주의를 기울이기가 어려웠지. 돌이켜 보니 그 사내는 시장이 얼마나 위대한지, 마을이 얼마나 축복받았는지 말하지 않았어. 시장은 인상을 찌푸렸어. 기분이 영 안 좋았어.

하지만 그래서 연설이 그렇게 기발한 생각이었던 거야. 한때는 중앙광장에서 하루가 멀다고 연설을 했어. 애초에 협곡의 바위 주민들이 자기를 사랑하도록 구슬린 방법이었지. 그 시절 마을 사람들은 숲속에 도사린 무시무시한 용을 꽤 자주 목격했어. 한 달에 한 번 정도, 늘 초승달이 뜨기 전날에. 그들은 시장이, 자기들의 위대한 시장이 숲에서 용을 물리치고 혼자 위풍당당하게 걸어 나올 때마다 환호했어. 하지만 시간이 지나면서 용 목격담은 줄어들었어. 그리고 시장을 향한 사랑은…… 음, 딱히 줄어들지는 않았지만 마을 사람들이 감당하기에는 애초에 너무나 컸지. 딱한 주민들. 시장은 지나치게 아름다웠고 지나치게 현명했으며 지나치게 박식했어. 지나치게 눈부셨어. 사실 그런 감정이 계속되었다면 시장의 임기는 그리 오래가지 않았을지도 몰라.

그러다 아름다운 화재가 발생했지. 연달아서. 그 기억을 떠올리면 복통이 도졌지만 두 눈은 번쩍 빛났어. 어둠을 몰아내던 그 화려한 빛! 단 한 번의 입김으로 몰아치던 막강한 힘!

그러자 마을 사람들이 자기를 어찌나 찾던지, 어찌나 의지하던지! 시장은 주민들에게 혼자 이 문제를 해결할 수 있다고 호언장담했어. 그들의 표정과 눈빛에서 자신을 향한 굳건한 믿음을 확인하는 일은 뼛속까지 짜릿했어. 참 즐거운 시절이었지. 이 집 저 집, 이 골목 저 골목을 누비며 속삭이고, 위로하고, 설득하던 시절. 사람들을 구워삶기란 식은 죽 먹기였어. 그는 헛기침하고 발성 연습으로 목을 풀었어.

그리고 만약 이번 연설이 효과가 없다면, 그때는…… 또 다른 건물이 불타겠지. 아니면 한 구획이. 필요하다면 온 마을이. 한 번 통했던 방식이 두 번은 안 통하겠어?

시청 꼭대기의 종이 울렸어. 주민들이 모일 시간이었지. 그는 뜰을 가로질렀어. 뜰 언저리에 어슬렁거리던 고양이들이 우뚝 멈추더니 꼿꼿이 앉아 귀를 쫑긋 세우고 꼬리를 창처럼 뻗었어.

"안녕, 고양이들." 시장이 능글거리며 말했어. "아는지 모르겠지만, 난 아직 이 속에 있단다."

지나가는 그를 향해 고양이들이 하악거렸어.

중앙광장에 도착한 시장은 연단에 올라 군중을 마주했어. 침을 꼴깍 삼키고 코트 자락을 가다듬은 뒤 자신도 모르게 두 손을 목에 대고 살갗이 잘 달라붙었는지 점검했어. 그러고는 환한 미소를 지어 보였어. 사람들은 빛에 적응하려고 눈을 찡그렸어. 이상하게도 그의 미소는 원하는 효과를 내지 못했어. **뭐지?**

시장은 군중의 규모에 놀랐어. 협곡의 바위에 얼마나 많은 사람이 사는지 잊어버린 지 오래지만, 그렇다 해도 이렇게 많을 줄이야! 그는 진심으로 온갖 경이로움을 품은 저택으로 돌아가고 싶었어. 눈을 감고 그 푸근함을 떠올렸어.

"시장님." 한 남자가 말을 걸었어. 시장은 짜증이 치밀어 올라 눈을 부릅떴어. 사람들은 늘 원하는 게 있었어. 한숨이 절로 나왔어. 말을 건 남자는 키가 아주 크고 주머니가 많은 바지를 입고 있었어. 그리고 챙 넓은 모자를 써 얼굴에 그늘이 졌어. 시장은 눈을 찌푸렸어. 그늘을 혐오했거든.

"기분 좋은 햇살이군, 안 그런가?" 시장이 너그럽게 말했어.

"이렇게 나서 주셔서 감사합니다. 그럼 며칠 전에 상의드린 대로——"

"며칠 전에?" 시장이 머리를 흔들었어.

"예. 제가 이틀 전에 찾아뵀을 때요."

"아아." 눈앞의 남자가 이 모든 소란의 원흉이었어. 시장은 얼굴을 구기지 않으려고 최선을 다했어. "그래, 며칠 전에. 난 사람을 알아보는 능력이 뛰어나지. 드문 재능이야. 그야 물론 자네도 알겠지만."

"저희는, 어……." 남자는 주저하며 말했어. "저희끼리 논의를 좀 해 봤습니다. 앞으로 어떻게 할 것인지, 공동체가 무엇을 우려하는지요. 괜찮으시다면 시장님도 유권자들 의견을 직접 들어 보시면 좋을 것 같습니다."

"유권자들?" 시장이 얼떨떨하게 물었어.

"예. 시장님께 투표한 사람들은 시장님이 자신의 의견을 들어 주길 원합니다. 시장님이 괜찮으시다면요. 말하자면 공청회죠."

뭐, 그쯤이야. 시장은 느긋하게 생각했어. 듣는 건 말하는 것보다 훨씬 품이 덜 드니까. 인자한 표정을 지으면서 실컷 딴생각하면 그만이지! 일이 쉽게 풀릴 모양이었어. 시장이 남자에게 다가가 등을 두드리자 남자는 앞으로 고꾸라질 뻔했어. "좋아,

아주 좋아. 그럼 시작할까?" 남자는 꾸벅 고개를 숙이고 시장은 군중을 마주했어.

"아, 나의 선량한 주민 여러분!" 시장은 광장의 모든 사람을 향해 미소 지었어. "친애하는 협곡의 바위 주민 여러분. 오늘 이렇게 모여 주셔서 감사합니다. 보아하니…… 흠, 평소보다 좀 많이 모였군요." 확성기가 필요 없는 목소리가 광장을 벗어나 마을 중허리까지 울려 퍼졌어. 사람들은 각자 팔짱을 끼고 서로 팔꿈치를 맞댄 채 서 있었어. 다들 기대감에 차서 눈에 힘을 주고 입을 앙다물었지. 부담스러운 광경이었어. 시장은 목청을 가다듬었어. "몇몇 분들은 편히 앉아도 좋습니다."

아무도 앉지 않았어.

시장은 한동안 뜸을 들였어. 조금 더. "알겠습니다. 시작하죠. 최근 내가 사랑하는 여러분이 불행하다는 소식을 듣게 되었습니다. 근심거리가 있는데 아무도 귀를 기울이지 않는 것 같다고요. 그게 사실이라니 제 마음이 몹시 아픕니다. 정말이지 가슴이 미어집니다." 그는 눈을 감고 고개를 떨군 뒤 두 손을 가슴에 포갰어. 그리고 슬쩍 곁눈질했어. 평소에 마을 사람들은 시장이 슬퍼한다는 생각이 머릿속에 스치기만 해도 겁에 질렸거든. 하지만 오늘은 아니었어. 몹시 짜증 나게도. 그는 허리를 펴고 부츠를 철컥 맞붙인 뒤 온화한 시선으로 사람들을 바라보며 매력적인 미소를 날렸어. 아무도 흠모의 눈을 반짝이지 않았어. 아무런 반응도 없었어.

웬일이람? 시장은 이해가 안 갔어. 헛기침으로 목을 다시 가다듬고 태양을 향해 얼굴을 기울여 빛의 각도를 만끽했어. 분명 얼마 안 걸릴 터였어. "친애하는 주민 여러분. 일단——"

"실례합니다, 시장님." 앞줄에 있던 여자가 끼어들었어. 이제 껏 누가 시장의 말을 가로막은 적 있던가? 그가 기억하기로는 단 한 번도 없었어. 망연자실해야 할지 흥미로워해야 할지 몰랐지. "바로 이 마을 끝자락에 오거가 삽니다. 실제 오거가요. 수십 년간 거기 살았죠. 그냥 두기에는 너무 위험해요. 시장님께서 반드시 쫓아내셔야 해요."

시장은 고개를 끄덕였어. "주민의 목소리를 듣는 것도 내 의무지만 두려움을 잠재우는 것도 내 의무죠. 오거들은 하찮은 종족입니다. 둔하고 굼뜨고 말만 끔찍이 많죠. 생각할 가치도 없어요. 나는 절대 안 합니다. 그들은, 예를 들자면, 용보다 지루한 존재예요. 여러분도 알다시피 나는 용을 물리친 적 있죠. 그것도 몇 번이나요." 시장은 일부러 잠시 멈춰 사람들이 감탄하기를 기다렸어. 역시나 반응이 없었어. "으흠, 우리가 사는 세상은 온갖 해악과 위험으로 가득 차 있습니다. 그런 위험을 물리칠 수 있는 강력한 시장이 여러분 편에 서야 할 땝니다. 이 주제에 대해 우리가 한마음 한뜻이라서 무척 기쁩니다."

시장이 여자에게 온화한 미소를 지어 보이자 여자는 눈을 찡 그렸어.

뒤쪽에서 한 남자가 목소리를 높였어. "집집마다 문을 걸어 잠그고 어두워지면 나갈 엄두도 못 냅니다. 한 아이가 납치됐어요. 다들 자기 아이가 해코지를 당할까 봐 걱정이 이만저만 아닙니다. 당장 그 오거를 쫓아내 주세요!"

사람들은 고개를 끄덕이며 쑥덕거렸어.

"다시 한번 말하지만, 사방에 위험이 도사리고 있습니다." 시장이 말했어. "아주 흥미로운 위험들이요. 오거족보다 훨씬 흥미로운 위험들 말입니다. 오거들이 하찮은 종족이라고 내가 말했던가요? 그런 따분한 존재는 생각할 가치가——"

"얼마나 더 많은 아이가 실종될 때까지 기다려야 합니까?" 중앙에서 한 여자가 소리쳤어. 시장은 충격으로 비틀거릴 뻔했어. 여자는 주먹을 힘껏 내질렀어. 이제껏 누구도 시장을 향해 주먹을 뻗은 적은 없었어. "언제 이 마을에 오거가 없다고 말할 수 있습니까?"

"오거 타도!" 허물어져 가는 벤치에 앉아 있는 무리가 외쳤어.

"오거 타도!" 오른쪽에 모인 무리가 외쳤어.

시장은 두 손을 가슴에 얹고 광장 가득 불어나는 아우성에 귀를 기울였어. 처음에는 당혹스러웠지만 사람들이 말하는 방식에는 무언가 짜릿한 게 있었어. 물론 불안하긴 했지. 사람들이 분노할 때 일이 잘 안 풀린다는 걸 그간의 경험을 통해 알고 있었거든. 바로 지금처럼. 시장은 특별히 주의를 기울여 자기 목소리에 무언가를…… 덧칠했어. 마법은 아니지만, 거의 비슷했지.

"친애하는 주민 여러분." 시장이 타이르는 듯한 투로 말했어. "슬슬 감이 오는군요. 다들 그렇지 않습니까?" 그가 고개를 수그렸어. 얼굴에 빛이 가득했어.

"그렇습니다!" 사람들이 일제히 대답했어.

"사실 오거가 아이들을 훔친다는 얘기는 한 번도 못 들어 봤습니다. 나는 이곳, 세상에서 가장 멋진 이 마을에 오기 전까지 전 세계를 유랑했는데, 오거들은…… 뭐랄까, 좀 우둔한 친구들이에요." 시장은 애써 웃음을 억눌렀어. "너무 쉽게 속아 넘어가죠. 으흠, 내 말은, 그렇다고 들었어요."

"오거는 이곳에 머물 수 없어요!" 당나귀 수레 안에 선 한 여자가 고함을 질렀어.

"아무도 이곳에 머물라고 한 적 없죠!" 쓰레기가 나뒹구는 메마른 분수대를 딛고 선 남자가 소리쳤어.

"해마다 흉작인 건 누구 탓인가요?" 군중 속에서 한 여자가 외쳤어.

"그 오거!" 협곡의 바위 주민들은 분통을 터뜨렸어.

"아이들이 안전하지 않아."

"가축들이 위험해."

"나무들이 죽었어."

"학교가 불탔어."

"도서관이 잿더미가 됐어."

"오거가 오기 전까지는 아름다운 마을이었어."

잠시 침묵이 흐른 뒤 한 남자가 구호를 외치기 시작했어. "오거 타도!"

"오거 타도! 오거 타도!" 군중이 합세했어.

목소리가 점점 커졌어. 광장을 둘러싼 건물들이 흔들릴 정도로. 해는 점점 기울었어. 그날의 마지막 햇살이 사람들 얼굴마다 비추니 마치 작은 태양들이 한데 모인 것처럼 반짝반짝 빛났어. 시장의 눈에 그보다 아름다운 광경은 없었어.

한편으론 걱정스럽기도 했어. 불화와 분열은 아름답고 돈벌이가 되지만 그만큼 통제하기도 까다롭지. 교묘히 행동하는 게 최선이었어. 시장은 오른손을 펼쳐 들고 고개를 숙였어. 구호가 조금씩 잦아들더니 마침내 그쳤어. 사람들은 기대에 찬 얼굴로 시장을 바라보며 팔짱을 풀고 가슴에 손을 얹었어. 시장에게는 유리한 징조였어. "친애하고 친애하는 여러분." 그는 할 말을 신중히 고르며 말했어. 낮고도 낭랑한 목소리가 군중 사이에 부드럽게 울려 퍼졌어. "중요한 일이 먼저죠. 말로만 하지 말고 행동으로 보여야 합니다. 아까 그 키 큰 사내 어딨지? 모자 쓴 사내."

"여기요, 시장님." 구두장이가 손을 흔들며 응답했어. "여러 번 뵀죠. 제 이름은 아서입니다. 그 부츠도 제가 만들어 드리지 않았습니까?"

"암, 알고말고." 시장은 대충 둘러댔어. "자네의 그…… 멋진 모자를 벗어서 돈을 걸지 않겠나? 이런 중대사에는 분명 자금이 필요할 테니까." 남자가 모자를 벗어 들자 사람들은 곧장 주머니를 뒤져 꺼낸 것들로 모자 속을 채웠어. 시장의 두 볼이 발그스레 물들었어. **알고 보니 오늘은 아주 훌륭한 날이었군.**

사람들 사이를 돌며 점점 묵직해지는 모자를 보자 흐뭇한 웃음이 나왔어. "보아하니 우리는 합의에 도달한 것 같군요. 오거가, 무려 오거가! 우리의 아름다운 마을 끝자락에 뻔뻔하게 눌러앉아 우리의 안전과 평화를 위협하는 것을 더는 두고 볼 수 없습니다. 아무렴요. 그건 부당하죠. 여러분은 성실한 일꾼입니다! 오거가 일하는 거 봤습니까? 나는 못 봤습니다. 여러분도 못 봤겠죠. 여러분이 온종일 뼈 빠지게 일하는 동안 그 찌그러진 집에서 해가 질 때까지 빈둥거릴 뿐입니다. 그게 게으름이 아니면 뭡니까? 난 게으름뱅이는 질색입니다. 오거는 여러분이 누려야 마땅할 휴식과 안식을 훔치고 있어요! 난 도둑은 질색입니다!"

"오거 타도!" 사람들은 다시 구호를 외쳤어. "오거 타도! 오거 타도!" 함성은 텅 빈 상점들과 황폐한 건물들에 부딪혀 메아리치고 늦은 오후의 하늘을 할퀴었어.

시장이 다시 두 손을 들어 아우성을 잠재웠어. "맞아요, 맞습니다. 물론 모두 동의합니다. 하지만 시장을 믿어야 합니다. 친애하는 주민 여러분. 날 믿으세요, 그러면 모든 일이 해결될 겁니다."

시장이 다시 손을 들자 마을 사람들은 고개를 끄덕였어. 얼굴들이 밝게 빛났어. 햇살이 광장을 둘러싼 건물 아래로 미끄러져 그림자를 드리웠지만 사람들의 얼굴은 여전히 불꽃처럼 빛났어. 시장은 심장이 뛰었어. 군중의 분노가 얼마나 달콤한지 잊고 있었어.

"나는 그저 누구도 법을 어기지 않길 바랄 뿐입니다." 시장은 씩 웃으며 목소리에 미묘하게 쉭쉭 하는 소리를 덧입혔어. 흡사 꿀에 독을 바르듯이. "법은 중요합니다, 나의 동지, 동포 여러분. 명심하세요. 부디 아무도 오거의 집에 달걀이나 돌을 던지지 않았으면 합니다." **아아, 이 상황은 정말이지 유쾌하군!** "그리고 아무도 오거의 텃밭에 위협하는 팻말을 세우거나 벽을 훼손하지 않았으면 합니다. 생각만 해도 끔찍해요." 시장은 진저리를 쳤어. "아무도 그 멍청한 양들을 훔치려 들지 않았으면 합니다. 아무도 그 지긋지긋한 까마귀들한테 돌을 던지지 않았으면 하고요. 그건 법에 어긋나는 일이니까요. 누구도 법을 어겨서는 안 됩니다. 반복합니다. 법을 어기지 마시기 바랍니다. 소중한 주민 여러분, 오늘 함께해 주셔서 감사합니다. 우리 모두 많은 걸 배운 유익한 시간이었습니다."

그 말을 끝으로 시장은 연단에서 물러났어. 발밑의 나무판자들이 신음했어. 그는 사람들 사이를 헤치고 지나갔어. 그의 손이 어깨를 스칠 때마다 사람들은 부르르 떨며 감격의 눈물을 흘렸어. 시장의 옷자락이라도 만지려고 여기저기서 손을 뻗었어. 이윽고 한 명씩 주먹을 말아 쥐었어. 목의 핏줄이 불거지고 얼굴이 붉게 달아올랐어. 가늘게 뜬 눈이 칼날처럼 반짝이며 오거가 사는 곳으로 향했어.

이제껏 협곡의 바위 시장직이 이토록 자랑스러웠던 적은 없었어. 시장은 내일 어떤 일이 벌어질까 궁금해서 몸이 근질거렸어.

사그라들기는커녕

앤시아, 바틀비, 마이런은 불안한 마음으로 구두장이의 가게에서 돌아왔어. 그나마 마을 사람 전부가 그 성난 인파에 동참한 건 아니라서 다행이었지. 에스메는 약속대로 고아들의 집 사정을 개선하려는 노력을 이어 나갔어. 하루 만에 빵 여섯 덩이, 수프 두 통, 옷가지 네 묶음, 신발 아홉 켤레, 실타래 한 바구니, 약 한 상자를 가져다줬고, 집 안팎을 들락날락하며 자신을 허둥지둥 따라다니는 조수들에게 카랑카랑한 목소리로 일거리를 지시했어. 그중 두 명은 사다리를 오르내리며 창문 크기를 하나씩 재서 썩은 창틀을 교체할 계획을 세웠어. 원장은 캐스가 돌아왔으니 수색은 취소해도 된다고 말하려 했지만 눈앞에 굵직한 계획과 친절한 관심이 눈덩이처럼 불어닥치자 한마디도 끼어들 수가 없었어.

"확실히 입김이 센 사람이네요." 앤시아가 원장에게 말했어.

"듣는 힘은 부족하지만요."

"뭐, 언젠가 알게 되지 않겠니?" 원장이 힘없이 말했어.

"이쪽으로요!" 에스메가 뒤따라오는 나이 지긋한 두 여자에게 말했어. 그리고 문간에서 캐스를 지나치다가 우뚝 멈춰 캐스의 얼굴을 부여잡고 혀를 찼어. "어쩜 이렇게 말랐니! 누가 보급품 목록에 버터 좀 추가해 줘요! 이 아이들은 버터가 더 필요해요!"

"저기, 보다시피——" 앤시아가 말했어.

"할 일이 너무 많아요. 내일은 목수 두 명이 계단을 고치러 올 거고, 며칠 뒤에 수의사가 염소들을 살피러 올 거예요. 한 마리는 다리에 수상한 염증이 생겼더라고요. 그러는 김에 닭들도 검사하는 게 나을 것 같은데, 안 그래요? 내년 봄에 다 어미 닭이 되면 좋으련만!" 그들은 바람같이 집에서 빠져나갔어. 밖에는 봉사자 두 명이 연장과 보급품을 챙겨 왔고 또 한 명은 병아리 출산을 위해 수탉을 데리고 왔어.

앤시아는 고개를 절레절레했어. 비록 귀가 어두워도 에스메는 분명 선행을 베풀고 그 선행을 전파하고 있었어. 고작 한 사람이 선행을 결심하고, 다른 사람들을 설득하여 선행의 물결을 만들어 내고, 각자 또 다른 사람들을 끌어들이는 과정이 너무나 놀라웠어. 모두가 선행을 결심한다면 어떤 일이 벌어질까? 모두가 매일 결심한다면? 아니, 모두가 아니더라도 몇 사람으로 시작해서 점점 불어난다면? 이건 완전히 새로운 종류의 셈이었어. 그 선행들이 모이기까지 얼마나 걸릴까? 그렇게 되면 마을은 어떤 모습일까?

이런 생각이 오후 내내 앤시아의 머릿속에 맴돌았어.

가족들은 이른 저녁 식사를 했어. 찜 요리와 샐러드, 에스메가 닦달해서 이웃들이 더 챙겨 준 빵으로 배를 든든히 채웠어. 원장이 아이스박스에 공간이 없다고 호들갑을 떨자 에스메가 그건 또 어찌 들었는지 한 시간도 안 돼서 중고품 거래상과 함께 낡았지만 쓸 만한 아이스박스를 들고 왔어. 거기에 얼음 장수가 얼음 자루와 톱밥을 채워 넣고, 다 함께 힘을 합쳐 지하실로 옮겼어. 원장은 답례로 잼과 딱총나무꽃 시럽 몇 병, 특제 비누 몇 개를 들려 보냈어. 다들 웃음 띤 얼굴로 손을 흔들며 떠났지.

식사가 끝나고 설거지를 마치자 원장과 마이런은 아기들을 위층으로 데려가 목욕시켰어. 일라이자는 꼬마들에게 옛날이야기를 들려주고 디어드레와 쌍둥이는 침대보를 갈았어. 각자 맡은 일들을 했지. 앤시아가 힐끗 창밖을 내다보니 바틀비와 캐스가 뜰에 서 있었어. 무언가에 귀를 기울이는 자세였어. 앤시아는 멈칫했어. 자기도 들었거든. 묘하게 증폭된 목소리를. 심지어 발밑의 마룻널이 진동하는 듯했어.

"대체 뭐지?"

앤시아는 밖으로 나가 바틀비와 캐스 곁에서 귀를 쫑긋 세웠어. 곧 세 사람은 약속이라도 한 듯이 불탄 도서관과 마주하고 있는 담벼락으로 향했어. 바틀비가 창고에서 사다리를 꺼내 와 벽에 세웠고, 세 사람은 차례로 올랐어. 이윽고 담 꼭대기에 나란히 걸터앉아 도서관의 폐허 너머 중앙광장을 바라봤어. 정확히 무슨 일인지는 몰라도 거대한 인파가 모여 시장의 연설을 듣고 있었어.

한참 듣고 나서 바틀비가 도리질을 쳤어. "이해가 안 가. 왜들 오거한테 화가 난 거야? 캐스는 집에 무사히 돌아왔잖아."

앤시아는 주먹에 턱을 괴고 있었어. "나도 모르겠어. 논리적으로 전혀 말이 안 돼."

캐스는 알았어. 마치 마른 검불이 모닥불이 되는 것과 같은 이치였어. 마른 나뭇가지와 지푸라기, 낙엽들이 몇 년 동안 쌓이고 쌓이다가 작은 불씨 하나로 홀라당 타 버리는 것처럼. 캐스는 장날에 목격한 것, 즉 사람들의 분노와 절망과 좌절을 떠올렸어. 그들은 누군가 대가를 치르기를 원했어. 마을의 자원은 모두에게 충분하지 않았고, 각자가 적게 가질수록 모두가 적게 가졌어. 불만이 쌓여만 갔지.

광장에 모인 사람들이 구호를 외치자 바틀비는 얼굴을 찌푸렸어. "저 사람들이 외치는 게 내가 생각하는 거 맞아?"

"설마." 앤시아가 침을 꼴깍 삼키고 대꾸했어. 그때 "오거 타도"라는 말이 선명하게 날아들었어. "오…… 맙소사."

시장의 목소리가 우렁우렁 울렸어. "나는 그저 누구도 법을 어기지 않길 바랄 뿐입니다." 세 사람은 그 말에서 간드러지는 쉭쉭 소리를 알아챘어. 누군가는 반드시 법을 어기리란 걸 직감했어. 사람들이 주먹을 쳐드는 모습이 보였어.

바틀비는 캐스와 앤시아의 손을 힘주어 잡았어. "이건 옳지 않아. 오거는 잘못한 게 없잖아."

"이대로라면 위험해. 누군가 경고해 줘야 해." 앤시아가 말했어.

캐스도 대답하려고 입을 뗐는데 가까이서 시끄러운 소리가 났어. 세 사람은 아래를 내려다봤어. 처음 보는 개 한 마리가 자기들을 올려다보고 있었어.

"멍멍." 개는 뿌연 눈에 침착한 표정으로 꼬리를 흔들었어.

개의 머리 위에는 곱상하게 생긴 까마귀가 앉아 있었어. 그 까마귀는 고개를 틀어 캐스에게 한쪽 눈을 맞췄어. "깍." 까마귀가 고개를 까딱이며 말했어. "안녕, 우리 만난 적 있지?"

캐스는 입을 떡 벌리고 까마귀를 한참 바라봤어. 그러더니 담을 딛고 벌떡 서서 양팔을 펼쳐 중심을 잡았어. "아!" 캐스는 두 손으로 입을 막았어. 두 눈에 눈물이 고였어. "이제 기억나!" 캐스의 목소리가 뜰을 가득 메웠어. 바틀비가 무릎으로 담을 딛고 일어나 캐스의 팔을 지탱했어. 캐스의 얼굴이 눈물에 젖어 반짝였어. "이제 다 기억나."

까마귀가 캐스의 품으로 날아들었어. "깍." 까마귀는 기쁘게 외쳤어. "깍 깍 깍 깍 까악."

"그래." 캐스가 까마귀에게 속삭이듯 말했어. "나도 사랑해."

해럴드와 개의 외출

오거와 함께 아이를 대문 밖에 두고 온 뒤, 해럴드는 온종일
시무룩했어.

만약 그 아이가 외로워한다면? 해럴드는 안절부절못했어.

만약 그 집 아이가 아니라면?

만약 그 아이가 또 길을 잃으면? 생각만 해도 견딜 수가 없었
어. 날마다 밤이 길어지고 여기저기 서리가 내렸어. 곧 겨울이
온다는 뜻이었지. 안전이 그 어느 때보다 중요한 시기였어. 해
럴드는 아이가 무사한지 확인하는 게 좋겠다고 생각했어.

아이 곁에 웅크려 그 온기와 숨결과 체취를 느낀 것이 해럴드
에게는 살면서 가장 애틋한 기억이었어. 해럴드는 개도 같은 마
음인지 관찰했어. 개는 땅을 킁킁거렸어. 턱을 긁었어. 하늘을
향해 고개를 쳐들었어. 벼룩을 물어뜯고 아랫도리를 할짝대다
가 뭔가 먹을 게 있나 찾아 나섰어.

그래, 개도 분명 같은 마음인 거야. 해럴드는 그렇게 결론 내렸어. 자기하고 개는 웬만하면 마음이 맞았으니까. 그래서 개하고 같이 아이를 두고 온 곳에 가 보기로 한 거야. 그렇게 둘은 중앙광장을 지나다가 마을 사람들이 잔뜩 모인 광경을 보고 잠시 멈췄어. 개는 쓰레기 더미에 약간 가려진 바위 옆에 앉고 해럴드는 개의 머리 위에 앉아 귀를 기울였어.

서 있는 사람들 누구도 둘의 존재를 알아채지 못했어. 다들 광장 저 안쪽의 연단에 서 있는 남자를 쳐다보느라 바빴거든. 해럴드는 코웃음 쳤어. 저 남자를 보느니 잘생긴 까마귀들을 보는 게 낫지 않나? 이를테면 자기 같은?

아니었나 봐. 아무도 해럴드를 눈여겨보지 않았어. 해럴드는 굳이 기분 나쁘게 받아들이지 않았어.

그런데 연단에 선 저 남자가 왜 이렇게 낯익은 걸까? 분명 한 번도 본 적이 없는데, 남자가 입은 코트가 머릿속에 스치듯 떠올랐어. 부츠의 버클도. 해럴드는 갑자기 마음 한구석이 찜찜했어. 이유는 몰랐지.

그 남자가 뭐라고 말하자 사람들이 소리를 지르기 시작했어.

"깍." 해럴드는 개한테 속삭였어. "이 분노의 아우성은 아주 꺼림칙해. 개나 까마귀에게 안전한 소리일 리 없어!"

"멍멍." 개가 짖었어. 물론 아무 의미 없는 소리였지.

아이고 우리 개. 해럴드는 개의 사랑스러운 이마에 자기 이마를 댔어.

"깍." 해럴드가 말했어. "이해 못 해도 괜찮아, 개야. 어쨌든 사랑해."

"멍멍." 그건 개 나름대로 최선을 다한 '사랑해'였고 해럴드는 고맙게 받아들였어. 개는 사람들이 돌아보기 전에 일어나 살금살금 발걸음을 옮겼어. 분노한 사람들 앞에 나서는 건 위험하다는 사실을 개도 아는 모양이었어.

(해럴드는 바위를 그냥 지나쳤어. 안타깝게도. 만약 해럴드가 좀 더 자세히 보았다면, 그 바위에서 어떤 작고 흐릿한 형상, 꼭 어떤 까마귀가 어떤 개 머리에 앉아 있는 것처럼 보이는 형상을 발견했을지도 몰라. 해럴드와 개를 닮은 형상. 그랬다면 아주 즐거워했을 텐데. 아아, 삶이란…….)

개는 냄새를 따라 코를 킁킁대며 걸었어. 그러다 마침내, 아주 높은 돌담 아래 멈췄어. 그 자리에서 잠시 낑낑거리고 꼬리를 탁탁 내리치더니 이내 고개를 쳐들고 "멍멍" 짖었어.

해럴드도 고개를 들었어. 그리고 보았어. 심장이 세차게 뛰었어.

저깄다! 담 꼭대기에, 그 아이가! 해럴드는 기쁨에 벅차 부르르 떨었어. 행여 다시 못 볼까 봐, 두 번 다시 못 볼까 봐 어찌나 마음을 졸였던지. 시야에 그 아이가 들어오자 비로소 세상이 온전하게 느껴졌어. 해럴드는 숨을 크게 쉬며 마음을 진정시켰어. 그러고는 우렁차게 깍깍거렸어.

담벼락에 앉아 있던 아이들이 화들짝 놀랐어.

해럴드는 아이에게 정중히 인사하고는 그리웠던 품으로 날아들었어. 심장이 떠오르고, 부풀고, 부서지는 것을 한꺼번에 느꼈어. 그 순간이 얼마나 이어졌을까? 일 초? 백 년? 누군가를 깊이 사랑할 때 시간은 이상해졌어.

상황이 갑자기 달라진 건 다른 아이가 말을 걸었을 때였어. 검은 머리를 양 갈래로 그넷줄처럼 땋은 아이였어. "깍." 그 아이는 완벽한 까마귀 말로 말했어. "찾아와 줘서 고마워."

해럴드는 그 아이를 양쪽 눈으로 번갈아 살폈어.

"깍." 그 아이가 말을 이었어. "난 아주아주 오래전부터 너희랑 얘기하고 싶었어." 해럴드는 뛸 듯이 기뻤어. 인간 아이는 다 까마귀 말을 할 줄 아나? 아니면 이 아이들만? 해럴드는 묻고 싶은 게 너무 많았어.

"깍." 남자아이가 말했어. "네가 내 동생을 집에 데려다줬니?"

땋은 머리 아이가 또 말했어. "우리한테 먹을 걸 가져다준 게 너희 까마귀들이야? 아니면 오거야?" 그러고는 깍듯하게 덧붙였어. "어느 쪽이든, 고마워."

해럴드는 사랑하는 아이의 무릎 위로 뛰어올라 한쪽 눈은 여자아이를, 다른 눈은 남자아이를 바라보면서 그들이 잘 알아들을 수 있도록 신중히 말을 골랐어. "우리 오거는 먹거리를 기르고 구워서 온 마을에 나눠 줘. 너희도 아는 줄 알았는데."

땋은 머리 아이가 고개를 저었어. "몰랐어. 우리만 주는 게 아니었구나? 그럼 아무도 모를 거야. 아무도 말을 안 했거든. 그건 이제껏 엄청난 수수께끼였어."

해럴드는 자기가 제대로 이해했는지 되새기며 목을 가다듬고 "깍" 했어. "우리는 모두를 도와. 그야 우린 까마귀니까. 훌륭한 까마귀." 해럴드는 멋진 인상을 주려고 고개를 한껏 쳐들었어. 여자아이와 남자아이는 서로 의미심장한 눈빛을 나누고 고개를 끄덕였어. 해럴드는 기뻐서 깃털을 부풀렸어.

땋은 머리 아이가 손을 들었어. 해럴드의 기대보다는 덜 감탄한 눈치였어. "너 오거하고 같이 살지? 혹시 부리에 종이 한 장 물고 갈 수 있어? 지금 당장 오거에게 전갈을 보내야 하거든. 오거가 위험해. 누군가 경고해 줘야 해."

말을 마친 여자아이가 쏜살같이 사라졌어.

해럴드는 사랑하는 아이를 바라봤어. 불안이 뼛속까지 스며들었어. "왜 오거에게 경고가 필요해?" 해럴드가 물었어.

두 아이는 어두운 표정으로 광장에 모인 군중을 바라봤어. 해럴드는 그 표정이 무엇을 의미하는지 바로 눈치챘어. "오, 이런."

34

글을 모르는 오거

오거는 뭔가 찜찜한 느낌이 들었지만 이유도 모른 채 부지런히 움직였어. 해가 질 무렵 양들에게 먹이를 주고 얼굴을 하나하나 쓰다듬었어. 텃밭에 나가 시금치와 파슬리와 근대를 몇 줄더 심었어. 풀밭에 천을 펼쳐 놓고 오디나무를 흔들어 끝물의 농익은 오디들을 거뒀어. 그것을 걸쭉하게 졸여 여러 가지 빵에쓸 잼을 만들었어. 옥수수의 술을 떼고 호박이 골고루 햇빛을받게 위치를 바꿨어. 바질을 한 움큼 따고 라벤더꽃을 한 아름꺾고 토마토와 콩을 한 바구니 채웠어. 그러고 나서 의자에 기대앉아 첫 별이 윙크하며 나타나는 모습을 지켜봤어.

까마귀들은 저녁밥을 쪼아댔어. 평소보다 조용했어. 고개를빼 들고 갸웃거리는데 정수리 털이 바짝 일어나 있었어. 귀를기울이고 있는 거였어. **대체 무엇에?** 오거는 영문을 몰랐어.

"깍." 오거가 말을 걸었어. "개는 어딨어?"

까마귀들은 대답하지 않았어. 오거는 두 손을 맞잡고 하늘을 향해 고개를 들었어. 별들과 행성 몇 개가 총총 나타났어. **왜들 대꾸가 없을까?** "해럴드는 어딨어? 한 끼도 거르는 법이 없는 친군데."

이번에도 아무 대답이 없었어. 까마귀들답지 않았지. **기묘한 밤이로군!** 오거는 말없이 친구들을 살피다가 농장을 둘러보며 밤이 다가오는 소리에 귀를 기울였어. 이번에는 마을 쪽을 내다봤어. 보통 이웃한 농장과 길 건너 농장에서 농기구를 갈무리하거나 말과 소를 외양간으로 몰아넣는 소리가 들릴 시간인데 웬일인지 조용했어. "깍" 오거가 조용히 물었어. "오늘 뭔가 분위기가 이상하지 않아?"

이번에도 아무 대답이 없었어. 오거는 포기하고 일어나서 집으로 향했어. 문 앞에서 양들과 까마귀들에게 각각 스무 번의 손 키스를 보내고 안으로 들어갔어. 터질 듯이 꽉 찬 화덕 안에서 파이가 거의 다 익은 상태였어. 케이크도 하나쯤은 익었을 거야. 이제 쿠키를 넣을 차례였어. 모두 구워지는 동안 숲에 가서 견과류와 버섯을 딸 예정이었어. 이웃에게 줄 간식이 넘쳐났어. 그들의 헛헛함을 친절과 사랑으로 채울 방법이 무궁무진했어. 오거는 이 일이 너무나 좋았어!

잠시 후, 해럴드와 개가 농장에 도착했어. 해럴드는 부리에 뭔가를 물고 있었어. 까마귀들은 몸을 꼿꼿이 세웠어. 가끔 해럴드는 개하고 단둘이 비밀 임무를 수행했고 까마귀들은 그

걸 엄청 시샘했거든. 해럴드가 개를 독차지한다며 분통을 터뜨렸어.

비록 오거가 까마귀마다 이름을 붙여 줬지만 까마귀들은 그 이름으로 자신이나 다른 까마귀를 부르지 않았어. 해럴드만 빼고. 해럴드는 자신을 해럴드라고 불렀고 다른 까마귀들도 무심코 그렇게 불렀어. 해럴드는 무리에서 따로 놀았어. 무리도 해럴드를 따돌렸고. 까마귀들은 해럴드를 매섭게 노려봤어.

해럴드는 물고 있던 종이를 개의 머리 위에 살포시 내려놓고 발로 쥐었어. "마을에서 보낸 전갈이야." 해럴드가 말했어. "이 마을의 매정함이 결국 추악하고 무시무시한 것으로 변했어. 이제 그것이 우리 오거를 향하고 있어. 우리가 보호해야 해. 이제 마을에 가면 안 돼. 오거가 좋아하는 집 아이들과 이야기했는데 그 애들도 인정했어. 우리 오거는 위험에 처했어."

까마귀들은 어떤 대꾸도 않고 해럴드를 빤히 쳐다봤어. 무화과잎이 바스락대는 소리, 개구리와 귀뚜라미 울음소리만이 정적을 채웠어.

마침내 까마귀들이 말했어. "아이들하고 얘기를 했다고? 설마. 못 믿겠는데."

해럴드는 가족들을 쏘아봤어. "왜 못 믿어?"

"아이들은 까마귀 말을 안 하니까."

"내가 숲속에서 찾은 아이는 까마귀 말을 했어. 똑똑하게." 해럴드는 그 아이 생각에 가슴이 벅차올랐어.

"네 주장일 뿐이지. 우린 직접 들은 적 없어."

"진짜 했어. 다른 애들도. 아주 교양 있고 예의 바른 아이들이었어. 글쎄 까마귀들을 존중하더라니까."

까마귀들은 서로 눈짓을 주고받았어.

해럴드는 당황했어. 우려했던 일이 눈앞에 벌어지고 있었어.

"넌 가끔 없는 말을 지어내잖아." 한 까마귀가 말했어. "혼자 특별한 척하면서. 한두 번도 아니고, 우린 질려 버렸다고." 다른 까마귀들이 툴툴거렸어.

"내가 언제!" 해럴드는 몸을 부풀렸어. "내가 하는 말이라서 무시하는 거야?"

"그 말조차 딱 너답구나." 한 까마귀가 코웃음 쳤어.

한 커다란 까마귀가 해럴드에게 깡충깡충 다가왔어. "잘 들어. 우린 네 황당한 얘기가 지긋지긋해. 넌 너무 까마귀답지 않아. 솔직히, 네 말투도 엄청 거슬려. 어리석은 짓으로 오거를 곤란하게 하지 마. 명령이야." 그 말을 끝으로 까마귀들은 해럴드를 등지고 저녁밥을 계속 쪼아댔어.

개가 낑낑대고 꼬리를 탁탁 내리쳤어. 개는 다툼을 싫어했어.

"깍." 한 까마귀가 말했어. "걱정 마, 개야. 우리가 마을 푸줏간 뒤에서 뭘 찾았는지 보렴!" 무화과나무로 날아간 까마귀가 뼈다귀 하나를 물고 돌아와 개 앞에 툭 떨궜어. 개는 모든 걱정을 날려 버리고 커다란 뼈다귀 위로 납작 엎어졌지.

해럴드는 애써 서러움을 가라앉혔어. 가족들이 자기 말을 믿어 주지 않는 건 이번이 처음이 아니었어. 다시 주의를 끌려고 꾸르륵대고 휘파람까지 불었지만 아무도 돌아보지 않았어. **좋아.** 해럴드는 다시 종이를 물고 창문으로 날아가 유리를 두드렸어. 오거가 웃으며 창문을 열었어.

"안녕, 친구!" 오거가 무심코 사람 말로 인사했다가 "아니, 깍" 했어. "어서 와."

해럴드는 날개를 펄럭이며 탁자 위로 날아가 종이를 내려놓았어. 그리고 고개를 틀어 한쪽 눈으로 오거를 봤어. "깍." 해럴드가 말했어. "그러면 안 되는 줄 알면서도 오늘 그 아이를 보러 마을에 갔었어. 괜찮은지 확인하려고."

오거는 주의 깊게 들었어. 제대로 알아들었는지는 몰라도 해럴드는 급한 대로 말을 이었어. "깍." 이런 뜻이었어. "아이들 몇 하고 대화를 나눴어. 그 애들은 널 걱정하고 있어. 마을의 매정함이 극에 달했다고, 네가 안전하지 않다고 말이야."

오거가 눈가를 찌푸리며 울상을 지었어. 알아들었나? 해럴드는 긴가민가했어.

"깍." 해럴드가 말을 맺었어. "이거 봐, 너한테 전해 주랬어. 한 아이가 이 종이 안에 정보가 들어 있다고 했어."

해럴드가 발톱으로 돌돌 말린 종이를 톡 쳐서 오거 쪽으로 굴렸어. 오거는 기쁜 얼굴로 손뼉을 쳤어. "깍." 오거가 말했어. "아이들이 보낸 거라고?" 해럴드는 고개를 수그렸어.

오거는 종이를 펼쳤어. 윗부분은 글이고 아랫부분은 정성껏 그린 그림이었어. 고아들의 집 모든 아이와 늙은 부부가 그려진 그림. 가장자리에 고양이 몇 마리도 보였어. 그리고 그 한가운데, 오거 자신이 양팔에 아이들을 안고 있었어. 모두가 웃고 있었어.

윗부분의 글이 무슨 뜻인지 궁금하긴 했지만, 설마 이 그림보다 중요할까? 오거는 가슴이 부풀어 올라 터질 것 같았어. 이제껏 아무도 아무것도 준 적 없기에 그 종이는 오거가 받은 것 중 가장 귀한 것이었어. 오거는 두 손으로 눈을 덮었어. 행복의 눈물이 흘렀어. 오거는 해럴드를 들어 끌어안았어. "고마워."

해럴드는 얼떨떨했어. "이해한 거야?"

오거는 기뻐서 부르르 떨었어. 아마도 오거 인생에서 가장 행복한 순간이었을 거야.

"그래, 해럴드. 이해하고말고. 완벽하게 이해했어."

그날 밤 오거는 수레를 끌고 마을을 돌면서 아이들이 준 그림을 떠올렸어. 당장 벽난로 위에 잘 보이게 걸어 둔 그림이지. 단순히 아이들이 자신을 그려서가 아니었어. 모두가 함께한 모습이어서, 자신과 아이들이 정답게 팔을 두른 모습이어서 그토록 벅찬 것이었어. **소속감.** 오거는 어느 집 앞에 타르트를 놓아두며 되뇌었어. **소속감.** 다른 집 앞에 치즈 한 판을 놓아두며 되새겼어. **난 내가 속할 곳만을 바라 왔어.** 또 다른 집 앞에 스콘을, 또 다른 집 앞에는 식빵을 놓아두며 생각했어. 엄지 쿠키, 견과 버무리, 사과 파이, 머핀이 이어졌어. 오거는 새 마음 새 뜻으로 선물들을 배달했어. 길을 걸으며 오래된 돌담을 손끝으로 쓸자 그 형태와 촉감이 새삼 경이로웠어. **이곳이야말로 내가 속할 곳이야. 이 마을이 내 집이야.** 속으로 한 말이 가슴을 뎅그렁 울렸어.

이윽고 고아들의 집 앞에 도착했어. 개가 낑낑거리고 꼬리를 탁탁 내려쳤어. 까마귀들은 평소보다 과감하게 집 가까이 다가갔어. 해럴드는 창문까지 날아갔지. 집 안은 깜깜했지만 창문은 살짝 열려 있었어. 해럴드는 그 틈에 고개를 들이밀고 한참 동안 꾸르륵꾸르륵 목을 울렸어. "정말 멋진 아이들이야." 밖에서 오거가 대문을 어루만지며 중얼거렸어.

그들은 밤이 가장 깊을 때 중앙광장에 도착했어. 달이 지고 별들만 눈이 어지럽도록 밝게 빛났어. 쓰레기들이 바닥에 나뒹굴거나 한구석에 쌓여 있었어. 고개를 들어 보니 동이 트려면 몇 시간은 남아 있었어. 그래서 오거는 쓰레기를 손수레에 주워 담기 시작했어. 벽난로에 땔감으로 써서 집 안을 따뜻하게 할 생각이었지.

그러다 시선이 광장 저 멀리 으리으리한 건물에 닿았어. 그 앞에 큰 단이 있는데 위쪽에 거대한 표어가 붙어 있었어. 오거는 고개를 갸웃했어. 새빨간 바탕에 새하얀 문구가 적힌 표어였어. 일상적인 표어는 아닌 듯했어. 말하는 게 아니라 외치는 표어였거든. 여기 좀 보라고, 큰일이 났다고. "깍." 오거가 까마귀들에게 말했어. "아주 큰 표어네. 뭐라고 적혀 있는지 궁금하다."

"깍." 해럴드가 간절한 말투로 말했어. "그게 문제가 아니야. 여긴 안전하지가 않아."

"허튼소리." 오거가 대꾸했어. "여긴 내 보금자리야. 안전하다마다."

"깍." 해럴드가 애원했어. "아이들이 똑똑히 말했어. 설마 걔네가 틀린 말을 했겠어?"

"닥쳐!" 다른 까마귀들이 타박했어. "오거를 괴롭히지 마."

결국 해럴드는 부리를 다물었어. 집에 돌아가는 내내 아무 말도 안 했지. 중앙광장에서 멀어지면서 마을을 한 번도 뒤돌아보지 않았어.

그래서 한 벽돌 건물의 더러운 창문 너머로 한 남자가 촛불을 들고 자신들을 지켜보는 것을 보지 못했어.

그 남자가 밖으로 나와 자신들의 뒷모습을 끝까지 주시하는 것을 보지 못했어.

그 남자가 중얼거리는 것을 듣지 못했어. "두고 보자."

협곡의 바위

에스메는 문간에서 먹음직스러운 빵 한 덩이와 묵직한 치즈 한 판을 발견했어.

"아, 친절해라. 너무너무 친절해. 역시 이 마을엔 아직 좋은 사람들이 남아 있어! 아직 인정이 남아 있다고! 내가 늘 말했지!" 치즈 옆에는 작은 카드가 있었어. 개 한 마리가 머리에 까마귀 한 마리를 얹고서 꼿꼿이 앉아 있는 그림. 좀 엉뚱했지만 나름 대로 사랑스러웠어. 그린 이의 애정이 담겨 있었지. 에스메는 카드를 잠시 가슴에 댔다가 벽난로 위 선반에 올려 두었어. 수 년간 받은 다른 카드들과 함께. 그러고는 콧노래를 흥얼거리며 식탁에 앉아 빵과 치즈를 잘랐어. 요즘 남편한테는 영양분이 필요했어. 오거에게 분노한 나머지 제정신이 아니었거든. 눈 밑은 퀭하고 두 볼은 움푹 팼어.

"든든히 먹고 힘내." 아내가 남편에게 샌드위치를 건네며 말했어. 남편은 아내의 손을 잡고 손가락에 입을 맞췄어.

"고마워, 여보." 구두장이는 샌드위치를 감사히 먹었어.

마을 저 건너편에서 전직 교사는 산딸기 커스터드 타르트를 받았어. 하나하나 메이플 시럽이 나비 모양으로 뿌려져 있었지.

"아아." 전직 교사는 고개를 들어 하늘을 향해 말했어. "감사합니다."

대장장이는 견과 버무리가 담긴 작은 상자를 받았어. 양이 많지는 않았지만 마침 먹을 것이 떨어져서 아이들에게 아침밥으로 먹일 수 있었어. 대장장이는 두 손으로 얼굴을 가리고 몰래 눈물을 훔쳤어.

"감사합니다." 대장장이가 중얼거렸어.

고장 난 기계를 수리하며 생계를 이어 가던 여자는 사과 턴오버 한 접시를 받았어.

"감사합니다, 감사합니다, 감사합니다." 여자는 속삭이듯 중얼거렸어.

순경은 고구마 케이크를 받았어. 종이 한 장을 꺼내 '감사합니다'라고 써서 대문에 핀으로 고정했어. 누군가가 또 무언가를 주러 오면 볼 수 있도록.

약제사는 새 모양 쿠키를 받았어. 너무 예뻐서 차마 먹을 수가 없었어.

"감사합니다." 약제사는 버터 향 가득한 날개들에 감탄하며 말했어.

～

그날 아침도 시장은 문 앞에서 파이 한 판을 발견했지만, 한 조각도 맛볼 여유가 없었어. 코 아래 대고 냄새나마 깊이 들이마셨어. 짐작이 맞는다면 배와 말린 체리로 속을 채우고 꿀로 달콤함을 더한 파이였어. 아주 먹음직스러웠지만 맛보는 건 나중으로 미뤄야 했어. 시장은 커다란 두루마리 종이들을 겨드랑이에 끼고 지하로 내려갔어. 시장의 저택 지하에는 오래된 인쇄기와 작업실이 있었어. 그가 협곡의 바위에 오기 전부터, 시장이 되기 훨씬 전부터 있었지.

(얼마나 오래됐냐고? 그건 아무도 말 못 해. 나만 빼고. 하지만 아무도 나한테 물어보질 않더라고.)

시장은 온종일 중앙광장 곳곳에 내걸 표어를 만들었어. **오거타도** 또는 **오거 없는 마을이 안전한 마을** 또는 **우리 마을을 아름답게** 등등. 모두 불꽃처럼 빨간 바탕에 흰색 글자로 선명히 적혀 있었어. 하나같이 훌륭한 표어들이라고 시장은 자화자찬했어. 자신은 훌륭한 시장이었고 모든 것이 순조로웠어.

앤시아의 계획

그날 캐스는 살면서 가장 많은 말을 했어. 일단 앤시아와 바틀비에게 자초지종을 설명했어. 몇 번의 시도 끝에야 두 사람은 완전히 이해했어. "왜 진작 말 안 했니?" 앤시아가 다그치자 바틀비가 앤시아를 쏘아봤어. 맞아. 너무 비난하는 목소리였거든.

캐스는 어깨를 으쓱했어. "꿈 같아서. 어디까지가 진짜인지, 진짜이긴 한 건지 몰랐어."

"원장님하고 마이런에게 말해야 해." 바틀비가 말했어. "분명 우리 말을 믿어 줄 거야."

하지만 착각이었어.

"까마귀하고 대화를 했다고?" 원장이 물었어. "있을 수 없는 일이야. 사람은 까마귀 말을 못 한다."

"하지만 우리는 해요!" 앤시아가 말했어. "모두가 할 수 있는 건 아니지만요. 도서실에 까마귀 말을 다룬 책이 몇 권이나 있어요."

"나는 그런 책 본 적 없다." 원장이 헛웃음을 쳤어.

"하지만 진짜예요." 바틀비가 말했어. "예를 들어 제가 '깍'이라고 하면 '만나 뵙게 되어 영광입니다'라는 뜻이에요."

마이런은 떨떠름한 얼굴이었어. "대충 '깍' 하고서 아무 의미나 갖다 붙이는 거 아니냐?"

"그런 거 아니에요." 앤시아가 말했어. "방금 하신 말은 '고양이들 조심해'라는 뜻이에요. 억양에 따라 달라진다고요. 우리는 제대로 익혔고요. 믿어 주세요."

원장과 마이런은 서로 마주 보고는 고개를 내저었어.

"요 녀석들!" 원장이 으름장을 놓았어.

"다들 피곤해서 그런 걸 거예요." 마이런이 원장을 달랬어.

"하지만 사실인걸요." 캐스가 울상을 지으며 말했어. "숲에서 길을 잃었을 때, 엄청 춥고 아팠는데 그 까마귀가 와서 제가 잠들 때까지 곁에 있어 줬어요. 나중에 눈을 떠 보니까 오거 집이었고——"

"오거!" 원장 얼굴이 창백해졌어. "생각도 하지 마라! 어린애들은 오거 소굴 근처에도 가면 안 된다. 끌려가서 잡아먹힐지도 몰라. 오거들은 위험한 종족이야."

"아닐 거예요. 적어도 그 오거는 아니에요." 캐스가 반박했어. "날 돌봐 줬어요. 따뜻하게 감싸 안고 흔들어 줬어요. 진짜예요. 똑똑히 기억나요. 그리고 집에 데려다줬어요. 저는 도망친 것도 아니고 제 발로 돌아온 것도 아니에요. 옮겨졌어요. 그 담요들이 전부 어디서 왔는지 안 궁금하셨어요?"

원장과 마이런은 침통한 표정을 주고받았어. 원장이 고개를 내젓더니 한 손을 펴 들고 눈을 감았어. "아니. 넌 열에 들떠 헛소리를 하는 거야. 충격 탓일 수도 있고. 실제로 무슨 일이 있었는지 누가 알겠니. 어쩌면 모르는 게 최선이야. 오거한테 구조되다니! 엉뚱한 망상이다!"

원장은 잘라 말하고 세 아이를 잠자리로 보냈어. 그저 셋 다 열병을 앓는 거라고 확신했지. 캐스는 억울해서 주먹을 말아 쥔 채 조용히 훌쩍였어. 바틀비는 다음에는 좀 더 조리 있게 말할 수 있도록 철학 문답을 중얼거렸고.

한편 앤시아는 수첩을 꺼내 끄적이기 시작했어. 분명 해결책이 있다고 생각했어. 그걸 찾는 게 문제였어.

~

늦은 밤, 작은 아이들이 모두 잠든 뒤, 앤시아는 바틀비와 캐스를 바닥으로 불러 자기 계획을 공유했어. 장날인 다음 날이 계획을 펼칠 완벽한 기회였지.

"난 잘 모르겠어." 바틀비가 말했어. "누가 우리 말을 들어 주겠어?"

앤시아는 답답하다는 듯이 설명했어. "사람들 태도가 어땠는지 봤잖아. 모두를 설득할 수 없다면 시장님께 알려야 해. 다들 우리 말은 안 들어도 시장님 말은 들을 거야. 어쨌거나 그분이 마을에서 목소리가 제일 크잖아. 좀…… 이상한 분이지만 이 마을이 이 모양인 게 그분 잘못은 아니니까. 에스메가 이뤄 낸 일들을 봐. 선행을 결심하고 얼마나 많은 사람을 같이 참여하게 만들었는지. 우리가 시장님을 설득할 수 있다면 시장님이 모든 사람을 설득할 수 있을 거야."

"난 확신이 안 가." 바틀비의 목소리가 조금 격해지고 얼굴이 살짝 붉어졌어.

앤시아는 뭔가 심한 말을 내뱉으려다가 캐스가 바틀비의 팔을 움켜쥔 걸 보고 멈칫했어. 그래서 바틀비에게 눈으로 말했어. 더할 나위 없이 분명하게. 쓸데없는 망설임은 제쳐 놓으라고.

바틀비는 캐스의 눈을 깊이 들여다봤어. "진심이야? 지난번 기억 안 나?" 바틀비는 앤시아와 캐스의 손을 잡고 가까이 끌어당겼어. "다시는 아무도 다치지 않았으면 좋겠어." 바틀비의 눈이 그렁그렁 빛났어.

캐스는 고개를 끄덕였어. 진심이었어.

∽

세 사람은 장에 따라나서겠다고 원장과 마이런을 설득하려고 일찌감치 수를 썼어. 디어드레와 일라이자를 살살 구슬려 배가 아픈 척하게 했지. 한참 마음을 졸인 끝에 결국 허락이 떨어졌어. 앤시아, 바틀비, 캐스는 마이런과 함께 대문을 나서면서 안도의 한숨을 내쉬었어. 하지만 중앙광장에 도착한 순간 안도 감은 싹 사라져 버렸지. 그들은 우뚝 멈춰 두리번거렸어. 광장 은 표어로 가득했어.

한 곳에 적힌, **오거가 머물 자리는 없다.**

푸줏간에 걸린, **우리 아이들을 보호하고 오거를 물리치자.**

시청에 드리워진, **우리 마을을 다시 아름답게.**

땅바닥에 분필로 쓰인, **다음 차례는 누구의 아이인가?**

도서관이 있던 돌무더기 위에 펼쳐진, **오거, 이대로 두고 볼 텐가?**

오래된 분수 중앙의 동상에서 펄럭이는, **아름다웠던 우리 마을을 오거가 장악했다.**

표어는 꼬리에 꼬리를 물고 이어졌어.

"맙소사." 앤시아가 속삭였어.

"느낌이 안 좋아, 앤시아." 바틀비가 한숨을 내쉬고 도리질 쳤 어. "네 계획이 안 통할지도 몰라."

"통할 거야." 앤시아가 두 손을 들고 말했어. 그렇게 말하면 이 루어진다는 듯이.

캐스는 팔을 걷어붙이고 가판대를 세우기 시작했어. 근처에 불 나간 가로등이 있었는데, 거기 붙은 벽보에 이렇게 적혀 있 었어. **파장 후 집회가 있습니다! 당신의 목소리를 들려주 세요.** 캐스는 아무도 안 볼 때 그 벽보를 확 뜯어내 뒷주머니에 쑤셔 넣었어. 그리고 비장하게 고개를 끄덕이고서 다시 장사 준비를 했어.

앤시아는 도무지 침착할 수가 없었어. 고개를 빼 들고 연단 쪽을 살펴봤어. 아무도 없었어. 시장의 저택으로 이어지는 길을 기웃거렸어. 자전거를 탄 몇몇 사람과 자기보다 나이 든 개와 산책하는 할아버지가 보였지만 시장은 안 보였어. **괜찮아.** 앤시아는 중얼거렸어. **아직 시간은 충분해.**

눈길이 도서관 폐허에 닿았어. 앤시아는 옛 도서관의 모습을 상상했어. 커다란 문과 창문들, 까마귀들이 창턱과 난간에 모여 앉아 떠들썩한 분위기를 즐기는 모습을 떠올렸어. **왜 아직 이 상태일까?** 앤시아는 속으로 물었어. **왜 도서관을 다시 안 짓는 거지? 왜 포기하고 아무것도 안 하는 걸까? 이건 아니야.**

그때 푸줏간 주인이 가판대들을 지나 마이런 앞에 멈춰 섰어. 팔짱 낀 두 팔로 불룩한 배를 한껏 누르고 입술을 배죽거리며 말했어. "지난번에 화내서 미안합니다. 내가 좀 더 예의를 차렸어야 했는데. 아이가 사라져서 상심이 크겠습니다."

마이런은 웃어 보였어. "아, 걱정할 것 없네. 아무도, 아무것도 사라지지 않았으니까. 분명 아이 하나를 잃어버렸었네만, 여기 보게!" 그는 캐스의 어깨에 팔을 둘렀어. "무사히 집에 돌아왔다네! 천만다행이지! 하지만 걱정해 줘서 고맙네."

푸줏간 주인의 두 팔이 배를 더 깊이 파고들었어. 표정이 한층 험악해졌어. "내가 듣고 본 거랑은 다른데. 내가 알기로는 오거가 아이들을 납치하고 있소. 우리가 막을 테니 두고 보쇼." 그는 황소처럼 콧구멍을 벌름거리고 눈을 부라리며 중얼거렸어. "왜 입만 열면 거짓말인지 모르겠군."

마이런은 손바닥을 내보이며 마치 위험한 동물에게 말을 걸듯 부드럽게 말했어. "거짓말이 아니네. 내 말은 그저 이 아이가 실종됐던 바로 그 아이라는 거야. 보다시피 멀쩡히 돌아왔지. 보아하니 자네는 오거의 소행에 대해 걱정이 많은 모양인데 나는 모르는 일일세. 하지만 욕조에 몸을 푹 담그고 나면 기분이 나아질지도 몰라. 비누 좀 사겠나?"

"허 참." 푸줏간 주인은 온몸으로 씩씩대며 발걸음을 돌렸어. 비누는 거들떠보지도 않았고.

마이런과 아이들은 한동안 멍하니 서 있었어. 마침내 앤시아가 입을 열었어. "사람들이 증거를 뻔히 보고도 안 믿으면 진실이 무슨 소용인가요?"

"글쎄다." 마이런은 애써 덤덤한 표정을 지었지만 앤시아는 그 눈에 깃든 걱정을 보고 손을 뻗어 마이런의 손을 살짝 쥐었어.

바틀비는 눈살을 찌푸렸어. "내가 가장 좋아하는 철학자에 따르면 분노는 단지 변장한 두려움이래요." 푸줏간 주인은 길게 늘어선 가판대들을 지나가며 누구에게든 인상을 쓰고 고함을 치고 삿대질을 했어. "저 사람은 뭐가 저렇게 두려운 걸까요?"

캐스는 눈에 잔뜩 힘을 주고 목을 가다듬었어. 그러더니 아주 조용히 말했어. "저 인간 발로 차 버리고 싶다." 귀를 기울이지 않았다면 아무도 못 들었을 거야.

"나도." 바틀비는 동생 어깨에 팔을 둘렀어. "동감이야, 캐스."

∾

아침이 다 가도록 시장은 나타나지 않았어. 바람이 불고 추운 날이었는데도 햇살은 너무 밝고 따가웠어. 바틀비는 상품을 홍보하고 캐스는 돈을 세고 앤시아는 마이런을 살뜰히 챙겼어. 창백해 보여서 물을 가져다주고, 기침을 하길래 꿀과 허브와 산딸기씨를 졸여 만든 사탕을 건네고, 추워 보여서 얇은 담요를 둘러 주고, 눈이 부신 것 같아서 햇빛 가리개를 만들어 줬어. 잠시후 마이런은 번갈아 짝다리를 짚고 주먹으로 허리를 눌렀어.

"마이런." 앤시아는 그 행동의 의미를 알아차렸어. "어디 앉아야겠어요."

마이런은 손을 내저었어. "아니다, 얘야. 괜찮아. 난 그냥——"

"금방 올게요!" 앤시아는 자기 연장들을 챙겨서 가판대들을 지나 넓게 트인 광장을 내달렸어. 가혹하게 내리쬐는 빛에 눈이 잔뜩 찌푸려졌어.

중앙광장 한쪽에는 아무도 신경 쓰지 않는 바위가 있었어. 오랫동안 눈에 띄지 않았지. 사람들은 그 위에 앉거나 등을 기대거나 가방을 내려놓고 잠시 어깨를 풀기도 했지만, 끝내 눈여겨보지는 않았어. 애초에 칙칙하고 별 특징 없는 바위였으니까.

낡은 나무 쓰레기가 주변 여기저기 널려 있었어. 이미 난장판이라 사람들은 딱히 치울 생각을 안 했지. 녹슨 경첩이 든 자루도, 구부러진 쇠막대도, 부서진 탁자도, 옛 학교 책상의 파편도, 오래전에 쓰임을 다한 짐수레의 잔해도 그대로였어.

시간이 지나면서 쓰레기 더미는 점점 불어났어. 하도 높이 쌓여서 바위에 약간 그늘을 드리웠는데, 마침 찾아온 앤시아에게는 다행이었어. 바위는 그늘이 졌는데도 오전 내내 햇볕을 받은 것처럼 따뜻했어. 앤시아는 두 손을 바위에 얹고 그 따사로운 온기에 감탄했어. 분명 그늘이 진 것은 얼마 안 됐으리라고 짐작했어.

(실은 그렇지 않았어. 그 바위는 언제나 그늘에 있었어. 하지만 언제나 따뜻했지.)

앤시아는 바위에 앉아 쓰레기 더미에서 쓸 만한 것이 있나 훑어봤어. 가능한 자원을 이용해 뭘 만들지 머릿속으로 설계하기 시작했어. 바닥에 낡은 못들이 어지럽게 널려 있었어. 구부러진 게 대부분이었지만 곧은 것도 있었어. 시작이 좋았어. 앤시아는 손바닥으로 따뜻한 바위를 짚었어. 울퉁불퉁한 표면이 손에 닿는 촉감이 좋았어. 그런데 갑자기 정신이 오락가락했어. 손을 왼쪽으로 조금 옮기자 머릿속에 오거가 떠올랐어. 좀 더 왼쪽으로 옮기자 이번에는 꽤 갑작스럽고 선명하게, 어느 마을이 떠올랐어. 오거들이 오순도순 행복하게 사는 마을이었어. 근처에 용이 도사린 것도 눈치 못 챈 채.

앤시아는 머리를 흔들며 바위에서 손을 뗐어. 그러자 머릿속에 떠올랐던 광경이 사라졌어. "웬 엉뚱한 생각이야?"

앤시아는 멈칫하고 손을 내려다봤어. 방금까지 손이 무언가를 만지고 있었어. 머리는 무언가를 떠올리고 있었고, **근데 뭐였지?** 앤시아는 고개를 흔들었어. "정신 차리자." 다시 의자를 만드는 일에 집중했어.

잡동사니를 뒤져 크기는 제각각이지만 쓸 만한 꺾쇠를 몇 개 주웠어. 낡은 책상의 상판은 좌판으로 쓰기 좋아 보였어. 네 다리가 될 고르고 튼튼한 나무토막들도 발견했어. 앤시아는 임시 좌판에 꺾쇠들을 배치한 뒤 망치를 쥐고는 바위에 등을 기댔어. 한 손이 다시 따뜻한 바위를 짚었어.

어느새 머릿속에 오거족 마을을 속이는 용이 떠올랐어. 용은 황금 버클이 달린 구두와 멋진 망토 차림에 오거의 얼굴을 하고 빛나는 미소를 지으며 말했어. 앤시아는 화들짝 놀라 손을 떼고 얼굴을 문질렀어. **간밤에 잠을 설쳤나? 왜 이렇게 정신이 오락가락하지? 게다가, 용이 어떻게 오거의 얼굴을 하고 있었을까?** 하지만 순식간에 머릿속이 흐려졌어.

뭐지? 앤시아는 머리를 쥐어짰어. **아, 의자. 쭉 의자를 생각하고 있었지.** 앤시아는 의자가 안정적인지 확인해 가며 못질을 했어. 그러다가 다시 바위에 등을 기댔어. 머릿속에 황금 버클이 달린 신발이 떠올랐어. **아니, 부츠인가? 그런데 용이 오거의 탈을 쓸 수 있다면 다른 탈도 쓸 수 있는 거 아닌가?** 앤시아는 마음의 눈으로 그 용이 한 남자의 가죽을 벗고 뭔가 용다운 짓을 하려고 나서는 모습을 봤어. 이를테면 작은 동물을 사냥하듯이 유서 깊은 건물의 옆쪽 벽을 살금살금 타고 올라가 크고 화려한 턱을 쩍 벌리고 고요한 밤하늘에 화염을 내뿜는 짓.

앤시아는 꽥 소리 지르며 펄쩍 뛰었어. 소름이 오소소 끼쳤어. **대체 무슨 생각을 하고 있었지?** 기억이 안 났어. 머릿속에 가득 찼던 장면이 연기처럼 사라진 뒤였어. 앤시아는 광장을 둘러봤어. 자기가 있는 곳으로는 아무도 다가오지 않았어. 그야 물론 쓰레기장이 된 지 오래니까.

앤시아는 바위를 떠났어. 고개를 휘휘 저으며 잡생각을 떨쳐냈어. **오늘 왜 이렇게 정신이 산만할까?** 어서 마이런에게 의자를 가져다줘야 했어. 뭔가 중요한 것을 잊었다는 꺼림칙한 기분으로 발걸음을 옮겼어. 그것은 끈질긴 모기처럼 귓가에 윙윙거렸어. 앤시아는 양쪽 귀를 찰싹 때렸어.

"제가 이거 만들어 왔어요." 앤시아가 가판대에 도착해서 말했어. "허리 아프시잖아요."

마이런은 손뼉을 치며 좋아했어. "아이고, 우리 앤시아! 손재주도 좋지! 도대체 어디서 재료를 찾았니?"

앤시아는 눈살을 찌푸리며 뒤를 돌아봤어. 뭔가 꺼림칙했지만 콕 짚어 말하긴 어려웠어. 앤시아는 성가신 의문을 애써 무시한 채 고개를 돌렸어. "아, 그게, 협곡의 바위에는 늘 버려진 것들이 있잖아요." 앤시아가 중얼거렸어.

마이런은 고개를 끄덕였어. "하긴."

그렇게 남은 시간 동안 바틀비는 손님을 부르고, 캐스는 돈통을 지키고, 앤시아는 사람들이 뭔가를 잘못 짚을 때마다 친절하게 바로잡아 줬어. 꽤 자주 있는 일이었지. 앤시아는 시장이 나타나기를 기다리며 연단에서 눈을 떼지 않았어. 시장에게 진실을 알리면 시장이 다른 사람들에게 진실을 알릴 테고, 그러면 모든 게 괜찮아질 거라고 확신하면서 말이야.

"비누요! 질 좋은 비누!" 바틀비가 외쳤어.

"딱총나무꽃 시럽, 산딸기주와 잼도요!" 마이런이 거들었어.

캐스는 돈을 세며 수상한 낌새를 보이는 사람은 누구든 노려봤어.

오후의 태양이 밝게 빛났어. 사람들은 쏟아지는 햇빛을 손차양으로 조금이나마 막고 계속 가늘어지는 눈 틈으로 앞을 보려 애썼어. 앤시아도 두 손을 눈 위에 바짝 갖다 붙였어. 너무 밝아서 제대로 된 생각을 하기가 어려웠어. 아까 쓰레기 더미 근처에 앉았을 때 왜 그렇게 정신이 오락가락했는지 참…… 기묘했어.

시청의 종이 울렸어.

시장이 도착한 거야.

앤시아는 주위를 둘러봤어. 마을 사람들이 중앙광장으로 몰려오고 있었어. 손수 만든 표어를 든 사람도 있었어. 다들 잔뜩 인상을 쓴 채였어. "이제 갈 때가 된 것 같구나." 마이런이 안 팔린 물건들을 상자에 집어넣기 시작했어.

시장은 두 손을 머리 위로 높이 들었어. 그의 금발과 미소가 군중 위로 횃불처럼 빛났어. "곧 돌아올게요!" 앤시아는 마이런이 말리기도 전에 달려 나가 사람들 틈에 끼어들었어.

앤시아는 사람들의 팔꿈치와 구둣발과 손팻말의 물결을 요리조리 피하며 앞으로 나아갔어. 몇몇 사람들이 외쳤어. "오거타도!" 또 다른 사람들이 외쳤어. "우리 마을을 되찾자!" 구호는 커져만 갔어.

시장은 미소 지었어. 사람들에게 목소리를 더 높이라는 듯 연거푸 두 손을 위로 휘저었지. 그 동작이 효과가 있었는지 어떤 사람들은 주먹을 들어 올렸어. 다들 입매가 딱딱하게 굳고 눈이 반짝거리기 시작했어.

아무리 그래도 사실이 중요하겠지, 안 그래? 앤시아는 사람들을 밀치며 나아갔어. 어느새 눈앞에 시장이 서 있었어. 시장이 한 걸음 옮길 때마다 연단의 나무판자들이 끽끽거리며 진저리를 쳤어. 시장은 낮게 걸린 태양을 향해 얼굴을 틀며 기운 햇살을 즐기듯 미소를 머금었어. 머리카락도, 피부도, 눈동자도 빛났어. 시장은 눈을 깜빡였어. 코트 자락이 극적으로 펄럭이며 햇빛을 반사했어. 부츠에 달린 황금 버클이 번뜩였어. 너무 밝아서 눈이 아팠어.

황금 버클. 앤시아는 자기도 모르게 떠올렸어. 기억 속의 기억처럼 몽롱하게. 정신을 차리려고 도리질 쳤어.

"시장님." 앤시아가 말을 걸었어.

시장은 못 들은 눈치였어. "사랑하는 주민 여러분." 그는 묘하게 증폭된 목소리로 군중을 향해 말했어. "이렇게 많은 분이 와 주셔서 기쁩니다. 솔직히 기대에는 살짝 못 미치지만요. 여러분이 더 크게 외친다면 더 많은 사람이, 어쩌면 이 마을의 모든 사람이 나를, 아니, 이 심각하고도 중대한 사안을 주목할 것입니다. 목소리를 더욱더 높이세요, 친애하는 여러분."

"시장님!" 앤시아가 외쳤어. 연단 바닥을 두드리고 두 손을 흔들었어. 시장은 내려다보지 않았어.

"그 손 내려라!" 오른쪽 여자가 꾸짖었어.

"요즘 애들은 버르장머리가 없어. 그러니 오거가 탐을 내지. 끼리끼리 끌리는 법이야. 하여간 오거들은 별종이라니까!"

앤시아는 모든 말을 애써 무시하고 고함을 질렀어. "시장님!"

시장은 눈썹을 치켜올리고 군중을 살폈어. 앤시아가 나무판자를 한참 두드리고 나서야 시장은 발밑을 내려다봤어. 그는 의아한 표정을 짓더니 부드럽게 물었어. "당신은 아이입니까?"

앤시아는 예상치 못한 질문에 흠칫 놀랐어. "네?"

"아." 시장은 너그러운 미소를 지었어. 코트 자락이 찬란하게 물결치도록 펄럭이면서 과장스레 두 팔을 벌렸어. "나는 아이들을 만난 적 있습니다. 시장으로서 나의 자질 중 하나죠."

한 여자가 황홀한 얼굴로 휘청거리고 근처에 있던 어른들이 박수갈채를 보냈어. 앤시아는 돌아서서 눈을 부라렸어. "박수

그만 치세요! 왜들 그래요? 여기서 아이들 못 만나 본 사람도 있어요?"

하지만 시장도 사람들도 듣지 않았어. "구호 소리가 부족합니다, 이웃 여러분!" 시장이 말하자 사람들은 더 크게 외쳤어.

"오거 타도!" 군중이 외치고 또 외쳤어.

앤시아가 나무판자를 두드렸어. 시장은 이번에도 좌우를 살피다가 느릿느릿 시선을 내리더니 앤시아를 보고 눈을 크게 뜨며 웃어 보였어. "오! 당신은 아이입니까?"

"네." 앤시아가 쏘아붙이듯 말했어. "이미 끝난 얘기잖아요. 이제 제 말 좀 들어 보세요."

"나는 전에 아이들을 만난 적 있습니다!" 시장이 과장된 투로 말했어.

"오거 타도!" 사람들이 외치고 또 외쳤어. 그들은 앤시아의 등 뒤로 바짝 붙어 땀과 먼지와 삶의 냄새를 풍겼어. 시장은 고개를 들고 군중을 둘러보며 활짝 웃었어. 그러더니 낮게 혼잣말을 중얼거리는데 앤시아에게는 들리지 않았어. 입 모양을 봐서는 '내 거, 내 거, 내 거' 같은데 그런 말일 리가 있겠어? 이 모든 게 터무니없었어. 앤시아는 머리를 뿌리째 쥐어뜯고 싶었어.

앤시아가 다시 나무판자를 두드렸어. 시장은 움찔하며 아래를 내려다봤어. "제 말 좀 들어 보세요." 앤시아가 소리쳤어. 어느새 목소리가 거칠어져 있었어. "오거는 아이들을 훔치지 않아요. 지금 다들 오해하는 거예요. 고아들의 집에서 한 아이가 집을 나갔다가 숲에서 길을 잃었는데 오거가 발견해 집에 데려다 줬어요."

시장의 얼굴이 한껏 너그러워졌어. "아이들은 가끔 아주 황당한 헛소리를 하죠."

"헛소리가 아니에요." 앤시아는 최대한 크게 말했어. "모두에게 알려야 해요. 사람들은 화가 나면 어리석은 짓을 해요. 거짓을 믿으면 어리석은 실수를 하고 나중에 후회한다고요! 누군가 다칠 수도 있어요. 거짓말을 퍼지게 두면 안 돼요!"

시장은 군중을 살폈어. "이 아이는 누구 아이죠?" 목소리가 우렁우렁 울려 광장의 건물들과 돌바닥을 흔드는 듯했어. 그는 햇빛에 반짝반짝 빛났어. 부츠의 황금 버클이 차마 눈 뜨고 볼 수 없을 만큼 번뜩였어.

앤시아는 손으로 눈을 가렸어. "또 하나 있어요! 그 오거는 고아들의 집에 몰래 먹을 것을 가져다주고 있어요. 아마 다른 집들도 마찬가지일 거예요. 몇 년째요. 까마귀가 말해 준 사실이에요!"

"가엾은 아이." 시장이 말했어. "까마귀는 말을 하지 않는단다." 그는 군중에게 눈을 돌려 우렁우렁 말했어. "여긴 아이들이 있을 자리가 아닙니다." 사람들은 군중을 압도하는 시장의 위엄 있는 목소리에 감탄의 눈빛을 보냈어. "누가 이 아이를 여기서 당장 내보내겠나?"

"이건 아니에요!" 앤시아는 주변 어른들에게 외쳤어. "제 말 좀 들어 주세요." 오른쪽에 있는 여자에게 애원했어. "오거는 아무도 납치하지 않았어요." 뒤에 있던 사람들에게 알렸어. "오거가 우리 캐스를 집에 데려다줬어요!" 왼쪽에 있는 남자에게 호소했어.

"내보내세요!" 시장은 앤시아에게 눈길도 주지 않고 손을 내저었어. 금발을 쓸어 넘기자 사람들이 열광했어.

곧바로 한 남자가 앤시아의 허리를 잡아 들었어. "얘야, 쉿." 구두장이가 말했어. "소란 다 피웠니? 여긴 아이가 있을 곳이 아니야! 안전한 곳으로 가자꾸나, 응?"

"아저씨, 오해예요. 다들 오해하고 있어요. 오거는 친절해요. 고아들의 집을 돕고 있다고요. 마을 사람들 아무도 안 도와줄 때 우릴 도와줬어요. 오거가 없었다면 우린 굶어 죽었을 거예요. 게다가 캐스를 집에 데려다줬어요. 제발 제 말 좀 들어 주세요." 앤시아는 죽을힘을 다해 말했어.

사람들이 구호를 외쳤어. 함성은 시장의 요구에 부응하며 점점 더 커졌어.

구두장이는 앤시아를 마이런 곁에 내려놓았어. 앤시아가 보고 느끼기에 그는 좋은 사람이었지만 앤시아나 바틀비, 캐스에게는 눈길도 주지 않고 마이런만 바라봤어. "어서 이 아이들 데리고 여기서 나가셔야 합니다." 구두장이가 말했어.

"아저씨, 시장님이 앤시아 말을 듣게 해야 해요." 바틀비가 말했어.

"맞네. 내 살다 살다 이렇게 분노한 사람들은 처음 봤어." 마이런이 말했어.

"캐스는 제 발로 집을 나갔던 거예요. 오거가 다시 데려다줬고요." 앤시아가 말했어.

"짐 나르는 거 도와드릴까요?" 구두장이가 마이런을 보고 말했어.

바틀비는 울컥했어. "친절은 존재해요! 보면 모르겠어요? 친절은 더 많은 친절을 만들어 낸다고요! 지난 며칠 동안 고아들의 집이 어떻게 변했는지 보세요! 왜들 이해를 못 하는 거예요?"

"아닐세. 우린 괜찮네. 자네는 여기서 사람들을 인솔하게나. 냉철한 머리가 이겨야 해." 마이런은 상자 하나를 들어 올리려 했지만 힘이 들어서 얼굴이 일그러졌어.

캐스가 냉큼 달려와 상자를 빼앗더니 마이런과 구두장이 사이에 끼어들어 고개를 치켜들고 말했어. "제 잘못이에요." 목소리가 종소리처럼 크고 또렷했어.

구두장이는 표정이 조금 누그러졌어. 마이런보다 훨씬 큰 키로 우뚝 솟아 있던 그가 바닥에 무릎을 꿇고 캐스와 눈을 맞췄어. "아니다, 얘야. 그런 말은 하지 마라." 그는 커다란 손을 캐스의 어깨에 얹었어. "이건 누구의 잘못도 아니야. 눈앞의 광경은 수년간의 걱정과 좌절과 고통이지. 집에 가서 든든히 배를 채우고 일찍 자렴. 절대 자책하지 말고." 말을 마친 구두장이가 일어나서 사람들을 향해 성큼성큼 걸어갔어.

그는 얼마 안 가 우뚝 멈추더니 어깨 너머로 외쳤어. "잘못한 이가 있다면 바로 그 오거입니다. 애초에 여기 오지 말았어야 해요." 그러고는 인파 속으로 사라졌어.

고아들의 집으로 돌아가는 짧은 길이 앤시아에게는 너무나도 멀게 느껴졌어.

어떻게 이성이 그토록 무력할 수 있지?

어떻게 사실이 아무 의미가 없을 수 있지?

한 걸음 한 걸음이 텅 빈 거리에 울려 퍼졌어. 모든 메아리가 이렇게 외치는 것 같았어. **넌 졌어, 넌 졌어, 넌 졌어.**

37

흠!

해 질 무렵 오거는 문을 열고 색색으로 물든 하늘을 맞이했어.

"안녕, 친구들!" 까마귀들에게 인사했어. "안녕, 친구들!" 양들에게 인사했어.

갓 구운 빵과 파이 들이 선반을 무겁게 채웠어. 하트 모양이 새겨진 파이, 꿀로 달콤함을 더한 빵, 커스터드를 채운 에클레어, 견과류가 빼곡한 쿠키, 견과류로 속을 채운 파이, 과일로 속을 채운 파이, 꿀에 절인 장미잎을 겹겹이 쌓은 양젖 푸딩 타르트까지.

오거는 양들에게 먹이를 주고 텃밭에 물을 뿌리고 사과를 한 바구니 땄어.

"깍." 까마귀들이 경고했어. "뭔가 느낌이 안 좋아."

"깍." 까마귀들이 덧붙였어. "오늘 밤은 마을에 가지 말자."

해럴드는 아무 말도 안 했어. 어차피 다들 자기 말을 안 들을 테니까. 그 대신 오거의 어깨 위로 날아가 앉았어.

"오, 해럴드." 오거가 해럴드의 윤기 나는 깃에 볼을 비비며 말했어. "이렇게 보니 반갑구나. 나한테 할 말 있니?"

해럴드는 자기가 오거에게 겁을 주면 다른 까마귀들이 싫어하리란 걸 알았어. 다들 자기를 허풍쟁이라고 생각한다는 것도. 심지어 지금 뭔가 잘못됐음을 감지하고서도 해럴드가 나서길 원치 않는다는 걸 알았지. 그래서 이렇게만 말했어. "널 화나게 하거나 속상하게 할 말은 없어. 내가 널 사랑한다는 것만 알아줬으면 좋겠어."

"이런, 해럴드! 물론 나도 널 사랑해." 오거가 환히 웃으며 해럴드의 머리를 애틋하게 도닥였어. "가자, 친구들. 숲이 우릴 위해 마련한 선물을 찾으러." 오거가 길을 나서자 양들이 뒤따르고 까마귀들이 앞장섰어.

그때 칙칙한 작업복에 무거운 장화를 신은 사람들 한 무리가 다가왔어. 놀라운 일이었어. 마을 사람들 대부분은 해 질 무렵이면 집 밖에 안 나오니까. 여럿이 몰려다니는 모습도 처음이었어. 오거는 반갑게 웃으며 손을 흔들었어.

가뜩이나 딱딱하던 사람들 얼굴이 날카로운 돌처럼 변했어.

"흠!" 한 남자가 헛기침하며 손팻말을 들었어.

"네?" 오거가 물었어.

"흠!" 한 여자도 역시 오거가 못 읽는 팻말을 들었어.

"안녕하세요." 오거가 말했어.

왼쪽에서 다른 무리가 다가왔어. 한꺼번에 많은 사람을 보자 오거는 갑자기 어지러웠어.

"너 뭐야? 이거 안 보여?" 여자는 팻말을 머리 위로 들었어.

오거는 주춤 물러섰어. 양들이 주위로 몰려들었어. 아직 야생의 습성이 남은 양들은 머리를 앞으로 기울여 날카로운 뿔을 내보였어. "매애." 양들이 소리쳤어. 그 의미는 아무도 몰랐지만.

"깍." 까마귀들이 외쳤어. "당장 여길 떠나자."

"깍." 해럴드가 속삭였어. "이게 다가 아니야. 조심해."

오거는 말을 건 여자를 바라봤어. 평범한 모직 바지와 긴 부츠, 몸집보다 훨씬 큰 가죽 작업복 차림에 검은 천으로 머리를 묶은 여자는 오거를 매섭게 쏘아봤어.

"미안하지만, 나는 글을 전혀 못 읽어요." 오거가 달리 무슨 말을 할 수 있었겠어?

"함부로 말 걸지 마." 한 남자가 얼굴을 종이 뭉치처럼 구기며 말했어. "아무도 허락 안 했으니까. 썩 꺼져."

까마귀들이 주변 나무와 수풀에 내려앉았어. 몇몇은 위협적으로 머리 위를 빙빙 맴돌았어. 양들은 뿔을 내밀고 개는 으르렁거렸어.

"뭐라고요?" 오거가 되물었어.

"이 마을에서 썩 꺼지라고." 남자는 팻말을 들며 외쳤어.

"네가 있던 곳으로 돌아가." 한 여자가 주먹을 내밀고 한 걸음

물러나며 말했어.

"하지만 난 여기 사는걸요." 오거는 울먹이며 말했어. 사람들의 말 한마디 한마디가 뺨을 후려치는 것 같았지. "여기가 내 집이에요."

"허!" 한 남자가 코웃음 쳤어.

"오거 타도!" 다른 남자가 외쳤어.

"하지만……." 오거는 떨리는 숨을 애써 삼켰어. "왜죠?"

"오거는 절대 사절이야." 한 남자가 소리쳤어. 그러고는 땅에서 돌멩이를 주워 들어 힘껏 던졌어. 돌은 오거의 어깨를 세게 때렸어. 살가죽이 인간보다 강하고 질긴 오거는 그 돌에 큰 타격을 받지는 않았어. 그러나 마음은 똑같이 다쳤어. 다른 사람도 돌을 던졌어. 그리고 또 다른 사람도.

까마귀들은 참을 만큼 참았어.

"깍!" 까마귀들이 일제히 소리쳤어. 이 말을 정확히 번역할 수는 없어. 까마귀 언어사에서 가장 오래된 구절인데, 비명과 포효와 용맹한 부르짖음으로 이루어졌지. 전쟁의 외침이자 정의의 외침, 거룩한 사랑의 외침이었어. 까마귀 말을 모르는 사람도 그 의미를 단박에 파악할 수 있었어. 사람들은 까마귀들의 맹렬한 날갯짓과 번득이는 부리, 날카롭게 치켜든 무자비한 발톱을 보고 비명을 지르며 혼비백산 달아났어.

오거는 한참 동안 완벽한 고요 속에 서 있었어. 양들과 개는 곁을 떠나지 않았어. 까마귀들은 주변 땅에 부드럽게 내려앉았어. 해럴드는 조심스럽게 오거의 어깨에서 앞치마 윗주머니로 옮겨 가 심장 언저리를 품었어.

오거는 천천히 무릎을 꿇고 큰 얼굴을 큰 손에 묻었어. 눈물이 폭포처럼 쏟아져 눈앞에 물웅덩이가 펼쳐졌어. 오거는 눈물을 멈추려고 최선을 다했어. 실수로 길 전체를 쓸어 버리기라도 하면 모두가 어디로 다니겠어?

오거는 뺨에 맺힌 슬픔을 닦아 내고 까마귀들을 바라봤어. 다들 꼼짝도 않고 땅에 못 박힌 듯 서서 오거를 바라보고 있었어. 양들 역시 조금도 움직이지 않았어. 개만 움직였어. 땅을 쿵쿵거리며 오거에게 다가가더니 오거의 무릎에 주둥이를 얹고 기대어 작게 낑낑거렸어.

까마귀들은 아무 말도 안 했어. 그들은 오거를 너무나 사랑했어. 주변에 위험이 남아 있는지 살피면서 혹시 이런 일이 또 한 번 일어난다면 눈을 쪼아 버리겠다고 조용히 다짐했지.

오거는 고개를 들어 까마귀들을 바라봤어. 무슨 생각을 하는지 들었다는 듯이. "아니야, 친구들. 까마귀들은 용감하고 고결하잖아. 폭력은 용감하지 않아. 보복은 고결하지 않고."

까마귀들이 항의했지만 오거는 손을 들어 막았어. "나도 그 사람들이 먼저 시작한 거 알아. 왜 그러는지는 모르겠지만, 이건 단순한 분노가 아니야. 난 분노를 본 적 있어. 더 크고 날카롭고 비열하지. 분노의 해독제는 친절이고 불화의 해독제는 화해야. 내가 너희보다 오래 살아서 아는데, 이 방법밖에 없어. 난 오랫동안 이 마을 사람들이 알게 모르게 친절하게 행동하는 모습을 봐 왔어. 그 행동이 이 행동보다 더 낫다는 걸 그 사람들에게 증명해 보일 거야. 자신들의 가장 멋진 모습이 어떤 모습인지 내가 보여 줄 거야."

오거는 일어나서 옷매무새를 고치고 발걸음을 돌렸어. 마을에 나누어 줄 맛있는 음식들이 선반 가득 기다리고 있었어. 오거는 관용의 힘을 믿었어. 아무도 오거를 말릴 수 없었어.

비뚤어진 집 앞에서 오거는 잠시 멈춰 하늘을 올려다봤어. 자신은 까마귀나 양이나 고양이나 개나 마을 사람들에 비하면 큰 존재였어. 큰 손, 넓은 이마, 무거운 발을 지녔지. 하지만 세상과 우주의 관점에서 보면 참으로 작은 존재였어. 그리고…….

원대한 우주는 아주 작은 것들까지 기꺼워했어. 그것을 오거는 뼛속 깊이 느껴 알았어. 작은 친절과 관용도 여전히 중요했어.

반짝이는 별들 아래서 오거는 선물을 가득 실은 손수레를 협곡의 바위 쪽으로 밀었어.

그만

다음 날 아침 시장은 파이를, 구두장이는 질 좋은 치즈를, 목수는 블랙베리 머핀을 발견했어. 푸줏간 주인은 롤빵 한 바구니를 발견했는데 그걸 먹으면 소화 불량이 심해질 것 같아서 쓰레기통에 버렸어. 하지만 이내 생각을 고치고 도로 꺼내 먹었어. 인정하기 싫지만 아주 맛있었어.

사실, 온 마을 사람이 눈치채기를 그날 아침 선물은 유독 풍성했어. 평소보다 크고 달콤하고 먹음직스러웠지. 전직 교사는 사과 파이에 커스터드 타르트에 치즈 턴오버까지 받고는 입을 떡 벌렸어. 전직 미화원은 현관 계단에 놓인 거대한 케이크를 보고 눈을 휘둥그레 떴어. 마을 의사는 단백질과 미네랄이 풍부해 건강에 좋은 도토리빵을 보고 혀를 내둘렀어. 마을 전체가 평소보다 넉넉히 받았어.

다들 문간에 멈춰 서서 감탄했어. 왜 이렇게 풍성할까? 누구

덕분일까? 멍하니 감탄하는 사이 자기도 모르게 경계심이 누그러들었어. 행운을 숨겨야 한다는 걸 잊었어. 그들은 훤한 계단과 길가에 서서 각자 받은 선물을 들고 버터와 꿀과 빵의 촉촉한 속살 냄새를 들이켰어.

그러다 감탄하는 사람이 자기만이 아니라는 걸 깨달았어. "자네도?" 의사가 미화원에게 물었어.

"나뿐만이 아니야?" 전직 건물 관리인이 전직 점등원에게 물었어.

"그런데 누가? 누가 이런 일을 하는 거지?" 약제사가 물었어.

"난 아니야." 대장장이가 말했어.

"나도 아니야." 구두장이가 입안 가득 치즈를 우물거리며 덧붙였어.

에스메는 땅이 꺼지게 한숨을 내뱉었어. "이 답답한 사람들아! 누가 그 일을 하는지는 안 중요해! 그 일이 일어났다는 게 중요하지. 누구든 이런 친절과 인심을 베풀 수 있어. 누구든! 세상은 아직 인정이 넘치고 그걸 숨기거나 의심해서는 안 돼. 우린 그저 감사하고 그 선을 이어 가야 해. 감사하고 베풀자. 그게 이 일의 교훈이야." 에스메는 고개를 크게 끄덕이고는, 부랴부랴 고아들의 집을 오가며, 자신을 따라 도움을 보태지 않는 사람들에게 쓴소리를 날렸어.

앤시아, 바틀비, 캐스는 마이런과 함께 텃밭에 나가 남은 작물을 거두고, 흙을 뒤집고, 뿌리덮개를 깔았어. 그때 담 너머에서 사람들 한 무리가 지나가며 떠드는 소리가 들렸어. 몇몇은 혀 꼬부라진 소리로 말했어. 환호와 흥얼거림이 뒤섞여 있었어.

"돌에 맞았을 때 표정이 어땠는지 너도 봤어야 해!" 한 남자가 고래고래 소리를 질렀어. "어린애처럼 울더라니까. 앙앙!"

마이런의 얼굴이 일그러지고 눈빛이 어두워졌어. 아이들은 하던 일을 멈추고 귀를 기울였어. 한 남자가 웃다 못해 캑캑거렸어. "덩치가 클수록 세게 넘어지기 마련이지. 숲속의 나무처럼 말이야. 콰당! 조만간 눈앞에서 보고 싶은데."

"그렇게 큰 괴물이 그렇게 나약할 줄 누가 알았겠어?" 한 여자가 빈정거렸어. "곰 두 마리를 겹친 것보다 크면서 덩칫값은 하나도 못 하더군."

"알지?" 또 다른 이가 말했어. "그 집은 부시통이나 다름없어. 성냥 한번 그으면, 폭삭!"

"자기가 자초한 일이지. 망할 오거족. 여긴 우리 마을이야. 썩 꺼져야 해."

"난 요즘 혹시 몰라서 가방에 짱돌을 가지고 다녀."

"난 항상 부시랑 부싯돌을 가지고 다녀. 기회는 사람을, 딸꾹, 기다리지 않거든."

그들은 웃고 야유하고 비틀거리며 멀어졌어. 와자지껄한 목소리가 멀찍한 건물들에 부딪혀 메아리쳤어.

앤시아는 마이런을 올려다보며 단단히 팔짱을 꼈어. "누군가 오거에게 경고해 줘야 해요. 오거는 잘못한 게 없으니까요."

"모르는 소리 마라." 마이런이 말했어. "애들이 끼어들 일이 아니야."

"그 오거가 숲에서 캐스를 발견해 집에 데려다줬어요." 바틀비가 말했어. "우리한테 채소 상자를 가져다줬고요. 모르겠어요? 우린 그 오거에게 빚을 졌다고요."

"캐스는 그때 제정신이 아니어서 실제로 뭘 봤는지 모른다." 마이런이 말했어. "그리고 까마귀 얘기는 꺼내지도 마라. 너희는 까마귀 말을 못 해!"

"도서실에 까마귀 언어를 다룬 책이 몇 권이나 있다고요!" 앤시아가 소리쳤어. "마이런, 대체 왜 그래요? 어떻게 그냥 두 손 놓고 있을 수 있어요? 마이런은 원래 좋은 분이잖아요!"

마이런은 축축한 풀밭에 무릎을 꿇고 앤시아의 손을 잡았어. "아직 모르겠니? 이곳은 좋은 마을이 아니야. 사람들은 언제까지나 나쁜 짓을 저지를 거야. 넌 너무 어려서 내가 본 걸 못 봤지. 우린 함부로 엮이면 안 돼. 저 사람들 얘기 들었지? 저들이 고아들의 집을 두고 그렇게 떠든다고 상상해 보렴. 우리가 할 수 있는 일은 그저 대문을 닫아걸어 제 몸을 지키고, 최선을 다해 서로를 돌보는 것뿐이야. 오거는 우리보다 크고 강하니까 스스로를 보호할 수 있을 거다."

"하지만, 마이런." 바틀비가 다시 입을 열었어.

"이 세상에는 끔찍한 일을 저지를 수 있는 존재들이 있단다. 차마 입에 담을 수도 없는 일." 마이런은 관절을 삐걱거리며 힘겹게 일어섰어. "너희는 절대 모른다." 그는 음울한 눈을 돌리고서 무심코 손과 팔에 난 흉터를 문질렀어. "나머지 정리 부탁하마. 난 들어가 봐야겠다." 마이런은 뒤도 안 돌아보고 서둘러 집 안으로 들어가 버렸어.

바람에 나무가 흔들렸어. 잎들은 막 새 옷으로 갈아입었고 공기는 살갗이 얼얼할 정도로 차가웠지.

앤시아는 캐스와 바틀비에게 돌아섰어. "우리가 가야 해. 가서 경고해 줘야 해. 가능하면 오늘 밤."

∾

그날 저녁, 마을 사람 모두가 저녁 식사를 끝내고 설거지를 마쳤을 때, 몇몇 사람이 오거의 비뚤어진 집으로 눈길을 돌렸어. **원래 이곳은 사랑스러운 마을이었어.** 그들은 투덜거렸어. **오거가 눌러살기 전까지는.** 그들은 이를 갈았어. **대체 무슨 자격으로?**

바람이 무화과나무를 흔들었어. 굵은 나뭇가지들이 삐걱거리는 소리가 마을 중심부까지 울려 퍼졌어. 사람들은 집 안에서도 지긋지긋한 까마귀 소리를 들을 수 있었어. 이렇게 시끄러워서야 누가 생각이란 걸 할 수 있겠어? 오거가 근처에 사는데 누가 안전하다고 느낄 수 있겠어? 누군가가 뭐라도 해야 했어.

해가 뉘엿뉘엿 저물어 갈 무렵 몇몇 주민은 문 두드리는 소리를 들었어. 열쇠 구멍에 눈을 대고 보니 푸줏간 주인이 서 있었어. "지금 우리 마을은 옛 모습의 그림자나 다름없어." 푸줏간 주인이 말했어. "소중한 건물들의 잔해가 여전히 무더기로 쌓여 있고 화재에서 나온 연기는 여전히 공기 중에 떠돌고 있어. 이 마을 꼴을 봐! 어둠이 깔리기 전의 거리가 어땠는지 기억나? 진구렁이 생기기 전의 공원 기억나? 우리의 아름다운 도서관 기억나? 이렇게 된 게 다 누구 탓이겠어? 이제 우리가 나설 때가 되지 않았어?"

사람들은 하나둘 집에서 나와 거리로 모여들었어.

"가자." 푸줏간 주인이 말했어.

∾

저물어 가는 태양 빛이 오디나무들 사이로 비스듬히 파고들어 텃밭에 흩어졌어. 까마귀들은 각자 둥지에서 깊은 잠에 빠져 있었어. 오거는 화덕에서 파이 여섯 판을 꺼내 꿀을 바른 견과류 빵들과 나란히 선반에 놓고 식혔어. 케이크는 장식을 끝냈지만 마지막 손질을 기다리는 쿠키가 수십 개나 있었어. 쿠키 하나하나마다 마을 사람들의 웃는 얼굴이 그려져 꽃잎 가루를 섞은 설탕물로 섬세하게 칠해졌어. 이날 준비한 것들은 그 어느 때보다 풍성했어. 기쁨과 위로와 영양을 줄 여러 간식이 쏟아져 나왔어. 오거는 마을 사람들에게 가장 필요한 것이 돌봄과 나눔이라고 생각했어. 누군가 신경 써 주고 함께 나눠 준다면 곧 자신들의 본모습을 기억해 낼 거라고 말이야.

집중한 나머지 오거는 길에서 나는 발소리를 못 들었어. 까마귀들의 시야가 닿지 않는 도랑과 막아 둔 길을 따라 살금살금 걸어오는 남자들을 보지 못했어.

막 순경의 얼굴을 완성했을 때, 돌 하나가 창문을 부수고 날아왔어. 유리 파편이 갓 구운 파이들에 박혔어. 오거가 휙 몸을 틀었어. 개는 꼬리를 말고 오거의 거대한 부츠 뒤에 숨었어.

오거는 문으로 달려갔어. 석양을 등진 어두운 형상이 여럿 다가왔어. 오거는 눈을 가늘게 뜨고 그늘로 물러났어. 역광 속에 사람들이 몇 명이나 있는지 가늠이 안 됐어. "저기요?" 오거가 말을 붙였어.

달걀 하나가 열린 문짝에 날아들었어.

또 하나가 오거의 앞치마를 때렸어.

돌 여섯 개가 오거 주변 벽에 부딪혔어.

어느새 까마귀들이 먹구름처럼 모여들었어. "깍!" 사납게 외쳤어. "위험해!"

오거가 두 손을 번쩍 들었어. "다들 물러나. 이건 분명 오해야." 지는 해가 눈부시게 빛났어. 눈 위를 가렸는데도 앞이 잘 안 보였어. "저기요?" 오거는 큰 손으로 갈대밭 같은 머리를 멋쩍게 쓸어내리며 활짝 웃었어. "안녕하세요! 처음 뵙네요. 안으로 들어오세요. 나눠 드릴 게 아주 많답…… 오, 제발 내 작물들 해치지 마세요!"

남자 다섯이 텃밭에서 호박을 짓밟고 식물을 뿌리째 뽑고 있었어. 토마토와 콩을 못 쓰게 만들고 멜론을 내리쳐 부쉈어.

까마귀는 비명을 지르고 개는 목털을 바짝 세우고 으르렁거렸어.

오거는 처마 밑에 서서 꼼짝도 못 했어. 그저 가는 눈을 뜨고 호소했어. "제발, 대체 왜 이러는 겁니까? 우린 이웃이잖아요."

"아니, 아니야." 한 남자가 말했어.

"너 따위 아무도 받아들인 적 없어." 또 다른 남자가 돌멩이를 던지며 덧붙였어.

누군가는 지붕에 솟아 있던 잠망경에 올가미를 던져 끌어 내리고, 누군가는 오디나무들 사이에 현수막을 걸었어. **오거족은 꺼져라.** 물론 오거는 읽지 못했어.

까마귀들은 더 이상 참을 수가 없었어. 곧장 하늘에 거대한 먹구름을 일으키며 맴돌았지. "깍!" 소리쳤어. "너희보다 우리가 훨씬 많아!"

사람들은 뿔뿔이 흩어지기 시작했어.

"깍!" 까마귀들은 사람들 얼굴로 뛰어들며 울부짖었어. 팔과 등과 뒷덜미를 가차 없이 공격했어. "자비는 없다!"

"당장 여길 뜨자!" 한 남자가 눈을 보호하며 외쳤어.

"까마귀는 죽음을 부르는 흉조잖아!" 다른 남자가 외쳤어. 다들 필사적으로 큰길로 달아났어.

"깍!" 까마귀들이 쫓아가 사람들의 뺨과 팔과 엉덩이를 물어 뜯어 피를 흘리게 했어. "다시는 오지 마!"

그때, 다른 사람들과 떨어진 푸줏간 주인이 혼자 등불을 휘두르며 망가진 텃밭 끝자락에 있는 외양간을 향해 돌진했어.

"안 돼, 내 양들!" 오거는 살갗이 타는 듯한 화끈거림과 발꿈치를 바짝 따라오는 개를 무시한 채 석양빛으로 뛰어들었어. "제발 내 양들을 해치지 마세요."

푸줏간 주인은 오른팔을 한 바퀴 크게 휘둘러 외양간의 열린 창문으로 등불을 날려 보냈어. 등불은 건초 더미 위에 떨어져 곧바로 화르르 타올랐어. 순식간에 불길이 기둥을 휘감고 벽을 타고 퍼져 나가 지붕 위로 일렁일렁 치솟았어.

오거는 뜰을 가로질러 불타는 외양간으로 달려갔어. "저 안에 새끼 양들이 있어요! 어제 막 새끼를 낳은 어미 두 마리도요! 어떻게 그런 짓을!" 연기 속으로 뛰어드는 오거의 거친 두 뺨에 눈물이 흘러내렸어.

푸줏간 주인의 얼굴이 창백해졌어. "새끼 양?" 그는 숨을 들이켰어.

망설일 틈이 없었어. 그는 오거를 쫓아 외양간으로 달려갔어. 불길이 사납게 타올랐어. 양들이 비명을 질렀어. 연기가 눈과 입을 틀어막아 시야가 흐리고 숨이 막혔어. 그는 팔로 얼굴을 가리고 비틀거리며 우리로 다가갔어. 더듬더듬 빗장을 열고 들어가 새끼 양 네 마리를 낚아채고 어미들을 달래어 뒤따라 나오게 했어. 오거는 간신히 다 자란 양 대여섯 마리를 한꺼번에 몰아냈어. 순식간에 모두 무사히 구조됐어. 푸줏간 주인은 무릎을 꿇어 새끼 양들의 눈과 잇몸을 살피고 가슴에 귀를 대 봤어. 다행히 다친 양은 없었어.

오거는 푸줏간 주인 옆에 털썩 주저앉아 손수 지은 외양간이 불길에 휩싸인 광경을 지켜봤어. 보기만 해도 괴로웠어. 푸줏간 주인은 품에 안은 어린양의 머리를 쓰다듬으며 아기처럼 쉬쉬 달랬어. 해가 저물고 그림자가 길어졌어. 오거는 고개를 틀어 제 몸집의 절반도 안 되는 푸줏간 주인을 바라봤어. 그는 오거와 품에 안긴 어린양을 번갈아 보고는 어깨를 으쓱했어.

"고마워요. 비록……." 오거는 차마 말을 잇지 못하고 불타는 외양간으로 시선을 돌렸어.

푸줏간 주인의 품에 안긴 새끼 양이 옅게 코를 골기 시작했어. "난 양들하고 같이 자랐어." 푸줏간 주인이 입을 열었어. "어렸을 때 집에서 새끼 양을 기른 적도 있고. 감히 양을 해칠 생각은 못 해. 가게에서도 취급을 안 하지. 양은 더없이 무구한 동물이야." 그는 외양간을 바라보며 덧붙였어. "불낸 건 사과하지." 그러더니 눈썹을 구기고 오거를 곁눈질했어. "난 그저……." 그는 마른침을 삼켰어.

외양간 지붕이 내려앉았어. 잿더미가 되는 건 정해진 일이었지. 푸줏간 주인은 어깨 너머로 쑥대밭이 된 텃밭을 돌아봤다가 품 안의 양을 더 꽉 끌어안았어. "난 네가 햇빛에 닿으면 아마…… 그러니까…….”

"죽을 줄 알았다고요?" 오거가 대꾸했어. 목소리에 체념이 묻어났어.

푸줏간 주인은 고개를 숙이고 뒷덜미를 문질렀어.

오거는 투박한 입술을 꾹 다물었어. "그건 햇빛의 방식이 아니에요." 오거는 외양간에서 눈을 떼지 않고 양들을 한 품 가득 그러안았어. "햇빛은 내게 발진이나 화상을 일으킬 수는 있지만 양들을 잃는다는 생각만큼 아프게 할 수는 없죠." 오거는 얼굴을 숙여 눈물을 감췄어.

양들은 오거의 팔과 허리에 얼굴을 묻으며 살갑게 기댔어. 푸줏간 주인은 자기 품에서 깊게 잠든 새끼 양을 내려다봤어. 포근하고 안전한 느낌이었어. 그는 헛기침하고서 "자" 하며 양을 땅에 내려놓았어. "그럼." 우물쭈물 내뱉고는 돌아서서 가 버렸지.

까마귀들은 그를 끝까지 주시할 뿐 공격하지 않고 보냈어. 이러니저러니 해도 양들을 구하는 걸 도왔으니까. 까마귀들은 양들의 등에, 사랑하는 오거의 어깨와 손에 내려앉고 떠나지 않았어.

불길이 사납게 치솟았어. 그들은 다 함께 외양간이 타들어 가는 모습을 지켜봤어.

자정이 조금 지났을 무렵 앤시아와 바틀비, 캐스는 몰래 침대에서 나와 살금살금 계단을 내려갔어. 평소에 원장이 열쇠를 보관하는 책상 서랍을 열어 보니 텅 비어 있었어. 게다가 원장과 마이런의 방문이 살짝 열려 있는데 둘 다 침대에 없었어.

"웬일이지?" 바틀비가 중얼거렸어.

세 사람은 살금살금 현관으로 걸어갔어. 원장과 마이런은 간이침대 두 개로 출구를 가로막은 채 자고 있었어. 둘 다 열쇠들을 손에 쥐고서. 마이런의 베개 옆에는 작은 쪽지가 놓여 있었어. 헛수고다.

~

푸줏간에서는 마을 사람 몇 명이 상처 부위를 씻고 붕대를 감고 있었어. 푸줏간 주인은 뒤늦게 합류했는데 그 이유를 설명하지는 않았어.

까마귀 부리에 쪼인 상처 몇 개는 너무 깊어서 꿰매야 했어. 눈을 잃은 사람이 없는 게 천만다행이었지. 까마귀들이 포악한 줄은 알았지만 이 정도일 줄이야. 옷과 머리카락, 피부에서 불타는 외양간이 내뿜던 연기 냄새가 났어. 그들은 운 좋게 비뚤어진 집도 불타서 오거가 오갈 데 없는 신세가 되길 바랐어.

"이만하면 제 발로 떠나겠지?" 한 남자가 물었어.

"그래." 푸줏간 주인이 답했어.

여파

오거는 땅바닥에 무릎을 꿇은 채 눈앞의 참상을 넋 없이 바라보았어.

까마귀들과 양들과 개는 동이 틀 때까지 곁을 지켰어. 오거는 팔에 발진이 돋고 뺨이 타는 듯이 화끈거리도록 그 자리에 버티고 있었지만, 결국 일어나서 집 안으로 들어갔어. 동물들은 깨진 유리 너머로 오거의 무거운 발소리와, 의자에 파묻히듯 주저 앉는 소리, 그리고 흐느끼는 소리를 들었어. 뼛속 깊이 사무친 외로움이 느껴지는 소리였어. 다들 그렇게 구슬픈 소리는 난생 처음 들었어.

혹시 오거 울음소리 들어 본 적 있어?

부디 없기를. 마음이 영원히 아플 수도 있거든.

까마귀들은 온종일 창틀과 지붕을 떠나지 않았어. 문 근처 나뭇가지에 모여 앉아 벽에 날개를 대기도 했어. 양들은 얼굴을 안쪽으로 하고 집 주변을 빙빙 돌았어. 개는 문 옆에 앉아 길게 짖었어.

다들 해가 질 때까지 기다렸지만 오거는 밖으로 한 발짝도 나오지 않았어.

그날 밤, 별들이 하늘로 돌아온 뒤에도 오거는 숲으로 가지 않았어. 산딸기, 견과류, 버섯을 따지 않았어. 텃밭을 살피지 않았어. 외양간의 연기 자욱한 잔해를 거들떠보지 않았어. 빵을 굽지 않았어. 마을 안으로 가지 않았어. 누구한테도 간식을 배달하지 않았어. 선반과 탁자를 채웠던 먹거리들을 퇴비 더미에 던져 버렸어. 밤새도록 집에서 나오지 않았어.

그다음 날 밤도.

그다음 날 밤도.

까마귀들은 오거가 다시는 집 밖으로 나오지 않을까 봐 걱정스러웠어.

∽

시장은 속으로 콧노래를 부르며 현관으로 향했어. 집회는 나날이 순조롭게 이어졌어. 자기가 표어를 만드는 데 뛰어난 재능이 있다는 것도 알게 됐지. 누가 알았겠어? 시장은 자기가 남들모르게 잘하는 일이 또 뭐가 있을까 생각하면서 집 안 가득한보물 더미 사이를 요리조리 빠져나갔어. 오, 이대로 계속 나누지 않으면 얼마나 많은 보물을 차지하게 될까! 결국 더 많이 가질수록 더 많이 갖게 되거늘! **그거야말로 최고의 마법이지.** 시장은 생각했어. 온갖 주화와 보물, 값나가는 것들이 발치에 소용돌이쳤어. 마룻널이 그 무게를 버티느라 끙끙거렸어.

아름다운 시장의 가죽을 벗고 본래의…… 용다운 자태로 숲속을 누빈 지 꽤 오래됐어. 아마 몇 달, 어쩌면 몇 년일지도 몰랐어. 하긴 자기가 그렇게 훌륭히 시장 노릇을 해내는데, 시간이 뭐가 중요하겠어?

(실은 그가 마지막으로 가죽을 벗고 힘을 보충한 지 오 년이 조금 넘었어. 물론 난 알고 있었고 그가 나한테 물어봤다면 그렇게 답해 줬을 거야. 하지만 한 번도 물어보질 않더라고.)

원칙상 한 번씩 신경 써 줘야 하는 일이었어. 바람직하게는 매번 초승달이 뜰 때마다. 하지만 그에게는 너무나 귀찮았지. 당연하게도 마법은 쇠약해져 가고 있었어. 가죽을 벗어 보지 않아서 정확히 얼마나 쇠약해졌는지, 용다움이 얼마나 줄어들었는지는 몰라. 가죽을 입는 행위는 마법과 몸집과 힘을 서서히, 그러나 거침없이 빼돌리는 일이었어. 회복하려면 용의 모습으로 하늘 아래 충분히 거닐어야 했지. 원래는 주기적으로 그렇게 했고, 간혹 옛 시절을 떠올리며 한두 번씩 불을 지르곤 했어. 위대하고 강력하고 위험한 존재가 되는 일이 얼마나 유쾌한지 되새기려고. 게다가 그는 용의 모습으로 시장 저택 안 보물 더미 위에 드러눕는 걸 좋아했거든. 비늘에 황금빛 광채가 어리고 발톱에 동전들이 짤그락거리는 느낌을 만끽하면서. 하지만 가죽을 입고 벗는 건 엄청나게 번거로운 일이었어. 그리고 그는 엄청나게 게으른 용이었지.

"조만간 해야지." 그는 몇 번째인지 모를 말을 중얼거렸어. "다음 초승달이 뜰 때. 그게 언제든."

마지막으로 현관 앞에 파이가 놓여 있었던 게 일주일 전이었어. 꼬박 일주일! 어긋난 상황이 심기를 거슬렀어. 오늘은 분명히 파이가 있겠지.

내 거. 기대감이 머릿속을 채웠어. **내 거, 내 거, 내 거.** 그는 현관으로 가서 잠금장치를 풀었어. 가죽 속의 가죽, 그 안의 뼛속 깊이, 파이가 있으리라 확신했어.

내 거, 내 거, 내 거.

문을 활짝 열었어. 아무것도 없었어.

"파이가 없다니!" 그는 놀라서 외쳤어. 별안간 슬픔이 와르르 덮쳤어. 하루는 우연, 이틀은 일탈로 여겨졌지만 일주일은 영원처럼 느껴졌어. 더는 견딜 수가 없었어.

슬픔과 절망이 파도처럼 불어났어. 자기 자신마저 **빼앗길까** 봐 더럭 겁이 날 정도로. 그 파이는 그간 친구처럼 느껴졌어. 시장의 유일한 친구. 이제 자신은 철저히 혼자였어.

아랫동네에서 순경은 타르트가 있기를 바라며 문을 열었어. 그야 일주일이나 됐으니까. "타르트가 없다니!" 그가 탄식했어.

점등원은 빵을 찾아 대문으로 향했어. "빵이 없다니!" 그가 통곡했어.

미화원은 부랴부랴 쿠키를 찾으러 나갔어. "쿠키가 없다니!" 그가 흐느꼈어.

마을 곳곳에서 사람들이 울부짖었어.

"번이 없다니!"

"롤빵이 없다니!"

"크루아상이 없다니!"

"갈레트가 없다니!"

친절한 나눔이 사라져서 생긴 구멍은 나날이 깊은 수렁이 되었어.

대장장이는 중앙광장에서 **오거 타도** 표어를 철거했어. 오거가 무슨 대수야? 속으로 중얼거리면서.

간식은 사라지고,

거리는 난장판이고,

학교는 문을 닫고,

가로등은 먹통이고,

농사는 흉작인데,

더 이상 뭐가 중요해?

옛 도서관과 가까운 집에서 몹시 늙은 여자와 남자가 철문을 삐걱거리며 열었어. 둘은 먼저 좌우를 살펴 수상한 사람이 없는지 확인하고는 아래를 내려다봤어.

상자가 없었어.

풍성한 채소가 없었어.

아이들을 위한 먹거리는 아무것도 없었어.

"어쩌죠?" 원장이 말했어.

"부디 마을 사람들 호의가 계속 이어지길 바라야죠." 마이런이 자신 없이 대답했어.

원장은 쓴웃음을 지었어. "곧 우릴 잊어버릴 테죠. 예전처럼. 익명의 후원자도 우릴 잊은 걸까요? 우린 이제 정말 고립된 걸까요?"

밤마다 초가을 서리가 짙어졌어. 비록 텃밭의 작물이 계속 자랄 수 있게 보호막을 쳤지만 곧 모든 생육이 멈출 테지. 그럼 그다음에는? "마을 사람들까지 등 돌리면 아이들을 어떻게 챙겨야 할까요?" 원장과 마이런은 아이들이 들을세라 낮은 목소리로 소곤거렸어.

하지만 아이들은 숨죽이고 창가에 앉아 모두 들었어. 처음부터 끝까지.

밧줄

공동 침실에 열다섯 아이가 시무룩하게 앉아 있었어.

"난 사람들이 우리 말을 들어 줄 줄 알았어." 바틀비가 말했어.

"믿어 줄 줄 알았어." 앤시아가 덧붙였어.

"애들은 어른들 얘기에 끼어드는 게 아니라니, 나 참!" 캐스는 걷어찰 게 없는지 두리번거리며 말했어. 크게 소리 내 말하는 게 썩 후련하다는 걸 캐스도 깨달았어. 늘 그렇지는 않아도 가끔.

"오거 집에 가는 길 알아?" 일라이자가 물었어.

"물론 알지." 바틀비가 대답했어. "이론상으로는."

긴 침묵이 흘렀어. 일라이자는 입술을 말아 물고 한쪽 눈을 가늘게 떴어. 마치 무언가를 듣는 것처럼.

"그럼, 그냥 우리가…… 가 보는 거 어때? 가서 말해 주는 거야. 다 같이."

"몰래 빠져나가자고?" 앤시아가 물었어. **농담인가?** 그런 눈치는 아니었어. "원장님하고 마이런이 문 앞을 지키는데도? 안 걸릴 수 있겠어?"

일라이자는 어깨를 으쓱했어. "물론 어렵겠지만, 모든 이야기에는 방법이 있잖아. 비밀 문이라든지 비밀 통로라든지." 그러더니 얼굴을 찡그렸어. "오늘 밤은 원장님하고 마이런이 그냥 방에서 주무시지 않을까?"

"아닐걸." 캐스가 어깨를 으쓱하며 말했어.

고양이 몇 마리가 아이들 사이를 유유히 오갔어. 새끼 고양이 필리스가 바틀비 무릎 위에 몸을 말고 웅크렸어.

"도서실에 책이 많잖아……." 포추네이트가 말을 꺼냈어.

"어떤 책에는 잠드는 물약을 만드는 방법이 나와 있을 거야." 그래티튜드가 말을 맺었어.

앤시아는 팔짱을 끼고 고개를 내저었어. "그렇게 나이 든 분들한테 독이 될지 모를 수면제를 만들어 먹일 수는 없어." 얼굴에 짜증이 가득했어. "우리 부모나 다름없는 분들이야. 잘못되기라도 하면 어떻게 할래?"

이기가 훌쩍거렸어. "난 사람들이 오거한테 못되게 구는 게 싫어."

저스티나도 칭얼거렸어. "한밤중에 밖에 몰래 나가면 무지 신 날 텐데, 못 나가면 너무 속상할 거야."

바틀비는 고개를 저었어. "무리야. 밧줄이 있다면 시도라도 해 볼 텐데. 이 방 창문은 절대 안 잠그니까 말이야. 원장님이 환기를 얼마나 신경 쓰는지 다들 알지?"

"아!" 히람이 목발을 움켜쥐고 일어섰어. "나 밧줄 있어. 잠깐만."

히람은 눈 깜짝할 사이에 사라졌다가 몇 초 만에 돌아왔어. 밧줄과 함께. 자투리 천 여러 갈래를 단단히 엮어 만든 밧줄은 바틀비의 팔뚝만큼 두꺼웠어.

"어디서 난 거야?" 앤시아가 물었어.

히람은 어깨를 으쓱했어. "내가 만들었지. 캐스가 사라졌을 때. 찾아 나서려고."

"너 혼자?" 디어드레가 쏘아붙였어.

"나 없이?" 저스티나와 이기와 카이가 따졌어.

"어떻게 감히." 이기가 덧붙였어.

히람은 두 손을 펼쳐 들고 얼떨떨한 표정을 지었어. "미안?"

바틀비와 디어드레가 밧줄을 살펴봤어. 꽤 튼튼해 보였어.

"만드는 법은 어떻게 알았어?" 앤시아가 물었어. "그냥은 알 수 없을 텐데."

"책에 나온 설명을 보고 따라 만들었지. 도서실에서. 근데 캐스가 돌아와서 쓸 일이 없어졌어." 히람이 대답했어.

"좋아, 그럼. 밧줄로 가자." 앤시아가 말했어.

고아들의 집 아이들은 착한 아이들이었어. 날마다 주어진 임무에 충실했지. 그날 저녁, 일라이자는 염소젖을 짜고 디어드레는 닭들을 닭장에 몰아넣고 바틀비와 히람과 이기는 부엌을 청소하고 캐스는 아기들을 재우고 앤시아는 어린아이들에게 그림책을 읽어 주고 포추네이트와 그래티튜드는 노래를 부르고 그동안 저스티나는 원장과 마이런을 껴안고 있었어.

고아들의 집에 찾아온 평범한 저녁이었어.

거의.

바틀비는 원장과 마이런에게 캐모마일 차를 한 잔씩 건넸어. "신경을 진정시켜 줄 거예요."

앤시아는 어린아이들에게 잔잔하게 속삭이고, 캐스는 아기들을 쉬쉬 달랬어. 쌍둥이들은 부드러운 가성으로 나이팅게일처럼 감미롭게 노래했어. 잠시 후 원장이 하품을 하고 마이런이 눈을 비볐어.

"오늘은 일찍 잠자리에 들자꾸나, 얘들아." 원장이 현관의 간이침대로 가서 털썩 몸을 뉘었어.

"그게 좋겠어요." 앤시아가 말했어.

아이들은 바닥을 쓸고 마이런과 원장의 뺨에 차례로 입 맞춘 뒤 전부 위층으로 올라갔어.

그러나 잠옷으로 갈아입진 않았어. 세수도 양치도 안 했고.

창문을 활짝 열자 밤공기가 밀려 들어왔어. 외풍이 집 안으로 퍼지지 않도록 담요로 침실 문틈을 꼼꼼히 막았어. 어쩔 수 없이 아기들도 데려가야 했어. 창문을 열어 둔 채 두고 가기에는 날씨가 너무 추웠거든. 한밤중에 아기들이 울어서 원장과 마이런을 깨우면 모두가 곤란해질 테지. 앤시아가 일찌감치 포대기들을 튼튼히 손봐 두었어. 디어드레가 오르페우스를, 캐스가 네넷을, 바틀비가 모드를, 앤시아가 릴리를 안고 포대기를 둘렀어. 두 끈을 교차하고 또 한 바퀴 둘러서 단단히 조여 맸어. 이제 조그만 아이들은 꽤 안전했어.

포추네이트와 그래티튜드는 도서실에서 가져온 매듭 설명서를 보면서 침실 벽에 볼트로 고정되어 있는 건조대에 밧줄 끄트머리를 복잡한 매듭으로 묶었어. 그러곤 나머지 밧줄을 창문 밖으로 던져 늘어뜨렸어. 다들 밖을 내다보고 침을 꼴깍 삼켰어.

"생각처럼 돼야 할 텐데." 바틀비는 이 모든 게 책 속 이야기였으면 했어. 자기가 직접 겪는 일이 아니라.

"식은 죽 먹기야." 히람은 망설임 없이 목발을 창밖으로 내던지며 말했어. 그러더니 한 손으로 밧줄을 잡고 쥐처럼 빠르게 벽을 타고 내려가기 시작했어.

남은 아이들은 입을 떡 벌리고 지켜봤어.

"그런 건 어디서 배웠어?" 바틀비가 물었어.

히람은 착지한 뒤 어깨를 으쓱했어. "책에서."

저스티나가 뒤를 이었어. 그다음은 앤시아. 그다음은 일라이자. 그다음은 캐스. 바틀비는 쭈뼛거리며 둘러댔어. "망보는 거야."

카이가 뒤를 이었어. 그다음은 포추네이트. 그다음은 그래티튜드. 그다음은 디어드레. 바틀비는 품 안에 잠든 모드를 내려다보다가 "자, 가 보자" 하고 모드의 정수리에 입 맞춘 뒤 어둠 속으로 조심조심 내려갔어.

알고 보니 히람은 또 다른 밧줄을 닭장 옆 헛간에 보관해 두었어. 임시 사다리도 만들어 차나무 뒤에 숨겨 두었고.

"도대체 어디서 이런 것들을 배운 거야?" 앤시아가 감탄하자 히람은 또다시 어깨를 으쓱했어. "말했잖아. 책에서."

"그럼 이제껏 왜 그렇게 읽기 수업을 방해한 거야?" 앤시아는 작게 투덜거렸어. 히람은 못 들은 듯했어.

히람은 사다리를 담벼락에 기대어 놓더니 두 손으로 테두리를 잡고 한쪽 다리로 껑충껑충 뛰어올랐어. 꼭대기에 오르자 저스티나가 목발을 건넸어. 히람은 담 꼭대기에 박힌 쇠막대에 밧줄을 묶어 저편으로 늘어뜨리고, 목발을 던지고, 훌쩍 넘어갔어.

"봤지? 쉬워!" 담 저편에서 히람이 외쳤어.

앤시아는 불안했지만, 어찌어찌 해냈어.

마침내 열다섯 아이는 모두 담 반대편에 서게 되었어. 아직 날이 완전히 어둡지는 않았어. 근처에는 보이지 않아도 사람들이 다니긴 하는 모양이었어. 다가닥거리는 당나귀 발굽 소리와 따르릉거리는 자전거 소리가 거리에 울려 퍼졌어.

"길 잃을지도 몰라. 손잡고 뭉쳐 다니자." 캐스가 말했어.

아이들은 그렇게 했어. 눈치챈 사람은 없는 것 같았어. 몇몇 사람들은 어두운 표정으로 고개를 숙이고 다녔어.

앤시아도 발끝을 보며 걸었어. 지난주 오거 타도 집회에서 나온 선전물이 너덜너덜해진 채 길가에 굴러다녔어.

아이들은 서로 바짝 붙어 한 덩어리가 되어 나아갔어.

"우리가 밖에 있다니 믿기지가 않아." 이기가 발걸음을 들썩이며 말했어.

"어른도 없이." 저스티나가 흥분을 숨기지 못하고 덧붙였어.

"하! 우리에겐 서로가 있잖아. 다 함께면 무적이라고." 히람이 뻐기듯 말했어.

아이들은 중앙광장을 지나 굽이진 오르막길로 접어들었어. 더 좋은 집들이 있는 윗동네였지. 어느덧 잔디도 없고 나무도 없는 뜰이 딸린 저택이 나왔어. 세심하게 갈퀴질한 듯한 자갈밭에 조각상 몇 개가 듬성듬성 서 있었어. 뜰 가장자리에 옹기종기 모인 고양이들이 어둑한 땅거미 속에서 눈을 번뜩이며 저택을 노려봤어. "안녕, 고양아." 바틀비가 한 고양이에게 손을 뻗으며 인사했어. 고양이는 바틀비를 무시하고 저택을 눈여겨보며 낮게 그르렁거렸어.

"우리 고양이들이랑은 다르게 구네." 디어드레가 말했어.

"그야 우리 고양이들이 더 나으니까." 일라이자가 대꾸했어. 한 고양이가 알아들었다는 듯이 사납게 하악거렸어. 일라이자는 당황해서 곧장 "미안" 하고 웅얼거렸어.

주변 곳곳에 다양한 현수막이 걸려 있었어. 울타리나 현관 위나 나뭇가지에 걸려 밤바람에 나부꼈어. 뜰 주위 현수막은 고양이들이 오줌을 싸대서 얼룩투성이에 악취가 났어. 아이들은 굳이 내용을 읽지 않았어. 엉터리일 게 뻔하니까.

캐스가 우뚝 멈춰 저택을 가리켰어. "시장님이야." 커튼 너머로 사람의 형체가 보였어.

"따라와." 캐스가 저택 뒤편으로 뛰어가 창문 안을 들여다봤어. 앤시아와 바틀비는 눈빛을 주고받으며 어깨를 으쓱했어.

"뭐, 이렇게 된 마당에." 바틀비가 말했어. 그렇게 나머지 아이들도 캐스를 따라갔어.

이제 아이들은 밧줄을 타고 창밖으로 탈출했을 뿐 아니라 남의 사유지에 무단 침입해 염탐까지 하게 되었어. 굉장한 날이었지. 아이들은 주춧돌에 까치발을 딛고 옹기종기 서서 창문 안을 들여다봤어.

시장이 책상에 앉자 안락의자가 그 무게에 짓눌려 허리를 굽혔어. 책상 위에는 금화가 수북이 쌓여 있었어. 바닥에도. 소파에도. 책장에도 책은 없고 금덩이만 있었어. 탁자에도 금, 모퉁이에도 금, 벽난로에도 금이 그득했어. 동전과 보석, 왕관과 목걸이도 있었어. 방 안은 등불이나 촛불 없이도 온갖 금붙이가 뿜어내는 광채로 환했어. 시장도 반짝반짝 빛났어. 금화를 한 움큼 집어 손가락 사이사이로 흘려보내는가 하면 뺨에 금붙이를 대고 문지르기도 했어. 쩔그럭거리는 소리를 음미하듯 눈을 감고 만족스러운 한숨을 내쉬었어.

아이들은 어둠 속으로 물러나 얼굴을 찡그렸어. "이제껏 고아들의 집을 지원할 돈이 부족한 줄 알았는데." 앤시아가 씩씩거렸어.

"나는 마을 사람들이 쩨쩨한 줄 알았어. 그런데 누구한테는 아주 관대했던 모양이야." 바틀비가 비아냥거렸어.

"저 사람 발로 까고 싶다." 히람이 말하자 저스티나, 이기, 카이가 고개를 끄덕였어. "그래도 돼?" 히람이 물었어.

"지금은 말고." 앤시아가 말했어.

"다음 기회에." 캐스가 들릴 듯 말 듯 나지막이 말했어.

"일단 가자." 바틀비가 말했어.

아이들은 달빛과 별빛을 받으며 마을 끝자락으로 향했어. 길이 꼬이고 덤불이 뒤엉키고 무화과나무의 굵은 가지가 바람에 삐걱거리는 곳으로.

그렇게 까마귀 소리를, 연기 냄새를 따라 걷다 보니 마침내, 오거의 집이 보였어.

아이들이 경이롭다는 걸
뒤늦게 깨달은 까마귀들

오거는 며칠 내내 집 밖을 나가지 않았어. 까마귀들은 이따금 오거가 내는 낮고 애끓는 소리에 심장이 쪼개지는 것 같았지. 가끔은 문 틈새로 오거의 눈물이 강물처럼 콸콸 흘러나오다가 어느 순간 뚝 멈추곤 했어.

알고 보니 차라리 우는 게 나았어. 슬픔이 너무 강해서 아무 감정도 못 느낄 때가 더 위험해 보였거든. 양들은 하염없이 매 애 울부짖고 까마귀들은 집 외벽을 부리로 살살 쪼았어.

해럴드는 용케 한 번도 내가 뭐랬냐며 거들먹거리지 않았어. 그저 애만 태웠어. 유리 파편들을 피해 창턱에 자리를 잡고, 차가운 벽난로 옆 의자에 파묻혀 있는 오거에게서 눈을 떼지 못했어.

해럴드는 꾸르륵꾸르륵 목을 울렸어. 해럴드가 새끼였을 때 엄마 까마귀가 들려주던 소리였지. 소용없었어. 오거는 꼼짝도 안 했어.

개만 살짝 벌어진 문틈으로 드나들었어. 주로 도랑에 변을 보고 퇴비 더미에 버려진 음식을 할짝거리기 위해서였지. 까마귀들은 인근 농장에서 농작물을 훔쳐 먹었어. (까마귀는 엄청 도덕적인 생물이라서 절대로 남의 건 안 훔쳐. 하지만 예외도 있지. 이번처럼 개를 돌보면서 마을 사람들에게 불만을 드러내려는 경우. 까마귀들은 아무 거리낌 없이 농작물을 훔쳤어.)

개는 눈이 멀었지만 넓은 마음으로 더 많은 걸 볼 수 있었어. 날마다 모든 양과 까마귀에게 일일이 인사하고, 날마다 오거 다리에 몸을 기대고 앉아 꼬리로 바닥을 탁탁 쳤어.

동쪽 나무들 위로 달이 뜨자 폐허가 된 텃밭에 가느다란 빛이 내려와 은은하게 반짝였어. 원래 텃밭의 흙은 오거의 애정 어린 보살핌에 늘 따뜻하고 촉촉했어. 그래서 인근 농장들이 다 매서운 추위에 얼어붙었을 때도 오거의 텃밭만은 번성했지. 마법은 아니지만 거의 비슷했어. 이제 오거가 슬픔에 빠지자 텃밭에는 훈기가 싹 가시고 서리가 내렸어. 반짝이는 결정들이 으깨진 호박과 멜론을 뒤덮었어. 콩은 산산이 흩어지고, 꽈리는 흔적도 없이 사라지고, 토마토는 (아, 그 탐스럽던 토마토들!) 썩어 문드러진 과육 덩어리와 갈가리 찢긴 덩굴만 남았어.

까마귀들도 그렇게 슬픈 폐허는 처음 봤어. 가엾은 텃밭! 가엾은 오거! 까마귀들은 슬퍼서 안절부절못했어.

"깍." 까마귀들이 창문에 대고 외쳤어.

"깍." 문에 대고 외쳤어.

"깍, 깍, 깍." 굴뚝에 대고 외쳤어. 초가지붕에 둥지를 틀고 처마에 들러붙어 연신 까악거렸어. 한 마디 한 마디는 이런 뜻이었어.

"사랑해."

"우리가 지켜 줄게."

"우린 널 절대 배신하지 않을 거야."

양들이 까마귀들을 따라 매애 매애 울었어. 까마귀들은 양들의 말을 전혀 못 알아들었지만 한 마디 한 마디에 사랑이 담겨 있다는 걸 뼛속 깊이 느낄 수 있었어.

팔 일째 되는 날, 오후가 저녁으로 물들고 저녁이 밤으로 녹아들었어.

오거는 여전히 집 밖으로 나오지 않았어. 양들은 매애거리고 까마귀들은 까악거렸어. 달이 하늘 높이 떠오르자 구불구불한 오솔길 위로 달빛이 쏟아졌어. 개는 주둥이를 쳐들고 길게 울었어. 그 가냘프고 구슬픈 소리가 바스락대는 나무 사이로 울려 퍼졌어.

그렇게 몇 시간이 지났어.

까마귀들이 갑자기 몸을 곧추세우고 날아오를 태세를 취했어. 길쭉길쭉한 그림자들이 길을 따라 다가오고 있었거든. 몇몇 까마귀가 혹시 괴물 아니냐며 쑥덕거렸어. 해럴드는 창턱을 떠나 다른 까마귀들로부터 조금 떨어진 땅에 내려앉았어. 고개를 비스듬히 기울였어. 아는 냄새가 났어. 다른 냄새들에 섞여서. 개도 코를 쳐들고 킁킁거리더니 이내 꼬리를 땅에 탁탁 내리쳤어.

다른 까마귀들은 푸드덕거리고 꾸르륵거렸어. 아직 정확히 뭐가 다가오는지 몰라서 아무도 호기롭게 소리를 지르진 못했어. 양들은 까마귀들과 나란히 서서 각자 뿔을 앞으로 내밀었어.

마침내, 길 위의 수상한 그림자들 속에서 종소리처럼 맑고 감미로운 목소리가 터져 나왔어.

"깍." 한 그림자가 외쳤어. "우리는 도우러 왔어."

해럴드는 돌아서서 까마귀 무리를 마주 봤어. 용케 내가 뭐랬냐고 말하지 않았어. 속으로는 생각했지만.

다른 까마귀들은 고개를 수그리고 눈을 가늘게 떴어. 그림자가, 다른 생물이 까마귀 말을 할 줄은 몰랐어. 물론 서툴게나마 할 줄 아는 오거는 예외고 해럴드가 그렇다고 주장한 적도 있지만 어디까지나 허풍이라고 여겼지.

"깍!" 해럴드가 먼저 부리를 열었어. "안녕, 내 친구들!"

그러고는 한 번 더 자기 무리를 곁눈질로 흘겨봤어.

그림자들이 점점 가까워졌어. 크고 작은 아이 열다섯이 오디나무밭으로 다가와 까마귀들을 올려다봤어. 아이들의 살결이 달빛을 받아 빛났어. 까마귀들은 이렇게 많은 아이를 한꺼번에

본 적이 없었어. 그것도 이렇게 가까이서. 어디에 눈을 맞춰야할지 몰랐어. 그때 검은 머리를 두 갈래로 길게 땋은 여자아이가 한 발짝 앞으로 나왔어.

아이는 허리를 깊이 숙여 인사했어. 정수리가 땅에 닿을 만큼 깊이. 그러더니 나머지 아이들한테도 똑같이 하라고 손짓했어. 아이는 목구멍을 부드럽고 낭랑하게 울리며 "깍" 했어. 이런 뜻이었어. "안녕, 사랑스러운 친구들."

까마귀들은 아이를 뚫어져라 쳐다봤어. 까마귀 말을 할 줄 아는 아이라니. 이렇게 한 마리도 빠짐없이 침묵에 빠진 것은 까마귀들이 기억하기로 처음이었어. 그게 얼마나 이상한 일인지 아는지 모르는지 아이들은 아무 말이 없었어.

"깍." 아이가 말을 이었어. "너희가 오거를 사랑하는 거 알아. 오거도 너희를 사랑하지. 그야 너희는 멋진 까마귀들이니까. 우리도 너희 우정에 같이하고 싶어. 오거가 우리를 도와준 것처럼 우리도 오거를 돕고 싶어."

까마귀들은 깊이 감동했어. 살면서 그렇게 예의 바르고 교양 있는 아이들은 본 적이 없었어. 상상도 못 한 일이었지.

"깍." 해럴드가 말했어. "봤지? 아이들은 훌륭하다니까." 그쯤 해 두고 해럴드는 다른 아이에게 푸드덕 날아가 품에 안겼어.

까마귀들은 곧바로 모든 의심을 거두고 땅에 사뿐사뿐 내려앉아 앞다퉈 말하기 시작했어.

"깍! 깍! 깍! 깍!" 까마귀들의 아우성이 파도처럼 이어졌어.

"텃밭 좀 봐!"

"그자들이 외양간에 무슨 짓을 했는 줄 알아?"

"불쌍한 양들!"

"불쌍한 개! 슬퍼서 제정신이 아니야!"

"우리가 쫓아내야 했어! 그 은혜도 모르는 인간들!"

"그리고 오, 우리, 우리 가엾은 오거! 얼마나 상심했는지 몰라!"

머리를 땋은 아이가 까마귀들 앞에 무릎을 꿇자 다들 부리를 다물었어. 다른 아이들도 따라서 무릎을 꿇었어. 밤은 깊고 고요했어. 귀뚜라미 우는 소리만 들렸어. 양들은 어깨를 맞대고 모여서 콧구멍을 벌름거리며 아이들의 냄새를 들이켰어. 계속 아무 말도 안 하는 해럴드에게 까마귀들은 내심 감탄했어. 실컷 거들먹거릴 만도 하니까. 해럴드는 아이의 품에 편안히 안긴 채 내내 꾸르륵거리기만 했어.

"깍." 양쪽 눈 색깔이 다른 남자아이가 말했어. 여자아이만큼 까마귀 말이 유창하지는 않았어. 아이는 떠듬떠듬 설명했어. 한 남자가, 금발 머리에 황금 버클이 달린 부츠를 신은 키 큰 남자가(까마귀들은 애써 억눌러 온 기억에 부르르 떨었어) 마을 사람들을 속이고 있다고. 아마 수년에 걸쳐 자기 몫이 아닌 재물을 가로채며 남들한테는 더 적게 가지라고 부추겼다고. 그 결과 마을 사람들은 비난할 대상을 찾기 시작했다고.

"혹시 그 남자 말이야, 자기 살가죽을 벗거나 하지 않아?" 까마귀들이 말했어. 여러 번 반복하고 나서야 바틀비는 그 말을 알아들었어.

"살가죽? 설마. 아니면 내가 못 봤거나. 보통 사람들은 그렇게 못 해." 바틀비가 대답했어.

"오!" 일라이자가 갑자기 눈을 휘둥그레 뜨며 말했어. "그거하고 관련된 이야기가 있어. 그러니까——"

"지금 이야기할 때가 아니야, 일라이자. 제발 집중해!" 앤시아가 눈알을 굴리며 외쳤어.

"깍." 해럴드를 품에 안은 아이가 말했어. "우린 어릴 때부터 나쁜 사람이 좋은 사람보다 많다고 들었어. 하지만 난 그렇지 않다고 믿어. 고아들의 집에서 봤어. 몇 사람이 좋은 일을 하면 훨씬 더 많은 사람이 좋은 일을 하게 돼. 선은 숫자가 아니야. 그 이상이야. 가진 것을 좋은 마음으로 베풀면 더 많은 것을 얻게 돼. 그건 최고의 마법이야."

까마귀들은 고개를 끄덕였어. 자기들한테도 익숙한 논리였으니까.

"깍." 머리를 땋은 아이가 물었어. "오거를 만나 봐도 될까? 우리가 도울 수 있을 것 같은데."

까마귀들은 아이들을 살펴봤어. 예상과 달리 아이들은 자기들한테 소리 지르거나 조롱하거나 돌을 던지지 않았어. 해충이나 골칫덩이라고 부르지 않았어.

밤바람이 속살거리고 오디나무 가지가 삐걱거렸어. 까마귀들은 아이들의 냄새를 들이마셨어. 밀가루와 옥수수와 푸성귀 냄새 속에 장난기와 보살핌과 단란함의 냄새가 났어. 그 밖에 다른 냄새도 있었어. 걱정. 그리고 오래 묵은 상실감. 하지만 그 냄새들은 희미했어. 까마귀들은 고개를 갸웃하며 서로 쑥덕거렸어. 아이들의 생김새가 마음에 든다는 것은 만장일치였어. 아이들의 얼굴은 친절해 보이고, 머리털은 달빛에 은은히 빛나고, 눈에는 별이 총총했어.

잠시 후, 가장 나이 많은 까마귀가 부리를 열고 "깍" 했어. "오거는 집 안에 있어. 원한다면 만나도 돼. 아마 너희가 도울 수 있을 거야."

달빛과 별빛 아래 아이들이 일어났어.

그들은 까마귀들에게 다시 허리를 굽혀 인사했어. 까마귀들도 고개를 숙여 화답했어. 아이들은 비뚤어진 오두막집의 문을 두드렸어.

"오거 님, 들어가도 될까요?"

첫인상

　비뚤어진 집의 문은 엄청나게 컸어. 앤시아는 문고리를 잡으려고 손을 쭉 뻗어야 했어. 아이들은 문을 밀어 열고는 안을 들여다봤어. 벽난로 옆 의자에 앉아 두 손에 얼굴을 묻은 오거는 놀라울 만큼 거대했어. 큰 곰의 두 배는 될 것 같았어.

　비록 의자부터 벽난로, 작업대, 도구 선반까지 모든 게 지나치게 컸지만, 집 안은 오거에게 턱없이 작아 보였어. 의자에 앉은 채로도 머리가 천장에 닿을락 말락 했고, 두 팔을 좌우로 뻗으면 손끝이 양쪽 벽에 닿을 것 같았어.

　앤시아가 목을 가다듬고 입을 열었어. "실례합니다, 오거 님. 부디 허락 없이 들어온 걸 용서해 주세요. 괜찮으신지 궁금해서 찾아왔어요."

　아이들은 옹기종기 붙어 서서 오거를 올려다봤어. 다들 오거가 대번에 마음에 들었어. 바위처럼 거친 손과 얼굴도, 구리색 눈도, 들꽃이 자라는 잡초 같은 머리도. 사방에 빼곡하다 못해 천장을 가로지르는 빨랫줄에 걸려 나부끼는 수많은 그림도 마음에 들었어. 개도 마음에 들었어. 초점 없는 희멀건 눈도, 기쁨에 겨워 바닥을 탁탁 치는 꼬리도. 눈먼 개는 코로, 귀로, 마음으로 그들을 볼 수 있었어. 아이들도 느낄 수 있었어.

∽

오거도 아이들이 마음에 들었어. 당연하지. 오랫동안 지켜봐 왔으니까. 얼마나 상냥하고 친절하고 유쾌한 아이들인지 아니까. 그런 아이들이, 큰 아이들부터 그 품에 안긴 작은 아이들까지 모두 제 앞으로 다가오자 오거는 심장이 쿵쿵 뛰었어.

오! 머리를 길게 땋은 진지한 소녀가 있었어. 가끔 헛간으로 사라지는 소녀. 지나치게 열심히 일하고 요즘 들어 얼굴에 수심이 가득한 소녀.

오! 양쪽 눈 색깔이 다른 소년이 있었어. 사색을 즐기지만 늘 생각보다 말이 한 박자 앞서 나가서 수습하느라 얼굴을 일그러뜨리고 진땀을 빼는 소년.

그리고 봐! 짧은 머리에 큰 눈, 그때 그 소녀도 있었어. 늘 조용히 청소하고 달래고 고치는 소녀. 제 품에 안아 재우고 집에 데려다줬던 소녀. 그때 돌려보내기가 어찌나 아쉬웠던지. 오거는 한 손으로 입을 덮어 탄성을 막았어.

밝은 눈과 큼지막한 웃음을 지닌 소녀도 있었어. 언제 어디서 나 그림을 그리는 소녀. 그 옆에 입도 크고 목소리도 큰 소년도 있었어. 직접 들은 적은 없지만 잠망경으로 보기만 해도 시끄러웠어. 게다가 좀처럼 입을 안 다물었지.

닮은 구석이라곤 전혀 없지만 어쩐지 구별하기 어려운 쌍둥이도 있었어.

목발을 짚고도 재빠르고 민첩한 소년도 있었어. 그리고 그 아이가 어딜 가든 따라다니는 더 작은 아이들도 있었어. 포대기 안에서 꿈에 취해 쌕쌕거리는 아기들도 있었어.

그들이 모두 여기 있었어. 오거가 협곡의 바위 마을에서 가장 좋아하는 가족.

오거는 아무 말도 안 했어. 처음에는. 너무 두려웠거든. 최근에 끔찍한 일이 너무 많았던 탓이지. 오거는 의자 팔걸이를 잡고 숨을 참았어. 눈앞의 광경이 상상일까 봐 눈을 깜빡일 수도 없었어. 아이들이 거품처럼 사라질까 봐 엄두가 안 났어.

해럴드는 뭘 해야 할지 정확히 알고 있었어.

∽

아이의 품에서 자세를 고치고 휘익 날아올라 서까래 아래서 핑그르르 돈 뒤 탁자 위에 우아하게 내려앉았어. 그러고는 깃털을 파르르 흔들며 오거를 향해 고개를 숙이고 목을 가다듬었어.

"꺅." 해럴드가 정중하게 말했어. "나의 소중한 오거. 이쪽은 네 친구들이야." 그러고서 아이들에게 고개를 숙였어.

아이들도 고개를 숙였어.

～

앤시아가 싱긋 웃었어. "우리가 실례한 게 아니었으면 해요. 너무 늦은 감이 있죠."

오거는 두 손을 맞잡은 채 한동안 말을 못 했어. 눈가는 말라 있었지만 아이들은 그가 울고 있었다는 걸 알았어. 단단한 뺨에 남은 눈물 자국이, 바닥에 고인 웅덩이들이 알려 줬지.

"우린 당신인 줄 몰랐어요." 바틀비가 말했어. 포대기 속 아기가 살짝 칭얼대자 앞뒤로 몸을 흔들면서 아기 머리에 입을 맞췄어. "진작 알았다면 감사 인사를 했을 거예요. 정말 미안해요. 이제껏 우리한테 먹을 걸 가져다줬잖아요. 당신이 없었다면 우린 굶주렸을 거예요."

나머지 아이들이 고개를 끄덕였어. 오거가 겁먹은 걸 알고는 최대한 부드럽게 말하고 느릿느릿 움직였어. 오거를 놀라게 하고 싶지 않았어. 배려심이 많은 아이들이었지. 주위를 둘러보니 모진 마을 사람들 탓에 집 안이 좀 엉망이었어. 유리 파편들이 바닥과 탁자에 흩어져 있고 돌덩이가 초가지붕 두 군데를 뚫고 들어와 남긴 흔적들이 보였어. 토마토와 양파와 호박 파편이 뒷벽을 따라 흘렀어. 엉망진창이었지만 아이들은 엉망을 정리하는 데 익숙했어.

"집 안이 좀 쌀쌀하네요." 일라이자가 겨우 불씨만 남은 벽난로를 보고 말했어. "제가 손볼게요." 그러더니 벽난로 옆에 웅크리고 앉아 석탄과 대팻밥을 쌓고 불쏘시개로 불씨를 일으켰어. 어떤 장작은 너무 무겁고 난롯가에 놓인 철제 도구는 다루기 힘겨웠지만(마상 시합을 벌이는 기사가 된 느낌이었지), 어찌어찌 해냈어. 잠시 후, 밝은 불이 화르르 치솟으며 집 안을 환히 밝혔어. "이야기 하나 할까요?" 일라이자가 물었어.

"나중에." 히람이 하품하며 대꾸했어. 밤늦은 시간인 데다 피곤했거든.

"바닥에 유리 조각들이 있어서 위험해." 디어드레가 빗자루를 잡았어. 자기 키의 두 배나 되는 빗자루를 휘두르기 위해 자루를 어깨에 짊어져야 했어. 포추네이트와 그래티튜드는 의자에 서서 걸레로 탁자의 유리 파편을 쓸어 모아 조심조심 양동이에 담았어.

카이와 저스티나는 쓰레받기를 담당했어. 둘이서 들기에도 만만치 않았지. 히람은 개를 다정하게 쓰다듬었어. 앤시아는 작업대를 훑어봤어. 재봉, 제지, 설계, 그림 등 용도에 따라 도구들이 제자리에 걸려 있었어. 살면서 그렇게 완벽한 작업대는 처음 봤어.

바틀비는 오거가 정성껏 만든 망원경들과 정성껏 그린 별자리표를 감상하느라 바빴어.

캐스는 잠자는 아기를 등에 업고 까마귀를 품에 안은 채 오거에게 다가가 손을 내밀었어. 오거는 캐스의 작은 손바닥 위에 자신의 거대한 손바닥을 살짝 올렸어. 마침내, 캐스가 입을 열었어. "꿈인 줄 알았어요. 그 끔찍한 밤에 겪은 일이요. 내가 아는 거라곤 숲에서 잠들었다가 가족 곁에서 깨어났다는 것뿐이었어요. 집에 데려다줘서 정말 고마워요."

캐스는 오거가 앉은 의자에 기어올라 두 팔을 벌려 오거를 껴안았어.

∽

오거는 이날까지 한 번도 누군가에게 안겨 본 적이 없었어. 아이에게도, 다른 오거에게도, 그 누구에게도. 마치 온 세상을 품에 안은 듯했어. 마음이 한없이 부풀어 올랐어. 오거는 눈을 감고 아이를 마주 안았어.

짝짝이 눈 아이가 다가와 오거의 팔뚝에 손을 얹었어. 땋은 머리 아이가 무릎에 손을 얹었어. 목발 짚은 아이가 품을 비집고 들어왔어. 작은 아이들이 여지없이 뒤따랐어. 목소리 큰 아이도 합류했어. 큼지막한 웃음을 지닌 아이도, 그리고 해럴드와 몇몇 까마귀들도. 개도. 포옹이란 게 원래 이런 것인가? 오거는 알 수가 없었어. 그저 그 순간을 마음 한가운데 새겨 넣었어. 언제까지나 잊지 않으려고.

∽

잠시 후, 앤시아는 오거의 작업대에 서서 생각에 잠겼어. 자신은 평생 쓸모없어 보이는 것들에서 쓸모를 찾아 왔고, 무의미해 보이는 것들에서 의미를 찾아 왔지. 앤시아는 수제 종이 더미를, 종이 만들 때 쓰는 거름망과 대야를, 물감과 붓 세트를, 튼튼한 바늘과 색색의 굵은 실을 눈으로 훑었어. 쓸모 있는 것들이 넘쳐 났어. 빛나는 장치들과 기발한 도구들부터 은수저, 아주 무른 돌로 만든 호루라기, 깨진 찻잔, 쌍안경, 종이 자르는 칼, 나침반, 이상하게 생긴 가위, 작은 다림판, 여러 가지 도장, 문진, 판형 틀, 여러 가지 붓과 뼈를 깎아 만든 손잡이가 달린 바느질 송곳까지.

앤시아는 돌아서서 오거를 바라봤어.

"작업대가 정말 끝내줘요. 혹시 실례가 안 된다면 이런 물건들을 어디서 구하는지 알 수 있을까요?" 앤시아는 오거가 가게로 걸어 들어가는 모습을 상상하기 어려웠거든.

오거가 빙그레 웃었어. "숲속에 있는 쓰레기 더미에서 줍기도 하지만, 주로 까마귀들의 선물이지. 날 기쁘게 하려고 물어다 준단다." 밝은 구리색 눈이 좀 더 밝아졌어. "물론 버려진 것들만."

앤시아는 고개를 끄덕였어. "까마귀들은 제가 생각했던 대로 엄청 똑똑하네요." 앤시아는 잠시 말을 멈췄어. "그럼, 혹시 배달도 할 수 있나요? 너무 큰 것 말고, 적당히 작은 물건이라면요. 사람들 집에 물어다 놓을 수 있을까요?"

오거는 창턱에 앉아 있는 까마귀 두 마리를 향해 손 키스를 날렸어. "물론이지. 늘 그렇게 하는걸."

바틀비가 눈을 가늘게 뜨고 앤시아를 바라봤어. "무슨 생각이야, 앤시아? 또 다른 가설?"

앤시아는 손으로 종이 더미를 훑고, 펜촉과 깃펜과 잉크 통을 살피고, 접는 도구와 꿰매는 도구와 묶는 도구를 헤아리더니 고개를 저었어. "꼭 그렇지는 않아. 해결책에 가깝지. 요즘 계속 도서관에 대해 생각해 봤어. 도서관이 불타면서 모든 게 잘못됐으니까. 도서관은 온 마을을 하나로 묶어 주는 역할을 했어. 사람들도 그게 어떤 느낌이었는지 기억해 내야 해." 앤시아의 눈이 일라이자를 찾았어. "이야기가 필요해. 여러 이야기가."

새로운 계획

다음 날 아침 마을 주민들은 누군가 자기 집 문간에, 부엌 식탁에, 심지어 자는 사이 손안에 살며시 놓아둔 물건을 발견했어. 손으로 엮은 작은 책이었어. 각각 작은 붓으로 울창한 숲과 웅장한 성곽, 폭풍우가 휘몰아치는 바다를 세밀하게 그린 삽화들이 실려 있었어. 한 장 한 장이 놀라웠어. 작고 사랑스러운 경이였어.

아.

하나 분명히 해 둘게.

협곡의 바위 주민들이 책을 처음 본 건 아니야. 그야 당연하지! 많은 집에 책장과 책 더미가 있었어. 하지만 도서관은 불탄 지 오래고 장날에 책을 파는 사람도 몇 년째 없어서 다들 새로운 것을 읽은 기억이 까마득했어. 자기가 읽은 책을 다른 사람들과 나눈 지는 더더욱 오래됐고.

집집마다 배달된 책은 모두 같은 내용이 아니었어. 예를 들어 순경은 어느 강아지 이야기를 읽었어. 강아지는 주인을 사랑하는 것 말고는 더 바라는 게 없었지만 주인이 무자비하게 휘두른 막대기에 맞아 눈이 먼 채로 쫓겨났지. 가슴이 미어지는 내용이었어.

"아!" 순경은 아침을 먹으며 이야기를 읽다가 탄식했어. "가엾은 강아지! 어쩜 그리 끔찍한 주인을 만나서! 무방비한 동물을 학대하는 인간은 당장 천벌을 받아야 해!" 이어지는 내용은 강아지가 모자란 감각과 번뜩이는 기지로 온갖 고난을 뚫고 언덕과 골짜기를 지나 마침내 친절한 오거의 품에서 영원히 사랑받는 이야기로 마무리됐어.

"와." 순경은 책을 가슴에 품었어. "정말이지 오랜만에 실로 사랑스러운 이야기를 읽었군. 놀라운 선물이야! 누가 준 거지?"

에스메는 남편이 일을 시작하자 옆에서 큰 소리로 책을 읽어 줬어. 어느 청년의 이야기였어. 사랑하는 사람을 위해 심장의 일부를 떼어 나비 장난감에 넣어 선물했는데, 서로 멀리 떨어져 있어도 청년의 심장 박동에 맞춰 나비가 파닥거렸지. 세월이 흘러 청년이 아주 늙었을 때, 나비는 마지막으로 날갯짓을 했어. 그리고 영영 멈췄지.

"오, 맙소사!" 에스메가 눈물을 터뜨리자 구두장이가 놀라서 아내를 끌어안았어. "이렇게 슬픈 이야기는 처음이야!" 에스메는 코를 횡 풀었어.

"괜찮아, 여보?" 구두장이가 물었어. "내가 그 책 내다 버릴까?"

"허튼소리. 실컷 울면 하루를 개운하게 시작할 수 있어. 감정이 얼마나 중요한데. 사랑도 그래. 아무리 슬프게 끝이 나더라도 여전히 소중하지. 아, 또 읽고 싶다." 그러고는 밖으로 나가 처음 본 이웃을 끌어안았어. 오븐에서 캐서롤 여섯 개가 익어 가고 있었어. 하나는 고아들의 집에, 하나는 볼이 홀쭉한 아이들이 사는 가정집에, 세 개는 연로한 이웃들에게 나눠 줄 예정이었지. 노인들이 손수 요리할 필요 없는 한 끼 식사를 얼마나 반길지 눈에 선했어. "할 일이 많아." 에스메는 숨을 몰아쉬며 중얼거렸어. "이 못난 세상은 저절로 치유되지 않을 테니까."

한편 푸줏간 주인은 어느 젊고 순박한 오거의 이야기를 읽었어. 오거는 심술궂은 트롤 둘과 함께 살았는데 홀로 설계와 발명과 별자리 관측에 골몰하며 트롤들의 심술을 견뎠지.

"하긴." 그는 다 안다는 듯이 고개를 끄덕였어. "트롤들은 끔찍하지. 내가 늘 말했듯이."

대장장이는 어느 사악한 왕의 이야기를 읽었어. 왕은 자기 나라와 백성을 위해 써야 할 보물을 저 혼자 숨겨 놓고 탐닉하다가 결국 그 탐욕 때문에 서서히 미치광이로 변했지. "흠." 그가 시장 저택 쪽으로 눈길을 돌렸어. "흥미롭군."

다음 날, 더 많은 책이 나타났어. 사람들은 자신의 현관에서, 마당에서, 심지어 안락의자에서 책을 발견했어. 책은 창턱과 처마에 끼워져 있기도 했어.

전직 교사는 어느 마을 끝자락에 사는 사람의 이야기를 읽었어. 그는 어려운 사람들을 돕기 위해 텃밭을 가꾸고 한밤중에 집집마다 몰래 풍성한 채소를 배달했어. 인정받으려는 욕심 없이 그저 베풀고 싶어서 베풀었지.

"그래." 교사가 눈가를 훔치며 말했어. "원래 이래야 하는데."

재봉사는 사람들에게 까닭 없이 선물을 남기는 어느 까마귀 무리의 이야기를 읽고, 곧바로 갓 지은 치마에 까마귀 장식을 붙여 그날 바로 입었어. "알고 보면 까마귀들 참 멋지지 않아?" 재봉사는 마주치는 사람마다 물었어.

제빵사는 산과 들을 헤맨 끝에 뜻밖의 장소에서 뜻밖의 친절을 만나게 된 어느 야생 양 떼 이야기를 읽었어. "참으로 운 좋은 양들이군!"

다음 날, 더 많은 책이 나타났어. 정원 돌담 위에, 한때 새들이 몸을 씻고 가던 물그릇 위에 쌓였어. 길가의 갓돌은 거의 책꽂이가 됐어.

구두장이는 아름다운 도서관에 불이 나자 온 마을이 단합하여 용감하게 불을 끄는 이야기를 읽었어. 그 이야기는 지치고 상심한 주민들이 연기 나는 폐허 앞에서 다 함께 손을 잡고 도서관을 재건하겠다고 다짐하는 장면으로 끝났어.

"왜 이렇게 된 거지?" 구두장이는 누구에게랄 것도 없이 물었어. "우리가 어쩌다 이 모양이 됐지?"

에스메는 주위를 둘러봤어. 해야 할 일이 너무 많았어. 그때 이웃들이 담장 너머로 방금 읽은 책을 서로 보여 주며 이야기하는 모습이 눈에 들어왔어. 환한 얼굴로 책을 소중히 어루만지며 이야기를 나누고 있었어.

이거 괜찮은데. 에스메는 생각했어.

생각은 꼬리를 물고 이어졌어. **하긴, 옛날에 도서관이 불타기 전에는 자주 있던 일이었어. 사람들은 산책로와 공원 그늘에 모여 문학과 철학, 시와 예술을 토론하곤 했지.** 너무 까마득한 일이었어. 언제부턴가 사람들은 대화를 멈췄고 서로를 믿지 못했어. 그 이유가 도무지 기억이 안 났어. 떠올리려 할 때마다 머리가 어지러웠어.

"뭐, 지나간 일은 지나간 일이고, 이제 뭘 해야 할지 알겠어." 에스메는 이웃집 문을 두드리기 시작했어. "책 교환해요." 에스메가 명랑하게 말했어. "오늘 오후에, 바로 우리 집 앞에서요. 함께 읽고 싶은 책을 가져오세요. 그냥 몸만 와도 되고요. 뭘 읽고 있는지 들려주세요. 널리 알리세요!"

이웃들은 초대에 응했어. 에스메는 쿠키를 만들어서 모두에게 하나씩 건넸어. 사람들은 자기가 받은 책을 공유했고 다른 사람이 전하는 이야기를 들었어. 어느새 다들 도서관의 기억을 떠올리고 있었어. 도서관을 떠올리기에는 너무 젊은 사람들까지도. 읽는 이의 머릿속에 있는 이야기는 음악과 같았어. 다른 사람들과 나누면 교향곡이 되었지. 그들은 좋은 생각의 반짝임을, 단어들이 지닌 질량과 무게와 존재감을 기억해 냈어.

더 많은 사람이 모여들자 그들은 임시 벤치를 만들고 돗자리를 깔았어. 나무 그늘이 없어서 눈을 가늘게 뜨고 손차양을 하거나 우산을 펼쳐 들었어. 너무나 오랜만에 이웃과 껴안았어. 정확히 얼마 만인지는…… 헤아리기 어려웠지만.

그들은 대화를 나누기 시작했어.

한번 시작하면 멈추기 어려웠어.

∽

시장은 저택 안을 계속해서 왔다 갔다 했어. 발치에서 마룻널이 연신 신음을 흘렸어. 쉴 새 없는 움직임에 금화들이 스치며 짤랑거렸어.

그날 아침, 시장은 자신의 위상과 품위에 걸맞은(과연?) 희망과 믿음을 품고 문을 활짝 열었어. 지난날들은 단순한 착오였으리라, 응당 번듯한 파이가 현관 계단참에서 자기를 기다리고 있으리라 기대하면서.

파이.

그동안 자기가 이 마을에 얼마나 공을 들였는데 부족한 대우가 가당키나 한가? 아니, 전혀. 자신은 파이를 가질 자격이 있고, 마땅히 가져야 했어. 금을 가질 자격이 있었던 것처럼. 황금 버클을 차고 풍성한 금발을 뽐낼 자격이 있었던 것처럼. 살가죽은 한때 굉장히 불편했지만 이제 다른 것들과 마찬가지로 제

몸의 일부처럼 느껴졌어. 절대 떨쳐 버리지 않으리라 다짐했어. 어쩌면 영원히 시장으로 살 수도 있겠지. 어차피 용 무리에 돌아갈 수도 없으니까. 그리고 불행한 오거족과 함께 지냈을 때 이런저런 실수를 무마하느라 온 마을을 불태워 버렸지.

이곳은 안 돼.

협곡의 바위는 자신의 집이었어. 물론 그 도서관을 처리한 뒤부터. 나무 들보들이 이제껏 자신이 저지른 짓을 아니까. 예방책으로 그 우스꽝스러운 바위까지 덮어 가렸지. 시장이 알기로 인간은 흥미로운 존재였어. 아주 쉽게 흔들리지. 똑똑한 사람의 말만 믿고 뻔히 눈앞에 보이는 것을 안 믿기도 해. 시장은 인간들과 함께 사는 생활이 만족스러웠어.

그리고 자신은 파이를 가질 자격이 있었지.

기다릴 만큼 기다렸어. 현관문을 연 시장은 주위를 둘러보았어. 고양이들은 늘 그렇듯 뜰 가장자리에서 몸을 사리며 한 발짝도 다가오지 않았어. 멀리서 온몸으로 적대감을 드러내기만 했어. 따지고 보면 무례한 행동이지. 시장은 고양이들이 무례하다고 판단했어. 그리고 계단참을 내려다봤어. 이번에도, 파이는 없었어.

이번에도, 다른 것이 있었어. 시장은 책을 집어 들고 테라스로 나갔어. 고귀하고 늠름해 보이는 자신의 조각상이 구겨진 자존감을 달래 줄 거라 믿으면서.

그렇지 않았어.

이번 책은 날마다 자신의 금은보화를 헤아리느라 하루를 다 쓰는 미친 왕에 관한 이야기였어. 시장은 호기심에 한 번 읽고, 당황해서 두 번 읽고, 분노에 휩싸인 채로 세 번 읽었어. 삽화에 세밀하게 그려진 왕은 풍성한 금발에 맵시 좋은 코트를 입고 황금 버클이 달린 멋들어진 부츠를 신고 있었어.

"누가 이딴 짓을 했지?" 시장은 분통을 터뜨렸어.

시장은 마을을 산책하기로 했어. 마을 사람들의 아첨하는 얼굴이 근심을 덜어 줄 거라 믿으면서. 자신의 빛나는 미소를 향한 선망 어린 눈빛들을 보면 아주 흡족하겠지. 뜰을 가로지를 때 고양이들이 사납게 하악거렸지만 시장은 부푼 기대를 조금도 누그러뜨리지 않았어.

그는 중앙광장으로 걸어가다가 수많은 우산을 보고 흠칫했어. 찌푸린 얼굴로 하늘을 올려다보니 구름 한 점 없이 파랗기만 했어. **다행이군. 하지만 비가 올 기미도 없는데 대체 왜 이렇게 많은 사람이 우산 아래 옹기종기 모여 있는 걸까?** 그는 더 자세히 보려고 다가갔어.

약재상 앞 임시 벤치에서 사람들이 어깨를 맞대고 수제 책을 읽고 있었어. 대장간과 구두 가게 밖 따뜻한 벽에 기대어 읽는 사람도 있었어. 몇몇은 뜨거운 바위 위에 앉아서, 몇몇은 도서관 잔해 근처 무너진 돌담에 드러누워, 몇몇은 버려진 당나귀 수레에 들어앉아 책을 읽었어. 다들 독서에 빠져 있었어.

시장은 곧장 저택으로 돌아가 더 많은 표어를 만들었어. 그날 늦은 오후, 오거에 대한 몇몇 표어를 없애고("누가 오거 따위를 신경 써?" 하고 툴툴거리면서) 새로운 표어들을 만들어 냈어. **책은 위험하다. 그리고 당신이 읽는 모든 것은 헛소리다.** 그리고 **누군가는 파이를 구워야 한다.** 마지막 표어는 부드럽고 매력적인 글씨로 썼어. 마치 파이처럼. 시장은 적잖이 뿌듯했어.

그는 새로 만든 표어들을 마을 곳곳에 걸고 문제를 해결했다고 확신하며 저택으로 돌아갔어. 돌아와서는 돈을 셌어. 한 푼도 빠짐없이.

몹시 늙은 여자와
몹시 늙은 남자

원장은 손에서 무언가 고동치는 느낌에 잠에서 깼어.

콩닥콩닥.

콩닥콩닥.

콩닥… 콩닥.

콩닥콩닥.

콩닥…… 콩닥.

원장 얼굴에 웃음이 일었어. 왼손에 나비가 놓여 있었어. 마이런이 선물한 장난감 나비. 그러니까…… 아주 오래전에. 원장은 그것을 눈앞에 가져와 기발한 구조를 감상했어. 아침 햇살을 받은 날개가 반짝였어. 오랜 세월이 지나도 그 정교함과 아름다움은 녹슬지 않았지. 태엽을 감거나 버튼을 누를 필요도 없이 그냥 저절로 파닥거렸어.

마이런은 그 안에 자기 심장 조각이 있다고 했지.

원장은 현실주의자고, 그 말을 믿을 만큼 어리석지 않았어. 그러나 함께한 세월 동안 한 손을 나비에, 다른 손을 남편의 심장에 대고 둘이 동시에 뛰는 걸 느낀 적이 한두 번이 아니었어. 그리고 요즘에는…… 그럴 마음도 안 들었어. 날갯짓이 전보다 불규칙해졌거든. 차마 남편의 심장 박동을 확인할 엄두가 안 났어. 그저 **마이런은 괜찮아**, 하고 되뇌었어. 나비도 그저 오래돼서 그런 거라고 여겼어. 장난감이 고장 나는 일이야 흔하니까. 원장은 애써 걱정을 떨쳐 버렸어.

원장은 나비에 쪽 입을 맞췄어. 파닥거림이 빨라졌어.

그때 마이런이 자기 간이침대에서 돌아누우며 웃었어.

"좋은 아침이에요." 그가 상냥하게 말했어.

"좋은 아침이에요." 원장이 웅얼거렸어. 그제야 다른 손에 있는 무언가를 알아채고 눈을 가늘게 떴어. "한 권 더 생겼네요. 당신은요?"

마이런도 작은 수제 책을 들어 보였어. 표지에는 금화를 물고 있는 까마귀 한 마리가 섬세하게 그려져 있었어.

두 사람은 각자 간이침대에서 몸을 일으켜 앉았어. 잠자리가 불편해서 아침에도 몸이 개운하지 않았어. 관절도 워낙 늙어서 삐걱거렸지. 제대로 된 침대에서 자는 게 낫겠지만 요즘 아이들이 영 수상쩍게 굴었어. 아무래도 캐스 사건 이후로 둘이서 문간을 지키는 게 마음이 편했지.

두 사람은 전날 아침에 첫 번째 책을 받았어. 마이런이 받은 책은 어느 소녀가 숲속에서 길을 잃고 헤매다가 까마귀와 개, 오거에게 구조되는 이야기였어. 황당한 내용 같았지만, 결말에서 마이런은 울고 있었어.

원장이 받은 책은 어느 미친 왕이 백성들을 착취하고 굶주림에 허덕이게 하는 이야기였어. 마침내 백성들은 나눔과 협동과 단결로 하나가 되어 왕을 몰아냈지.

그 이야기도…… 있음 직하지 않은 이상한 이야기였어. 하지만 읽을수록 왠지 마음이 뒤숭숭하고 머리가 복잡해졌어. 불현듯 마을의 옛 모습이 떠올랐어. 집집마다 대문이 마음처럼 활짝 열려 있던 시절, 서로 생각을 나누고 온종일 수다를 떨던 시절이 기억났어. 언젠가 바틀비가 절대적인 선과 악은 없다고 했지. 그 아이가 옳았나? 대문을 걸어 잠그고 마음을 닫아 버린 게, 이 세상에 선보다 악이 더 많다고 판단한 게 잘못이었나?

원장은 남편을 바라봤어. 마이런은 조용히 앉아 새 책에 몰두하고 있었어. 눈이 희멀건 개와 그 머리꼭지에 앉은 까마귀 그림이 보였어. 그가 훌쩍이더니 손등으로 코를 닦았어. 눈가가 눈물로 얼룩져 있었어. 원장은 남편의 무릎을 두드렸어. "자, 마음씨 여린 영감님, 아이들 깨우러 가요."

∾

전날과 마찬가지로 아기들은 초롱초롱하고 활기찼어. 그에

반해 큰 아이들은 죽다 살아난 사람처럼 힘없이 비틀거렸지.

"애들이 요즘 왜 이러지?" 원장이 물었어.

"어디 아프니?" 마이런이 걱정스럽게 살폈어.

"아니요." 앤시아는 잠에서 덜 깬 채로 집안일을 하며 중얼거렸어.

"아니요." 바틀비는 캐스와 달걀을 가지러 마당으로 나가며 하품을 했어.

"아니요." 쌍둥이가 웅얼거렸어.

"아니요." 디어드레가 맥없이 대꾸했어.

"그것과 관련된 이야기가 하나 있어요." 일라이자가 말했어. "여기 앉아 생각 좀 정리하고서 말해 드릴게요." 그러더니 앉자마자 잠이 들었어.

원장은 고개를 내저었어. 아이들이 거짓말을 할 리는 없었어. 규칙을 잘 지키는 착한 아이들이니까, 안 그래? 그렇지만 뭔가 앞뒤가 안 맞았어. "갑시다, 여보." 원장이 마이런에게 말했어. "오늘은 대문 앞에 뭐가 있는지 확인하러 가요."

그들은 손차양을 한 채 빛 속으로 나갔어. 하늘은 새파랬어. 이따금 크림 덩어리 같은 거대한 구름이 태양을 가로지르며 잠시나마 그늘을 드리웠어. 원장과 마이런은 열쇠로 문을 열고 거리로 나왔어. 이번에도 채소 상자는 없었어. 그 대신, 더 놀라운 광경이 있었어.

거리에 이웃들이 나와 있었어. 몇몇은 임시 벤치들을 한곳에 모았고, 몇몇은 집에서 의자들을 끌고 나왔어. 한 남자가 커피한 주전자와 종이컵 한 뭉치를 들고 서서 지나가는 사람에게 커피를 한 모금씩 따라 줬어. 두 여자가 활기차게 떠들었어. 입에서 나오는 소리보다 두 손이 내는 소리가 더 시끄러웠지. 그러고 보니 다들 책을 들고 있었어. 책을 품에 안고, 책을 맞바꾸고, 책을 소리 내어 읽었어.

"오, 세상에." 원장이 중얼거렸어.

에스메가 종종걸음으로 다가왔어. "아, 원장님. 마침 잘 만났네요. 대문을 활짝 열어 두세요. 몇몇 이웃이 아이들 먹일 아침하고 점심거리를 들고 갈 테니까요. 그리고 여기요. 옷을 좀 더모아 왔어요. 다는 아니어도 몇 벌은 입을 만할 거예요." 에스메는 아이들 옷이 수북한 바구니를 원장 품에 들이밀었어. 원장은그걸 들기 위해 책을 입에 물어야 했어. 그 상태로 겨우 고맙다고 웅얼거렸어.

"아! 원장님도 책을 받았군요! 잘됐네요! 꼭 아이들하고 나누셨으면 해요. 이야기 듣기 참 좋은 날이잖아요! 오늘이나 내일 중앙광장에서 낭독회를 열까 하는데, 결정되면 알려 드릴게요!" 에스메는 치맛자락을 휘날리며 사라졌어.

원장은 마이런을 바라봤어. 마이런도 원장만큼 혼란스러워보였어. 두 사람은 거리를 좌우로 살폈어. 사람들이 갓돌에 앉아, 벽에 기대어, 나무 그루터기에 드러누워 책을 읽고 있었어.

그들 머리 위로 창문과 벽에 표어들이 붙어 있었어. 밝은색 바탕에 새하얀 글씨로 이렇게 적혀 있었어. 책에서 읽는 것을 모두 믿지는 말라. 또는 시장이 당신을 위해 무엇을 할 수 있는지가 아니라 당신이 시장을 위해 무엇을 할 수 있는지 고민하라. 또는 할 일도 끝내지 않고 책 읽을 시간이 어딨는가. 하지만 사람들은 표어를 거들떠보지도 않고 손안의 책을 읽느라 바빴어.

"대체 이게 무슨 일이람?" 마이런이 중얼거렸어. 원장은 짐작도 할 수 없었어.

바위

앤시아는 오거 집에서 보낸 첫날 밤에 눈치챘어. 시간이 얼마나…… 이상해지는지. 시간은 흐물흐물해지면서 쭉쭉 늘어났어. 넘어야 할 산이라기보다 잡아당기거나 끊거나 묶을 수 있는 고무줄에 가까웠어. 독서실에서 받은 느낌과 비슷하지만 더 심했어. 아이들은 며칠이나 걸릴 작업을 몇 시간 만에 끝내고도 여유 있게 집에 돌아와 조금이라도 잘 수 있었어. 물론 충분하지는 않았지만, 잠시나마 눈을 붙여서 다행이었어.

둘째 날 밤, 책에 담긴 이야기들은 더 길어졌고 삽화들은 더 세밀해졌어. 오거는 아이들이 별빛 아래서 일할 수 있도록 탁자를 밖에 내놓았고, 모닥불 근처에 담요와 방석을 깔아 어린아이들을 재웠어. 앤시아는 천체의 원리를 알고 있었어. 별들이 매일 동쪽에서 떠서 서쪽으로 지고, 그 속도와 위치가 아주 정확해서 선원들이 별자리를 보고 항로를 정하거나 망망대해에서 길을 잃지 않을 수 있다는 걸 알았지.

별들이 속도를 늦출 리는 없었어.

그런데 확실히 그렇게 보였어.

마법인가? 앤시아는 궁금했지만 알 도리가 없었어. 그저 헐거워진 시간에 감사하며 다시 작업에 착수했어.

오거는 글자를 쓰는 데 도움을 주진 못해도 그림 솜씨는 뛰어났어. 게다가 일이 어떻게 돌아가는지 파악하고 많은 양의 책을 제작하는 데 필요한 설비와 공정을 빠르게 점검했어. 각 작업을 효율적으로 배분해 모두가 원활하게 일할 수 있도록 도왔어. 셋째 날 밤, 그들은 더 많이 쓰고, 더 많이 그리고, 더 많이 칠하고, 더 많이 완성했어. 완성품들은 아이들이 얼기설기 만든 작품처럼 보이지 않고 좀 더…… 책처럼 보였어. 모두 자신들의 결과물에 뿌듯해했어. 까마귀들은 책을 배달했고 아이들은 비틀거리며 고아들의 집으로 돌아갔어.

히람의 밧줄을 타고 집 안으로 기어들어 가는 게 기어 나오는 것보다 훨씬 힘들었지만, 다친 사람 없이 무사히 도착해 침대 위로 쓰러졌어.

다시 한번, 아침이 너무나 빠르고 급하게 찾아왔어. 아이들은 남은 하루를 꿈꾸는 것처럼 보냈어. "요즘 다들 왜 그러니?" 원장이 어리둥절해서 물었어.

"몸이 안 좋니?" 마이런이 아이들 이마를 하나하나 짚었어.

"음…… 네?" 일라이자가 눈을 비비며 하품했어. "네. 많이 안

∽ 374 ∽

좋아요. 우리 모두 좀 누워야겠어요." 일라이자는 또 한 번 하품
했어. "그럼 좀 나아질지도 몰라요." 그렇게 아이들은 모두 침실
로 돌아가 곯아떨어졌어.

넷째 날 밤, 오거는 아이들이 난생처음 먹어 보는 맛있는 음
식을 잔뜩 차렸어. 그리고 외투와 슬리퍼, 잘 때 쓰는 모자, 아이
들 얼굴이 새겨진 쿠션과 상상의 동물들을 수놓은 아기 담요를
만들어 선물했어. 망원경으로 항성과 행성과 소행성을 보여 주
고, 까마귀 모양 쿠키와 양 모양 케이크를 구워 줬어. 나무에서
사과, 배, 견과류를 따서 아이들이 일하는 동안 먹을 수 있게 그
릇마다 수북이 쌓아 뒀어. 까마귀들이 금박을 몇 장씩 물어 오
면 아이들은 그것으로 책의 테두리와 첫머리 글자를 장식했어.

앤시아는 고개를 흔들었어. 분명 사실은 중요한데, 눈앞의 사
실들은 믿기가 어려웠어. 까마귀들이 대체 어디서 금박을 찾았
을까? "이건 마법인가요?" 앤시아가 오거에게 물었어.

"어느 부분이 마법이란 말이니?" 오거가 되물었어.

앤시아는 눈썹을 찌푸리며 여러 생각을 짜 맞추려고 노력했
어. "일단 시간이요. 혹시 시간이 이 집에 마법을 부리나요? 여
기 오면 꼭 시간이 불어나거나 늘어나는 것 같아요. 실은 전에
도 비슷한 경험을 한 적 있어요. 우리 도서실에서요. 그것도 마
법인가요?"

오거는 씩 웃었어. "마법? 아니, 그렇진 않아. 하지만 거의 비
슷하지."

그 말에 앤시아는 무언가 떠올랐어. "오거 님, 마을 중앙광장 한쪽에 커다란 바위가 하나 있는데, 혹시 본 적 있나요?"

오거는 눈 사이를 좁혔어. "본 적은 없지만, 그렇다고 그곳에 없다는 뜻은 아니지. 바위들은 원래 좀 그래. 누군가 눈치채 주길 바라지 않는 이상 자기를 드러내지 않지. 언젠가 찾아가서 인사라도 해야겠구나."

음, 역시 황당한 얘기였어. 앤시아가 하려던 말을 계속했어. "저번에 그 바위에 앉았을 때 이상한 일이 일어났어요. 그러니까…… 뭔가를 봤어요. 눈이 아니라, 머릿속으로요."

오거는 고개를 끄덕였어. "물론 그렇게 보는 게 으뜸이지. 눈은 항상 우릴 속이거든. 무엇이 진실인지 알고 싶다면 머릿속으로 봐야 해. 무엇이 중요한지 알고 싶다면 마음속으로 봐야 하고."

앤시아는 두 손으로 얼굴을 문질렀어. "확실한가요?"

"만약 그 바위가 할 말이 있는 거라면 아마 들어 주는 게 좋을 거야. 바위들은 아주 오래된 존재잖니. 길고 긴 기억을 품고 있지. 내가 언젠가 만난 바위는 하도 오래돼서 미래까지 기억하던걸."

"그것과 관련된 이야기가 있어요." 일라이자가 끼어들었어.

"물론 있겠지. 적어 놔. 우린 아직 할 일이 많아." 바틀비가 차분하게 말렸어.

앤시아는 오거의 손을 쓰다듬었어. 만난 지 고작 며칠밖에 안 됐지만 이미 오거를 사랑했어. 비록 여러모로 논리적이지 않은 말을 해도.

반달이 저물고 밤이 깊어졌어. 아름답게 장정한 책들이 탁자에 가득 쌓이자, 까마귀들은 그것들을 목적지에 배달하는 까다로운 임무에 착수했어.

앤시아는 고개를 가로저었어. **어떻게 이런 일들이 가능하지? 다시 그 바위가 떠올랐어. 그때 본 건 뭘까? 다른 아이들도 같은 걸 볼 수 있나?**

까마귀들이 각각의 책을 지정된 집마다 배달하는 동안 아이들은 중앙광장 한복판에 잠시 멈춰 서서 총총 빛나는 별과 훨훨 나는 까마귀들을 올려다봤어. 마을 안은 오거의 앞마당보다 쌀쌀했어. 바람이 더 세게 불었어. 아이들은 외투를 단단히 여몄어.

"나 피곤해." 저스티나가 칭얼거렸어.

"그래, 알아." 바틀비가 저스티나를 안아 올렸어. 이미 등에 아기를 업고 있었는데도 말이야. "앤시아, 우리가 이 일을 언제까지 할 수 있을까?"

앤시아가 동생들에게 돌아섰어. "다들 많이 지친 거 알지만, 잠깐만 따라와 줄래? 확인하고 싶은 게 있어." 앤시아는 아이들을 바위 앞으로 데려갔어.

바틀비가 눈을 가늘게 뜨고 바위를 쳐다봤어. "이건 어디서 왔지? 언제부터 여기 있었어?"

"잘 들어." 앤시아가 말했어. "우린 원장님하고 마이런에게 사실대로 털어놔야 해. 계속 몰래 빠져나갈 순 없잖아. 사실 우리끼리는 힘들어. 어른들 도움이 필요해. 원장님과 마이런은 우릴 믿고 사랑하지만, 두 분이 이해할 수 있게끔 설명해야 해. 그래서 말인데, 저번 장날에 내가 마이런이 앉을 의자를 만들러 이쪽에 왔을 때 이 바위 위에 잠깐 앉았거든? 그때…… 뭐랄까, 머릿속이 핑핑 돌면서, 봐서는 안 될 것을 보고 떠올려서는 안 될 것을 떠올렸어. 그러고서 곧바로 뭘 봤는지 잊어버렸어. 그대로 머릿속이 텅 비었어. 그 뒤로 뭔가 중요하게 느껴지는 것들이 드문드문 떠오르는데, 내 머리로는 잘 합쳐지지가 않아. 너희도 이 바위를 만지면 내가 본 걸 볼 수 있을지도 몰라. 그리고 함께라면 이해할 수 있을지도 몰라. 원장님하고 마이런도 마찬가지일 테고."

"아!" 일라이자가 외쳤어. "가끔 집 안에서 일어나는 일처럼 말이지?" 그러고는 바위를 유심히 들여다봤어.

앤시아가 고개를 갸웃거렸어. "집 안에서? 무슨 말이야?"

일라이자가 어깨를 으쓱했어. "나무 들보들이 이런저런 이야기를 들려주거든. 특히 떡갈나무. 적어도 나한테는. 아주 오랫동안." 일라이자가 두 뺨을 붉혔어. "그러니까, 매일은 아니고, 그냥 가끔."

바위가 살짝 진동하는 것 같았어. 바틀비와 디어드레가 더 가까이 다가갔어. "이거 봐." 디어드레가 눈을 가늘게 뜨고 말했어.

"여기 작게 새겨진 무늬, 꼭 고아들의 집처럼 보여."

"그리고 이거 봐." 바틀비가 말했어. "용이 도서관을 불태우는 것처럼 보여."

"그리고 여기." 일라이자가 말했어. "오거처럼 보여."

모두가 바위 앞에 무릎을 꿇었어. 추운 밤인데도 묘하게 따스한 기운이 감돌았어. "손을 얹어 봐." 앤시아가 말했어. "눈 감고." 그 말대로 다 함께 바위에 손을 얹고 눈을 감았어.

그리고 그들은 봤어. 한 남자의 가죽을 뒤집어쓴 용을. 마을 전체를 속인 사기 행각을. 교활한 목적으로 저지른 파괴의 흔적을. 서로 눈살을 찌푸리고 입매를 비틀고 등 돌리게 만드는 간사한 속삭임을. 살가죽 속에 용을 품은 남자가 매일 밤 굶주린 마을을 뒤로한 채 황금 더미를 깔고 자는 모습을.

"오." 캐스가 작게 탄식했어. "오!"

그제야 모든 걸 이해한 아이들은 원장과 마이런을 깨우러 갔어. 당장 이곳에 데려와야 했어.

소개

　문 두드리는 소리가 울려 퍼졌을 때는 아직 어두운 밤이었어. 현관 어귀 간이침대에서 자던 원장은 기겁하며 깼어. 원장은 마이런의 심장이 곧 멈추리라고 생각했어. 자기 심장도. "뛰어!" 원장은 남편을 향해 손을 뻗으며 울부짖었어. "죽기 살기로 뛰어!"

　"진정해요." 마이런이 원장의 손을 찾아 쥐고는 말했어. "아이들 목소리예요."

　엉뚱한 소리였어. 물론 아이들은 침대에 있을 테니까. 규칙을 잘 지키는 아이들이니까. **밖에 있다고? 이 밤중에? 다 함께? 말도 안 돼.**

　원장은 길길이 날뛸 작정을 하고 문을 열었어. 하지만 막상 아이들 얼굴을 보자 할 말을 잊었어.

　"화나신 거 알아요." 앤시아가 말했어. "하지만 저희 얘기부터 들어 주세요."

원장은 머리가 어질어질했어. 아이들, 자신의 아이들이 한밤중에 몰래 집을 나갔었다니. 말들이 송두리째 의미를 잃은 듯했어. 어떻게 이런 일이 있을 수 있담?

"제발요." 디어드레가 빌었어.

"제발, 제발, 제발요." 바틀비가 크고 간절한 눈으로 호소했어.

"별로 피곤하지도 않은걸요." 히람이 우겼어.

"저를 봐서라도, 부디 한 번만 따라와 주세요." 캐스가 나지막이 말했어.

원장은 마이런을 쳐다봤어. 어찌할 도리가 없잖아. 원장은 앤시아의 뺨에 손을 얹고 두 눈에 어린 진심을 들여다봤어. 마이런은 캐스의 손을 잡았어. 부부는 서로를 바라보고 고개를 끄덕였어. "외투 챙겨 올게요." 마이런이 말했어.

∾

오거는 난롯가에 앉아 아이들을 위한 양말을 떴어. 이어서 장갑과 모자, 목도리를 짰어. 귀만 따뜻해도 다가올 겨울이 훨씬 견딜 만할 거야. 아이들이 추위에 떠는 건 상상만 해도 싫었어. 오거는 뜨개바늘을 신나게 달그락거리며 콧노래를 불렀어.

그때 오디나무밭에서 까마귀들이 요란하게 울자 언짢을 만큼 익숙한 두려움이 닥쳤어. 하지만 그것도 잠시, 까마귀들의 불협화음 속에서 "친구"라는 말과 "아이"라는 말이 들려왔어.

이어지는 노크 소리에 오거는 웃음이 났어.

비뚤어진 집 밖에는 너무나 사랑하는 아이들이 있었어. 그리고 몹시 늙은 남자와 몹시 늙은 여자도. 오거는 우뚝 선 채 몸 둘 바를 몰랐어. 새삼 자신이 너무나 크고 집 안이 너무나 작게 느껴져서 당황했지. 조심스럽게 무거운 발을 떼고 문지방을 넘었어. 거대한 손을 앞치마 주머니에 넣어 감추고 드넓은 밤하늘 아래 걸어 나왔어. 낙엽이 바스락거리며 잔디밭을 뒹굴었어. 물론 오거는 그들이 누군지 알았어. 하지만 얼마 전에도 이웃인 줄 알았던 사람들이 찾아와 끔찍한 짓을 저질렀잖아. 이제 누굴 믿을 수 있겠어?

늙은 여자는 두 손을 가슴에 대고 허리를 굽혔어. "안녕하세요." 그는 달빛에 얼굴을 드러내며 인사했어. "다정한 이웃님. 감사드릴 게 너무나 많네요. 마침내 만나 뵙게 되어 영광입니다." 그는 용기 있게 오거에게 다가가 손을 내밀었어. 오거는 서리 내린 잔디에 바스락 소리를 내며 무릎을 꿇었어.

까마귀들은 숨을 죽이고 지켜봤어. 늙은 여자의 얼굴에는 잔잔한 주름이 자글거렸어. 두 눈이 새벽 별빛을 받아 반짝거렸어. 오거는 거대한 바윗덩이 같은 두 팔을 펼쳐 고아들의 집 원장을 부드럽게 감싸 안았어. 마치 아주아주 오랫동안 만나지 못한 친구 사이의 포옹처럼 보였어.

앤시아의 또 다른 계획

함께 모인 기쁨이 한바탕 휩쓴 뒤(물론 간식도 배불리 나눠 먹었지. 오거는 누구 하나라도 허기진 걸 못 참았으니까), 노부부는 여러 기발한 물건들을 구경하고, 이제껏 아이들과 오거가 해낸 일을 아낌없이 칭찬했어. 이제 앞으로의 일들을 결정할 차례였어.

원장이 입을 열었어. "더는 몰래 빠져나가는 건 안 된다. 사고나 탈이 날 수도 있어. 너희는 아직 어려. 낮에는 깨어 있고 밤에는 푹 자야 해."

마이런이 이어서 말했어. "일정을 짜서 움직이자꾸나. 요즘 고아들의 집에 드나드는 사람들이 있으니 늘 우리 중 몇은 집을 지켜야 해. 요새를 수호하는 거지. 사람들은 우리가 여기서 뭘 하는지 쉽게 이해 못 할 거야. 그래도 할 일은 해야지. 망가진 텃밭을 치우고, 가엾은 양들이 머물 곳을 지어야 해. 곧 겨울이 올 테니까." 마이런의 시선이 종이 더미와 물감, 필기구를 훑었어. 한 기다란 종이 맨 위에는 '그야말로 놀라운 일라이자의 이야기 소재 목록'이라고 적혀 있었어. "물론 책도 만들어야지. 마을 사람 모두가 읽고 있더구나. 너희가 뭘 어쨌는지 몰라도 확실히 사람들이 좀 달라진 것 같아."

"하지만 밤에 몰래 나가는 게 제맛이라고요!" 저스티나가 툴툴거렸어.

"그냥 모른 척하시면 안 돼요?" 히람이 물었어. "그래야 밧줄 타고 창문을 획획 넘어 다니죠. 제가 얼마나 잘하는데요. 다들 문제없이 해내고요."

"밧줄 타기 진짜 재밌어요!" 카이가 말했어.

하지만 원장은 호락호락하지 않았고 오거도 고개를 저었어. 그래서 앤시아가 책임지고 최대한 공정하게 일정을 짰어. 누구도 에스메가 얼떨떨한 봉사자들을 이끌고 온 집 안을 휘젓고 다니며 생필품과 도움을 퍼붓는 상황을 너무 오래 감당하지 않도록. 물론 가족 모두 감사히 여겼지만, 에스메는 임무를 수행하는 내내 잠시도 끼어들 틈을 안 줬거든.

그 후 며칠 동안 원장과 마이런, 아이들은 고아들의 집과 오거의 집을 교대로 오갔어. 고아들의 집에서는 봉사자들을 도와 지붕널을 교체하고 부서진 계단을 수리하고 꺼진 바닥을 정비했어. 에스메가 주최한 저장 식품 나눔 행사를 거들기도 했어. 그 결과 큼지막한 병에 담긴 토마토 소스, 쇠고기 스튜, 사과 소스, 반조리 콩이 저장고에 가득 찼어.

오거 집에서는 계속해서 이야기를 쓰고 삽화를 그려 책으로 묶었어. 또 한 번 시간이 늘어나고 흐트러지고 풀렸어. 시간은 쓰면 쓸수록 늘어났어.

원장은 낡은 침대보들을 꿰매 잇고 마이런은 천막용 버팀대를 만들어서 집 밖에 엉성하지만 큰 그늘막을 세웠어. 오거가 따가운 햇볕을 피해 새 친구들과 함께 앉아 있을 수 있도록. 텃밭을 정돈하고 뿌리 뽑힌 것들을 옮겨 심으니 벌써 강인한 겨우살이 작물들이 쑥쑥 올라왔어. 심지어 호박 덩굴 몇 개는 옮겨 심을 필요도 없었어. 땅속에 있던 감자들도 무사해서 당장 캐 먹을 수 있었어. 오거의 농장은 다시 따뜻해졌어. 마을 그 어디보다 따뜻했지. 날마다 먹거리가 쏟아져 나왔어.

한편 까마귀들은 아이들 품에 안겨 있는 느낌이 얼마나 황홀한지 깨달아서 서로 먼저 무릎 위를 차지하려고 실랑이를 벌이곤 했어. 아이들의 무릎 위는 세상 그 어떤 둥지보다 포근했어 (물론 캐스의 무릎 위는 언제나 해럴드가 차지했지). 그리고 밤이 오면 어김없이 협곡의 바위 주민들에게 책을 배달했어.

아이들은 오거 집에 있을 때는 개와 양과 까마귀들과 놀고, 고아들의 집에 있을 때는 닭과 염소와 고양이들과 함께 놀았어. 한시도 쉴 틈이 없었어.

하지만 이대로 언제까지 지내야 할까? 그게 문제였어. 아무도 답을 모르는 듯했어. 아이들은 언제나처럼 앤시아를 바라봤지만 앤시아는 이상할 정도로 조용했어. 가끔 수첩에 무언가를 적곤 했지만 아무에게도 보여 주지 않았어.

∽

어느 날 아이들은 그늘막 아래 앉아 삽화에 색칠을 하고 있었어. 바틀비가 갑자기 고개를 들고 물었어. "이웃이란 뭘까?"

"웬 엉뚱한 소리야?" 앤시아가 대꾸했어. 바틀비의 철학 문답이라면 지긋지긋했거든. 게다가 나무를 그리느라 딴생각할 틈이 없기도 했고.

"누가 새 펜 좀 줄래? 이거 부러졌어." 종이에 이야기를 줄줄써 내려가던 일라이자가 말했어. 고개도 안 들고 그저 새 펜이 손에 들어오자마자 작업을 이어 갔어. 그렇게 일라이자와 캐스는 글씨를 쓰고, 디어드레와 오거는 그림을 그리고, 원장은 바느질을 하고, 마이런은 아기들을 돌봤어.

그대로 몇 분이 지났어. 앤시아는 바틀비가 질문한 걸 까먹은줄 알았는데, 아니었어. "아니, 정말로. 이웃이란 뭘까?"

"사전 찾아봐." 앤시아가 쏘아붙이고는 이야기 쓰기로 작업을 옮겼어. 자기도 모르게 여러 가지 공구들을 장황하게 설명하고 있는 걸 깨닫고는 고개를 절레절레했어. 일라이자에게는 왜 그렇게 쉬운 걸까?

바틀비는 단념하지 않았어. "아니, 난 사전적 정의를 말하는게 아니야. 정의는 겉에만 머무르지. 철학자처럼 생각해 봐. 안쪽에서 바라보는 거야. 이웃의 본질은 무엇일까? 이웃이 된다는 건 어떤 의미일까?"

앤시아는 펜을 탁 내려놓고 인상을 썼어. "대체 하고 싶은 말이 뭐야?"

바틀비는 한숨을 내쉬었어. "사람들은 우리가 전해 주는 이야기를 읽고 조금씩 변하고 있어. 하지만 이대로는 부족해. 생각이 확 바뀌어야 마음과 행동을 바꿀 거야. 그리고 생각은 의문에서 시작하지. 그게 철학의 원리고. 어떻게 하면 사람들이 의문을 품게 만들 수 있을까? 이 마을은 오거의 이웃으로서만 실패한 게 아니야. 서로 이웃이 되는 데 실패했어. 어쩌면 이제 다들 스스로 물어볼 때가 된 것 같아. 이웃이 된다는 게 실제로 어떤 의미인지."

앤시아는 어깨를 으쓱하고 하던 일로 돌아갔어. "난 네 추측에 의문이 드는데."

"난 네 얼굴에 의문이 들어." 바틀비가 쏘아붙이며 대화를 접었어.

하지만 앤시아는 바틀비가 한 말을 계속 곱씹었어.

앤시아는 바틀비와 캐스와 함께 잠든 아기들을 포대기에 업고 집으로 걸어갔어(해럴드도 캐스의 어깨에 올라앉아 따라갔어). 거리를 유심히 둘러보니 바틀비 말이 맞았어. 책들은 도움이 되고 있었어. 곳곳에 티가 났어. 사람들은 문과 창문을 활짝 열어 놓고 밖에 나와 책을 읽었어. 대장장이는 대장간 앞에 의자들을 내놓고 즉석 토론을 벌였고, 그 결과 젊은이 두 명을 견습생으로 받았어. 사람들이 끊임없이 드나드는 통에 순경은 주스와 차를 들고나와 대화 장소를 제공했어.

아이들은 중앙광장에 접어들었어. 시장이 내건 표어들은 여전했지만 사람들은 더 이상 쳐다보지 않았어. 선전물이 구석진 곳마다 무더기로 나뒹굴었어. 눈에 띄더라도 수거되어 쓰레기통에 뭉텅이째 버려졌어. 광장 한쪽에서는 한 청년이 한 무리 아이들을 데리고 이야기를 읽어 주고 있었어. 다들 우산으로 그늘을 만들었어. 청년은 친절한 여우와 괴팍한 들꿩, 그리고 늘 진실을 파악하지 못하고 어리석은 실수를 반복하는 철학자 이야기를 들려주었어. 아이들이 까르르 웃었어.

앤시아는 잠시 멈춰 그 광경을 눈에 담았어. 고개가 절로 기울었어. "으음."

집에 돌아온 앤시아는 고아들의 집 열린 문 앞 돌계단에 앉아 오가는 사람들을 구경했어. 수첩에 무언가를 쓰기도 했어. 이웃들은 서로 이름을 부르며 손을 흔들고 인사했어. 심지어 앤시아 이름도 알고 있었어. 앤시아는 수줍게 손을 흔들어 화답했어.

앤시아는 책이 나타난 후로 자신이 관찰한 마을의 변화를 되짚어 봤어. 수다는 토론이 되고, 토론은 모임이 되고, 모임은 행사가 됐어. 사람들은 더 이상 서두르지 않았어. 서로에게 웃음

짓고, 악수하고, 팔을 두드리고, 껴안기도 했어. 에스메는 물물교환 행사를 계획했어. 사람들은 텃밭에 남은 녹색 토마토와 구근, 호박 같은 걸 서로 교환했어.

고아들의 집도 변했어. 누군가 염소와 닭들을 위해 작은 울타리를 세워서 원장이 아침부터 대문을 활짝 열어 둘 수 있었어. 마이런은 공동체를 위해 도서실을 개방하기로 마음먹고 대출대를 만들었어. 사람들은 빌릴 책과 반납할 책을 들고 오갔어. 서가는 스스로 크기를 조절해 늘 꽉 찬 것처럼 보였지만 아무도 의심하지 않았지.

사람들은 집에서 만든 캐서롤이나 안 쓰는 신발을 들고 찾아와서 원장이 만든 비누나 잼, 산딸기주를 들고 떠났어. 하지만 아이들은 오거 집에 드나드는 사실을 이웃들에게 비밀로 했어. 아직은 이해할 준비가 안 됐다고 생각했거든.

∽

얼마 뒤, 바틀비와 캐스가 앤시아의 곁에 앉았어. 앤시아는 수첩에 무언가를 계속 써 내려갔어. 마침내 앤시아는 손을 멈추고 위를 올려다봤어. 이웃 여자 두 명이 안전띠와 밧줄을 챙겨와서 굴뚝을 점검하고 있었어. 뜰에선 한 남자가 사다리에 올라 창문을 고치고 있었고, 이웃집 아이 둘이 엄마 손을 잡고 놀러와서 고아들의 집 꼬마들과 함께 닭들에게 손으로 모이를 주며 깍깍거렸어.

앤시아는 바틀비를 보고 물었어. "정말로, 이웃이란 뭘까?"

바틀비는 씩 웃었어. "거봐. 철학은 요령만 익히면 된다니까. 토론회라도 열까?"

"아니." 앤시아는 딱 잘라 말하곤 거리를 둘러봤어. 한 무리 이웃이 길가에 동그랗게 모여 앉아 책과 간식을 주고받으며 대화를 나눴어. 다들 얼굴에 웃음을 머금고 있었어.

"뭐, 비슷할 수도." 앤시아가 말을 고쳤어. "나한테 계획이 하나 있어."

"철학과 관련 있는 계획이야?" 바틀비가 물었어. 캐스는 지친 듯 눈알을 굴리며 네넷과 오르페우스를 포대기에서 꺼내 해럴드와 함께 닭들에게 모이를 먹이는 아이들에게 데려갔어.

"아마도." 앤시아가 대답하더니 수첩에 마지막 문장을 썼어. "아마 네가 옳은 것 같아. 큰 변화를 일으키려면 큰 의문을 품어야 해. 모두가 같은 질문을 떠올려야 해." 앤시아는 수첩 어딘가에 동그라미를 치고 여러 번 밑줄을 그었어.

"어떻게?" 바틀비가 물었어.

앤시아가 회심의 미소를 지었어. "엄청 큰 표어를 만들 거야."

실행 가능한 해결책

그 끔찍한 책들이 계속해서 나타나자 시장은 속이 부글부글 끓었어.

이것들은 대체 어디서 오는 거지?

그리고 왜 주민들은 내 멋진 표어들을 무시하는 거지?

무엇이 당신에게 최선인지는 당신의 시장이 안다. 그리고 **오거족은 위험하다.** 그리고 **오거를 막을 돌담을 쌓아야한다.** 이 표어들은 온 동네에 깔려 있었어. 빨랫줄에서 펄럭이기도 하고 깃대에서 나부끼기도 했지.

하지만…… 아무 효과가 없는 것 같았어.

아주 오래전, 시장이 협곡의 바위에 처음 도착했을 당시 마을 사람들은 그늘에 드러누워 책을 읽고 대화를 나누곤 했어. 시장은 그 생각에 얼굴이 일그러졌어. 그때 시인들은 햇살이 어른거리는 사과나무 아래서 서사시를 읊었고, 철학자들은 광장에서 강연하거나 토론했고, 사서들은 도서관의 웅장한 현관 계단에 앉아 꼬질꼬질한 아이들 무리에게 이야기책을 읽어 줬어. 끔찍했지. 떠올리기만 해도 진저리가 났어. 도서관을 불태우는 게 이 마을을 위해 할 수 있는 최선이었어. 그래서 한 사람이라도 고마워했나? 아니, 전혀.

아차. 시장은 화들짝 놀랐어. 그건 비밀이었지. **휴. 입 밖에 안 내길 잘했네.**

가끔은 뭐가 비밀이고 뭐가 비밀이 아닌지 헷갈렸어. 그는 시간을 탓했어. 오래 살다 보니 생기는 문제였지. 시간은 돌고 꼬이고 흔들리곤 했어. 그 탓에 진실과 거짓의 경계가 흐릿해졌어. 시장은 자기 잘못이 아니라고 생각했어. 자기가 사실이 아니라고 하면 뭐든 사실이 아니어야 하지 않나? 분명 그래야 했어. 그야 시장 노릇이란 정말 고되니까. 게다가 자기는 요구하는 것도 별로 없었어.

그는 아름다운 금발과 맵시 좋은 코트와 멋들어진 부츠가 어우러진 자태로 마을을 거닐었어. 지나치는 모든 이에게 해사한 미소를 보냈어. 하지만 협곡의 바위 주민들은 눈여겨보지 않았어. **이상하군. 도대체 무슨 일이람?** 시장은 어리둥절했어.

다시 시도했어. 부츠 굽을 더 절도 있게 또각거리고, 책을 안고 어딘가로 서둘러 가는 여자들에게 정중하게 인사했어. 유리가 깨질 만큼 환하게 웃어 보였어. 하지만 여자들은 그를 쳐다보지도 않고 부지런히 잰걸음을 놀렸어. 상기된 얼굴로 온갖 새롭고 복잡한 생각들을 쉴 새 없이 쏟아 내면서.

　그들 머릿속에 시장에 관한 생각은 한 톨도 끼어 있지 않았어. 한눈에 봐도 알 수 있었어. 어느새 그는 오랫동안 잊고 있던 감정에 젖어 들었어. 바로 우울함이었어. 시장은 침울하게 마을 중심부로 향했어.

　사람들은 거리와 광장에 그늘막을 설치하고 긴 의자와 담요와 돗자리를 가지고 나와 앉았어. 곳곳에서 좌담과 낭독과 토론이 벌어졌어. 어딜 가나 사람들이 모여 있었어. 한때 공원이었던 진구렁 주위 잡초밭에, 도서관 폐허의 돌무더기에 앉아 책을 읽었어. 건물 사이 골목에서, 갑자기 바빠진 가게 문간에서 잡담을 나누었어. 길바닥에 분필로 시를 쓰는 사람도 있었어. 시장은 시를 혐오했어.

　"안녕하십니까." 그는 지나가는 사람들에게 힘차게 말했어. "안녕하세요, 네, 접니다. 여러분이 사랑하는 시장." 너무나 소중한 단어였어. **시장**. 세상에서 가장 멋진 단어. 평소에 그렇게 말하면 사람들은 한껏 흠모하는 눈빛으로 자신을 바라보곤 했어. 그때마다 더없이 흡족했지. 하지만 지금은? 책을 보느라 바빠서 시장을 전혀 알아채지 못했어.

　시청의 종이 울렸어. 새로운 연설을 할 시간이었어. 저번처럼 가소로운 오거를 향해 불만을 터뜨릴 기회를 주면 다들 자신의 책과 문제들을 잊어버릴 테고, 모든 게 제자리를 찾겠지. 울화통이 터지고 적개심이 들끓을 테지. 더 많은 표어! 우렁찬 함성!

찬란한 분노의 물결이 온 마을을 덮칠 거야.

"에헴." 시장이 거하게 목을 가다듬었어. 아직 반응은 없었어. "자, 사랑하는 주민 여러분, 오늘도 여러분을 위해 한마디 하겠습니다. 그리고 듣겠습니다! 아주 많이 들을 겁니다! 불평의 목소리는 널리 퍼져야 하니까요. 특히 누군가에 대해서요." 그는 윙크하고 말을 이었어. "이 마을 끝자락에 사는 누군가 말입니다."

한 여자가 연단으로 다가왔어. 시장은 한시름 놨어. **드디어 효과가 나타나는군.**

"시장님, 귀한 시간 내 주셔서 감사합니다." 여자가 말했어. "정말로요. 그리고…… 갑자기 마을의 목소리에 귀 기울이시겠다니 놀랐습니다. 좋은 쪽으로요. 다만 저는 불평의 목소리보다는 해결책을 제안하고 싶습니다."

시장은 군중을 향해 환히 웃으며 과장스러운 손짓으로 여자를 가리켰어. "보세요. 이게 바로 제가 협곡의 바위를 사랑하는 이유입니다. 우리는 문제를 해결하는 사람들이죠. 얼마나 대단합니까! 자, 그 해결책이 뭔지 어서 들어 봅시다."

"그게, 시장님께서도 잘 아시다시피, 마을 형편이 어려워지고 많은 주민이 떠나면서 여러 집이 버려진 채 방치되었습니다. 유능한 사람들도 일자리를 잃었고요. 우리가 다 함께 힘을 합쳐서 적어도 한 가지는 바로잡을 수 있지 않을까요? 빈집에서 쓸 만한 자재를 구해 새 학교를 짓는 건 어떨까요? 아이들한테는 학교가 절실히 필요합니다." 여자는 기대감에 찬 눈빛으로 시장을 올려다봤어.

시장은 입을 약간 벌린 채 여자를 바라봤어. "아니, 뭐요?" 시장은 떨떠름하게 물었어. 여자가 제안한 해결책은 오거에 관한 것이 전혀 아니었어. 도대체 무슨 일이 벌어지는 거지? 설상가상으로 몇몇 사람이 고개를 끄덕이며 여자 주위에 몰려들었어. 책에 코를 박고 있던 사람들도, 전혀 이쪽을 보지 않던 사람들도 갑자기 일어나 서로 악수하며 등을 두드렸어. 몇몇 사람은 열광적으로 환호하기까지 했어. 말을 꺼낸 여자, 그 주제넘은 참견쟁이는 참가 신청서를 들고 바쁘게 돌아다녔어. 시장은 당황했어. 언제부터 사람들이 참가 신청서 따위를 들고 돌아다녔지? 그건 이제껏 한 번도 본 적 없는 일이었어.

일이 꼬이고 있었어. 시장은 재빨리 머리를 굴렸지. "네, 네, 정말 좋은데요. 혹시 다른 안건 없습니까? 예를 들어 지 혼자 해결할 수 있는 문제라든지요?"

한 남자가 연단으로 다가왔어. "아시다시피, 공원의 진구렁은 해결할 수 있는 문제입니다." 그가 말했어.

"뭐요?" 시장이 호탕하게 웃었어. "아니, 절대 그렇지 않습니다! 협곡의 바위 주민들이 마을에 더 넉넉히 기부했다면 모를까! 하지만 그렇지 않죠! 너무나 슬픈 일입니다!"

"아니요, 시장님." 남자는 물러나지 않았어. "저희 집에 토목공학에 관한 책이 몇 권 있습니다. 도서관이 불타기 전에 아버지가 대출한 책들인데, 도서관이 재건되면 반납할 생각으로 계속 가지고 있었죠. 그저 작은 조직을 결성해서——"

"또 말하고 싶은 분 있나요?" 시장이 소리쳤어.

"흠흠." 작은 여자가 인기척을 냈어. 얼핏 보니 숫자로 가득 찬 장부를 펼쳐 들고 있었어.

오, 안 돼, 회계원만은! 시장은 기겁했어.

"제가 보기에 우리 마을의 문제는 부족한 기금이 아니라 부적절한 분배입니다. 우리 모두 세금을 내는데, 그 돈이 다 어디로 갈까요? 저는 기본적인 계산으로 문제를 해결할 수 있다고 확신합니다. 마을의 재정 현황을 좀 더 자세히 말씀해 주시겠습니까?"

시장은 욕을 짓씹으며 콧김을 뿜었어. "허! 재정이라! 실없기는! 당신 말투가 썩 마음에 안 드는군요. 그러니까, 이 아름다운 표어들이나 보십시오!" 시장은 머리 위를 가리켰다가 그제야 표어 하나가 훼손된 걸 봤어. **오거 타도** 대신 **탐욕 타도**라고 적혀 있었어. **다들 단체로 뭘 잘못 먹었나?** "게다가! 오늘 오거 추방 시위가 몇 번이나 있었죠? 맞습니다, 한 번도 없었어요! 여러분의 시장에게 감사 인사는 했나요? 뭔가 멋진 선물, 이를테면 파이와 함께 '시장님, 노고가 많습니다'라고 적힌 쪽지를 보냈나요? 천만에요."

몇몇 무리가 다가왔어. 다들 진지한 얼굴이었어. 앞치마를 두른 한 남자가 앞으로 나와 입을 열었어. "제가 말씀드리고 싶은 건 마을 길거리가——"

"멀쩡하죠!" 시장이 말을 잘랐어. 딱딱한 부츠 굽을 쿵 내리치자 연단의 나무판자가 쪼개졌어. "길거리는 더할 나위 없이 멀쩡합니다!" 그가 고함을 질렀어. "요즘 다들 너무 까다로워졌군요!"

머리에 뜨개바늘을 꽂은 여자가 말했어. "요즘 굶주리는 사람이 너무 많아요. 각자 집에서 남는 식량을 배고픈 이웃에게 나눠 줄 수 있는 장소를 만듭시다." 여자가 웃어 보였어.

"맙소사." 시장이 중얼거렸어.

"책이 웬만큼 모였으니, 그것들을 보관하고 서로 이야기와 생각을 나눌 장소가 필요합니다. 다시 말해, 새 도서관이죠." 한 남자가 말했어.

"아니, 그건 그냥——" 하지만 시장의 반박은 곧장 가로막혔어.

"제가 어렸을 때는 마을 야유회가 있었어요. 이제 그런 행사를 되살릴 때가 된 것 같아요."

시장은 눈을 들어 자신의 훌륭한 표어들을 둘러봤어. 하나하나 공들여 만든 작품들이 온 광장에 줄지어 있었어. 시선이 표어들을 죽 따라가다가 마지막 것에 걸려 얼어붙었어. 자기가 만든 표어가 아니었어. 시장은 눈을 가늘게 떴어.

그 표어에는 이렇게 적혀 있었어. **이웃이란 뭘까요?** 시장은 눈을 확 찌푸리고 뒤돌아서 군중을 노려봤어. "이웃이란 뭘까요? 저 표어는 누가 걸었죠? 난 확실히 아닙니다. 별 질문 같지도 않은 질문이군요. 이웃의 뜻을 모르는 사람도 있답니까?" 시장은 그 표어를 다시 쏘아봤어. **이웃이란 뭘까요? 누가 감히 허가받지 않은 표어로 시장의 업적을 망쳐?**

구름이 몰려오더니 가랑비가 내리기 시작했어. 시장은 비를 싫어했어. 비가 오면 살갗이 달아오르고 근질거렸거든. 협곡의 바위 주민들은 오히려 비를 반기는 듯 일제히 고개를 젖혀 하늘을 봤어.

"자, 오늘은 이쯤에서 마무리하죠!" 시장이 말했어. 아무도 흠모의 눈빛을 보내지 않았어. 쿵쿵거리며 계단을 내려가는 동안 아무도 손뼉 치지 않았어. 그는 두말없이 자리를 떠나 저택으로 향했어. 생각들이 바삐 내달렸어. 우선 그 괘씸한 표어를 가리고, 더 많은 표어를 만들 거야. 책을 금지할 거야. 사람들의 의문을 잠재울 거야. 다시 오거를 증오하게 할 거야. 무슨 짓을 해서라도. 그럼 모두가 다시 자기를 사랑할 거야.

모든 걸 제자리에 돌려놓을 거야.

마을 전체를 불태우는 한이 있더라도.

이웃이란 뭘까요?

다음 날, 잠에서 깬 협곡의 바위 주민들은 저마다 새 책을 발견했어. 이번에는 모두가 똑같은 책을 받았는데, 이제껏 받은 책 가운데 가장 예뻤어. 손으로 정성껏 그림을 그리고 글씨를 쓰고 곳곳에 압화를 끼워 넣은 책이었어. 납작 눌린 꽃에서 갓 깎은 풀과 신선한 공기와 촉촉한 흙과 짙은 노동의 향기가 났어. 책의 제목은 '이웃'이었어.

이웃이란 뭘까요? 학교 교사를 그린 삽화 아래 적혀 있었어.

"요즘 들어 자주 들리는 말이군." 협곡의 바위 주민들이 중얼거렸어.

이웃이란 단순히 물리적 거리를 뜻할까요? 지금 내가 당신과 이렇게 가까이 있으니, 우리는 이웃인가요?

주민들은 아름다운 옛 시절의 마을을 세심하게 그린 삽화에 감탄하여 그 질문에 대해 생각했어.

글은 이어졌어. 아니면 다른 문제일까요? 내 마을이나 동네에 사는 이가 내 이웃일까요? 그럼 내 집 문 앞 돌바닥에서 자는 나그네보다 내 옆집에 사는 이가 더 이웃에 가까울까요? 과연 누가 내 이웃일까요?

협곡의 바위 주민들은 글을 따라가다가 약제사와 순경이 함께 식사하는 모습이 담긴 삽화에 잠시 머물렀어. 두 사람이 십 년 동안 서로 말을 섞지 않았다는 건 누구나 아는 사실이었지. 또 구두장이와 그의 아내가 손에 까마귀 한 마리씩 얹고 있는 모습을 보고 웃음 지었어. 다들 아침도 거른 채 집 앞 갓돌에 걸 터앉아 책에 빠져들었어.

이웃이란 뭘까요? 책이 다시 물었어. 이 페이지에는 다리 밑 손수 지은 판잣집에 사는 청년이 허드렛일로 생계를 이어 가는 모습이 담겨 있었어.

당신의 이웃은 골목 끝 집에 삽니다. 또는 버려진 공터에 있는 헛간에 삽니다. 또는 숲과 마을 사이에 있는 농장에 삽니다. 또는 공원 근처에 삽니다. 또는 공원 안에 삽니다. 또는 고아원에 삽니다. 또는 길이 꼬이고 덤불이 뒤엉키고 무화과나무의 굵은 가지가 바람에 삐걱거리는 곳에 삽니다. 당신의 이웃은, 보다시피, 누구나입니다. 숨 쉬고 생각하고 걱정하고 사랑하는 이라면 누구나 당신의 이웃입니다.

구두장이와 에스메는 집 밖 차양 아래 나란히 앉았어. 구두장이는 책을 품에 안았고, 에스메는 손을 뻗어 남편 손을 잡았어.

대장장이는 거리로 뛰쳐나와 마주치는 모든 이에게 인사했고, 순경은 곧장 약재상을 찾아가 약제사를 끌어안았어.

이웃이란 뭘까요? 책이 또다시 물었어. 이웃은 당신과 비슷합니다. 또는 다릅니다. 또는 반쯤 비슷하고 반쯤 다릅니다. 이웃은 당신과 모든 가치관을 공유합니다. 또는 몇몇 가치관을 공유합니다. 또는 아무 가치관도 공유하지 않습니다. 이웃은 아무런 이유 없이 당신을 돕습니다. 이웃이란 부르지 않아도 찾아오는 존재입니다.

까마귀, 개, 양들과 함께 웃고 있는 오거의 모습이 페이지를 장식했어. 협곡의 바위 주민들은 그 비뚤어진 집을 떠올렸어. 그러자 문득 가시방석에 앉은 것처럼 불편해졌지. 그야 물론 오거도 자신의 이웃이었으니까.

협곡의 바위에도 이웃들이 서로 돕던 때가, 서로를 위해 군말 없이 나서던 때가 있었어. 왜 지나간 일이 되었을까? 왜 서먹서먹해졌을까? 그리고 더 작고 날카로운 질문이 뒤통수를 괴롭혔어. 나는 이제껏 내 이웃을 어떻게 대했을까?

이웃이란 뭘까요? 점등원의 모습이 나왔어. 이어서 푸줏간 주인의 모습이 나왔어. 이어서 고아들의 집을 운영하는 노부부의 모습이 나왔어. 이웃은 조건 없이 존재합니다. 만약 내가 누구는 내 이웃이고 누구는 내 이웃이 아니라고 주장한다면, 이웃이 되지 못한 쪽은 누구도 아닌 바로 나입니다. 모두가 이웃이라 주장하고 모두가 이웃인 것처럼 행동해야 좋은 이웃이 됩니다.

좋은 이웃이 되는 행동은 나부터 시작해야 합니다.

협곡의 바위 주민들은 오거의 집을 몇 번이나 지나치면서도 인사조차 건네지 않았다는 사실을 떠올렸어. 오거가 처음 마을에 왔을 때 반갑게 맞이하지 않았다는 사실도. **오거 타도** 표어가 떠오르자 부끄러웠어. 뒤이어 **책은 위험하다** 표어가 떠오르자 의문이 들었어.

한 명씩 고개를 들었어. 서로 눈을 마주치자 손을 흔들었어. 웬일인지 마을이 전에 없이 소란스러웠어. 아이들이 까르르 웃는 소리, 까마귀들이 까악거리는 소리가 났어. 주민들은 하나둘 일어나 소리를 따라갔어.

이웃이란 뭘까요? 이웃은 당신에게 수프나 빵을 가져다줍니다. 따뜻한 품을 내어 줍니다. 지붕이 꺼졌을 때, 텃밭을 갈 무렵에 찾아와 팔을 걷어붙입니다. 끔찍한 밤을 맞았을 때 안전한 피난처가 되어 줍니다. 이웃은 당신을 돌보고 걱정하고 함께 웃고 지지합니다. 어때요, 사랑스럽지 않나요?

어느새 협곡의 바위 주민들은 중앙광장에 서서 입을 떡 벌렸어. 다들 약속이라도 한 듯이 모인 거야. 재봉사는 전직 교사에게, 전직 교사는 쓰레기 수거원에게, 쓰레기 수거원은 청과물 상인에게, 청과물 상인은 장의사에게, 장의사는 푸줏간 주인에게, 푸줏간 주인은 구두장이와 에스메에게 손을 흔들었어.

"반가워." 이웃들이 말했어.

그나저나 광장에 양 떼가 돌아다니고 있었어. 웬 양이람! 양들은 건장하고 민첩하고 영리했어. 털은 그 어떤 감촉보다 부드러웠어. 까마귀 떼가 날아와 머리 위에서 조잘거렸어. 보아하니 아이들과 눈먼 개 한 마리와 함께 놀고 있는 모양이었어. 심지어 양도 몇 마리 합류했어. 아이들은 웃고 까마귀들은 까악거렸어. 그다음에는 까마귀들이 웃고 아이들이 까악거렸어. 그들은 함께 달리고, 날고, 폴짝폴짝 뛰고, 빙글빙글 돌았어. 세상에 그보다 더 재밌는 놀이는 없다는 듯이. 까마귀들이 아이들하고 놀기도 하나? 협곡의 바위 주민들은 머리를 긁적였어. 글쎄, 누가 알겠어?

고아들의 집 원장과 그의 남편 마이런도 있었어. 마을에서 유독 인품이 뛰어나고 인망이 두터운 사람들이었지. 그리고 그들은…… 오거와 함께 서 있었어. 원장과 오거는 체격 차이가 심한데도 서로 팔을 두르고 있었어. 오거와 마이런은 함께 웃었어. 오거는 비록 긴 소매 옷에 긴 장갑을 끼고 우산으로 얼굴을 가리고 있었지만 햇빛을 쐬었다고 해서 바위나 재로 변하지는 않았어. 따라서 오거에 관한 두 소문은 명백히 진실이 아니었지. 진실이 아닌 게 또 뭐가 있을까?

이웃이란 뭘까요? 이웃은 자신의 도구와 기술로 당신의 고장 난 것을 고쳐 줍니다. 밤이 깊도록 당신에게 이야기를 들려줍니다. 당신을 보면 반갑게 손을 흔들어 줍니다.

고아들의 집 아이들은 일벌처럼 분주히 움직였어. 그 오래된 바위 근처 쓰레기 더미에서 목재들을 주워 큰 탁자를 만들었어.

손수레에서 파이와 케이크, 롤빵과 치즈를 날라 탁자에 차렸어. 어린아이들은 해바라기와 백일초와 국화를 한 다발씩 안고 다니며 여기저기 뿌렸어.

키가 크고 검은 머리를 길게 땋은 여자아이가 그 탁자에 현수막을 내걸었어. **이웃이 이웃을 위해 마련한 야유회입니다. 모두 환영합니다.** 탁자에는 갓 구운 빵과 정교한 쿠키, 두툼한 파이, 윤기 도는 롤빵이 수북이 쌓여 있었어.

마을 사람들은 꿈을 꾸듯 몽롱한 기분으로 광장으로 모여들었어. 그들은 원장과 마이런에게 인사했어. 오거에게도 인사했어. 목을 길게 빼고 오거를 올려다봤어. 잡초 같은 머리에서 자라는 들꽃을 보고 감탄했어. 웃을 때마다 돌처럼 단단한 피부가 새 동전처럼 반짝이는 눈 주위에 쩍쩍 갈라지는 모습을 보고 웃음 지었어. 거대한 손을 잡아 보니 의외로 부드럽고 따뜻해서 놀랐어. 그들은 오거가 마음에 들었어. 상상도 못 한 일이었어. 오거와 인사하고 악수하니 기분이 좋았어.

"출출하시죠?" 오거가 물었어.

그러고 보니 정말 그랬어.

"네, 고마워요."

또다시, 이웃들

오거는 그들의 얼굴을 모두 알고 있었어. 아주 오랫동안 알았지. 잠망경으로 쭉 지켜봤으니까.

봐! 오거는 생각했어. 공원의 진구렁을 메운 늪지대 근처에서 제비들을 위해 새 둥지를 짓는 여자야. 작고 꼼꼼하고 완벽한 둥지. 둥지마다 손수 만든 염료로 칠하고 안쪽에는 부드러운 천 조각을 덧댔지. 그야 누구나 아늑한 보금자리를 누릴 자격이 있으니까. 하지만 여자 자신은 몇 년 동안 집 한 채 마련하지 못하고 매일 밤 마을 한구석에 있는 낡은 헛간에서 잠을 잤어.

그리고 봐! 오거는 빙그레 웃었어. 제과점을 운영하다가 그만둔 남자야. 빵 자르는 기계에 손가락 두 개를 잃은 가엾은 사람. 아직도 아픈 것처럼 손을 얼굴에 갖다 대곤 하지.

그리고 저기! 전직 오르간 연주자. 배우자가 세상을 떠난 뒤 아직 슬퍼하는 사람.

그리고 저기! 약제사.

그리고 근심 걱정 많은 의사.

그리고 구두장이와 그의 말 많은 아내.

하지만 누군가를 멀리서 보는 것과 가까이에서 보는 것은 아주 달랐어. 가까이서 보니 얼굴마다 수많은 이야기가 담겨 있었어. 오거는 그들의 얼굴에서 사랑을 읽을 수 있었어. 상실도. 상처도. 실망도. 걱정도. 슬픔도. 누가 농담을 잘하는지, 누가 셈에 밝은지, 누가 도구와 기술을 갖췄는지 바로 알 수 있었어.

한참 정을 나누다 보니 접시가 모자랐어. "금방 올게." 자전거 수리공이 자리를 떴어.

"나도 뭔가 나눌 게 있는 것 같아. 잠시만." 대장장이가 뒤따랐어.

그들은 사과 소스와 졸인 자두를 단지째 들고 왔어. 직접 키운 포도로 담근 포도주를 가져왔어. 심지어 푸줏간 주인도 햄을 들고 왔어. 마지못해 작은 햄을. 커피 한 주전자가 도착했어. 머그잔이 가득한 쟁반도. 우유 한 통도. 스크램블드에그 한 접시도. 샐러드 한 그릇도. 산딸기 한 바구니도. 수프 한 통도.

나눌 음식이 없는 사람들은 다른 것들을 가져왔어. 그늘막. 의자. 한 무리 아이들이 낡은 소파를 끌어와 바위 옆에 놓았어.

"미안합니다." 한 이웃이 오거에게 말했어. "전부 다요. 우리도 그동안 뭐에 씌었는지 모르겠어요. 우릴 용서해 줄 수 있나요?" 그는 양들이 길을 잃지 않도록 목에 달 방울들과 개한테 줄 뼈다귀를 가져왔어.

"조만간 깨진 창문 수리하러 들를게요." 다른 이웃이 말했어.

"텃밭은 우리한테 맡겨요. 일손이 많으면 일도 아니죠."

"쿠키를 어떻게 새 모양으로 만들었나요?"

"견과류 케이크 만드는 법 좀 알려 줄래요?"

오거는 음식에 관한 질문들에 답하고 자신의 인생 이야기를 들려줬어. 바다에서 고래들과 헤엄치며 보낸 시간, 성에서 트롤들과 보낸 시간, 늪지대에서 보낸 시간, 오거 마을에서 보낸 시간, 그리고 어떻게 협곡의 바위를 찾아오게 되었는지도 이야기했어. 바로 상실의 슬픔에 공감해서였지.

"저길 보세요. 저 바위요." 오거가 고개를 한쪽으로 기울이고 눈을 가늘게 떴어. "자세히 보면, 예전에 내가 살던 마을이 보여요. 내가 아는 건 어떤 용이 변장을 하고 모두를 속인 뒤에 온 마을을 불태웠다는 것뿐이에요. 하지만 어떻게 용이 오거 마을에서 본모습을 숨길 수 있었을까요? 말도 안 되죠."

"아, 내가 알아요!" 일라이자가 외쳤어. "용에 관해 전부 읽었거든요."

일라이자는 온 마을에 용에 관해 이야기했어. 거룩한 가죽에 관해서도. 앤시아는 가로막지 않았어. 단 한 번도. 그렇게 일라이자의 이야기는 끝까지 이어졌어.

야유회

시장은 저택을 나서자마자 뭔가 이상하다는 걸 느꼈어.

그는 눈매를 좁혔어.

저택은 평소와 다름없어 보였지. 뜰도 변함없었고. 위엄 있는 조각상들도 여전히 햇빛에 반짝였어. 그럼 뭐가 달라진 거지?

마법이 점점 고갈되고 있었어. 아마 그래서 최근에 마을 사람들을 설득하기가 그렇게 어려웠던 거야. 시장의 가죽 안에 이렇게 오래 머무르다니, 자기가 생각해도 어리석었어. 기억하기로 한 가죽 안에 이렇게 오래 머무른 적은 없었어. 사실 어떤 용도 그런 적 없겠지. 마지막으로 시장 가죽을 벗은 게 언제였더라? 잘 기억이 안 났어. 하지만 애초에 너무 번거로운 일이었고, 그는 정말이지 게으른 용이었어. 스스로도 인정하는 사실이었지.

그러고 보니 상황이 그 지경이 된 게 놀랄 일은 아니었어. 어쩐지 아무도 아름다운 자기 목소리에 감탄하지 않고 자기 앞에서 눈을 빛내지 않더라니, 마법이 턱없이 적어서였지. 하지만 상관없었어. 곧 초승달이 뜰 테고, 그 직전에 숲속으로 들어가 경이로운 본모습을 실컷 만끽하면 되니까. 한때는 매달 규칙적으로 그렇게 했어. 하지만 그건 아주 오래전이었고, 불태울 건물과 구워삶을 마을이 있어서 최상의 컨디션이어야 했기 때문이지. 어느새 게으름에 너무 익숙해져 있었어. 이제 용의 위엄을 되찾을 때였어. 이번 달이 아니면 다음 달은 반드시. 그때 마음이 내키면.

표어 몇 두루마리를 겨드랑이에 끼운 채 발걸음을 떼자 현관 바닥이 발밑에서 끽끽거렸어. 그는 속으로 다짐했어. 오늘, 모든 걸 바로잡을 거야. 오늘, 책의 배후를 파헤칠 거야. 오늘, 마을의 불행을 적절한 방향으로 이끌 거야. 그러고 나서……

그는 뜰 끝자락에서 우뚝 멈췄어. "어라."

그 많던 고양이가 다 어디 가고 딱 한 마리만 남아 있었어. 눈이 하나 없는 치즈색 늙은 고양이였어. 고양이는 꼬리를 휘둘렀어. 시장을 똑바로 보면서 눈 하나 깜짝 안 했어. **흠, 이게 이상했군**, 하고 시장은 생각했어. 저택 주변에는 늘 고양이들이 있었어. 지긋지긋할 정도로 많이. 하나같이 먼발치에서 몸을 사리며 자기를 노려봤는데, 왜 그러는지 몰랐어. 실은, 알았어. 고양이와 용은 원래 사이가 안 좋거든. 하지만 그는 자신을 용이라 여긴 지 꽤 오래됐어. 시장이 제격이었지. 이제껏 다른 용들하고 딱히 잘 지내 본 적도 없고. 시장으로서 그가 잘 보여야 할 대상은 오직 자신이었어. 그리고 자신은 나무랄 데 없이 훌륭했지.

"친구들이 사라졌니?" 그가 고양이에게 말을 걸었어.

고양이는 아무 대꾸도 안 했어.

그는 어깨를 으쓱했어. "너희도 그렇게 강하지는 않은가 보구나." 하긴, 고양이 따위는 결코 용의 적수가 안 되지. 그는 코웃음 치며 자리를 떴어. 늙은 고양이는 꿈쩍도 안 했어. 시장은 광장으로 향하며 고양이들을 잊고 마음을 다스리려고 노력했어.

그가 겨드랑이에 챙긴 표어들은 다음과 같았어.

오거 타도

표어치고 나쁘지 않았어.

낯선 이가 나의 것을 노릴지도 모른다

괜찮지만 썩 마음에 차진 않았어.

게으른 도둑은 딱 질색

이제까지 가장 마음에 드는 표어였어.

시장은 일거리 없이 떠도는 누군가를 만나면 동전 한두 개를 주며 표어들을 걸어 달라고 할 작정이었어. 그러려고 위조 동전 두어 개를 늘 주머니에 넣고 다녔지. 그 가짜 동전은 해가 질 무렵이면 사라졌어. 놀라운 마법이었고 쓸 때마다 힘이 줄어들었지만, 상관없었어. 조만간 보충하면 되니까.

그런데 광장에 접어들었을 때, 충격적인 광경이 눈앞에 펼쳐졌어.

오거가, 한낮에, 광장 한복판에, 누군가가 세운 그늘막 아래 낡은 의자에 앉아 있었어. 시장은 그늘막을 혐오했어.

저런! 사람들이 음식을 나눠 먹고 있었어. 시장은 나눔을 혐오했어.

게다가 저것 좀 봐! 사람들이 개를 쓰다듬거나 양을 끌어안고 있었어. 심지어 누군가는 오거를 껴안지 뭐야. 시장은 포옹을 금지하는 법을 만들기로 다짐했어. 쓰다듬기도. 두드리기도. 그리고 웩, 껴안기도.

까마귀들이 고개를 들었어. 시장은 까마귀들을 노려봤어. 까마귀들도 시장의 눈빛을 맞받아치더니 일제히 날아올라 건물들 너머로 줄지어 사라졌어. 아이들이 그 모습을 멍하니 바라봤어.

"속이 다 후련하군. 더러운 해충들." 시장은 중얼거리며 팔과 얼굴을 긁었어. 전날 비를 너무 오래 맞은 탓인지 내내 가려워서 말이야.

시장은 광장 한복판까지 걸어갔어. "이게 다 무슨 일입니까?" 그가 쩌렁쩌렁 외쳤어.

"커피 한잔하실래요?" 순경이 활짝 웃으며 물었어. **원래 이렇게 활짝 웃는 사람이었나?** 시장 생각에는 아니었어. 평소에 순경은 꽤 우울한 사람이었거든.

"아니요." 시장은 씩씩거렸어. "난 커피 말고 질서를 원합니다! 법도요! 난 이 마을을 되찾고 싶습니다. 이…… 모든 것들로부터!"

다들 웃고 있었어. **모두 잘못됐어.** 시장은 필사적으로 머리를 굴렸어.

"수프 좀 드시겠어요?" 아주 늙은 남자가 말했어.

"스크램블드에그 좀 드릴까요?" 아주 늙은 여자가 말했어.

"쿠키도 있어요." 오거가 말했어. "아쉽게도 파이는 이미 동이 났네요. 나는 당신이 파이를 얼마나 좋아하는지 안답니다."

시장은 머리가 어지러웠어. 자기가 제대로 들었는지 의심스러웠어. "난 수프도 스크램블드에그도 쿠키도 필요 없습니다. 하지만 파이에 대해서는 몹시 화가 나는군요."

협곡의 바위 주민들은 귀를 막았어. 시장의 목소리가 너무 울렸거든. 하늘이 떨릴 정도였지.

시장은 헐거워진 살갗을 매만졌어. 최근에 자주 겪는 현상이었어. 한쪽 뺨이 느슨해지고 한쪽 어깻죽지가 흘러내리는 것 같았어. 사람들은 이상함을 느낀 듯 주춤주춤 물러났어. 눈빛에 경계가 서리고 얼굴에 핏기가 가셨어.

시장은 당황해서 헛기침을 했어. 자기 안의 마법 저장고를 깊숙이 파고들며 집중했어. 당장 마을을 현혹해야 했어. 사람들을 열광시키기 위해 마지막 힘을 끌어내야 했어. 그는 팔을 긁었어. 목덜미를 긁었어. 살갗이 너무 간지러웠어. "혹시 여러분 가운데……" 일부러 훨씬 부드러운 목소리를 냈어. (효과가 있나? 부디 있기를 바랐어. 그는 마법을 끌어 올리지 못하는 자신을 저주했어.) "저 대신 이 표어들을 좀 걸어 주실 분 있습니까?"

그는 오거를 한번 쏘아본 뒤 사람들을 향해 목소리를 잔뜩 낮춰 속삭였어. "이것들은…… 아무개에 관한 내용입니다."

"사양할게요." 전직 교사가 말했어. "우린 멋진 이웃들과 멋진 야유회를 즐기고 있거든요."

시장은 눈을 감고 마법 저장고를 떠올렸어. 그 깊고 깊은 우물 바닥에서 마법이 샘물처럼 솟아올라 소중한 살가죽을 빵빵하게 채운다고 상상했어. 시장의 탈은 이제 무엇과도 바꿀 수 없는 자신의 일부였어. 그는 온몸에서 마법이 뿜어져 나오는 모습을 상상했어. 마법으로 증폭한 목소리에 간드러진 속삭임을 겹겹이 덧발라서 듣기만 해도 넋을 잃도록 만들 작정이었지. 시장은 목청을 가다듬었어. 그런데 바로 그때, 까마귀들이 하늘을 까맣게 물들였어.

까마귀들은 부리와 발톱으로 반짝이는 무언가를 쥐고 있었어.

"뭐야?" 시장은 눈을 가늘게 뜨고 그 무언가를 유심히 봤어.

"오 이런, 안 돼." 그가 숨을 헐떡였어.

까마귀들

까마귀들이 숲에서 그것을, 헐렁한 살가죽을 발견한 지 오 년이 지났어. 풍성한 금발이 달린 살가죽. 황금 버클이 유혹하듯 반짝였지만 까마귀들은 건드리지 않았어. 가까이 다가가고 싶지도 않았어. 그 뒤로 아무도 그 얘기를 안 했어. 머릿속에 담아 두기도 싫었지. 그것은 너무나 불길하고 기괴했어.

하지만 해럴드는 그것을 자주 떠올렸어. **대체 어떤 생물이 자기 가죽을 벗어 버린담?** 까마귀들 사이에서는 한때 까마귀 가죽을 쓰고 살았던 용에 관한 전설이 있었어. 하지만 그 용은 선하고 자비롭고 현명했어. 시장과는 딴판이었지. 다만 그 머리와 버클, 코트가 묘하게 낯익었어. 한 번 눈에 띄니 계속 거슬렸어.

나중에 시장의 저택에 금이 가득하다는 걸 알게 됐을 때 해럴드는 확신했어.

용은 원래 보물을 숨겨 두는 걸 좋아해. 딱 시장처럼.

야유회 전날 밤, 해럴드는 까마귀 무리와 의논했고, 다들 비슷한 결론에 다다랐어. **그 용에게 뭔가 본때를 보여 줘야 해.**

까마귀들은 오거와 아이들과 노부부에게 나름대로 계획이 있다는 걸 알고 있었어. 이웃의 정과 단결에 관한 것이었지. 아름답게 들리지만 까마귀들은 현실적이었어. 이야기와 생각을 나누는 것도 물론 좋지만, 마을에 간사하고 무자비한 용이 있는 상황에서 과연 그게 도움이 될까? 까마귀들은 아니라고 판단했어.

아이들이 용을 상대할 수는 없었어. 그리고 오거는 시장을 애틋하게 여겨서 판단력이 흐렸지. 이렇게 심각한 문제는 자기들만이, 영리하고 용감하고 잘생긴 까마귀들만이 해결할 수 있었어. 까마귀들은 고개를 획 치켜들고 깃털을 한껏 부풀리며 자기들이 얼마나 훌륭하고 친절한 까마귀인지 되새겼어.

그래서 그날 밤도 형편없는 마을 사람들에게 이웃에 관한 책을 배달하는 일을 도왔어. 다만 배달하면서 깍, 하고 구시렁거렸어. "받을 자격도 없지만, 옜다."

날이 밝은 뒤에는 음식 싣는 일을 도왔어. 까마귀들은 오거에게 부리를 비비고 아이들의 품에 파고들었어. 심지어 늙은 부부도 자기들한테 간식을 주고 자기들의 멋진 머리를 쓰다듬었어. 얼마 후 광장에서 아이들과 신나게 놀고 있을 때 마을 사람들이 하나둘 모여들었어. 까마귀들은 깃털을 부풀리고 싸울 태세를 갖췄어. 하지만 싸움은커녕 모두 정다운 시간을 보냈어. 마을 사람들은 지난 일을 사과하고 오거를 껴안았어. 후회와 부끄러움에 고개를 떨궜어. 바람직한 광경이었지만 까마귀들은 성에 안 찼어. 여전히 마을 사람들을 향한 경계를 풀지 않았지.

그때 시장이 등장한 거야.

"지금이야." 해럴드가 크게 외쳤어.

까마귀들은 날개를 퍼덕이며 하늘을 가득 메웠어. 깃털이 검은 잉크처럼 빛났어.

해럴드는 곡선을 그리며 훨훨 날았어. 새삼 자기 무리가 무척 아름다워 보였어. 하나가 되어 날 때 그들은 더없이 아름다웠어. "이쪽이야!" 해럴드가 외쳤어. 그들은 한마음 한뜻으로 시장의 저택으로 날아갔어.

저택에 도착하자 뜰 가장자리에 늙은 치즈색 고양이 한 마리가 꼿꼿이 앉아 있었어. 까마귀들은 그 앞에 팔락팔락 내려앉아 정중히 고개를 숙였어. "깍." 까마귀들이 말했어. "안녕하십니까. 우리는 이 저택에 사는 변장한 용의 보물을 훔치러 왔습니다. 부디 통행을 허가해 주시기 바랍니다."

원래 까마귀는 고양이 말을 못 해. 반면에 고양이는 까마귀 말을 비롯해 여러 가지 말을 할 수 있지. 하지만 웬만하면 안 해. 대화는 성가시니까. 고양이들은 주로 자기가 내킬 때만 입을 열지. "냐옹." 늙은 고양이가 말했어. "지금 내 동료들은 광장에서 때를 기다리고 있어. 우린 이제껏 놈의 마법이 줄어드는 걸 지켜봤어. 이제 우리가 나설 때가 됐지. 보물을 훔치고 싶다면 지

금이 기회야." 그러고는 유유히 사라졌어. 까마귀들은 고양이가
한 말을 전혀 못 알아들었지만, 뭐든 훔쳐 가도 상관 않겠다는
뜻은 분명해 보였어.

까마귀들은 저택으로 날아가 열린 두 창문을 통과해 동전 더
미 위에 내려앉았어. 시장은 나름 동전들을 종류별로 구분해 놓
았어. 부엌과 식량 창고에는 동화가 수북이 쌓여 있고, 계단에
는 은화가 흘러내리고, 거실에는 금화 더미들이 산맥처럼 이어
졌어. 그 사이사이 시장이 다니던 좁은 길이 나 있고 시장이 드
러누워 낮잠 자던 자리는 움푹 꺼져 있었어.

해럴드는 한평생 그렇게 빛나는 광경은 처음 봤어. 눈앞이 핑
핑 돌았어. 고개를 흔들어 정신을 차리고 무리를 향해 "깍!" 외
쳤어. "한 번에 다 가져가지는 못하겠어. 상관없어. 일단 부리에
한 개, 발톱에 두 개씩 쥐고 가자."

까마귀들은 각자 동전들을 챙기고 저택에서 빠져나가 집들
을 지나 광장으로 날아갔어. 그리고 마을 사람들의 놀란 얼굴
위로 동전들을 쏟아부었어.

마을

자.

앞서 말했듯이 이건 어느 마을에 관한 이야기야. 다만 미완성이지. 네가 읽고 있는 이 이야기에도 시작과 중간, 그리고 끝이 있어. 하지만 이것들은 순 제멋대로 아니야? 이야기는 이야기꾼이 시작하고자 하는 시점에서 시작하고 끝내고자 하는 시점에서 끝나지만, 그 배경이 되는 장소는 이야기가 시작되기 전부터 존재해서 끝난 뒤로도 쭉 존재해. 그 안의 인물들은 주어진 생을 마치고 나서야 다음 이야기, 다음 모험으로 떠날 수 있지. 어쩌면 이야기 자체는 그저 읽는 이에게 시간은 이상하다는 점을 일깨우는 장치일지도 몰라. 시간은 늘어나고 끊기고 구부러지고 흔들려. 그리고 네가 빨리 움직일수록 느려지지.

협곡의 바위라는 마을이 있었던 건 사실이야. 먼 옛날 최초의 주민들이 나무숲을 베어 지었지. 어느 바위가 사랑하는 나무를 잃고 슬피 울었다는 것도 사실이고, 초기 주민들이 아름답고 정의로운 마을을 만들려고 최선을 다한 것도 사실이야. 정다운 공동체였지. 마을을 위한 노력은 성공하기도, 실패하기도 했어. 주민들이 지식과 부, 공공의 이익과 시민 책임감을 나누고자 했던 시기에 아름다운 도서관이 지어진 것도 사실이고, 그 도서관이 불탈 때 주민들이 비참하고 무력한 마음으로 지켜본 것도, 그 사건이 모두에게 끔찍한 기억으로 남은 것도 사실이야.

사랑스러운 마을이었냐고? 그렇다고 할 수 있지. 꽤 정의롭고 꽤 정다운 마을이었어. 하지만 완벽했냐고? 오, 천만에.

협곡의 바위에는 정체를 숨긴 시장이 있었어. 심지어 사람도 아니었지. 시장의 탈을 쓴 용은 달콤한 거짓말과 교활한 말장난으로 마을 사람들을 사로잡아 조종했고, 오랫동안 마을의 재물을 빼돌려 모두를 불행하게 했어.

주민들의 인심이 메마른 텃밭처럼 흉흉해질 때까지 방관하고, 불만과 원망을 키워서 서로 등 돌리게 했지. 물론 하나부터 열까지 용의 잘못은 아니야. 이웃들은 서로 비난하느라 바빴어. 하지만 마을이 망가졌다고 해서 더 나은 행동을 할 수 없는 건 아니지. 오거와 고아들은 이 점을 알았어. 그리고 마침내, 마을 사람들도 알게 되었어.

그날 마을 사람들이 본 광경은 다음과 같아.

까마귀들이 하늘을 가득 메우자 사람들은 겁을 먹었어. 그때 한 여자가 손가락으로 하늘을 가리켰어. "봐!" 그때 까마귀들이 동전을 떨궜어. 동전들로 땅을 덮었어. 더러는 낮게 날아서 사람들의 주머니와 가방에 빠뜨리고, 더러는 아이들 손에 살포시 내려놓았어. 까마귀들은 왔다 갔다 하며 끊임없이 동전을 가져와 메마른 분수에, 벤치에, 뜰에 떨어뜨렸어. 동전이 사방에, 모두를 위해 널려 있었어.

시장은 털썩 무릎을 꿇었어. 그 와중에 팔이 가려워서 미친 듯이 긁어댔지. 한때 살가죽에 스며들었던 마법은 거의 바닥났지만 그는 눈치채지 못하고 두 손으로 동전을 긁어모으려 했어. "내 보물들! 건드리지 마. 다 내 거야!" 울부짖는 입에서 연기가 나왔어. 그는 배를 움켜쥐었어.

그때 몸집도 색깔도 제각각인 고양이들이 사람들 사이로 걸어 나왔어. 시장 저택 주변에 살던 고양이들뿐만 아니라 마을의 고양이가 모두 한자리에 모인 것 같았어.

"실례지만, 시장님……." 앤시아가 딱딱하게 말했어.

까마귀들이 기쁘게 지저귀었어. 그들은 앤시아의 강단 있는 목소리를 사랑했어.

"그 돈은 애초에 당신 것이 아니에요. 우리 마을의 것이죠. 모두가 함께, 서로 돕는 데 쓸 돈이에요."

시장은 입을 떡 벌리고 앤시아를 바라보다가 어서 버르장머리를 고쳐 놓으라는 듯이 마을 사람들에게 눈짓했어. 하지만 그들도 앤시아가 맞는 말을 했다는 듯이 고개만 끄덕였지. 그사이 고양이들이 살금살금 다가왔어.

"이 돈이면 학교를 다시 짓고도 남을 거야." 순경이 말했어. "때가 됐지. 몇 년째 하는 말이지만."

"거리를 다시 정비하고도 남을 거야." 푸줏간 주인이 말했어.

"과일나무들을 다시 심고도 남을 거야. 마을 정원도 가꿀 수 있겠어." 전직 교사가 말했어.

"망가진 것들이 너무 많아." 전직 미화원이 말했어. "무엇을 먼저 손볼지 결정하기 어렵겠지만, 노력해 보자고."

시장은 욕을 했어. 탁자를 발로 차 먹음직스러운 음식들을 내동댕이쳤어. 고양이 한 마리가 그의 다리에 바짝 다가섰는데 시장은 눈치 못 챘어. 고양이는 앞발로 바지를 사납게 할퀴었어. 솔기가 터지고 살갗이 찢어졌어. 그런데 피가 흐르지 않았어. 시장은 울지도 않고 눈도 깜빡이지 않았어. 살갗 아래 아무것도 없는 것 같았어. 상처가 너덜거리면서 방귀를 뀌는 듯했어.

"맙소사." 앤시아가 눈살을 찌푸렸어.

또 다른 고양이가 시장의 배에 달려들어 깊숙이 할퀴었어. 역시 피는 보이지 않았어. 상처 속은 텅 빈 것처럼 검고 바람 빠지는 소리가 났어.

"그만!" 시장이 주먹을 마구 휘두르며 외쳤어. "저리 가, 이 더러운 고양이들!"

또 다른 고양이가 뛰어들어 시장의 팔을 할퀴었어. 역시 피 한 방울 안 나왔지만 이번에는 희미하게 반짝이는 비늘이 보였어. 시장은 배가 아프고 살갗이 가려웠어. 너무 당황해서 정신이 혼미했어.

"괜찮아요?" 오거가 물었어. "배가 고파서 그럴지도 몰라요. 우린 나눠 드릴 게 아주 많답니다."

시장은 불쾌한 오물을 마주한 듯 낮게 그르렁거리며 진저리를 쳤어. 마을 사람들은 시장을 매몰차게 쏘아봤어. 또 한 고양이가 시장의 등에 매달린 채 살갗을 찢었어. 이번에도 피는 안 났어.

그때 살갗 아래서 무언가 꿈틀거렸어. "나눔 따위…… 필요 없어……." 시장이 침을 탁 뱉었어. "오거 따위가 주는 건 절대 사양이야. 너희는 열등한 종족이야. 가소롭고, 나약하고, 따분하고, 하찮은 생물이지. 오거 따위가 감히 용을 욕보이다니." 그 말을 끝으로, 시장은 오거에게 돌진했어.

아니, 돌진하려 했어.

움직임이 시럽 속을 헤치고 나아가는 것처럼 굼떴어. 그는 마법을 끌어내려 했어. 힘이든, 불이든, 뭐든. 하지만 아무것도 잡히지 않았어. 그 속사정이 어쨌든 양들 눈에는 웬 헐렁헐렁한 인간이 감히 소중한 오거를 위협하는 모습으로밖에 안 보였지.

"매애." 양들은 뿔을 내리며 우렁차게 외쳤어.

그 순간, 알에서 막 부화한 듯 작고 쪼글쪼글한 생물이 시장의 살가죽에서 힘겹게 기어 나왔어. 녀석은 힘에 부쳐 숨을 헐떡였어.

분명 용이었어. 하지만 너무 오랫동안 가죽을 쓰고 있던 탓에

영양실조에 걸린 쥐처럼 쪼그라들어 있었지. 비늘은 듬성듬성
하고 빛깔도 흐릿했어. 꼬리는 꼬부라지고, 날개는 축 처지고,
팔뚝은 비실비실했어. 탁한 두 눈은 오랜만에 빛을 봐서 따가운
지 잔뜩 찡그린 채였어. 용이라기보다는 물에 젖은 도마뱀에 가
까웠어. 게다가 오래된 양말이나 썩은 늪지대처럼 고약한 냄새
를 풍겼어. 몇몇 사람들은 오만상을 찌푸렸어.

"뭘 봐?" 용이 분통을 터뜨렸어. "난 아름답고 훌륭한 존재야!
감히 날 건드리면 확 불태워 버릴 테다! 너희들의 그 우스꽝스
러운 도서관처럼!"

그 말에 오거가 숨을 헉 들이켰어.

어차피 말뿐인 협박이었지. 속에는 불씨조차 남아 있지 않았
으니까. 날아서 도망칠 만한 기력도 없었으니까.

"냐옹." 한 고양이가 말했어. "우리는 이날을 아주 오랫동안
기다려 왔지."

"냐옹." 다른 고양이가 덧붙였어. "소화가 잘 안 될 것 같긴 한
데 까짓거 감수하지, 뭐."

용은 고양이 말을 못 했지만, 그 말에 담긴 속뜻을 눈치 못 챌
만큼 어리석진 않았어. 용은 가늘고 부실한 다리로 숲 쪽을 향
해 온 힘을 다해 내달렸어. 고양이들이 그 뒤를 바짝 뒤쫓았어.
사납게 울부짖는 소리가 돌바닥을 울리며 점점 희미해지다가
끝내 사라졌어.

그 용은 결국 도망쳤을까? 잡아먹혔을까? 그대로 계속 쪼그라들어 하찮은 미물이 되었을까? 그건 나도 몰라. 내가 확실히 말해 줄 수 있는 건 그 후로 아무도 그 용을 보지 못했다는 사실뿐이야.

오거와 고아들

몇 달 뒤, 협곡의 바위에 흰 눈이 소복소복 쌓였어. 오거는 비뚤어진 집에서 나와 쿠키와 간식거리가 가득 담긴 썰매를 끌고 고아들의 집으로 향했어. 언제나처럼 까마귀들이 앞장섰고 개가 꼬리를 세차게 흔들며 뒤따랐어. 양들은 안전한 새 외양간에서 건초를 맛있게 우적거렸어.

오거는 잠시 발걸음을 틀어 중앙광장으로 향했어. 광장은 여러 겨울 축제를 맞아 새롭게 단장했어. 화려한 리본으로 장식된 가로등이 별처럼 반짝였어. 새 시장이 기획한 일 가운데 하나였지. 에스메는 구두 가게에서 남편 돕는 일을 그만두고 시장직에 출마해서 압도적인 표로 당선됐어. 누가 봐도 유능하고 공감 능력이 뛰어난 데다 더 나은 공동체를 만들고자 하는 포부가 컸기 때문이지. 당선되자마자 많은 사람을 고용해서 마을 운영과 미화 작업에 착수했어. 학교는 완공을 앞두고 있었고 새 도서관은 다가올 봄에 문을 열 예정이었어. 에스메는 시청에 커다란 표어를 내걸었어. **우리 마을은 우리 마음이 비치는 거울입니다. 여러분을 믿어요!**

오거는 그 표어에 담긴 진정성을 읽었어. 어떤 이들은 남이 지닌 역량을 알아볼 뿐 아니라 자긍심을 일깨우는 재능이 있지. 에스메는 유능한 시장이었어.

오거는 찬찬히 걸으며 광장을 감상했어. 지나가던 사람들이 손을 흔들며 인사하면 오거도 마주 흔들었어. 잠시 후 오거는 바위 앞에 멈췄어.

(잘 들어.)

오거는 바위를 한참 바라보다가 그 앞에 앉았어.

사람들은 저마다 선물 꾸러미나 음식을 들고 부랴부랴 지나갔어. 대부분 친절하게 인사했지만 몇몇은 본체만체했어. 그래, 어떤 사람들은 절대로 안 변해. 받아들이면 편해지지. 오거는 바위에 손을 살포시 얹었어. 바위가 부르르 떨었어. 오거는 눈을 감고 웃었어.

"안녕, 바위." 오거가 말했어.

"안녕, 오거." 내가 말했어.

"진작 뭐라도 말해 줬으면 좋았잖아."

나는 곧바로 대답하지 않았어. 오거족처럼 바위한테도 시간이 다르게 흐르거든. 인정할게. 난 외로웠어. 누군가하고 대화를 하게 되어 엄청 반가웠지. "그럼 진작 와서 인사라도 하지 그랬어." 나는 일부러 퉁명스럽게 말했어. "그러니까, 내가 갈 수는 없잖아."

반드시 그렇지는 않아. 내가 땅속에 얼마나 깊고 넓게 뻗었는지는 아무도 몰라. 물론 나는 알았지. 하지만 그 사실은 혼자 간직하는 편이 좋아. 우리는 그 자리에서 오랫동안 이야기를 나눴어. 오거와 바위는 공통점이 많거든. 네가 생각하는 것 이상으로.

잠시 후, 개가 낑낑거렸어. "이제 가야겠어, 친구." 오거가 말했어.

"그래. 어차피 나는 이 이야기가 어떻게 끝나는지 알아. 다음 이야기도, 그다음 이야기도."

내 말에 오거가 웃었어. 거칠고 따스한 손으로 바위를, 내 얼굴을 쓰다듬었어.

"또 보러 올 거지?" 내가 기대하며 물었어. (그리고 오거는 또 보러 왔어. 하지만 그건 다른 이야기니까.)

오거는 일어나서 어둑해진 하늘 아래 걸어갔어. 썰매를 끌고 땅을 살포시 디디며 고아들의 집 앞에 도착했어.

고아들의 집은 오거족의 덩치를 고려해 지어진 건물이 아니라서 오거는 자칫 벽이라도 부술까 봐 고개를 바짝 숙이고 넓은 어깨를 옆으로 튼 채로 움직여야 했어. 고아들의 집 가족들은 오거를 정성껏 맞이했어. 앤시아는 맞춤 의자를 만들어 주었고 캐스는 춥지 않도록 무릎에 담요를 덮어 주었어. 디어드레는 흥미로운 기계 도면을 잔뜩 모아 두었고 일라이자는 새로운 이야기를 조잘거렸어. 쌍둥이들은 기꺼이 감미로운 노래를 불러주었고 바틀비는 언제든 책에서 발견한 철학 개념을 논의할 준비가 되어 있었어. 히람은 오거의 등에 올라타려 했고 저스티나는 레슬링을 제안했고 이기와 카이는 웃긴 표정과 농담을 선사했어.

나도 이제 마을의 모든 게 제자리를 찾고 모든 사람이 오거를 환대하며 모든 문제가 해결되었다고 말할 수 있으면 좋겠어. 하지만 협곡의 바위는 실제 사람들이 사는 실제 장소야. 실제 사람들은 그렇게 단순하지 않지. 좋은 선택을 하기도, 나쁜 선택을 하기도 해. 때로는 공정하고 정직하고 선하지만 때로는…… 안 그래. 다행히 오거는 자기 친구들이 어떤 사람인지, 누구를 믿어야 하는지, 누구를 피해야 하는지 잘 알았어.

몇몇 사람은 약속대로 오거를 도와 무너진 외양간을 다시 지었고(생각보다 훨씬 빨리 끝나서 다들 놀랐지), 텃밭은 손댈 필요도 없이 완벽한 걸 보고 혀를 내둘렀어. 오거가 만든 치즈는 입소문을 타고 유명해져서 몇몇 젊은이가 기술을 배우려고 찾아오기까지 했어. 그들은 성실하고 창의적이며 양들에게 다정했어. 언젠가 훌륭한 치즈 생산자가 될 자질이 있었지.

식사와 선물 나눔과 기나긴 토론과 이야기와 노래가 끝난 뒤, 큰 아이들이 작은 아이들을 재우러 가고, 원장이 아기들을 돌보는 동안 오거는 마이런과 소파에 기대앉아 쉬었어. 마이런은 요즘 상태가 더 안 좋아 보였어. 평소보다 창백하고 수척했어. 목과 손과 뺨에 흉터가 울긋불긋 도드라졌어. 그는 왼손에 작은 장난감을 쥐고 있었어. 나비 장난감. 손안에서 불규칙하게 날갯짓하다가 한 번씩 길게 멈추곤 했어. 팔락팔락…… 팔락… 팔락…………. 마이런은 그것을 울적한 눈빛으로 내려다봤어.

"그게 뭔가요?" 오거가 물었어.

"일깨워 주는 장치죠." 마이런이 서글프게 웃으며 대답했어.

"무엇을요?"

"이제껏 얼마나 사랑했는지, 그리고 앞으로 내 시간이 얼마나 남았는지요." 마이런이 시선을 문 쪽으로 돌렸어. 아이들이 소란을 피우는 소리가 들렸어. "참 놀랍지 않나요? 아이들이요. 내 인생에서 가장 놀라운 존재들이죠. 난 가끔 세상의 모든 시간을 갖고 싶다는 생각이 들어요. 아니면 소중한 순간들을 끝없이 늘리거나."

"우리 오거들에게 시간은 참 묘한 것이죠. 내 발은 오랜 세월 이 세상을 떠돌았어요. 인간들은 시간을 지나가는 것으로 생각하지만, 그건 사실이 아니에요. 시간은 그저 존재해요. 우리는 협곡의 바위를 멀리 떠난다 해도 이곳이 그대로 있고, 언제든 다시 돌아올 수 있다는 걸 알고 있죠. 시간이라고 뭐가 다를까요? 어느 순간은 다른 순간과 분리되어 독립적으로 존재해요. 사라지거나 지나가지 않고, 축의 한 점으로 오롯이 존재하죠. 지금, 이 순간도 그래요. 우주가 이 순간을 그저 잊혀 버리게 할 거라면 왜 그렇게 공들여 이 순간을 만들어 냈겠어요?"

마이런이 껄껄 웃었어. "바틀비 앞에서는 그런 식으로 얘기하지 마세요. 그 딱한 녀석 머리가 폭발할지도 모르니까요." 그는 손수건을 꺼내 연거푸 기침하고서 주머니에 도로 쑤셔 넣었어. 오거는 그의 손등에 커다란 자기 손을 겹쳤어.

"우리는 그리 많은 시간을 함께할 수 없어요." 오거가 말했어. "애초에 내 인생은 이곳에 사는 그 누구보다 훨씬 기니까요. 그래서 내가 순간순간을 마음에 아로새기는 것이랍니다. 모든 순간은 단단하고 반짝이는 보석이에요. 소중히 여기고 나눠야 할 보물이죠. 그 우스꽝스러운 용이 독차지했던 어떤 금은보화보다 훨씬 더 가치 있어요."

나비가 드르륵 떨다가 다시 날갯짓을 했어. 여전히 불규칙하고 희미했지만 멈추지는 않았어.

"그렇죠." 마이런이 기침했어. "앞으로 맞이할 순간들이 기대되네요. 그중 일부를 당신과 함께하게 되어 기쁘고, 내가 떠난 뒤에도 우리 가족이 당신과 더 많은 순간을 함께하리라고 생각하니 기뻐요. 직접 볼 수 없는 순간도 소중하지 않나요?"

앤시아, 바틀비, 캐스가 문간에 나타났어. 그 뒤로 다른 아이들도 모여들었어.

"벌써 자기에는 너무 아쉬워요." 앤시아가 말했어.

"바깥이 너무 아름다운걸요." 바틀비가 덧붙였어.

"나갈래요?" 캐스가 오거에게 손을 내밀며 물었어.

그렇게 오거와 고아들과 개는 캄캄한 하늘 아래 펼쳐진 새하얀 눈밭으로 걸어 나갔어. 까마귀들도 기다리고 있었어. 바람에 나무들이 삐걱댔지만 추위는 거의 느껴지지 않았어. 그들은 부드러운 눈밭에 나란히 드러누워 오래도록 별을 구경했어.

옮긴이 이민희

충실하게 듣고 능숙하게 전달하는 사람이 되고 싶다. 늘 가장 좋은 해석을 꿈꾼다.
《오늘의 자세: 행운을 부르는 법》《화장실 벽에 쓴 낙서》《하늘은 어디에나 있어》
《드라이》《내가 지워진 날》《우리가 함께 달릴 때》를 우리말로 옮겼다.

오거와 고아들

1판 1쇄 2022년 4월 20일   1판 2쇄 2022년 6월 8일

지은이 켈리 반힐
옮긴이 이민희
펴낸이 조재은
편집 김명옥 김원영 구희승
디자인 육수정
마케팅 조희정

펴낸곳 ㈜양철북출판사
등록 2001년 11월 21일 제25100-2002-380호
주소 서울시 영등포구 양산로91 리드원센터 1303호
전화 02-335-6407
팩스 0505-335-6408
전자우편 tindrum@tindrum.co.kr
ISBN 978-89-6372-399-0 03840
값 16,500원

잘못된 책은 바꾸어 드립니다.

어린이제품 안전특별법에 의한 기타표시사항			
품명	아동도서	제조국명	대한민국
제조자명	㈜양철북출판사	사용연령	10세 이상